Née à Budap... ...nne dès
l'enfance pou... ...Après la
guerre, elle... ...où elle
accomplit un... ...décès de
son mari, Cl... ...François
Bellanger, es...
Christine Arn... ...urnaliste
tout en étant critique littéraire au... ...journal
La Suisse. *Elle est l'un des écrivains les plus traduits. Notamment* J'ai quinze ans et je ne veux pas mourir *est paru en vingt-trois langues. Elle figure sans discontinuer dans le peloton de tête des auteurs publiés en Livre de Poche avec seize titres continuellement réédités, dont* J'ai quinze ans... (Grand Prix Vérité du Parisien en 1954), Le Jardin noir (Prix des Quatre Jurys, 1966), Chiche! (1970), Un type merveilleux (1972), J'aime la vie (1976). Le Cavalier Mongol (Grand Prix de la Nouvelle de l'Académie française, 1976), Le Cardinal prisonnier (1962), Toutes les chances plus une (Prix Interallié, 1980), Le Bonheur d'une manière ou d'une autre (1977), Les Trouble-fête (1986), Vent africain (Prix des Maisons de la Presse, 1989), Une affaire d'héritage (1990) et Désert brûlant (1992).*

Ceux qui ont aimé *Vent africain*, de Christine Arnothy, retrouveront dans *Une affaire d'héritage* la même atmosphère d'intrigues et de passions. Au long d'une poursuite à travers trois continents, à la recherche d'un personnage fantomatique et pourtant si présent, Carol et David s'affrontent. Leur course s'effectue dans les labyrinthes d'une énigme. Il suffit d'un faux pas, et la vie s'échappe.

Paru dans Le Livre de Poche :

*Comme toujours à Claude,
et à mon fils François, que j'aime
tendrement*

*et à Marielle,
qui a tapé avec une patience inlassable ce manuscrit et a déchiffré
des milliers de pages sans cesse
recommencées.*

CHAPITRE 1

Depuis hier, une vague de chaleur s'abattait sur New York. Calfeutré dans mon cabinet médical, de plus en plus tendu, j'attendais la fin de la journée. Plus qu'une heure et je m'en irais d'ici. Avec un peu de chance, je n'y remettrais plus jamais les pieds. Je devais jouer la comédie à ma secrétaire, ne pas trahir ma nervosité, sauver la face. Un psychanalyste qui disjoncte, quel choc pour sa collaboratrice ! J'appuyai sur le bouton de l'interphone. L'appareil grésillait, un méchant écho multipliait les voix.

— Vous m'entendez ?

— Oui, docteur.

— Ne prenez pas mal ma remarque, je ne veux pas vous faire des reproches, mais franchement, vous n'auriez pas dû accorder ce rendez-vous... Une femme, n'est-ce pas ? Il faut qu'elle s'en aille. Débarrassez-moi d'elle.

— Docteur, si vous saviez combien de fois elle a appelé... Elle insiste. Une petite demi-heure encore...

Du calme. Je fermai une seconde les paupières. Dans le noir troublé de quelques éclats de lumière

apparut un cercueil, celui de mon père. Je chassai l'image en ouvrant les yeux.

— Inventez une urgence...

— Urgence ? répéta-t-elle, maussade. Vous n'êtes ni cardiologue ni accoucheur...

— Dites-lui qu'en m'apportant un café, vous m'avez trouvé mort. Pendu. Suicide.

— Docteur, dit-elle en modulant sa voix — elle atténuait les aigus —, j'ai mis un certain temps à m'habituer à votre humour macabre, mais cette fois...

— Je passe les bornes, je le reconnais. Mais je ne supporte plus ce putain de métier !

J'entendis le « oh » d'un blessé qui s'effondre. Le mot l'avait atteinte en pleine poitrine. Elle ne supportait aucune grossièreté de langage et ne méritait pas ce traitement. J'observai le coquillage géant posé sur mon bureau, sa grande fente rose et obscure. Un coquillage obscène, classé X, cadeau d'un de mes patients.

— Vous êtes épuisé. Depuis la mort de votre père, vous n'avez pas pris un jour de repos. Mais la renvoyer aussi brutalement après tant d'attente, ce n'est pas chic. Pas votre style.

Il me semblait que sa voix s'éloignait, que son bureau était déjà sur une autre planète. Voulait-elle me retenir de force sur la sienne ?

— Présentez-lui mes plus plates excuses, mais foutez-la à la porte.

Elle répliqua exaspérée :

— Moi ? non. Allez-y, vous... Expliquez-vous directement. Elle lit patiemment des vieilles revues. Celles que j'allais jeter. Elle n'a même pas voulu remplir la fiche, elle a dit que cela n'en valait pas la peine.

— Pas de fiche ?

J'éprouvai aussitôt une sorte de joie glacée, je

jubilais, pourtant mes signaux d'alarme intérieurs retentissaient : j'étais au bord de la dépression. Ce n'était pas le moment, ce n'est jamais le moment.

— Pas de fiche, pas d'entrevue.

Elle adoucit le ton :

— Docteur, vous êtes jeune, humain, tolérant...

Elle pratiquait la stratégie du compliment absurde. J'avais trente-trois ans... passons pour le jeune. Humain, je l'ai été. Mais je refusai « tolérant ». Dans un monde où on est liquidé par des balles perdues et où on s'empoigne au premier accroc, cette notion était ridicule.

Encouragée par mon silence, Montgomery susurrait dans l'interphone :

— Ça va mieux, docteur ? Je la fais entrer ?

Je cédai, pris de scrupules. Il y a quelques mois, le destin m'avait assommé. On avait tué mon père. J'étais parti quelques jours de New York sans laisser d'adresse, et ma mère avait dû faire face seule à la tragédie. Je n'ai pas pu me pardonner, cette absence me rongeait encore... Le remords était un rat vivant dans mes tripes. Et si la femme qui attendait avait vraiment besoin de moi ? Je n'aurais pas supporté de quiconque un reproche de plus, ni maintenant, ni dans l'avenir.

— Deux minutes.

Je lâchai l'interphone, je remplis d'eau un gobelet en carton au container et, en buvant, je m'arrêtai devant la fenêtre. Depuis le dix-huitième étage, les gens ressemblaient à des insectes. L'ombre de la fin d'après-midi souillait déjà le gratte-ciel d'en face. Il avait d'innombrables fenêtres. Et si on me surveillait de là-bas ? Depuis des mois, j'étais harcelé par des lettres de menaces dans le style : « Tu te crois malin, tu ne l'es pas », « Tu suivras ton père, il t'attend de l'autre côté », « On ne t'oublie pas ». L'inconnu vicieux qui m'inoculait ainsi à petites

doses une peur permanente était proche, mais où ? Parfois pour me rassurer, sans trop y croire, j'attribuais ces lettres à l'un de mes patients dont je m'étais séparé quelques mois plus tôt dans les plus mauvaises conditions. En vérité, je luttais contre l'angoisse, je n'ouvrais plus les quotidiens et les hebdomadaires restaient sous leur bande. Certains journalistes cherchaient encore à expliquer l'attentat : mon père abattu à Vienne dans une taverne. L'homme qui avait tiré la balle fatale était-il vraiment un déséquilibré ? Par quelle coïncidence un geste meurtrier, apparemment gratuit, pouvait ôter la vie d'un chercheur célèbre ? Les publications à sensation reprenaient périodiquement le sujet et soulignaient les voyages fréquents du savant, liés à ses travaux. On évoquait aussi sa passion de collectionneur. Depuis qu'il n'était plus de ce monde, la plupart de ses confrères, jadis réservés ou carrément hostiles, lui reconnaissaient une forme de génie. Les revues spécialisées me soutiraient ses textes, j'en trouvais encore d'inédits dans ses dossiers, on les publiait accompagnés de coups de chapeau bien tardifs. L'une de ses dernières communications sur les explosions solaires et l'effet de serre était jugée prophétique. Son éditeur attendait désespérément la découverte de son manuscrit *Terre en feu*, que nous cherchions en vain dans des montagnes de papiers. Si nous ne pouvions pas lui remettre le texte — il l'aurait publié même inachevé —, il faudrait rendre une avance importante versée à mon père.

Depuis le drame, l'existence de ma mère et la mienne avaient changé. Nous étions pris dans l'engrenage de la succession complexe de mon père. Ma mère n'ouvrait même plus les lettres arrivées de Vienne ou de Salzbourg, elle les entassait dans une vieille boîte et me les gardait. « Tu verras tout

cela là-bas. » Factures diverses et rappels de paiement nous submergeaient ; pour le moment, il était presque impossible de s'y reconnaître.

Ma secrétaire, Mlle Montgomery, compatissante, tentait de me protéger des curieux. Certains malades attirés par le fait divers voulaient visiblement mesurer l'émotion du fils dévoué, psychanalyste de métier. D'autres venaient en se plaignant de phobies consécutives à la mort accidentelle d'un proche. « Vous me comprendrez mieux que les autres, docteur. » Puis ils décommandaient le deuxième rendez-vous. Ils m'avaient vu de près, ça leur avait suffi.

Je rappelai Montgomery par l'interphone :

— Allez-y. Terminons-en.

— Merci...

L'air conditionné était réglé au plus froid, pourtant je transpirais. Je me penchai sur mon bloc. J'écrivis sur une feuille blanche, en français : « Je n'en peux plus. » Lorsque j'étais aux abois, la langue française devenait mon refuge. Ma mère, originaire de la vallée de la Loire, me l'avait inculquée. En tétant, je me nourrissais de son amour pour la France. Tandis que mon père, juif polonais, m'avait transmis en héritage une bonne dose d'angoisses ancestrales. Il m'arrivait, dans un demi-sommeil, d'apercevoir sur un écran imaginaire un gosse qui courait dans une ruelle étroite et sombre. On le suivait, il accélérait. Le bruit de pas lourds résonnait sur le pavé. L'enfant-fantôme était l'un de mes ancêtres.

La porte s'ouvrit.

— Bonjour, docteur.

La voix, légèrement rauque, saturée de sous-entendus, était une tentative de prise de possession. Remue-ménage, fauteuil légèrement repoussé, l'effluve à peine perceptible d'un parfum.

— Je termine une note et je suis à vous.

A la suite du : « Je n'en peux plus », j'ajoutai en calligraphiant : « Merde. » Je posai mon stylo et levai la tête. La fille, d'une jeunesse inquiétante, était, malgré la canicule, révoltante de fraîcheur. Elle avait les yeux verts ou jaunes, des cheveux châtains, était plutôt jolie. Elle passait le bout de sa langue sur sa lèvre inférieure, déposait et reprenait son fourre-tout en cuir bleu.

— Je... J'aimerais... Si vous pouviez... Il fallait que je vous voie.

J'attendais. Mais par plaisir pervers je prolongeais l'entrevue, je perdais mon temps.

— Vous êtes là grâce à la gentillesse de ma secrétaire. Il paraît que vous avez tellement insisté qu'elle n'arrivait plus à vous dire non. Je suis pressé, allons-y, je vous écoute.

— Vous m'intimidez...

— Votre nom... Vous avez refusé de remplir la fiche.

Elle plissa les yeux.

— Mon nom ?

— Ou celui de votre chien...

Je me freinais, je ne pouvais m'autoriser une telle agressivité. Elle me contemplait, cherchant un moyen de m'amadouer. Son allure révélait un milieu à fric. On avait dû lui apprendre très tôt comment s'asseoir d'une manière distinguée. Son sac de cuir coûteux était marqué de ses initiales, un C et un G. Sur l'auriculaire de sa main droite brillait un diamant carré, blanc-bleu, de belle taille. La bague valait sans doute cher.

— Je m'appelle Carol Grant.

— Qui vous envoie ? Qui m'a recommandé ?

— Personne. C'est-à-dire...

Elle chassa ses cheveux de son front, ses mains étaient fines et ses ongles en forme d'amandes. Et quelle montre, sur le poignet gauche...

12

— Je peux fumer ?

— Non.

Elle fit une légère grimace.

— Quel âge avez-vous ?

— Vingt-trois ans, presque.

Cette gosse de riche mentait.

— Plutôt dix-huit, non ? Vous avez votre permis de conduire ?

Elle prit un air buté.

— Il est dans un autre sac. Je suis venue en taxi.

— Votre adresse ?

Elle haussa les épaules.

— Quelle importance ?

— Vous avez tort de vous méfier de moi.

Dans son visage à peine redessiné par l'adolescence, ses lèvres étaient celles d'une adulte.

Je débitais machinalement :

— Les informations concernant les patients sont strictement confidentielles.

— Encore heureux.

Le ton provocateur m'arrachait peu à peu à mon indifférence physique. Raison de plus pour m'en débarrasser.

— Mademoiselle Grant, il m'est évident que nous n'éprouvons pas une vive sympathie l'un pour l'autre. Par ailleurs, ma secrétaire a dû vous prévenir que je ne prends plus de rendez-vous dans un proche avenir. Il vaudrait mieux vous adresser au docteur Miller, qui reprend ici ses consultations dans trois jours...

Elle hocha la tête.

— Je m'y prends mal, je le sais, dit-elle, mais je perds mes moyens en face de vous. J'ai quelque chose d'important à dire. A vous, et pas à quelqu'un d'autre. Il s'agit de Samuel Levinson. J'ai été son élève et...

L'évocation inattendue de mon père me bouleversa. Je réprimai une violente bouffée de chagrin.

— Vous avez connu mon père ?

Elle me regardait.

— Sa mort est une grande perte pour la science
et une immense blessure pour sa famille. Si j'avais
su que vous veniez me parler de lui...

Elle dit :

— Je ne suis pas venue pour présenter des condoléances tardives. Du tout. J'ai de gros problèmes à
cause de lui. J'ai besoin d'aide. Votre aide. Je suis...
psychiquement troublée. J'étais amoureuse de lui.
Éperdument amoureuse.

Ces mots semblaient appartenir à une autre langue,
de l'aztèque. Je ne comprenais plus rien. Je réfléchissais, la gorge serrée. Voulait-elle dire qu'elle
était liée à mon père ?

— Vous étiez quoi ?

Elle répéta :

— Son élève. Et je l'aimais. C'est pour ça que je
suis là. Je refuse l'idée de sa mort. Je sens sa
présence, parfois hallucinante. Je crois l'entendre,
il m'interpelle. Sans aide, je terminerai ma vie dans
un asile. J'ai essayé de me guérir. Je n'y arrive pas
seule. D'où ma visite.

Elle me fixait avec ses yeux aux éclats vert et
jaune. J'essayai de lutter contre l'agression.

— Je sais que je vous surprends, continua-t-elle,
mais vous êtes mon seul espoir. Il m'a si souvent
parlé de vous.

— De moi ?

Mon père, taciturne et réservé, m'aurait livré à
l'une de ses élèves ?

— Que voulez-vous ?

— Samuel m'a dit que vous étiez très sensible
aux difficultés morales de l'être humain...

14

La familiarité avec laquelle elle évoquait mon père me révulsait.

— Tout ce que vous dites m'est pénible...

Elle ne me quittait pas du regard et mordillait sa lèvre inférieure. Je pris un ton faussement fraternel :

— Tout le monde sait que mon père était un homme fascinant. Un grand savant dont le charisme était rare. Il est mort. Gardez le souvenir d'un professeur exceptionnel.

— Ce n'est pas tout. Il avait, lui aussi, un penchant pour moi.

— Un quoi ?

— Un penchant. Quelque chose qui ressemble à un sentiment.

Une brusque inquiétude m'envahit. Quel était le véritable but de cette visite ? Le chantage ? Mon père était mort assassiné dans une taverne. L'affaire n'était pas seulement tragique, mais trouble. Si, à cette atmosphère lourde de suspicion, s'ajoutait la découverte d'un adultère, la presse à sensation le reprendrait comme cible. Ma mère serait une fois de plus sous la lumière des projecteurs, cette fois-ci « trahie par l'homme qu'elle a tant aimé ». J'attaquai :

— Combien ?

— Quoi... Combien ?

— Votre démarche ressemble à une tentative de chantage.

Elle me dévisageait, les joues roses d'émotion.

— Si votre père vous entendait...

Elle cherchait un mouchoir dans son sac. Je lui tendis la boîte de Kleenex, elle en prit plusieurs et se moucha.

— J'ai peut-être eu tort de venir ici. Je vous imaginais différent. Sensible et compréhensif comme lui.

Elle continuait :

— Il y a un an, j'ai appris sa mort par NBC. J'ai avalé des calmants et espéré un démenti. Sa disparition me semblait irréelle. Cinq jours plus tôt, je participais à son dernier cours, il était aimable, délicat, plein d'attentions... Puis, fini.

Je ressentais le même vide, la même frustration morale. Lors du drame, je participais à un congrès au Mexique. Ma mère était en vacances à Hawaii. Mon oncle Simon, qui habitait Vienne, est parvenu à la retrouver grâce à la femme de ménage de mes parents, mais elle n'est arrivée en Autriche que pour l'incinération. L'administration du cimetière de Vienne a refusé d'ouvrir le cercueil. Effondrée, ma mère n'avait pas insisté. A mon retour d'Acapulco, la nouvelle m'a anéanti. Est-ce que je me pardonnerais un jour d'avoir manqué sa mort, son enterrement ? Mes conflits d'adolescent avec mon père étaient terminés. J'étais libre. Mais à quel prix ?

Une gênante curiosité naissait en moi. Mon père et cette fille ? Elle se livrait, docile, à mon regard. La blancheur de sa peau entre son jean chic et son chemisier noué à la taille me désorientait ; ce genre de fille était plutôt adepte du bronzage intégral... comme Jessie, l'une de mes liaisons fugitives, spirituelle aux repas, muette au cinéma, débordante au lit. Ingrate, malgré mes orgasmes délirants, elle m'avait plaqué pour un fabricant de vêtements de sport qui avait une propriété et un bateau à Newport.

Elle m'interpella, pressante :

— Docteur Levinson, il faut que j'accepte la mort de votre père, sinon je risque une dépression. Pire, un décalage complet avec la réalité... Et celle que, juridiquement, je dois considérer comme ma belle-mère, en serait ravie.

— Belle-mère ?

— Doris. La deuxième femme de mon père. Un mannequin. Enfin, elle l'a été...

— Vous avez perdu votre mère ?

— Dans un procès de divorce. Elle n'était pas de taille à lutter avec mon père.

— Que fait-il ?

— Il vent et il achète... Des choses chères et rares.

— Il est commerçant ?

— Homme d'affaires. Et collectionneur aussi, il sert parfois d'intermédiaire dans des transactions de tableaux.

— Que sait-il de vos problèmes ?

— Presque rien. Il est autoritaire et garde ses distances avec moi. Il ne m'a pas encore pardonné de ne pas être un fils. Son fils.

— Ce sont des réactions d'un autre siècle.

— Il est d'un autre siècle, je suis la fille d'un vieux maniaque qui m'a prise en grippe depuis ma naissance.

— Il ne sait vraiment rien de vos affaires ?

Son regard était trouble.

— Disons, un peu. Mais il me trouve ridicule.

— Et votre mère ?

— Je ne lui raconte rien. Elle a peur de tout et de tout le monde.

Elle décrivait son milieu familial avec une cruelle simplicité, j'apprenais que Doris était une fille très spectaculaire, elle faisait sensation lors des réceptions. Parfois elle ne mangeait qu'une ou deux pommes dans la journée pour garder sa ligne, qui était aussi son fonds de commerce...

Elle marqua un silence, puis prononça :

— Si vous acceptiez que je vous accompagne à Vienne, si je pouvais aller avec vous au cimetière et prier sur la tombe de votre père, je m'apaiserais.

17

Un coup de plus à encaisser.

— Vienne ? Qui vous a dit que je partais pour Vienne ?

— Votre secrétaire. Je l'ai tellement ennuyée avec mes appels... Alors elle m'a dit que vous alliez en Europe. A Vienne.

Montgomery aurait commis une faute de ce genre ? Je voulus l'interroger à la seconde même par l'interphone, mais je n'allais pas créer un incident devant cette fille.

— Vous devez vous tromper, ma secrétaire ne donne jamais un renseignement personnel.

— Surtout ne lui faites pas de reproches. C'était une petite maladresse de sa part dont je profite. Si vous acceptiez que je vous accompagne à Vienne, je serais comme une ombre. Je prierai sur la tombe de votre père, et ensuite je disparaîtrai de votre existence. Vous n'entendez plus jamais parler de moi.

Une nouvelle crainte m'envahit. Et si elle était journaliste dans une publication crève-cœur et presse-larmes ? Elle décrivait avec force détails mon comportement : « Le fils de l'astrophysicien abattu à Vienne s'effondre en sanglotant sur la tombe de son père »... Mais ce qu'elle connaissait de l'existence de mon père pourrait peut-être guider la police viennoise dans ses recherches. Et moi, si je pouvais obtenir même un renseignement apparemment négligeable concernant le manuscrit... Il lui avait peut-être révélé où il le gardait quand il n'était pas à la maison...

J'hésitais. Je ne pouvais pas à la fois la mettre à la porte et l'interroger. Je pris une voix douce :

— Pourquoi n'allez-vous pas seule à Vienne ? Ou avec votre meilleure amie... Vous avez certainement une confidente, la copine qu'on appelle au secours.

— Non. J'ai toujours été une solitaire, malgré

moi. On ne pouvait pas venir facilement chez nous, alors je n'allais pas chez les autres non plus. J'ai envisagé plusieurs fois un voyage à Vienne, mais je me vois mal errer dans un cimetière et imaginer à chaque seconde qu'il réapparaît, me prend la main...

— Vous ne désirez apparemment qu'une rencontre de ce genre...

— Oh non, dit-elle. Je ne suis pas une malade mentale. J'aurais voulu Samuel vivant.

— Mademoiselle Grant, mon père est enterré dans le crématorium qui dépend du cimetière de Simmeringerstrasse. Voulez-vous que j'écrive le nom ? Au bureau de l'administration, vous pourrez demander le numéro...

— Le numéro de quoi ? dit-elle, glacée.

— Du secteur et de la tombe.

Elle refusa d'un geste la proposition.

— Inutile. Seule, je ne pourrais même pas prononcer le nom de votre père...

Elle était épuisante.

— Je regrette, mais vous devez me laisser en dehors de vos tourments. Je ne suis pas un homme de compagnie, ni un guide.

Elle insistait :

— Mais vous avez des obligations morales à mon égard. Vous êtes son fils. Si quelque chose m'arrivait, vous m'auriez sur la conscience.

— Vous ? Sur ma consicence ? Jamais. Vous dites n'importe quoi.

— Me refuser votre aide, c'est de la non-assistance à personne en danger.

— Vous n'êtes pas du tout en danger, et si oui, d'autres que moi vous seront beaucoup plus utiles...

— Vous êtes son fils... médecin, psychanalyste.

— Et si j'étais vétérinaire ?

Elle avait les yeux en larmes.

— Vous seriez peut-être plus gentil, dit-elle.

Irrité et remué par ses larmes, je m'interrogeais. Mon père aurait-il succombé au coup classique du démon de midi ? Élégant, élancé, la soixantaine défiée, il avait pu plaire. Mais à ce degré ? Cette fille en face de moi, tenace, s'incrustait dans mon existence. Fallait-il l'exclure de ma vie par souci de discrétion ? Ou bien la supporter quarante-huit heures en espérant qu'elle détenait des éléments qui nous échappaient, à la fois à ma mère, à moi et à la police ? Ajouter l'utile au désagréable... la faire parler...

Elle prit une voix de petite fille :

— Parfois, je ne peux m'empêcher d'appeler Sam, de crier son nom.

— Vous appeliez mon père Sam ?

Aussitôt, je me réfugiais dans un vieux cliché.

— Souvent, ce genre d'amour est la conséquence d'un vide sentimental. Dès que vous rencontrerez un homme plaisant, ce sera l'oubli.

J'ajoutai prudemment :

— Un homme jeune. Vous vous consolerez avec lui au lieu de chercher l'image du père.

— Du père ? Oh là, pas du tout. Le mien me suffit amplement, je ne voudrais pas sa copie. Mon père n'est pas un cadeau du destin.

— Soyez raisonnable ! On ne dépérit pas d'amour à vingt-trois ans pour un homme qui en avait plus de soixante...

Elle m'interrompit :

— Qu'en savez-vous ? J'ai eu le coup de foudre le jour où je l'ai rencontré. Et les autres hommes ont cessé d'exister.

Elle s'arrêta une seconde puis reprit :

— J'aurais pu le prendre à votre mère...

— Le prendre ?

Le professeur Levinson, secret, parfois même hautain, aurait pu être pris, tel un paquet ?

— Pour qui vous prenez-vous ! Mes parents formaient un couple exemplaire.

Elle haussa les épaules :

— Ça ne veut rien dire, un couple exemplaire. Lorsque j'étais petite, une fille de vingt ans, Doris a enlevé mon père. J'étais l'objet de luttes horribles. J'ai vu ma mère pleurer, souffrir. Alors moi, je n'aurais jamais voulu briser un mariage et exposer une femme à cette épreuve.

— La séparer de moi ? A trente et un ans ? Ne soyez pas ridicule.

— Vous vous moquez de moi. Pourquoi couper les cheveux en quatre, dit-elle. Je le répète, j'aurais pu l'enlever à votre mère, qu'importe le moment. Pourtant, votre mère est encore très bien. Je veux dire... physiquement. Elle fait partie de cette nouvelle race de femmes qui ne vieillissent pas. Je les ai vus ensemble à l'université lors d'une réception. Ils ressemblaient à une photo. Une jolie photo.

Elle m'effrayait et m'attirait. Fallait-il la laisser s'incruster dans mon existence ? Aboutir à un misérable constat d'adultère ?

Encouragée par mon silence, elle reprit :

— Dès que je la voyais, je mourrai d'envie de me jeter dans ses bras, je voulais sentir le contact de sa veste sur ma joue, respirer son odeur. Il faut que je voie sa tombe pour admettre qu'il n'existe plus.

Elle malaxait son mouchoir et attendait le verdict. Ses lèvres étaient légèrement brillantes, son chemisier entrouvert. Je pensais à mes parents, êtres délicats et peu démonstratifs. Aussi loin que je m'en souvienne, ils faisaient chambre à part. Le matin, quand je partais pour l'école, mon père était déjà habillé et ma mère, impeccablement vêtue, l'accompagnait jusqu'à la porte de la maison. Carol Grant incendiait cette image.

Elle continua d'un ton caressant :

— Je vous demande une chose si simple : être auprès de vous là-bas pendant quarante-huit heures. C'est tout.

Elle venait de se jeter dans ma vie telle une auto-stoppeuse dans la lumière des phares. J'entendais le grincement des freins. Ne pas l'écraser. Comment paraître cruel quand on n'est que lâche, faire semblant de se comporter en bon samaritain au moment même où de méchantes images de corps confondus dans une étreinte vous assiègent ? Elle et moi... En finir.

— Vous me troublez, mademoiselle Grant. Je ne peux pas vous répondre immédiatement. Je vais réfléchir. Si vous saviez comme je déteste qu'on me parle en voyage. Je passe ma vie à écouter les gens...

Elle surenchérit :

— Vous n'avez rien à craindre. Vous ne me verrez même pas dans l'avion. Je vous le promets. Juste à Vienne, à l'aéroport. Si vous vouliez m'indiquer le nom de votre hôtel, j'y prendrais une chambre. Et j'attendrais patiemment que vous m'appeliez pour aller au cimetière et le soir, à la taverne où il est mort. Il faut que je voie l'endroit. Et le lendemain... Ce sera fini...

Elle venait d'ajouter la taverne. Il y a cinq minutes encore, elle ne souhaitait que m'accompagner au cimetière. La taverne ? Les mots du rapport de police, inlassablement lu et relu, me revenaient à l'esprit.

Ce soir-là plusieurs personnes dînaient et buvaient autour d'une table placée non loin de l'entrée de la cave. La fête battait son plein, musique, fumée, brouhaha, discussions. Mon oncle Simon était parti pour téléphoner, tandis que le docteur Schaeffer, désigné dans le rapport comme le meilleur ami de la victime, bavardait avec un voisin de table. Le professeur Levinson avait soudain poussé un cri.

Schaeffer s'était retourné et avait vu Samuel effondré, le front dans une flaque de bière. Il avait pris dans ses bras mon père maculé de sang et tenta de le redresser. Le meurtrier avait tiré deux fois dans la même direction avec un automatique muni d'un silencieux, vraisemblablement du haut de l'escalier, sinon par l'unique fenêtre qui s'ouvrait sur la salle. Il s'était enfui par la cour, entre les terrasses des restaurants. Une ambulance avait transporté le corps de mon père à l'hôpital dont Schaeffer était le médecin légiste. Simon les avait accompagnés.

— J'espère que votre silence est de bon augure. Mon avenir dépend de vous...

Elle squattait mon chagrin et me surveillait.

— Sam et moi, nous avons vécu une belle histoire.

— Vous n'avez rien vécu du tout.

Elle se redressa et chassa une mèche de son front.

— Si. Une soirée dans un club privé à New York...

La pièce tanguait.

— Quel club privé ?

— Un endroit à la mode. Nous avons dansé un peu...

— Dansé ?

— Des slows, proches l'un de l'autre.

— Mon père n'a jamais dansé...

— En tout cas ce soir-là, avec moi...

— Et pourquoi cette sortie ?

— Il était à New York ce jour-là, j'assistais à sa conférence, puis je l'ai appelé à son hôtel et lui ai proposé cette sortie. L'idée l'amusait. « Si j'avais dix ans de moins, a-t-il dit, ce serait plus vraisemblable. Vous et moi ça va être curieux, non ? »

Elle tapotait ses yeux avec son mouchoir.

— Pour un professeur d'université, il dansait très bien. Et enfin j'étais dans ses bras. On ne connaît

23

jamais assez ses parents. Mon père réserve lui aussi des surprises, moins agréables. Docteur...

Elle s'interrompit une seconde.

— Je peux vous appeler David ?

— Ce n'est pas le problème, m'appeler ou non David...

— Je le sais, dit-elle, j'aimerais juste détendre un peu l'atmosphère. S'il était à votre place, dans la même situation, je suis sûre que lui, il m'emmènerait à Vienne. Vous ne courez aucun risque. Nos vies se croiseront quelque temps, et puis nous nous séparerons. C'est tout. Pourquoi refuser ce voyage ?

Je devais bouger, sinon elle allait me cueillir tout mûr. Je me levai. Elle était obligée de suivre le mouvement. Elle s'approcha de moi.

— Alors ?

— Donnez-moi votre numéro de téléphone, je vous appellerai.

Elle haussa les épaules.

— M'appeler ? Je suis très peu chez moi. La maison est grande, et ma vie en désordre. Dites-moi l'heure qui vous convient et je vous téléphonerai chez vous.

Je me laissai prendre au piège, je lui dictai mon numéro personnel, elle l'inscrivit dans un petit carnet. Je le regrettai aussitôt, mais comme je devais quitter mon appartement, elle ne risquait pas de me harceler.

— Quel est le moment qui vous convient ?

— Demain, avant 9 heures.

— Vous prenez quel vol pour Vienne ?

— Le vol TWA de 6 h 20 dans l'après-midi.

— Votre hôtel, à Vienne ?

— Le Sacher.

— Comment ça s'écrit ?

J'épelai le nom. Brave type. A encadrer.

J'ajoutai quand même :

— Si je vous dis non demain, tous ces renseignements sont parfaitement inutiles.

Elle noua ses bras autour de mon cou et, avant que j'aie pu la repousser, m'embrassa sur les joues.

— J'ai soudain l'impression d'être moins seule, vous êtes comme un frère.

Je reculai.

— Holà ! ne compliquez pas l'existence avec ce genre de remarque ! Je ne suis rien du tout.

Elle me fixait.

— Je suis fascinée par vous. Vos yeux ressemblent aux siens, mais son regard était plus brûlant... A faire flamber une feuille de papier. Et vous n'avez pas la même voix.

Je me détournai.

— Cessez de nous comparer.

Elle se tenait près de moi.

— Je vous comprends, mais l'affection commune pour votre père peut nous unir pour quelques heures. S'il vous plaît, dites oui dès maintenant.

Je me défendais mollement.

— Je ne vous dirai pas « oui » sans une promesse de votre part.

— Quelle promesse ?

— Vous ne chercherez en aucun cas à rencontrer ma mère. Vous n'essaierez même pas de l'approcher...

— C'est évident. D'ailleurs, je n'ai rien à dire à votre mère...

— Je désire aussi que votre père soit au courant de ce voyage... je ne veux pas d'histoires. Avec personne.

— Il ne s'occupe pas de mes déplacements. Il me donne de l'argent et se contente de savoir que j'existe, c'est tout.

— Mais vous habitez avec lui...

— Dans sa maison à Long Island. Là-bas, c'est

Doris qui règne. Je ne suis qu'une pensionnaire. J'ai souvent voulu partir, m'installer ailleurs, mais j'aurais fait un trop grand plaisir à Doris.

J'étais de plus en plus impatient :

— Je suis pressé. Je vous donnerai ma réponse demain. Je ne vous promets rien.

Elle me regardait avec ferveur, elle croyait qu'en me flattant, elle me désarmerait. Je l'accompagnai jusqu'à la porte et me retrouvai enfin seul. Montgomery m'appela presque aussitôt.

— Les honoraires, docteur...

— Rien.

— Parfait.

Quelques secondes plus tard, l'interphone grésillait.

— Elle est partie. Très polie. Vous voyez, ça n'a pas été trop long.

Montgomery brûlait de curiosité.

— Je ne veux pas être indiscrète, je respecte le secret médical, mais... pourquoi a-t-elle autant insisté ?

Je coupai court aux investigations éventuelles :

— Elle était élève de mon père. Elle m'a parlé de lui. Je ne la reverrai plus, je l'espère. En tout cas, plus ici. Et maintenant, j'aimerais m'occuper de mon départ. Je suis très en retard et j'ai encore des affaires à ranger ici. Si vous devez partir...

— J'ai tout mon temps, docteur. Et je dois vous remettre votre dossier-voyage. Vous aurez une petite surprise à Vienne, agréable...

— Quelle surprise ?

— Un agrément. Je suis sûre que vous ne m'en voudrez pas. Vous serez si bien...

Je n'avais pas l'énergie de l'interroger.

Je réfléchissais en vidant mes tiroirs, j'entassai des papiers sans intérêt, des crayons et des cartouches d'encre dans une boîte à chaussures. J'étais perturbé par la visite de Carol Grant, les relations qu'elle prétendait avoir eues avec mon père me gênaient, me révoltaient presque. Au bout de quelques minutes — j'avais à peine repris un rythme intérieur normal —, le voyant rouge de ma ligne directe se mit à clignoter. Je décrochai, j'entendis la voix de ma mère, comme d'habitude elle m'interpellait en français :

— Bonjour, David.

Sans me laisser le temps de la saluer, elle dit :

— J'ai des choses urgentes à te dire, mais si tu n'es pas seul, je vais attendre que tu me rappelles... Dès que tu peux.

— Bonjour, maman. Je suis seul et je t'écoute.

Elle hésitait :

— La première chance de la journée. T'avoir en tête à tête.

— C'est fini ici, je t'écoute.

— Les épreuves continuent, David. Je n'ai pas de bonnes choses à t'annoncer.

— Vas-y.

— La maison est sens dessus dessous.

— Qu'est-ce qui se passe ?

— Entre 15 et 18 heures, pendant mon absence, elle a été passée au peigne fin. Au rez-de-chaussée et au premier, les armoires ont été vidées, les matelas tailladés...

— Des voleurs ? Des cambrioleurs en plein jour ?

— La maison est assez isolée, tous ces jardins autour de nous.

— Qu'est-ce qu'ils ont pris ?

— Je ne sais pas. Pas encore.

— Tu as une idée de...

— Ce qu'ils cherchaient ? Non. Et je ne sais si je dois alerter ou non la police. Qu'est-ce que tu en penses ? Pour la compagnie d'assurances, cet incident serait pain bénit. Ils se délecteraient de leur théorie de l'« attentat », ou des « ennemis du passé », et n'hésiteraient pas à lier cette intrusion au mystère qui entoure la mort de Samuel.

— Sans doute, tu as raison, mais selon toi, qu'est-ce qu'il faudrait faire ?

— Aucune idée. Ma seule certitude, c'est que je ne resterai pas ici cette nuit. Je vais dormir dans ton salon. Nous avons rendez-vous chez toi, à neuf heures et quart, avec le nouveau type de l'assurance. Au moins je serai sur place.

— C'est parfait, maman, mais dans l'immédiat, appelle la femme de ménage...

— Non, elle colporterait la nouvelle dans le quartier et annoncerait à tout le monde que je n'ai pas appelé la police ! Tu imagines les ragots, les commentaires... Et ensuite les journaux... Tous les cartons contenant les dossiers de ton père ont été ouverts, les bandes de scotch tailladées, tout est en vrac, par terre. En tout cas, s'ils ont trouvé le manuscrit, ils ont fait un meilleur travail que nous...

J'étais excédé et compatissant.

— Que veux-tu que je fasse ?

— On en parlera ce soir.

— Je vais tout laisser en vrac, dit-elle. Je t'apporterai la correspondance autrichienne, mise de côté depuis des semaines, sinon des mois.

— Pas de reproches, maman. Depuis la mort de papa, je n'ai pas eu le temps ni l'énergie de m'y consacrer.

— Tu n'as pas à te justifier, David. Mais je peux quand même dire que je suis contente de ton départ pour Vienne.

— Je le sais. Mais si tu pouvais ne pas me stresser davantage... Tu as la clef ?

— ... de l'immeuble ? Oui. Mais pas celle de ton appartement. On a réparé la sonnette ?

— Non. Il y a un faux contact, il faut insister.

Sonne. Rémy pourrait peut-être te donner un coup de main pour déblayer, non ?

— Il est à Seattle et ne revient qu'au début de la semaine prochaine.

Je regrettai l'absence de Rémy, un homme d'affaires français. Il avait fui New York et louait depuis une dizaine d'années la maison voisine de celle de mes parents. Jovial, toujours souriant, d'une nature fort agréable, il était un refuge pour ma mère. Quand elle éprouvait le besoin impérieux de parler français, ils se retrouvaient en fin de journée et engageaient des dialogues interminables au-dessus de la haie qui séparait les deux jardins. Parfois Rémy dînait chez nous. « Je vous laisse, disait mon père après le repas. Je vous laisse. Parlez tranquillement. » Alors en tête à tête, ils se racontaient des histoires, ne fût-ce que pour le plaisir d'entendre leur langue maternelle.

— Je serai chez toi vers 22 heures.

— Le choc de cet après-midi te décidera peut-être à rentrer en France dès cet été...

— David, tu m'agaces. Tu sais que mon retour dépend de l'argent, de la somme finale dont je disposerai au règlement de la succession. Commencer à mégoter devant ma sœur... elle était la seule dans la famille à critiquer mon mariage.

— Parce qu'elle était jalouse, maman.

— Qu'importe ! Jalouse ou pas, si je commence à compter les sous après avoir vécu pendant trente ans en Amérique avec un savant dont je n'aurais hérité que des dettes... j'aurais bonne mine !

Lors de ses visites en France, maman ne pouvait s'empêcher de faire un peu de cinéma : épouse d'un savant américain, habituée aux rencontres internationales, elle portait des vêtements de chez Saks achetés en solde... Mais ça, personne ne le savait. Elle louait une voiture de sport et se plaignait des routes étroites. Elle arrivait avec des cadeaux et repartait telle une vedette, pressée de rejoindre l'époux célèbre. Depuis la mort de mon père, elle attendait. Le rôle de la veuve lui convenait mal, son budget plutôt serré l'incommodait. « Plus j'aurai d'argent, moins on m'embêtera avec des questions », disait-elle. « On n'interroge pas les riches, on leur fiche la paix. »

Ce n'était pas le moment de lui poser une question sur les élèves de mon père. Je la calmai, elle raccrocha un peu apaisée.

Je retrouvai aussitôt Montgomery.

— Navré de vous avoir retardée, un long appel de ma mère...

— Elle va bien ?

Que répondre ? Énumérer à cette brave femme un chapelet de problèmes : drame, deuil, solitude, dettes, et en plus un cambriolage ?

— La vie n'est pas toujours confortable...

Elle prit un air condescendant :

— Je plains votre mère. Perdre un mari à cinquante ans, c'est le pire moment. A quarante, on recommence sa vie, mais plus tard, ça ne marche plus. Il paraît qu'on s'habitue à l'indépendance. Mon exemple est flagrant. J'ai pris goût à la liberté dès mes trente ans sans avoir été mariée, alors les hommes...

— Vous avez raison. Si nous regardions les papiers...

Elle s'empressa.

— J'ai tout préparé. J'espère qu'après vos vacances vous reviendrez un peu plus patient, plus aimable... Comme vous l'étiez avant la mort de votre père.

La remarque était inattendue. Un détestable sentiment de culpabilité m'envahit.

— Je ne suis pas assez aimable ?

Elle était soucieuse.

— Ne m'en veuillez pas... Je vous donne un conseil amical et surtout, confidentiel. Ne laissez pas vos dossiers au docteur Miller... A votre retour, vous n'aurez plus de clients.

— Pourquoi ? Qu'avez-vous contre le docteur Miller ? Un confrère parfait, et content de m'avoir auprès de lui.

— Lui, il a la chance d'avoir une nature plus agréable que la vôtre, cela attire les gens. Vous êtes si impatient...

Elle marchait sur mon portrait dessiné sur le trottoir. Je détestais être ainsi décortiqué, analysé. Pourtant j'étais ému, Mlle Montgomery s'inquiétait de mon avenir. Était-ce le moment de lui avouer que je ne remettrais plus les pieds ici, que j'offrirais tous mes malades à Miller... Que Miller était le bon médecin et moi juste égaré dans cette branche ? Je n'avais pas le courage d'affronter l'effet de surprise et le chapelet de questions que j'aurais provoquées.

— Il est normal que les patients veuillent aller vers lui. Je ne suis qu'un associé, une seconde voiture. Le dépannage.

Elle me contemplait, perplexe.

— Vous avez quand même vos propres malades... Mais il suffit qu'il vous remplace une seule fois et les gens découvrent sa douceur. Vous, on dirait que vous en voulez aux vivants. Ce n'est pas leur faute si votre père a été tué.

Elle me fixait, son regard était agrandi par des verres épais. Les contours de son visage anguleux étaient déjà alourdis et, lorsqu'elle souriait, les pattes-d'oie autour de ses yeux formaient un éventail de rides.

— Vous me peinez ; moi qui me croyais compréhensif.

— Vous l'étiez... avant votre deuil. Mais, depuis la tragédie de Vienne, vous n'êtes plus le même.

Les malades sortent de chez vous souvent désorientés, même énervés. Vous les effrayez. Le docteur Miller leur donne bonne conscience, il les console, les réconforte.

Au tréfonds de moi-même, j'admis qu'elle avait raison. Je me souvenais d'un incident regrettable survenu quelques semaines après la mort de mon père. Ce jour-là, j'avais interrompu le récit d'un cocaïnomane sevré qui, dans une crise de colère, menaçait de rechuter. Je m'entendais encore crier : « Bon sang, il y a des gens condamnés par des maladies incurables, qui agonisent et luttent désespérément pour prolonger leur existence, ne fût-ce que de vingt-quatre heures, et vous, avec votre sale fric, vous achetez de quoi vous démolir ! Chez moi, vous dépensez des sommes considérables pour me convaincre que vous êtes un type fini. Merde ! » Il était sorti de chez moi, affolé et indigné, ma secrétaire lui avait expliqué que, du côté de ma mère, j'étais français, donc latin, un Méridional qui se dominait mal. Le malade avait été repris et, en effet, « réconforté » par le docteur Miller.

— J'apprécie votre franc-parler et je le considère comme une preuve de sympathie à mon égard, mademoiselle Montgomery. Vous avez raison, on se voit rarement tel qu'on est.

Et si je lui avouais que j'avais saboté mes propres analyses, que j'avais toujours menti, camouflé mes vrais problèmes, que l'idée d'un subconscient vidé de substance me répugnait... Lui dire, malgré l'heure tardive, que je ne me serais jamais aventuré sur cette voie sans l'insistance puissante de mon père, que sa mort m'avait libéré de notre contrat moral et de la mise en scène artificielle de mon existence ? Mon destin m'appartenait enfin. Je m'accusais souvent de lâcheté, j'aurais dû me révolter à dix-huit ans et me tourner vers la seule science qui m'inté-

32

ressait, la biologie animale. Mais comment décevoir un père dont on est « la fierté, le bonheur, et qui espère tout de vous » ? Je m'étais incliné.

Mon attitude de repenti avait ému Montgomery.

— Alors, le fichier ?

— Vous le lui laissez.

— Avec vos notes ?

— Oui.

— Et vos réflexions personnelles ?

— Donnez-les-moi.

J'allais tout brûler, mais pourquoi le lui dire ? Plus d'explications. S'en aller enfin.

Elle prit une enveloppe épaisse dans son tiroir.

— Votre billet d'avion, votre réservation à l'hôtel Sacher pour deux nuits ferme et une option pour une troisième.

Elle souriait :

— J'espère que vous n'allez pas me maudire pour la surprise...

Je l'écoutais à peine, j'ajoutai, poli :

— En août, vous serez dans le Maine, n'est-ce pas ?...

Elle fut sensible au fait qu'une sombre brute comme moi ait pu s'intéresser à ses affaires personnelles.

— Vous ne l'avez pas oublié ? C'est gentil. Oui, je passe mes vacances chez ma sœur. J'ai trouvé une intérimaire parfaite pour le docteur Miller. J'en suis presque jalouse. Parfois, il vaut mieux être mal remplacée, comme ça on manque aux employeurs. Vous revenez quand ? A partir de quelle date puis-je prendre le premier rendez-vous ?

Je mentis délibérément :

— Début septembre. Le 8...

Sur le grand calendrier en face, son regard expert repéra l'erreur.

— C'est un dimanche...

— Alors, pour le 9...

— Parfait. Je vous souhaite de bonnes vacances. Votre maman reste à Princeton ?

— Elle a l'intention de partir bientôt pour la France.

— L'appel de la terre natale ! conclut Montgomery. Vous allez voir, maintenant que votre père n'est plus là, elle éprouvera un besoin de plus en plus grand de la France.

— A propos, je vous le dis tout simplement et sans hargne : vous n'auriez pas dû annoncer à cette personne, à Mlle Grant, mon départ pour Vienne. Je ne supporte pas qu'on compte dans ma poche ni qu'on dispose de mon emploi du temps.

Elle rougit et ses lèvres tremblèrent.

— Qu'est-ce que j'ai fait ?

— Vous lui avez dit que je partais pour Vienne.

Elle s'exclama :

— Moi ? Donner un renseignement personnel ? Jamais. Ç'aurait été une faute professionnelle. Vous ne l'avez tout de même pas crue ?

Sa voix était rauque d'émotion.

— Je suis secrétaire médicale depuis trente ans, je connais mon métier, vous ne pouvez pas m'accuser...

J'essayai de la calmer :

— Bon sang, ne vous excitez pas ! Ça vous a échappé... ça peut arriver à tout le monde...

— Non, non et non !

— Mademoiselle Montgomery...

Affolé, je cherchais son prénom. Elle accordait à cette affaire une importance démesurée. Je n'aurais pas dû lui en parler.

— Ne vous mettez pas dans cet état. Elle a dû inventer tout cela.

— Un nom de ville ne s'invente pas, docteur. Elle a été renseignée...

— Mademoiselle Montgomery, ne m'en veuillez pas, j'ai dû me tromper...

Elle se moucha longuement.

— N'empêche, quand on est aussi fatigué que vous, on est troublé. Vous avez cru entendre Vienne parce que vous y allez...

Je ne voulais pas la quitter dans cet état de crise. Je posai ma main sur son épaule, la chaleur qui s'en dégageait m'incommodait.

Elle marmonna :

— Quand vous faites un effort, vous êtes aimable.

— J'apprécie tellement votre dévouement.

Des sentiments obscurs émanaient d'elle, j'étais entouré de femmes pieuvres qui me tenaient dans leurs tentacules, elles attendaient tout de moi. Quatre personnes étaient au courant de mon départ pour Vienne : ma mère, ma secrétaire, l'ami de mon père qui habitait l'Autriche et que j'avais rencontré pour la dernière fois il y a dix-huit ans. Et mon oncle, Simon, viennois d'adoption.

Je voulais en avoir le cœur net. Je retournai dans mon bureau. Je décidai de laisser un message au domicile de Carol Grant, quelques mots sibyllins pour qu'elle m'appelle dès ce soir. Je demandai par l'interphone à Montgomery de chercher l'adresse et le numéro de téléphone d'un Grant qui devait habiter dans une des localités de Long Island. La voix étouffée d'émotion de Montgomery me hérissait. Je supportais de plus en plus difficilement les femmes dites « sensibles à l'extrême ». Ah, les dauphins ! Ah, les phoques ! Je n'étais intéressé que par les mammifères marins. La mer était ma vocation depuis toujours. La mer et ceux qui l'habitaient, et bientôt j'allais vivre à ma guise. Bénis soient le désert brûlant et la mer glacée qui m'attendaient en Namibie !

— Son prénom ? demanda-t-elle, peinée.

— Carol.

— Elle s'appelle Carol Grant ?

— En effet.

— Mais quel est le prénom du père ou du mari ? Il n'y a pas de C. Grant dans l'annuaire.

— Je ne le lui ai pas demandé.

— Ça va être difficile, monsieur. Grant est un nom courant... J'ai quelques Grant, mais pas avec un C devant.

— Interrogez le bureau des élèves de l'université de Princeton...

— Elle a été inscrite là-bas à quelle période ?

— La dernière année de mon père.

— Je vais essayer de trouver quelqu'un, il est tard.

En attendant, je rangeai mon bureau, l'odeur du papier m'écœurait. Ah, les dossiers, les notes non rangées, les objets, un trop-plein de papiers ! Montgomery m'annonça bientôt :

— Plus personne à cette heure-ci. Mais j'ai une amie qui fait actuellement des heures supplémentaires à l'université. Elle répertorie des documents pour les archives. Elle y arrive vers 19 h 30, je l'appellerai.

Elle insistait :

— Je vous jure que je vais remonter à l'origine de cette fuite.

Enfin prêt à partir, je la remerciai longuement pour son dévouement, lui donnai la somme nécessaire pour payer la femme de ménage et couvrir les frais divers, y compris la correspondance, puis je lui confiai mon coquillage géant des mers chaudes. Je le reprendrais en septembre, lors de mes adieux définitifs.

— Pourriez-vous le ranger quelque part ?

— Je le poserai dans l'armoire métallique, et je

glisserai la clef à l'endroit habituel. Vous n'avez pas oublié la cachette ?

— Non.

Je n'avais plus qu'une envie : m'en aller d'ici. Je décidai de passer l'éponge sur la faute de Montgomery. Enfermée dans sa vie professionnelle, elle accumulait des réserves de passion. A un moment donné, ça avait débordé. La phrase de trop... Si Carol Grant avait obtenu ce renseignement par des voies détournées, elle ne l'aurait pas utilisé avec autant de naturel. J'avais de l'estime pour la conscience professionnelle de Montgomery, elle avait droit à une erreur. Elle circulait avec un walkman et cultivait ses nostalgies avec Sinatra. Elle avait pu perdre les pédales une seconde. Ce n'était pas un crime, juste une coïncidence désagréable.

Un quart d'heure plus tard, je pris congé d'elle, mais je fis demi-tour devant la porte et revins dans mon bureau. Je pris un tranquillisant dans une boîte bourrée d'échantillons de médicaments. La journée n'était pas finie, j'en avalai un demi-comprimé. Je me sentais aussi productif qu'un hamster qui s'épuise sur sa roue. Je redis à Montgomery :

— Au revoir, et passez de bonnes vacances !

— Je vous souhaite un séjour agréable à Vienne, dit-elle. Reposez-vous.

En touchant la poignée de la porte, je me croyais libéré. Mais mes instincts asphyxiés me trompaient. Je prenais la direction de l'enfer.

CHAPITRE 2

Maladroit, en lutte perpétuelle avec les objets, je croyais obstinément que la porte du cabinet médical me poussait dehors ; le battant blindé fonctionnait avec une ressort. Je longeai le couloir avec un soupir vindicatif, je m'approchai de l'ascenseur, appuyai plusieurs fois sur le bouton d'appel ; j'espérais l'effet du tranco-chose pour desserrer l'étau de nervosité. J'entrai dans la cabine, son miroir reflétait une gueule de déterré. En traversant le hall, je levai la main pour saluer le doorman ; il jeta sur moi un regard indifférent et se replongea dans un journal. Je n'étais pas la grosse bête à pourboire.

Dehors, c'était le stress de la fin de journée ; la foule épaisse, enveloppée dans le crépuscule rose et noir, se referma sur moi. Madison en demi-deuil me flanquait le cafard. Une femme au maquillage brouillé chouchoutait son chien, un clochard tenait au-dessus de sa tête une gourde et s'aspergeait d'eau. Je marchai d'un rythme mou jusqu'à la 94ᵉ Rue. Aujourd'hui, le trajet était particulièrement épuisant. Vers la 83ᵉ, perdu dans mes pensées, je négligeai un Don't walk. Une limousine noire me frôla. Je regrimpai sur le trottoir, l'oxyde de carbone me grattait la gorge ; je traversai ensuite avec un petit groupe en me shootant avec mon fantasme préféré : la vision de l'océan à l'infini.

Je me cognai à un livreur, un type robuste en manches de chemise, chargé de grands cartons.

— Con ! me lança-t-il.

Je haussai les épaules. Je souffrais de plus en plus des gens, de leur aspect, de leur odeur, de l'émanation de leur colère, tout m'écorchait. Et Manhattan avait tout d'une cocotte-minute mal vissée, prête à exploser. Même les regards dégainaient.

J'arrivai enfin à l'angle de la 94ᵉ Rue Est et Madison. Snob, vieillotte, provinciale, ourlée de quelques frêles arbres préservés de l'urine des chiens par des grillages, ma rue était une vieille maîtresse confinée dans une décrépitude distinguée. J'habitais au quatrième étage d'un *brownstein*, immeuble ancien construit dans les années 1900. Je m'arrêtai une seconde, j'aurais dû rebrousser chemin et faire des provisions au Deli le plus proche, mais il était plus urgent de passer chez la teinturière, à quelques pas de mon immeuble. Il fallait enfin reprendre les vêtements que j'avais apportés des semaines plus tôt. Dans le miroir qui encadrait la vitrine je me dévisageai un instant. Les yeux presque noirs, les traits réguliers, les cheveux foncés abondants, le style intello dans la catégorie costaud. A force de vivre ici, j'étais devenu une New-Yorkais doublé d'un Français, au fond duquel un juif polonais de jadis couvait ses angoisses. Parfois je croyais entendre ma voix, une voix d'enfant : A la maison... J'aimerais aller chez moi. — Où ? Dans quel pays ?

Du fond de sa boutique, à l'atmosphère saturée d'émanations de produits chimiques, la Grecque me fit un large signe. Deux Portoricaines aux dents jaunies et aux épaules rentrées dans les omoplates repassaient. Il fallait être un salaud pour porter, insouciant, des chemises sorties de leurs mains fatiguées. La patronne se frayait un passage entre les vêtements rangés sous des housses transparentes et accrochés sur les barres.

— Docteur, vous voilà enfin. Tout est prêt.

Balbutiements. Obligé de présenter des excuses parce que je crève de travail ?

— Merci... pas pu... Submergé...

Me justifier, pourquoi ?

— Vous travaillez trop...

La phrase allumait la mèche. La flamme se propageait vers le baril.

Elle insistait :

— J'ai pensé que vous aviez oublié vos affaires, j'allais glisser un mot dans votre boîte aux lettres. J'ai tout laissé sur des cintres, prêt à ranger dans les armoires.

Remerciements, nouvelles excuses : Navré, vraiment, pas une seconde, la vie quotidienne d'un médecin... Encore un peu, et j'explose.

— Le deuil vous fatigue aussi, dit-elle, péremptoire, en déposant sur le comptoir mes fringues ennoblies par leur séjour chez elle. On n'oublie pas un père du jour au lendemain...

Je refusai l'émotion. Il fallait me barrer d'ici. Je tâtai mes poches, je cherchai sans conviction le ticket des vêtements.

— Pas la peine, dit-elle. Vous avez dû l'égarer, comme d'habitude. Une seconde, partez pas, j'ai quelque chose à vous demander... Je reviens.

Elle rapporta de l'arrière-boutique un imperméable. De loin, je reconnus la vieille pelure que je traînais partout, depuis mon départ de San Francisco, il y a plus de deux ans.

— C'est à vous ?

— Oui. Il a fait un bout de chemin avec moi...

— Si je n'avais pas la mémoire que j'ai, vous seriez tous perdus ! Vous n'avez pas idée de ce que les gens oublient. J'ai une pièce remplie de vêtements abandonnés. Les gens ne cherchent plus leurs affaires, ils en rachètent. Un monde ! Même quand ils ont peu de fric... C'est fou, non ?

Je reconnus que c'était fou — elle m'envoya un clin d'œil complice.

— L'imper, c'était fini pour vous, hein ?

— Je l'aurais cherché à la première pluie...

Elle m'ausculta du regard, elle allait me dire une chose désagréable.

— C'est ce que vous croyez. Vous me permettez une remarque ?

— Allez-y.

— Vous n'avez pas bonne mine.

— Je sais. Je vais prendre quelques vacances...

— Vous en avez besoin. Depuis que vous habitez par ici, vous travaillez sans répit. Vous êtes surmené. Il faut vivre.

Parce qu'elle vivait, elle, dans son demi-sous-sol empesté de produits ?

— Vous avez raison.

Elle attacha les cintres en fil de fer à l'aide d'une ficelle.

— Voulez-vous que j'aille avec vous jusqu'à la porte d'entrée ? Vous avez votre clef ?

— Merci. Surtout ne vous dérangez pas.

Je payai, elle m'aida à franchir le seuil. Je la quittai confondu en remerciements et, en essayant de me dégager rapidement, j'accrochai le bout de ma chaussure au bord gondolé d'un grillage. Elle m'observait, soucieuse.

— Ça va aller ? Je peux venir avec vous.

— Pas la peine...

Deux gosses déferlaient sur leurs planches à roulettes, ils m'avaient évité de justesse. Trois marches plus bas que le trottoir, la porte d'entrée de l'immeuble était légèrement entrebâillée. J'étais étonné. Les locataires respectaient religieusement les consignes de sécurité. Je pénétrais dans de vieilles odeurs et j'avançais sur le carrelage abîmé. Il fallait monter au quatrième étage à pied, je ne râlais pas... L'appartement, à deux pas de Central Park, ne me coûtait que mille deux cents dollars par mois. Quand l'immeuble serait rénové, on augmenterait sans doute le loyer, mais je n'habiterais plus ici. Enfin arrivé chez moi, je déposai avec un soupir de contentement mes vêtements sur la table du hall déjà encombrée de papiers, de journaux encore sous leur bande, de correspondance privée, et de publicité. Pour m'en débarrasser, il fallait des sacs-poubelles. Plus tard, je ferais un saut au Deli, ouvert jusqu'à minuit. Je devais aussi acheter du lait écrémé pour le petit déjeuner de ma mère.

Dans mon living-room minable, je jetai un vague coup d'œil sur le tapis persan acheté au rabais dans un magasin de discount à Lexington, il camouflait deux légers trous du parquet usé. L'appareil de conditionnement d'air fonctionnait avec un bruit d'usine, et de Central Park me parvenait le son aigu des sirènes des voitures de police. Ma valise, déjà à moitié remplie de livres et de chemises, gisait sur le plancher. L'idée même de me pencher en avant et de la fermer me rebutait.

Je revins sur mes pas vers la cuisine. Dérangé par mon arrivée, un cafard au dos bombé se précipita sous le meuble pourri de l'évier. Je pris une canette de bière dans le réfrigérateur ; l'oreillette de métal mal recourbée heurta ma lèvre supérieure, je sentis couler quelques gouttes amères sur le menton, tant pis, la douche ôterait l'odeur. Puis, saisi par une bouffée de crainte et l'idée fixe qu'on me surveillait, la canette à la main, immobile, j'écoutai. J'avais la détestable impression d'une présence. Je me retournai. Personne. Depuis la mort de mon père, je vivais comme un homard dans son casier, attendant le doigt pointu qui me désignerait au cuisinier. J'eus envie de pousser un cri, juste pour entendre ma voix, un immense Holà !, pour me rassurer.

Boire encore. Je cherchai une deuxième canette. Mal placée au fond du vieux frigo, elle était gelée. Un cube de glace ! Je la déposai dans l'évier et décidai de prendre une douche. Je me dirigeais vers la chambre, je sifflotais faux et fort. Il me fallait soulever légèrement le battant de la porte pour entrer dans ma tanière.

*
* *

L'écrasement ! D'innombrables douleurs aiguës, l'idée instantanée de la mort... Un bras me serre la gorge à hauteur du larynx. L'oxygène par petites doses. Plusieurs individus s'acharnent sur moi. Ils me tordent les bras en arrière et les maintiennent brutalement dans mon dos. Combien sont-ils ? Deux ? Trois... On renverse ma tête an arrière, une pression de plus et on m'étrangle. On me broie les poignets, on les lie avec du fil de fer. Mes veines... On me bande les yeux. Je m'affole, je n'ai pas d'objets de valeur ni de coffre caché.

Je m'entends dire :

— Pas d'argent...

— Crâne pas, dit le type derrière moi. On n'a pas de temps à perdre, tu sais ce qu'on veut. Tu parles ou tu crèves.

La pression de son bras sur mes vertèbres cervicales est énorme. Une pénétrante odeur de sueur et d'haleine fétide. Il me souffle dans l'oreille. Ma tête est écrasée contre sa cage thoracique, il pue la nicotine. Il suffirait d'un geste pour que je cesse d'exister. Ils me traînent vers la salle de bains. J'entends l'eau couler. On parle près de mon visage...

— Quand t'as vu ton père pour la dernière fois ?...

Cette voix me marque comme une lame brûlante. Un peu nasale, avec des aigus, presque hystérique.

— Réponds ! Quand ?

— Quelques jours avant sa mort.

— Il t'a confié quelque chose. Inutile de le nier.

— Il ne m'a rien donné. Il partait pour Vienne.

— Il ne t'a pas dit où il le gardait ?

— Je ne sais pas ce que vous cherchez.

— Il t'a fait des confidences...

— Non. On s'est vus à peine quelques minutes. Je partais aussi, au Mexique. A mon retour, j'ai appris sa mort.

— Tu mens.

— Il ne m'a rien dit.

— Réfléchis, ordure !

On me soulève. La baignoire ! Remplir d'air mes poumons juste avant qu'on me plonge. Je me débats, la bouche fermée ; le bandeau tombe, les yeux ouverts dans l'eau, je vois le bouchon et sa chaîne. Je vais avaler l'eau. Mes poumons explosent, ma tête est un ballon. Souffrance intolérable. Ils me font émerger, je crache, je halète, j'aperçois vaguement une tête recouverte d'une cagoule ; ils me replacent le bandeau et ils le serrent cruellement.

— Je ne... sais pas... quoi... pourquoi ?

Ils me forcent à m'agenouiller, mon nez est plaqué contre le bord de la baignoire, ils m'accordent de l'air. L'air... l'air...

— Levinson, tu n'as pas le choix ! Ton père l'a planqué quelque part...

— Sais pas...

On me replonge dans l'eau, mon front touche le fond écaillé de la baignoire. Mourir si salement... des secondes de lutte, une éternité. Puis on me jette sur le carrelage, je vomis, la morve coule sur mon menton...

— Erreur...

Un coup de pied dans mes côtes, je dégueule, une douleur fulgurante m'empêche de tourner de l'œil.

— Tu t'apelles bien Levinson ? David Levinson ?

— Oui.

— Alors, parle...

— Je ne...

— Tu crânes ! L'endroit...

— Sais pas ce que...

— Imbécile, tu veux nous faire croire qu'il t'aurait pas refilé le tuyau ?

— Je vous jure...

Encore à l'eau. Je connais mes limites. C'est la fin. Des images brouillées derrière le bandeau, mes oreilles sous pression, comme bourrées de tampons gonflés, le monde éclate. Enfin, de l'air. Par terre à côté de la baignoire, le nez aplati contre le carrelage, je fête la vie. Un pied s'appuie lourdement sur mes mains attachées dans le dos. Il va m'écraser le coccyx et les mains en prime, mais je respire. J'entends de très loin la sonnerie du téléphone. Le pied insiste sur mes poignets et sur mes reins.

— Je ne vais pas te lâcher, je te retrouverai où que tu ailles. Et si tu résistes, tu iras dans une chaise roulante en enfer.

Cette voix... Je sortirais même d'une tombe pour la retrouver. Cette voix... Des chaussures emboîtent mes tempes. Ma tête dans un étau. Un autre pied appuie en plus sur le bas du dos. J'entends respirer, chuchoter, le silence me fait craindre les pires souffrances ; de nouveau des questions. Ils croient que je détiens un secret. Je répète que je ne sais rien — la pression augmente de tous les côtés, ma tête n'est plus qu'une coquille d'œuf.

— Tu n'étais pas à l'enterrement... tu t'es barré avec ce qu'il t'a confié, n'est-ce pas ?

— Arrivé après l'incinération.

— Et avant ?

— Il ne m'a rien donné.

Douleur insupportable. Je hurle, il a dû me casser une côte.

— Tu avoues ?

— Je vous dis que je ne sais rien...

Le poids sur mon dos se fait atroce. S'il l'écrase, ce sera des broches en acier, peut-être des mois, sinon toute la vie dans une chaise roulante... Mon nez dans ma vomissure. J'implore. En dégueulant l'eau, j'essaie de prouver mon innocence.

— On va t'amocher. T'amocher vraiment. Ton père...

— Mort.

Douleur violente.

— Si j'appuie ici, dit la voix en accentuant la pression à la hauteur de la quinzième vertèbre, je ferai éclater la colonne de Levinson. Levinson crève. Plus de Levinson.

Je m'entends de loin :

— Père, mort...

Ma tête éclate.

CHAPITRE 3

J'émerge des eaux troubles de ma mort provi-
soire, je reste immobile, je guette. Je m'égare sur
une passerelle de douleur. Peut-être me surveillent-
ils... Ma nuque est meurtrie, je peux à peine tourner
la tête. Très lentement. La crainte d'une douleur
aiguë. Je regarde le carrelage de près, un myope
fou qui observerait l'eau souillée. La salle de bains
est inondée, je vomis de nouveau. J'essaie de me
redresser, sur les genoux d'abord. Je tombe, je me
heurte le front contre la paroi de la baignoire. J'ai
envie d'uriner, je peux me retenir, ils ne m'ont pas
écrasé la vessie. Je tente de me hisser sur les genoux
une fois de plus. Je halète. Mes bras sont toujours
attachés dans le dos, mes mains sont mortes. Me
lever. La cuisse droite plaquée contre la baignoire,
je réussis enfin à me tenir. Je crache de l'eau, elle
goutte de mes narines, je secoue la tête, je crois
rugir, j'émets juste un râle. A peine plus qu'un râle.
Je perçois, comme à travers une couche d'ouate, la
sonnerie de la porte d'entrée... Ma mère ! Depuis
quand sonne-t-elle ? Si elle trouve le temps trop
long et imagine que je l'ai oubliée, elle est capable
de s'en aller... Enfin debout, j'avance en titubant,

ma tête, étrange ballon, pèse, mais elle me porte aussi. Je voudrais hurler « Hé, j'arrive ! », je ne peux que croasser. Je traverse le salon comme un ivrogne, en zigzag ; je m'agrippe ici et là et je parviens enfin au bout du monde... dans l'entrée. La tête en avant, je me cogne contre la porte. Je lève lourdement mon pied gauche et, tel un enseveli vivant, je tape de mes dernières forces. Le choc m'irradie de douleur. Je heurte mon visage contre le battant, ma mère crie, ma mère m'interpelle : « David ? David... Qu'est-ce qui se passe ? » J'appuie mon menton sur la poignée qui rebondit et m'érafle le visage, mais le battant cède et s'entrouve. Ma mère pénètre violemment dans l'entrée, me déséquilibre, je tomberais en avant si elle ne me retenait de justesse. Je sens ses mains, elle me contourne, elle crie.

— Ah, Dieu, qu'est-ce qui t'arrive, David ?

— Mes mains. Vite...

Elle court à la cuisine et revient avec des ciseaux, mais il est impossible de les glisser entre les veines et les fils de fer.

— Je cherche, David. Attends...

Elle tente de dénouer les fils. J'attends en m'appuyant contre un mur, elle me fait mal, il faut un temps infini pour me dégager.

— Qu'est-ce qu'on t'a fait ? J'appelle un taxi, il faut courir à un service des urgences. Un médecin... Il faut un médecin.

Les mots grossissent sur mes lèvres comme des bulles de chewing-gum :

— Médecin, moi.

— Il y a encore un tour. Attends, ça vient... Là, je coupe. Tes mains vont te faire très mal. Il faut demander du secours, tu es trempé, David...

— M'ont plongé dans la baignoire... me faire avouer...

— Ne bouge pas. Là, doucement, j'arrive, ah... ça y est.

Une violente douleur me traverse, le sang afflue vers deux sacs de plomb : mes mains. Un gémissement perçant, une salive épaisse me soulage. Enfin déliées, je les regarde, les retourne : elles sont difformes. Envie de vomir.

— Crache, dit-elle. Crache. Et je téléphone à la police. Il faut tout leur dire, leur montrer. On va crever si on ne les alerte pas. Elle devrait nous protéger.

Je veux la raisonner :

— De qui ?

— De ceux qui cherchent...

— Tu sais ce qu'ils cherchent ?

Elle crie presque :

— Ne me regarde pas comme si j'étais, moi, une criminelle. Je n'en sais pas plus que toi.

— Quelle est la preuve qu'on m'a torturé ?

— Mais regarde-toi...

— Il faut des preuves. Toujours des preuves. Il n'y a même pas eu d'effraction. Ils avaient la clef.

— La clef ? répéta-t-elle, ahurie. Mais qui leur a donné...

— Je ne suis pas le premier locataire ici. Hé, vite, mes jambes vont me lâcher...

Elle me conduit dans la chambre, me déshabille et m'enveloppe d'un peignoir. Ses gestes sont précis, elle s'essuie parfois les yeux. elle pleure de me voir dans cet état. Assis, dos appuyé contre les oreillers, jambes allongées, je contemple mes mains, deux nœuds de souffrance. Ma mère revient de la cuisine, munie d'un seau et d'une serpillière pour éponger l'eau répandue un peu partout. Puis :

— Quoi que tu dises avec tes histoires de preuves, la police devrait venir ici pour nous rassurer.

— Et tu leur dirais quoi ?

— Tout. Que depuis la mort de ton père on nous persécute. La maison cet après-midi, toi ensuite... Des gens bien organisés et pressés. Je me moque de l'assurance... Si on nous tue avant, le fric ne servira à rien.

Je revomis un peu d'eau sur la grande serviette éponge qu'elle a posée sur la couverture. Elle m'essuie le nez. Elle circule, elle bourdonne.

— Selon moi, il y a une erreur gigantesque quelque part. Une erreur sur la personne. Entre nous soit dit, je doute de l'histoire du type qui aurait tiré au hasard dans la foule.

Je chuchote, plus de voix :

— Pourquoi tu n'y crois pas ?

— A cause de ce qui est arrivé depuis. Nous sommes harcelés, menacés. On cherche Dieu sait quoi.

Elle prend une voix confidentielle :

— Peut-être sommes-nous mêlés à une histoire qui ne concerne que des juifs, et des choses du passé. Il doit exister un autre Levinson qui s'appelle Samuel et qui est aussi chercheur.

J'écoute les yeux fermés.

— Et si c'était ça ? Ton père n'a pas pu être mêlé à une histoire de vengeance ou de règlement de comptes.

— Il y a deux affaires. Ceux qui cherchent ne sont pas ses assassins. Avec sa mort, le soi-disant secret est parti avec lui... Il ne faut pas écarter l'hypothèse qu'ils veulent avoir le manuscrit.

— Il le portait partout avec lui, le manuscrit doit être à Vienne.

J'essaie de raisonner :

— Il n'est pas chez Simon. Il a pu le déposer n'importe où dans la maison de Schaeffer. Et si Schaeffer l'avait trouvé, il nous l'aurait rendu.

Je croasse :

— Si j'arrive à Vienne vivant, je vais ouvrir toutes les caisses...

— Simon a tout mis sur inventaire, dit ma mère. Pas de trace du manuscrit, et puis on ne s'entre-tue pas pour obtenir un catalogue des cataclysmes prévus dans cinquante ans... Il n'y a que l'éditeur qui le réclame.

Je tousse.

— Alors, il existe peut-être un objet unique, de grande valeur, dans sa collection.

— Penses-tu ! dit-elle, agacée. Ton père n'avait pas le sens des affaires, on lui vendait n'importe quoi ! Depuis que j'ai fait cesser le va-et-vient perpétuel des musiciens chez nous, il boudait, il gardait ses acquisitions chez Simon. Selon lui, il y a des documents, des lettres et des partitions intéressants, quelques pièces rares, mais pas de trésors. Il veut que tu examines l'ensemble des divers documents avant qu'il les vende. Dans deux jours, tu seras à Vienne. Enfin, tu devrais y être...

Elle me regarde, incertaine.

— ... Si tu es en état de voyager...

Ma gorge brûle.

— Notre échec, maman, c'est le fait que tu n'as même pas un soupçon de ce qu'on peut chercher avec cette brutalité...

— Non. Notre vrai dialogue a cessé quand j'ai prié ton père de choisir entre moi et son cher quatuor, quand je lui ai dit que je ne voulais pas être la prisonnière à la fois de la musique classique et de la science, et que je te ramènerais en France...

— Me ramener ? J'avais quel âge ?

— Douze ans... Alors il a commencé à camoufler sa passion, à la refréner, pour nous garder. Et en vérité, il n'aurait jamais eu suffisamment d'argent pour acquérir un objet qui suciterait une telle violence. Un incident me revient à l'esprit ; à l'époque, je ne t'en ai pas parlé, je n'y attachais pas d'importance...

Je claque des dents, je désire un thé chaud, mais je ne veux pas interrompre ma mère.

— Quel incident ?

Énervée, elle se remémore la rencontre.

— Un homme d'une quarantaine d'années, ou peut-être plus jeune, est venu me rendre visite. Il m'a dit qu'il était sociologue, chercheur, et fervent admirateur du professeur Levinson.

— Où était papa ? A l'université ?

— Non. Ce jour-là, il donnait une conférence à Boston. L'homme insistait poliment. Il travaillait sur la biographie de certains chercheurs, il était passionné par les astrophysiciens et par le problème des explosions solaires. Il désirait publier une série de portraits de ces hommes qui ne cessent — selon ses propres mots — de déchiffrer l'avenir de notre planète. Il m'interrogeait, je lui parlais de la passion de Samuel pour la musique classique, les voyages, et les retrouvailles avec ses camarades de jadis pour former un trio ou un quatuor. Je lui ai dit que le destin avait empêché mon mari d'être violoniste et qu'il ne jouait qu'en amateur, mais avec quelle ferveur...

— Tu as raconté tout cela à un inconnu ?

— Ce n'était pas des secrets, David. Ton père n'avait jamais caché sa passion pour la musique. Tout à fait au début de sa carrière, il a écrit...

— *Les Liens entre la musique et la science*. Continue, maman. Que s'est-il passé ensuite ?

— Il m'a demandé l'autorisation de photographier le bureau de Samuel pour illustrer le chapitre qui lui serait consacré. J'ai refusé. Il a promis de revenir et de demander cette autorisation à ton père.

— Il t'a donné un nom quelconque ?

— Évidemment. J'ai même demandé à voir son permis de conduire...

— Tu t'en souviens ?

— Non. L'homme était plutôt agréable, il inspirait confiance. Blond aux yeux clairs, un peu gauche dans son costume... Je l'aurais mieux vu vêtu d'un jogging.

— Tu as raconté tout cela à papa ?

— Vaguement. Il m'a écoutée, sévère, et m'a priée de ne pas le livrer aux curieux. Il m'a dit aussi que, sans doute, ses travaux suscitaient enfin suffisamment d'intérêt pour qu'une fouine veuille s'introduire dans la maison. Il a ajouté aussi que son amour de la musique était connu et que je ne savais rien d'essentiel. Il n'y avait donc aucun risque d'indiscrétion de ma part.

— La remarque n'était pas flatteuse...

— C'était un mauvais jour, a-t-elle répondu, morne. Il était énervé.

Soudain elle m'échappait, elle allait et venait. L'évocation de leur vie commune la bouleversait, elle rangeait l'appartement pour se calmer. J'ai dû m'assoupir, je n'avais plus la notion du temps.

*
* *

Une quinte de toux violente me réveilla, provoquant des douleurs aiguës. Je demandai à ma mère de prendre un calmant dans l'armoire à pharmacie, j'espérais m'apaiser. Elle revint et s'assit sur le lit, elle me regardait pendant que j'avalais péniblement les comprimés.

— David, je peux te parler ?

— Évidemment.

— David... L'homme en question... J'ai la certitude qu'il est revenu à la maison et a photographié le bureau de ton père.

— Photographié ?

— Oui. Ayant vu la réaction de ton père, j'ai eu des remords d'avoir laissé entrer quelqu'un. Je ne quittais plus la maison en l'absence de ton père sans avoir disposé les chaises selon un aménagement précis, que n'importe qui en passant aurait modifié. Quinze jours plus tard — ton père était à Houston —, j'ai constaté à mon retour que les chaises avaient été déplacées, les portes du bas de la bibliothèque légèrement entrebâillées. Selon moi, l'individu est revenu et a fait un inventaire photographique.

— Inventaire ?

— C'est une idée. Une impression. Les dossiers avaient été sortis et rangés ensuite, mais en désordre.

— Tu as dit tout cela à papa ?

— Non. Je me sentais coupable... Apparemment rien n'avait été volé, j'ai préféré garder le silence. Je te fais un thé ?

— Oui.

J'attendais sur le lit, impatient, j'avais mille questions à lui poser.

Elle revint enfin avec un plateau et me versa du thé dans une grande tasse ébréchée. Je l'observais. Elle n'avait pas une ride, juste les yeux cernés et un regard triste. Ses cheveux étaient très foncés, courts et bouclés, ses yeux d'un marron chatoyant et son nez fin, élégant. L'âge n'avait pas encore laissé ses empreintes.

Je pris la tasse, mes mains endolories éprouvaient la chaleur de la faïence.

— Tu as peut-être vu le meurtrier de papa...

— Mais non. Il n'aurait pas eu besoin d'aller à Vienne et de s'attaquer à Samuel au milieu d'une foule. Il aurait pu tirer sur lui à Princeton, ne fût-ce que pendant ses séances solitaires de jogging.

Je réfléchissais.

— Tu ne me facilites pas la vie, maman. Au lieu de m'accompagner à Vienne et d'affronter là-bas à deux cette situation difficile, tu hésites. Tu ne rentres pas en France non plus...

Énervée, elle m'interrompit :

— J'en ai marre. Je t'ai dit mille fois que je ne m'y rendrais pas sans argent. Que veux-tu que je raconte à ma sœur, hein ? Je suis la veuve d'un scientifique mondialement connu, assassiné dans une taverne à Vienne, qui ne m'a laissé que des dettes et des tueurs à nos trousses... Tu imagines sa tête ? Il est déjà pénible d'être veuve — je déteste ce mot —, mais si j'avais de l'argent ce serait supportable, je n'aurais à subir ni leurs questions, ni leurs railleries plus ou moins dissimulées... Pleurer en comptant les sous ? Très peu pour moi. N'oublie pas que dans le passé, j'avais quand même un certain standing. J'arrivais avec des cadeaux, j'étais la « sœur américaine ».

— Tu n'es pas sur la paille.

— Pour moi, si.

Mon père avait souscrit deux assurances ; la première, contractée à ma naissance, nous avait été réglée : cent mille dollars à chacun. Mais un autre contrat, signé quelques mois avant sa mort, prévoyant une garantie de huit cent mille dollars à partager entre ma mère et moi, était discuté par la compagnie. Le contrat avait exclu le paiement en cas de suicide, d'attentat à tendance politique, de décès survenu lors d'une émeute, d'un tremblement de terre ou à la suite d'une guerre. La mort brutale du savant dans une taverne viennoise laissait la compagnie perplexe, et la direction avait décidé d'ouvrir une enquête sur le passé de mon père.

— Si tu veux mes cent mille dollars, maman, je

te les donne. Avec ta part, ça ferait deux cent mille...

Je regrettai aussitôt mes paroles généreuses. Si elle acceptait, je perdrais ma liberté de mouvement. J'étais en correspondance depuis huit mois avec des chercheurs allemands installés en Namibie. On m'y attendait, mais la date de mon arrivée n'était pas fixée. « Venez dès que vous le pourrez, vous serez bien accueilli. La vie ici est rude, mais passionnante. » Certains d'entre eux travaillaient sur la chaîne biologique des mammifères marins et le mécanisme de reproduction des otaries. Je n'avais pas encore parlé de ma décision à ma mère, je devais d'abord régler la succession. Et il fallait aussi rester en vie...

Elle partit faire son lit sur le vieux canapé du salon. On échangeait des paroles décousues, on guettait chaque bruit.

— Je ne veux pas de ton argent, tu en as bien besoin. Il ne s'agit pas de te dépouiller, la compagnie doit payer la deuxième somme. Même si je n'y crois pas, l'hypothèse de la police autrichienne : l'acte d'un déséquilibré, doit être reconnue.

Je fermai les yeux. Elle déambulait.

— Tu dors, David ?
— Non.
— Je peux te parler ?
— Oui.
— Avant, sa musique me faisait souffrir, maintenant, c'est le silence qui me chagrine. J'ai été injuste et impatiente avec ton père. Il y a quelques jours, je suis allée dans son bureau. Je ne supportais plus l'absence de sa grande musique, que pourtant je fuyais de son vivant. J'ai regardé l'installation, des boutons, des leviers, un monde technique effrayant. J'étais comme aux commandes d'un avion. J'ai touché quelque chose et une bande s'est mise à se

dérouler à un rythme accéléré, puis s'est arrêtée. J'étais comme dans une tombe...

Plus tard, perdu dans la nuit, je me levai pour essayer mes jambes, je me traînai au salon, ma mère regardait la télévision. Elle baissa le son.

— Tu ne peux pas dormir, n'est-ce pas ? Moi non plus. Il faut raconter notre calvaire à Schaeffer. Samuel était plus intime avec lui qu'avec son frère Simon. Depuis le jour où j'ai connu Schaeffer, il me fait les yeux doux.

Je m'écroulai dans un fauteuil.

— Les yeux doux ?

— Je lui ai plu. Il m'a raconté qu'il allait prendre sa retraite à Ibiza. Et me regardait... C'était plutôt flatteur. Je ne l'ai plus revu depuis qu'il est veuf. Bientôt cinq ans... Un vrai veuf.

— Ça veut dire quoi, vrai veuf ?

— Sa femme est morte d'un cancer.

— Je ne vois pas le sens du mot « vrai »...

— Je suis une fausse veuve, dit-elle les yeux soudain pleins de larmes. Mon mari a été assassiné. Je l'ai perdu à la suite d'une agression, ce n'est pas la même chose. Je suis plus victime que veuve.

J'étais fasciné par son raisonnement. Nous étions des pantins secoués par le destin, enroulés dans de vieux peignoirs, écoutant avec la résignation des habitués les sirènes des voitures de police qui sillonnaient Central Park.

Le téléphone sonna. Elle prit mollement l'écouteur.

— Allô ! Oui... Comment ? La ligne est mauvaise, je ne vous comprends pas. Ah, c'est vous, docteur Schaeffer ? Quelle bonne surprise ! Mais parlez plus fort.

Et un débit rapide en français :

— Quel plaisir de vous entendre ! Nous n'avons que des problèmes... Oui, David arrive chez vous

59

après-demain... Du moins, je l'espère. Nous subissons des... Pas au téléphone ? D'accord. Mais j'aimerais tellement... Non ? Comme vous voulez...

Elle continuait avec des « si », des « quand même », des « moi aussi », puis : « Je vous passe David. »

— Bonjour, docteur Schaeffer. Je suis navré, je n'ai pas beaucoup de voix.

L'ami de mon père s'exprimait aisément en français.

— Ne perdons pas notre temps. Je n'ai pas voulu effrayer votre mère, mais à vous je le dis, votre présence immédiate est indispensable. Je dois vous communiquer certains renseignements... En aucun cas au téléphone. Je vous demande expressément d'avancer votre départ. Prenez le premier avion que vous pourrez, dès demain matin.

Il me demandait l'impossible. Mon emploi du temps était délirant.

Il insistait, assez agressif :

— David, je ne peux pas vous en dire davantage, mais j'insiste, venez tout de suite.

— Il m'est impossible de changer la date. Dites quelque chose...

— Non. En aucun cas. Si vous n'avez pas de solution — vraiment pas —, alors venez comme prévu. Mais je suis inquiet. Pour votre mère, pour vous, et pour moi aussi. Nous sommes tous dans le lot. Si on ne prend pas de précautions communes, on paiera pour les maladresses de...

— Maladresses de qui ?

— De Samuel.

— Docteur Schaeffer ? Allô ! Vous ne pouvez pas me laisser dans cette incertitude.

— Je suis obligé d'agir ainsi. Si vous pouviez persuader votre mère de vous accompagner, tout serait plus facile... J'ai tant de choses à lui dire. Depuis un an, j'insiste pour qu'elle vienne.

— Je le sais, mais ma mère...

— Têtue, dit-il. Dommage. Têtue et casanière.

J'écoutai encore quelques phrases sur la vie et la mort et, après un échange grinçant d'amabilités, je raccrochai.

Ma mère fit une grimace.

— Il est gentil mais angoissé, comme tous ces gens qui ont été persécutés jadis. Lui, il n'est pas juif, mais il a été arrêté comme anti-nazi, il a connu ton père dans un camp de triage. Affreux mot, n'est-ce pas ? Triage... On envoyait les gens selon leur état physique vers le travail forcé, ou vers la mort. Je n'ai que de vagues notions de cette époque, ton père évitait d'en parler.

— Schaeffer insiste pour que tu viennes, il veut nous parler de papa. Surtout à toi...

Elle bâilla délicatement.

— Pas question. Je ne veux plus me démolir. J'en ai assez de Vienne. Il faut dormir maintenant. Au moins, essayons. La journée a été d'une cruauté...

Je laissai la porte entrouverte entre la chambre et le salon, nous bavardions, à moitié endormis, attachés aux mots qui tiennent encore en éveil.

— Tu n'as vraiment pas l'ombre d'une idée de ce qui se passe ?...

— Non, dit-elle. Tous ces gens qui venaient à l'époque avec leurs instruments de musique étaient paisibles.

Et plus tard :

— J'ai épousé un homme moitié ombre, moitié lumière. Il a recommencé l'existence avec moi en tirant un trait sur sa vie antérieure. D'ailleurs, c'était pour lui une question de principe.

— Il ne te racontait pas son passé ?

— Je t'ai dit que non. Selon lui, « il faut expulser les souvenirs des malheurs. Sinon, il n'y a pas de vie possible, ni d'avenir. » Je n'insistais pas, le présent me suffisait : lui, sa science, sa musique. J'étais subjuguée, et heureuse de vivre avec quelqu'un que j'admirais.

Le visage sur mon oreiller, j'insistais :

— Pourquoi refuses-tu avec tant d'obstination le voyage à Vienne ? De quoi as-tu peur ?

— Peur ? Non. Plus que la peur, la panique. Je ne me remettrai jamais du cauchemar que j'ai vécu là-bas. Me retrouver parmi des inconnus dans le crématoire, devant un cercueil exposé sur une estrade...

Elle avait eu la générosité de ne pas ajouter « sans toi ». Elle continuait :

— Supporter les regards. J'étais bronzée. Les premières vacances au bord d'une mer chaude que ton père m'a offertes se sont terminées au crématoire de Vienne... Je me souviendrai toujours de l'escale à New York, je téléphonais partout comme une folle en te cherchant. Ton appartement ne répondait pas, le téléphone sonnait... Et chez Miller, le répondeur répétait toujours la même chose...

Elle n'avait pu s'empêcher de m'assommer.

— Tu rouvres la plaie...

— Je sais David que ce n'était pas ta faute... Quel cauchemar, Vienne ! Arrivée trop tard, le cercueil était déjà scellé... J'ai passé deux jours à pleurer dans la maison de Schaeffer, il était embarrassé par mon chagrin. Il tournait en rond, il ne trouvait pas ses mots. « Considérez ma maison comme la vôtre. » Je végétais dans l'une des vieilles chambres qui sentait le renfermé ou bien j'errais dans le jardin en friche. Il m'a montré le violon de ton père et m'a demandé si je voulais le garder. Je n'osais même pas le toucher. Un petit cercueil, ce violon.

— Tu l'as laissé là-bas ?

— Que faire d'autre ? Cet objet suscitait en moi trop de remords. Je l'ai persécuté, ce violon, je l'ai accusé de notre vie familiale pertubée. Si je pense à mes esclandres lors des séances de musique... Mais il faut se mettre à ma place aussi. N'importe qui arrivait à n'importe quel moment à la maison. Et voilà, un trio ou un quatuor se constituait, il fallait loger et nourrir ses fervents musiciens amateurs. Des illuminés. Quand j'ai mis fin à la musicomanie chez nous, ton père a déplacé sa passion chez Schaeffer. Donne le violon à Simon, il voudra peut-être le garder en souvenir. Qu'est-ce que j'ai souffert des crises de frustration artistique de ton père ! Ce n'était pas ma faute si on lui avait cassé les poignets pendant la guerre...

— Et Simon, dans tout cela ?

— Il n'était pas embêtant. C'était le moins obsédé par la musique. Pour lui, j'étais une goy, donc en dehors du clan. Ton père et lui n'ont jamais eu entre eux de grands élans d'affection, et Simon n'a jamais admis que ton père épouse une Française catholique. « Question de principe », avait-il dit à l'époque. « Il faut rester entre gens de mêmes racines, pas la peine de se mélanger. » Simon avait joué un rôle important à l'époque de l'arrivée massive des juifs à Vienne, légalement ou clandestinement. Comme ton père, il souffrait lui aussi de ses rêves déçus. Adolescent, il voulait devenir artiste peintre ; après la guerre, faute d'avoir du génie, il s'est reconverti dans la restauration des icônes et des tableaux anciens. Il est maussade, mais honnête. Il ne nous tromperait certainement pas sur le prix de vente de la collection de ton père... Moi à Vienne ? Être confrontée à cette affreuse bonne femme de Luba, qui vit avec lui depuis trente ans... Elle seule suffirait à me faire fuir. Elle me déteste. J'ai même pensé qu'elle a été amoureuse de Samuel, mais quand j'ai dit ça à ton père, il m'a interdit de raconter « des bêtises ».

Mes poumons embrasés, je toussais. La moindre syllabe à peine marmonnée relançait la conversation. Même amoché, j'écoutais, j'espérais quelques révélations.

— David ? dit-elle.

— Oui.

— Si je le voulais, je pourrais épouser Schaeffer. Même avant la mort de sa femme, il se répandait en compliments à mon égard. La différence d'âge serait la même qu'entre ton père et moi. Mais jamais, tu comprends, plus jamais un étranger.

— Étranger ? Tu considérais papa comme un étranger ?

— Il n'était pas français.

— Mais ici, c'est toi l'étrangère.

— Si je suis restée une étrangère, c'est ma faute. Je n'étais pas faite pour vivre en dehors de la France. A seize ans, découvrant Vienne, j'ai vu une ville fantôme, noire et en ruine. Si mon père n'avait pas été l'adjoint du gouverneur militaire du secteur français, je n'aurais jamais connu Samuel. Mon premier voyage dans un autre pays que la France après la Libération... Un étrange conte de fées. Plus tard, j'étais jalouse de cette ville parce que Samuel y allait trop souvent. Je n'ai jamais admis qu'on puisse être si fortement lié à des amis avec qui on a souffert de la guerre. Ensuite, il est mort là-bas. Alors, Vienne...

Elle garda un court silence puis déclara :

— Si Schaeffer était riche, vraiment riche, s'il me disait : « Je vous achète votre part de la maison de Tours, je m'occupe de vos papiers et du procès avec la compagnie d'assurances, je vous décharge de tous soucis »...

— Alors ?

— Depuis un an, j'ai réfléchi. Je n'ai jamais connu la vraie sécurité. Ma vie était bonheur et incertitude.

Mais Schaeffer est vieux, et dans peu de temps c'est moi qui devrais prendre soin de lui...

— Il a l'âge de papa.

— Ça ne veut rien dire. J'ai connu ton père quand il avait vingt-six ans, et moi seize, il était pour moi l'image de la séduction. Vieillir avec quelqu'un, c'est normal, mais recommencer une existence avec un homme déjà âgé...

— Tu n'es pas très romantique, maman.

— A seize ans, je l'étais, d'où le mariage avec ton père. Je l'ai adoré, il était irrésistible. Pour que j'aie l'accord de mes parents, quelle lutte, aimable mais lutte quand même. Il fallait les convaincre. Ça a marché parce que Samuel était fabuleux. Agréable, séduisant, parlant d'un avenir prometteur, il était déjà un espoir pour la science, et visiblement choyé par les autorités américaines.

— Maman, c'est beau, mais c'est le passé, soyons lucides. Tu es inconsciente si tu veux rester seule ici en Amérique. Tu peux être attaquée à n'importe quel moment.

— Et ailleurs, c'est la même chose ! s'exclama-t-elle. Je n'en sais rien. Je cherche. J'ai eu une idée un peu bizarre, il y a un endroit où je pourrais me cacher. Dans la foule d'Atlantic City. Une ville de jeux est parfaite pour l'anonymat, les gens ne s'occupent que de l'argent. Et l'adversaire qui s'acharne sur nous ne va pas me chercher dans un caravan-sérail de machines à sous. Là-bas on peut vivre à l'intérieur d'un hôtel, dans un circuit fermé.

— Tu veux jouer ?

— M'amuser un peu. Avec une limite de cinquante dollars de perte. M'échapper de notre existence devenue insupportable.

— Cache-toi dans mon hôtel à Vienne...

— Non, cette ville me fait pleurer. Avant, quand je voyais là-bas ton père parmi les siens, j'en étais

65

jalouse ; aujourd'hui, je buterais contre son cercueil. Et si on m'obligeait à regarder la collection...

— Je reviens à mon idée fixe : il y a peut-être une pièce rare, unique même...

— Fantasmes, David. Non. On lui vendait n'importe quoi. Simon me l'a dit à l'époque... On lui a même fait croire que l'une de ses acquisitions, un violon d'enfant, était la copie d'époque de celui de son Mozart bien-aimé. Mozart enfant. C'est tout dire...

— Alors, il ne reste que le manuscrit...

Elle haussa le ton :

— Tu recommences. Le manuscrit ! Il faut le retrouver, c'est vrai, mais je ne vois pas pourquoi on s'entre-tuerait pour sa théorie. La terre se réchauffe, tout le monde le sait. L'effet de serre, même un enfant de dix ans peut te l'expliquer. Ses « vulgarisations » pour adolescents sont de grands succès, d'accord. Son manuscrit ? Il m'en a lu quelques pages, c'était la description de la fin du monde. Un vrai cauchemar. La montée des eaux de mer, la carte géographique des endroits qui vont être submergés en premier. Les insectes qui grandissent, les cafards géants qui envahissent les maisons, bref, une horreur.

— Papa était un génie.

— Bien sûr, dit-elle. Mais trop désintéressé... Il a passé toute son existence en « engagements exceptionnels », des strapontins au lieu de fauteuils. Sous prétexte de l'écouter avec ferveur, beaucoup de gens volaient ses idées.

— Tu aurais pu essayer de l'aider... Tu l'aimais, maman.

— Je l'adorais, mais il était si têtu, si distant. Il me déshabituait peu à peu de la grande passion. Parfois, quand il travaillait et que toute la maison était submergée de musique, je me sentais seule.

Tu étais déjà parti de chez nous... Ah, cette musique qui me noyait presque, et qui me manque maintenant...

— Depuis ton mariage, tu n'as jamais pu t'y habituer ?

— Non.

Était-ce le moment de lui dire doucement, en prenant des précautions de langage et d'intonations, que je projetais de m'installer loin d'elle ? J'hésitais. Le moment était mal choisi pour l'affronter ou pour lui annoncer une décision irrévocable, je devais pourtant la préparer au choc :

— Un jour je vais changer d'existence...

Son instinct était redoutable. Elle me répondit comme si elle avait attendu cette déclaration :

— Ça ne m'étonne pas que tu en aies assez de la vie d'ici... Tu pourrais t'installer à Paris. J'ai lu quelque part que la psychanalyse devient à la mode en France... Tu es bilingue, tu pourrais travailler chez nous...

— J'ai d'autres projets, et loin de la psychanalyse.

Elle commençait à se méfier.

— Tu m'inquiètes, ton père était déjà un homme à surprises, si tu t'y mets aussi... La France est le plus beau pays du monde. On a la mer, la montagne, le soleil, et les gens parlent français. Je suis sûre que là-bas, effet de serre ou non, on trouvera toujours des bons coins.

— Si tout est si parfait, pourquoi auraient-ils besoin d'un psychanalyste de plus ?

— Tu te moques de moi.

— Du tout, maman. Ce n'est pas ça. Tu n'y es pas du tout. Je veux m'installer en Namibie.

— Où ?

— En Namibie ?

— C'est où ?

— En Afrique.

— Et qu'est-ce que tu veux faire là-bas ?

— M'intégrer dans un centre de recherches en biologie animale.

— Biologie animale... répéta-t-elle.

— Oui, l'endroit où je vais est un désert côtier, le sable touche la mer. Là-bas, les mammifères sont encore libres de toute influence humaine. Ce qui m'intéresse, c'est l'analyse de l'instinct de survie chez les animaux, et leurs tendances suicidaires. Pourquoi ils échouent soudain sur les plages... D'où vient ce désir impérieux de mourir ? Je veux m'immerger dans un autre monde, le comprendre.

Elle ne m'écoutait qu'à moitié et suivait ses idées :

— Pourquoi un désert ? En France, avec un peu de chance tu pourrais épouser la fille d'un célèbre psychanalyste... Il prendrait sa retraire et te laisserait sa clientèle. Tu achèterais une ferme dans la Drôme, là-bas tu pourrais aussi avoir des animaux.

Elle racontait son vieux rêve : l'opulence grâce à un riche mariage. C'est une vie de feuilleton qu'elle aurait aimée pour moi : elle me voyait médecin, à l'écoute de femmes-oiseaux élégamment névrotiques, les yeux humides de sensualité qui, ployés sous leurs bijoux, viendraient se confesser.

Je la laissais divaguer, la joue droite bleuie, le cou douloureux, la gorge en feu, les poumons encrassés, boursouflé d'ecchymoses. Je m'imaginais torse et pieds nus, chargé d'un seau plein de poissons que je portais à des dauphins. Ils m'attendaient dans un bassin et, pour freiner leur impatience, plongeaient avec un large rire muet leur tête brillant dans l'eau pure. L'autre vie, la vraie.

C'est lors d'une représentation de Sea World, près de Miami, où des phoques savants exécutaient des numéros de cirque sur une scène placée sur l'eau, que j'ai conçu un amour fou pour les animaux aquatiques. J'avais huit ans. On avait demandé un gosse dans le public et il avait chevauché quelques secondes, avec une amazone belle et robuste, un dauphin. Le gosse c'était moi. Depuis, je ne voulais que ça : l'infini, l'eau et l'animal heureux. Hélas, avant d'y parvenir il aura fallu passer trente-trois ans avec les humains de toutes sortes. Cher payée, la liberté.

Ma mère se tut. Délivré d'un poids moi aussi, j'étais apaisé. Je n'avais plus à cacher mes projets. Je pouvais enfin respirer.

*
* *

Je sombrais dans un sommeil vaseux, mais la voix de ma mère venait me chercher et me tirait comme un hameçon vers le réveil.

— David, il est tôt, mais si tu voulais un café...

— Pas encore.

J'avais mal au crâne. La journée en perspective m'écrasait, j'étais un vieux métal embouti, bon pour la récupération.

— Selon toi, pourquoi Schaeffer est-il dans cet état d'énervement ?

— Aucune idée.

Elle continuait :

— C'est sa nature aussi. Il se fait toujours du mauvais sang pour rien. Il a refusé d'être le témoin de notre mariage, disant qu'il n'aimait pas ce genre de cérémonie. « On m'a embarqué un jour là-dedans, a-t-il dit à Samuel. Je n'assiste pas au drame de mon meilleur ami. » Mais quand il m'a vue, il est devenu tout miel. Tu m'écoute, David ?

— Oui.

— ... quand j'ai connu ton père à Vienne...

Leur histoire, je l'avais entendue cent fois. Ils aimaient leur romance. Mon père avait rencontré maman dans un couloir de l'immeuble où était installé le gouverneur militaire du secteur français de Vienne. « Il avait vingt-six ans et les plus beaux yeux du monde. » Juif polonais sauvé de justesse de la mort, après huit ans d'études aux États-Unis, il était de retour en Autriche pour revoir son frère et ses amis, et voulait régler une affaire à la mission française... Il parlait un français teinté d'un accent mi-américain, mi-polonais... c'était en 1954, lors du premier voyage à l'étranger de ma mère. Et le coup de foudre. « Il m'a demandée en mariage parce que j'avais seize ans et, selon lui, un charme... » Mes grands-parents étaient des gens libéraux et comme il n'y avait pas de ferveur religieuse ni d'un côté ni de l'autre, le fait qu'il fût juif ne bouleversait personne. Avec l'Amérique en arrière-plan, qui les fascinait, ainsi que l'espoir d'un avenir brillant pour Samuel, ils prévoyaient pour leur fille une vie passionnante, elle partagerait l'existence d'une future sommité de l'astrophysique.

La voix de ma mère s'atténuait peu à peu. J'avais dû me rendormir, quand la sonnerie du téléphone retentit. Je me levai et, en déployant un effort méritoire, je me précipitai au salon. Je ne voulais pas que ma mère décroche. Elle venait d'ailleurs de se tourner sur le canapé quand je prononçai un « Allô » rouillé. Le voix, fraîchement douchée, d'une vitalité excessive, de Montgomery acheva de me réveiller.

— Docteur ! s'exclama-t-elle. Vous couvez une angine carabinée.

— Non, ce n'est rien.

Elle semblait vraiment navrée d'appeler si tôt :

— Voulez-vous que je raccroche ?

— Mais non, mais non. Je vous écoute.

— Elle continua d'un ton plus fade :

— C'est pour le renseignement que vous avez demandé...

70

— Quel renseignement ?

— Sur la jeune fille d'hier... Carol Grant.

Accoudée sur son oreiller, ma mère me regardait, intéressée. Elle était lucide le matin, et Montgomery parlait fort. Je lui tournai le dos.

— Mais oui... Évidemment. Et vous vous en êtes occupée... Je ne sais pas comment vous remercier.

— Quand je promets quelque chose... Comme je vous l'ai dit, j'ai une amie qui travaille à l'université, dans l'administration...

— Oui, mademoiselle Montgomery. Je le sais. Qu'a-t-elle dit ?

— Carol Grant ne figure pas sur la liste des étudiants inscrits, elle a dû assister en auditeur libre aux cours de votre père. Mais j'ai son adresse... C'est-à-dire le nom de la localité. Elle habite à Glen Cove, un quartier résidentiel de Long Island. Le téléphone est sur la liste rouge. D'ailleurs, elle a un double nom, Grant et quelque chose. Il n'y a que l'initiale du deuxième nom. L'agence immobilière de Mallory est aussi à Glen Cove, elle pourrait vous renseigner. Je suis sûre qu'elle y connaît la plupart des gens. Vous y allez aujourd'hui, n'est-ce pas ?

Je ressentais le cauchemar de la baignoire dans tout mon corps, je ne supportais que difficilement la curiosité latente de ma mère. Je terminai rapidement la conversation.

— Si tôt, dit ma mère. C'était qui ?

— Ma secrétaire.

— Elle te poursuit jusque chez toi ?

— Elle me rend service.

Ma mère bâilla, se leva. Mon pyjama était trop grand pour elle, les manches retroussées et le pantalon qui glissait lui prêtaient un vague air de Charlot. Les yeux cernés, ses cheveux bouclés emmêlés, pieds nus, elle me demanda si j'avais encore une robe de chambre.

— Dans l'armoire.

— Je peux la prendre ?

— Évidemment.

— Merci. Tu pourrais chauffer l'eau pour le café, David ?

— J'allais le faire...

Elle s'enferma dans ma triste salle de bains. Dans le couloir de l'appartement, du fin fond d'une penderie, je pris une tenue de jogging que j'avais achetée à l'époque où je courais encore à Central Park. Il était étrange de se retrouver à moitié assommé dans un vêtement de sport. Je tournai avec précaution ma tête à droite et à gauche. A la cuisine, je plaçai dans la cafetière le dernier filtre en papier. En gémissant, la tuyauterie crachotait l'eau chlorée. Le paquet de café à la main, soudain je m'effondrai sous le chagrin, en manque de père. Quand il restait travailler à la maison, nous étions submergés de musique. Liszt, Haydn, Beethoven et Mozart déferlaient de son bureau. « Je me demande comment il peut écrire dans ces conditions », répétait ma mère qui l'interpellait parfois : « Samuel... Baisse le son »... « Un peu moins fort »... « Samuel... C'est trop. » Comme il ne l'entendait pas, elle entrait chez lui, dans l'océan de musique dont les vagues l'éclaboussaient. Mon père levait la tête de ses papiers et souriait. « Oui, ma chérie... » Alors elle n'osait pas dire que la musique était trop forte, elle demandait s'il n'avait pas besoin de quelque chose.

Ce matin, je cédais, je n'avais plus honte de pleurer. Le visage contre le mur, je laissais couler mes larmes. Ma mère me rejoignit, elle retrouvait les gestes ancestraux de consolation.

— Oh, David ! Comme tu as mal. Quel que soit l'âge où on perd son père, c'est terrible. J'aimerais tellement t'aider.

Puis, en sortant des tasses d'un placard, elle continuait à me rassurer :

— Viens prendre le café. Il faut surmonter cette crise. Nous devrions trouver la paix. Un chagrin dure normalement trois ans.

Elle m'agaçait :

— Trois ans ? Qui chronomètre un deuil ?

Elle haussa les épaules :

— Ne te mets pas en boule, c'est ce qu'on dit en général. Que les gens s'habituent...

Je remplis sa tasse d'un café douteux, je posai devant elle la boîte presque vide du carton de lait écrémé en poudre et le sucre synthétique.

— Tu vois, je ne sais jamais ce qu'il faut dire, ni trouver le bon moment. J'ai dû te blesser. Des vitamines C... Tu en as ? demanda-t-elle.

— Attends...

Par chance, dans le tiroir, près des couverts, je retrouvai un tube. Elle le secoua longuement puis l'abandonna, la dernière tablette était pétrifiée au fond.

— Rien n'en sort, constata-t-elle, morne. Tu n'as pas de E, de A, ou un complexe de B ?

— Non. Depuis un siècle je ne suis pas passé chez Duane Reade.

— J'irai moi, dit-elle, et je prendrai une provision pour toi aussi. Avec ce que nous mangeons dans ce pays, il faut un complément de vitamines. En France...

Faute d'avoir un public pour écouter son discours quotidien sur la France, elle se tut.

— Ton café n'est pas bon, dit-elle. Tu veux que j'en prépare un autre ?

— Je n'ai plus de filtre.

Elle leva sur moi un regard chargé d'appréhension.

— David, nous faisons un effort considérable pour ne pas parler de l'essentiel... De l'agression d'hier. J'ai réfléchi. Si on n'appelle pas la police, si on ne fait pas au moins une déclaration, on est presque complices. Comme si on avait peur d'eux...

— Hier, maman, c'est toi qui ne voulais pas.

— Sur le moment, j'étais paniquée, mais elle pourrait nous protéger...

Je l'interrompis :

— Contre qui ? Je te le répète, nous n'avons pas de preuve. Et contre qui je dépose plainte ?

— La maison à Princeton a été saccagée.

— Un banal cambriolage... Tu ne peux pas lier les deux faits sans nous rendre suspects d'une affaire douteuse.

La situation devenait schizophrénique. La veille, c'est moi qui l'engageais à appeler la police. Aujourd'hui, ma mère reprenait mes propres arguments. Il fallait que cette discussion stérile cesse.

Je la regardais. Juste quelques rides autour des yeux, frêles traces et souvenirs des rires, des pleurs, des grimaces, du soleil, de l'émerveillement ou de l'inquiétude, mais pas les morsures des années.

Elle dit :

— Je ne cesse de m'interroger. Pourquoi m'a-t-il envoyée à Hawaii ? Pour se faire tuer à Vienne ?

— « Se faire tuer » ! Quelle expression... Et il ne t'a pas « envoyée » en vacances, il te les avait promises depuis des années. Il détestait la chaleur et la mer. Tu devais y aller seule.

Elle haussa les épaules.

— Pour que lui soit libre à Vienne. Avec sa folle passion pour ses amis, cette volonté de respecter leurs réunions annuelles, sa « fête » dans une taverne. Boire de la bière avec des anciens compagnons de ceci et de cela, dans une cave... Et avant de s'y rendre, jouer tout l'après-midi — avec quelle ferveur — leurs Haydn, Mozart et compagnie. Tu n'as pas de biscottes non plus ?

Je cherchai dans le placard et je trouvai des grosses miettes dans un sac froissé.

Elle se mit à crier soudain :

— Tu dis que je n'avais pas assez de contact avec lui, mais toi non plus. Tu aurais dû avoir le courage de l'affronter, de lui dire que ni la psychiatrie ni la psychologie ne t'intéressaient...

Enfin, on y était.

— Maman, ne sois pas injuste, tu te souviens bien de l'ambiance familiale. J'étais « l'espoir », celui qui avec ses travaux futurs définirait peut-être l'origine profonde et parfois raciale de l'angoisse. Et à vrai dire, au début de cette carrière forcée, je n'étais pas franchement malheureux.

— Quand as-tu découvert que tout cela ne te convenait pas ? demanda-t-elle.

— Au cours de ces deux années passées à San Francisco, à l'hôpital, j'ai fini par admettre mon aversion pour ce métier. Mais comment lutter contre la persécution intellectuelle que j'ai subie depuis mon adolescence ? A partir du moment où il a dû reconnaître que j'étais nul pour la musique...

— En effet, tu n'étais pas doué...

— J'étais nul, quel que soit l'instrument. Il se consolait avec ce qu'il appelait mes « brillants résultats ». Je ne pouvais pas le décevoir. Dire non à un homme qui vous regarde comme si vous représentiez l'espoir des générations futures ? C'était insupportable.

— Tu aurais dû t'expliquer, te bagarrer, dit-elle. On n'a rien pour rien.

— Tu n'es jamais intervenue non plus.

— D'accord, je le reconnais, nous étions des lâches. Mais il ne faut pas trop exagérer, tu as fait un beau début de carrière, tu as eu de la chance quand Miller t'a pris avec lui... Il sait déjà que tu le quittes ?

— Non.

Elle cherchait maintenant un terrain d'entente.

— J'espère que tu ne vas pas le regretter. Balancer ta situation pour les animaux !

— Pour la biologie animale. Je n'ai jamais voulu m'occuper de l'être humain. Je suis infiniment plus intéressé par le comportement d'une otarie que par celui d'un déprimé qui me raconte ses malheurs. En écoutant mes patients, j'ai découvert que tout n'est que répétitions, le monde tourne autour des mêmes problèmes depuis que l'humanité existe. Alors...

— Moi aussi j'ai vécu à côté de ma vraie nature, dit-elle.

Elle aurait dû passer son existence avec un type gentil et aimant la vie de famille, en France. Elle s'était retrouvée avec un savant marginal, fou de musique, en Amérique.

— Je voulais te demander, selon toi, quelle était la nature des relations de papa avec ses élèves ?

Elle se méfiait soudain.

— Quelles relations et quels élèves ?

— En général...

— Parfaites.

— Aurait-il pu éprouver une attirance particulière pour l'une de ses étudiantes ?

— Oh, que je n'aime pas entendre ce genre de remarque... une attirance particulière pour une élève, ça veut dire quoi ? Un flirt ? Une liaison ?

— Non. Mais tu aurais pu connaître ses fans, ses groupies.

— Rien à signaler, dit-elle. Ton père avait des défauts, comme tout le monde, mais il était d'une fidélité exemplaire. Ce n'était même pas une vertu, son cerveau était accaparé par ses recherches et sa passion était la musique. Le reste, c'était toi et moi... Pourquoi cette question ?

— Pas la peine de t'énerver, j'ai juste effleuré le sujet. Ce n'est rien.

— Je vais te surprendre, David, l'idée du divorce m'a souvent traversée. La moindre remarque à ce sujet le surprenait, l'étonnait ; il ne savait pas que j'étais tourmentée. Tu n'as même pas une pomme ?

— Non.

— Un homme intelligent rend souvent son entourage malheureux, dit-elle. Je veux dire, trop intelligent.

— Tu vas faire l'éloge des sots ?

— Ne te moque pas, tu sais bien ce que je veux dire. Il avait d'autres passions que moi, c'est tout. Je n'aimais pas être un accessoire. Je m'occupais de l'intendance, j'avais un travail à mi-temps. Ses comptes et tout ce qui concernait les éditeurs, il s'en occupait. Il me donnait de l'argent mais il était ravi aussi que j'en gagne. Je t'assure qu'en dehors de ses amis intimes, il n'avait besoin de personne. L'hypothèse d'un « flirt intellectuel » est exclu. Peu à peu, il se désintéressait des femmes. De moi. J'ai eu une sale leçon.

— Quoi ?

— Je déteste en parler, mais tu y verras plus clair... Un jour, j'ai trouvé un prétexte pour organiser une soirée en tête à tête. J'étais en beauté, habillée, maquillée, sophistiquée. J'ai préparé un dîner. Il est venu chercher de l'eau glacée dans le réfrigérateur, il m'a souri et il est reparti, distrait, dans son bureau. Bientôt, Mozart repointait son long nez. La musique à ma place.

— Ta manière d'en parler...

— Je me trouve encore modérée... Mozart m'a persécutée pendant tout notre mariage. Ah, la *Petite musique de nuit*... Ce fameux soir où nous nagions dans quelque *letzten Symphonien*, je me sentais ridicule, inutile. Je ne voulais pourtant pas renoncer

77

à notre soirée. J'ai vérifié l'état du rôti au four, j'ai débouché le champagne et je suis allée dans son bureau avec les coupes remplies. Quand je lui ai lancé un regard appuyé, Samuel m'a demandé, inquiet, si j'avais mal quelque part. Il a pris la coupe, nous avons fait « tchin-tchin », il a bu une petite gorgée et posé la coupe. Je lui ai annoncé un dîner exceptionnel. Il m'a dit : « Tout de suite ? — Oui... » Il est venu, il a dîné, il était poli et distrait. Il bavardait, mais son esprit était ailleurs. A la fin du repas, il m'a dit au revoir et à demain... Sous-entendu, je pouvais aller me coucher. N'importe quel Français m'aurait...

— T'aurait...

— Emportée au lit. Tu penses ! Le lendemain, au petit déjeuner, c'est tout juste s'il ne s'étonnait pas de ma présence ! Au cours de sa nuit de travail, il avait dû oublier qu'il était marié. A quarante ans, avec un corps de trente, j'étais mise de côté, dans un bocal conjugal.

Elle soupira :

— L'hypothèse d'un flirt est donc absurde. Bien. Préparons-nous. Assez de ce psychodrame sans vitamines.

Ma mère partit vers la salle de bains, je rangeais la cuisine lorsque le téléphone sonna. Je me précipitai pour décrocher. Je reconnus aussitôt la voix de Carol Grant. Son débit était nerveux, précipité. Elle avait trouvé une place dans un vol TWA de 18 h 20, mais comme l'hôtel Sacher était complet, elle avait réservé ailleurs.

J'attendais sournoisement qu'elle aille jusqu'au bout de son histoire, puis soudian je contre-attaquai.

— Vous m'avez raconté n'importe quoi. Vous ne figurez même pas sur la liste des élèves de mon père.

— Qui vous a dit ça ?

— Qu'importe. Vous n'y êtes pas.

— Mais certainement si. Il y a une erreur quelque part. On a dû me perdre sur un ordinateur. Je ne vous ai pas menti. J'espère que vous n'avez pas changé d'avis et que je peux vous accompagner ? S'il vous plaît, ne me décevez pas.

Elle jouait la carte de la douceur.

— Je prendrai le même avion que vous. Je ne vous dérangerai pas pendant le vol. A l'aéroport de Vienne, il y a certainement comme ailleurs un « point de rencontre ». Je vous y attendrai. Je peux venir, n'est-ce pas ?

— Vous me forcez la main.

— Non. Je vous le demande. Votre père serait heureux si vous étiez compréhensif avec moi.

— Cessez de l'invoquer.

— Si vous voulez. Alors, c'est d'accord pour le « point de rencontre » ?

— Je vais essayer de ne pas vous perdre...

Je m'interrompis, ma mère arrivait ; ses cheveux étaient serrés dans une serviette éponge.

— Tu croules sous les appels ce matin...

— Une relation de travail.

— David, il faut te raser.

— Hélas, oui...

— Moi, dit-elle, je vais remettre un peu d'ordre.

Je devais entrer dans ma salle de bains haïssable et me découvrir dans le miroir. Ma joue droite portait des stigmates de bleus ; du même côté, sur le nez, un léger hématome tournait légèrement au violet. Pour l'agent d'assurances il fallait inventer un mensonge crédible : une chute sur le carrelage ? C'est idiot, mais ça peut arriver... Lentement, longuement, je me remettais sur les rails. Dans ma chambre, je sortis de l'armoire, au hasard, un pantalon d'été et une chemise de sport. Un coup d'œil par la fenêtre, en face, les premiers rayons de soleil glissaient sur les façades, la 94ᵉ Rue serait bientôt teintée de rose.

Le living-room avec ses fauteuils râpés était plus minable que d'habitude. Ma mère arrangeait les vieux coussins de velours sur le canapé. Muets et énervés, nous attendions un nommé Alex Dreyer, récemment délégué par la compagnie pour liquider notre dossier. Son prédécesseur, un casse-pieds falot dont le seul souci était de faire gagner du temps à sa société, avait disparu de la circulation. Viré, ou jugé incapable de faire face à une affaire aussi compliquée que la nôtre.

A 9 h 15 précises, on sonna à la porte. En ouvrant, je me trouvai face à un homme de taille moyenne, aux cheveux gris coupés en brosse ; il affichait un sourire jovial et me jeta un regard qu'il espérait chaleureux.

— Monsieur Levinson...
— Oui. Monsieur Dreyer ?
— Exactement.
— Entrez donc.
— Merci.

Je l'introduisis au salon. L'air conditionné était en panne. Les pales d'un vieux ventilateur fixé au plafond brassaient l'air, le chuintement créait une atmosphère vaguement coloniale. Ma mère invita Dreyer à prendre place. Il avait le regard d'un chien qui désirerait être adopté.

— Je vous remercie pour votre aimable accueil, madame. L'époque est rude et les contacts humains à New York, brusques, disons... heurtés.

Il croisait ses jambes courtes et tapotait avec sa main gauche la semelle de sa chaussure droite. Je cherchai dans le répertoire des tics la traduction de ce geste... Symbole d'une gêne ? Dans quel manuel de psychopathologie quotidienne se trouve la définition d'une attirance irrésistible pour une semelle ?

— Madame, dit-il d'un ton mielleux, je partage votre peine. Que d'épreuves pour vous et votre fils ! La compagnie s'efforce de ne pas être trop désagréable. Hélas, il y a encore quelques faits à vérifier. Mais je vous assure que vous verrez bientôt vos finances en ordre.

Cette fois-ci, il prit la semelle dans sa paume. Ma science ramenait la plupart des phénomènes gestuels à l'angoisse. Ce coupeur de cheveux en quatre était un salarié, dans une bonne planque. Alors ? Et son expression : « vos finances en ordre » ? La formule sibylline ne signifiait d'aucune manière que la compagnie paierait. Ma mère apporta une bouteille de jus d'orange qu'elle avait repérée dans un coin du réfrigérateur. J'essayai de me souvenir de l'époque où j'avais pu l'acheter. Il y avait longtemps...

— Vous en voulez, monsieur Dreyer ?

— Avec plaisir, madame, dit-il.

Son humilité était déplacée. Il continua :

— A cette heure-ci, je bois n'importe quoi, sauf du café. C'est un métier très stressant, je ne rencontre les gens que lors de litiges... On me reçoit souvent avec hostilité.

Ma mère versa du jus. Les vœux de Dreyer étaient exaucés, il allait boire « n'importe quoi ». Il porta le verre à ses lèvres puis, sans y avoir touché, le reposa. Il avait de l'autodéfense.

— J'ai étudié le dossier que mon prédécesseur a laissé, disons, un peu en vrac. J'ai tout classé, examiné, vérifié.

Dans de telles situations, j'étais écartelé par ma double origine. Ma moitié française jurait, fulminait ; l'autre, la juive, dès qu'une injustice pointait, se sentait visée... Mes complexes partaient à l'assaut. J'essayai de les vaincre, mondain :

— Qu'est-il devenu, votre prédécesseur ?

— Mort.

— De quoi ?

— Crise cardiaque.

Je m'efforçai de paraître triste.

— Je suis navré.

Mon métier m'avait dressé, j'avais des masques interchangeables, j'aimais celui de l'« intérêt aigu » qui me permettait de penser à autre chose. Le type décédé, un enquiquineur, nous avait fait perdre six mois. Mais, en fin de compte, je me méfiais davantage de celui-ci, il allait être plus coriace. Nous n'avions pas gagné au change.

— Il est parti là-bas, lui aussi...

Ma mère évoquait l'au-delà comme une station thermale.

— Nous sommes tous mortels, déclara Dreyer. Le nombre de veufs et de veuves que je rencontre ! C'est effarant ! Mais les femmes sont plus solides... je veux dire, le chagrin ne les empêche pas de discuter.

Ma mère était satisfaite :

— Face à l'adversité, l'homme est plus fragile, dit-elle.

Dreyer leva son verre, le regarda et le reposa.

— Mon regretté collègue a fait du bateau sur le Potomac, l'embarcation s'est retournée. Saisi de peur et de froid, il a succombé à un arrêt du cœur. Mais parlons plutôt de notre affaire.

— Qu'appelez-vous « affaire » ?

— Voyons, dit l'agent d'assurances en se cramponnant à sa semelle droite (agressivité refoulée, réprimée ?)... du point de vue de notre direction, l'attentat tragique qui a coûté la vie au professeur Levinson est ce qu'on appelle une affaire.

— Je n'aime pas le mot « affaire », protesta ma mère.

— L'attentat, alors...

— Non, mon mari n'est pas décédé à la suite d'un attentat...

Les yeux de Dreyer brillaient, il aimait la résistance de la veuve. Il préférait se mesurer à une combattante que de marcher sur une loque.

— Madame Levinson, ce meurtre peut être assimilé à un attentat.

— Avec votre prédécesseur, nous avons eu de longues discussions. L'acte d'un fou n'est pas un attentat.

— C'est quoi alors ?

— Un geste meurtrier.

— Vous avez l'esprit pointu, madame.

— Je raisonne...

— Il est agréable de converser avec une dame qui sait de quoi elle parle, surenchérit Dreyer.

La phrase n'était pas forcément un compliment. La veste de Dreyer s'ouvrait. Même par cette chaleur, il portait un gilet...

— Madame, je suis obligé d'insister sur certains détails dont l'évocation est sans doute pénible. En cas d'incertitude...

— Quelle incertitude ? l'interrompit ma mère. Vous n'allez pas nier que mon mari est mort...

— Oh, madame, si je pouvais vous le ramener...

— Alors quoi, monsieur Dreyer ?

Il sourit.

— La compagnie a décidé de surseoir au paiement, le temps de l'enquête. Nous avons versé, vous avez dû l'apprécier, sans aucun retard les deux cent mille dollars assurés par le professeur Levinson, pour vous deux, lors de la naissance de votre fils David. En revanche, la somme de huit cent mille dollars qu'il avait ajoutée à peine un an avant sa mort ne sera pas réglée tout de suite. Vous la toucherez sans doute, je l'espère pour vous, et, dans ce cas, évidemment avec les intérêts... Ces huit cent mille dollars représentent une somme disproportionnée au temps qui sépare la signature du contrat et le décès. Ce n'est pas un obstacle officiel du tout, mais ce délai — à peine une année — incite à réfléchir. Tout cela est éprouvant pour vous, je l'admets.

— A l'époque où mon mari l'a souscrite, vous avez considéré cette deuxième assurance intéressante pour vous, sinon vous auriez orienté le professeur Levinson vers une autre compagnie.

Dreyer se racla la gorge :

— Votre raisonnement est parfaitement juste, madame. Mais il est toujours pénible de refuser une affaire... Quand un homme de soixante et un ans souscrit une assurance « en cas de mort violente, accident, crash d'avion, etc. », on espère qu'il mourra de sa belle mort, au lit. De son vivant, le professeur Levinson a parfaitement rempli les conditions souhaitées, c'est sa mort, disons peu conventionnelle, qui nous oblige à mener une enquête. Mon prédécesseur tâtonnait, moi, je fonce. Notre intérêt commun, c'est d'avoir le plus rapidement possible un résultat.

— Un meurtre sans raison est assimilable à un accident, déclara ma mère.

— Sans doute, madame, mais si j'arrivais à prouver que l'acte est en quelque sorte l'aboutissement tragique d'une histoire ancienne, supposons une vengeance... Un règlement de compte ? Alors on ne paierait pas.

— Pour avoir dix pour cent de la somme, un avocat spécialisé vous pèlera la peau, dit ma mère.

Elle avait dit « dix pour cent » en anglais et ajouté le reste en français.

— En effet, les avocats qui s'occupent de ce genre d'affaires gagnent beaucoup d'argent, acquiesça

Dreyer. Mais je dois attirer votre attention sur le fait que notre compagnie a une équipe de juristes fort compétents. Ne vous précipitez donc pas à vous engager dans un procès... Il n'est pas exclu du tout, et je le souhaite, que ce conflit puisse être réglé à l'amiable. Monsieur, dit-il en se tournant vers moi — il cherchait un allié —, comprenez ma situation, ce dossier m'a été remis il y a un mois, et dans quel état... Je dois reprendre les éléments de A à Z.

Il m'observait.

— Je ne voudrais pas être indiscret, mais... êtes-vous tombé ou vous êtes-vous cogné ? Ces bleus...

— La salle de bains, le sol glissant.

J'ajoutai :

— Si votre compagnie confie tous les six mois l'enquête à une autre personne, le processus peut durer des années...

— Entre-temps, nous allons vieillir et mourir à notre tour, conclut ma mère.

L'homme se pencha vers elle :

— Madame ! Vous parlez de la vieillesse, vous ? Ce danger ne vous guette pas...

Puis, soudain sévère :

— Reprenons, si vous voulez bien, dès le début.

— Que c'est pénible ! dit ma mère. Chaque fois, on ressuscite mon mari et on le tue.

— Je suis profondément navré, madame, mais hélas je dois vous poser quelques questions au sujet des déplacements du professeur Levinson. Il partait régulièrement en voyage...

— Deux ou trois fois par an. Il avait des arrangements avec ses collègues qui le remplaçaient, mais il les dépannait aussi.

— Combien de temps duraient ces absences ?

— Rarement plus de quinze jours. Il lui arrivait aussi de passer juste un week-end en Floride.

— Où en Floride ?

— Je ne sais pas...

— Vous auriez normalement dû connaître ses adresses.

— Cela dépend de ce que vous considérez comme « normal ». Mon mari n'était pas bavard et il avait beaucoup de relations.

— Voulez-vous être plus claire ?

— Pendant la guerre, dans les camps où il était prisonnier, il s'est lié avec quelques personnes, musiciens amateurs comme lui. Des gens à l'époque jeunes et pleins de rêves. Après ce cataclysme, ils ont gardé leurs liens et périodiquement, ils se rendaient visite. Au début de notre mariage, j'ai connu un système incroyable.

— Quel système ? s'inquiétait Dreyer.

— Une sorte d'association amicale ou de club, les membres pouvaient appeler un autre membre de n'importe quel coin du monde et annoncer leur arrivée. Aussitôt, celui qui recevait constituait un trio, un quatuor, bref, créait une possibilité de jouer. Notre salon devenait une petite salle de concert. J'ai d'abord trouvé leur formule aussi originale qu'attachante, puis plus tard, quand j'ai osé, je me suis révoltée contre cette manière d'envahir notre maison à l'improviste. Il y a une quinzaine d'années, ça a cessé. J'ai pratiquement expulsé la musique de la maison, Mozart en tête.

— Vous avez expulsé qui ?

— La musique, Mozart en tête.

Un léger frémissement parcourut le visage de Dreyer.

— Vous avez de l'humour, madame !

— De l'humour ? Merci. Vous vous moquez de moi. Je voulais sauver notre mariage, mon adversaire était la musique, omniprésente. J'avais un respect total pour les travaux scientifiques de mon mari ; je suis allée plusieurs fois à ses congrès, je l'écoutais éblouie quand il donnait une conférence. On nous a même fait marcher cruellement il y a quelques années...

— Marcher ?

— Un espoir qu'on associe son nom à celui d'un de ses confrères pour le Prix Nobel. Il n'y a pas eu d'hommage.

Dreyer avançait prudemment :

— Procédons par élimination. Ces absences étaient-elles liées uniquement à la musique ou pouvaient-elles avoir d'autres motifs ?

— Mon mari établissait des estimations concernant la montée des mers, due aux effets solaires ; il visitait des endroits propices à ses théories.

Je jugeai utile d'intervenir :

— Monsieur Dreyer, les œuvres de vulgarisation de mon père vous permettraient de situer ses options, ses théories...

Il hocha la tête.

— J'en ai acheté deux, mais je n'ai pas encore eu le temps de les lire... Donc, résumons. En dehors des rencontres musicales, il avait aussi des raisons professionnelles de se déplacer ?

— Évidemment. Mais souvent, surtout quand il s'agissait d'un pays lointain, il liait la science et les retrouvailles entre amis. D'ailleurs, il partait presque toujours avec son violon.

Dreyer sourit :

— Vous racontez tout cela, madame, d'une manière ravissante.

— Vous trouvez ?

— Oui. Mais revenons aux voyages du professeur Levinson. Où allait-il, de préférence ?

Ma mère reprit :

— De préférence ? Difficile à dire. L'Autriche était l'endroit où il rencontrait son frère et son meilleur ami, il en rencontrait parfois un autre, en

Thaïlande. Mon mari faisait partie de ces êtres qui se sentent plus proches de leurs amis que de leur famille. Quant à ses recherches scientifiques, la Floride l'intéressait particulièrement. Il me parlait d'un immense mur d'eau qui devrait balayer une grande partie de la côte Est.

Dreyer se tourna vers moi :

— Docteur Levinson, votre mère parle de son mari d'une manière saisissante. A la fois poétique et réaliste. Mais vous, vous pourriez peut-être mieux cerner les ressorts psychologiques de ces absences si fréquentes...

Je protestai mollement :

— Les déplacements ne sont pas des symptômes de troubles psychiques ni de déséquilibre.

Il souriait :

— Pardonnez ma maladresse, ce n'est pas ce que je voulais dire. Contournons le problème. Votre père était un homme de relations et d'amis...

— En effet. Un professeur de son niveau a des correspondants, des relations professionnelles dans le monde entier.

Dreyer insistait :

— Avait-il des préférences ? Je pense par rapport aux gens...

Ma mère s'exclama :

— Je viens de le dire. Vienne et l'atmosphère d'Europe centrale. Sa collection se trouve en grande partie chez son frère.

Dreyer réfléchit à haute voix :

— Le portrait d'un amateur de plaisirs distingués se précise. Rechercher des lieux qu'on aime, soigner ses relations, choyer des amis... Le culte des origines, du pays natal, le respect des racines, la ferveur pour la musique, que c'est beau ! Il faut sans doute être riche, sinon matériellement à l'aise pour...

— Riche ? l'interrompit ma mère. Non. C'est pour gagner un peu plus d'argent qu'il commençait à publier des livres de vulgarisation.

— Avait-il tant de dépenses ?

— Les billets d'avion coûtent une fortune, répondit ma mère. Il adorait l'avion. Les décalages horaires ne le dérangeaient pas ; de retour ici il reprenait ses cours le jour même sans problème. Il dormait bien, quels que soient l'heure et l'endroit.

— Bon, bon... dit Dreyer.

Puis :

— Vous connaissiez quand même, ne fût-ce que par ouï-dire, ses amis ou certaines de ses relations ?

— Certaines. En tout cas celui qu'il aimait le plus, le docteur Schaeffer, à Vienne aussi, médecin légiste, retraité maintenant. Depuis peu. C'est lui qui s'est occupé de l'enterrement...

Elle livrait trop facilement des noms.

Dreyer prit son carnet :

— J'ai toutes les adresses viennoises, mais je n'ai rien en Thaïlande...

— L'ami ? Son nom m'échappe. Vous ne voulez quand même pas courir là-bas ?

— Je n'en sais rien, dit Dreyer.

Ma mère était soudain fatiguée.

Dreyer ronronnait :

— Mon prédécesseur n'a pas attaché une importance suffisante à l'univers des relations. Je m'apprête à partir dès demain soir pour Vienne. Si vous pouviez prévenir son frère, M. Simon Levinson... Je serai sans doute mieux accueilli recommandé, sinon annoncé par vous.

Il se tourna vers moi :

— Cher monsieur, par bonheur votre père a survécu aux persécutions. Ensuite, il a fait des études très brillantes aux USA. Mais de quel droit exclurait-on l'hypothèse d'ennemis, de jaloux ? Le sentiment le plus tenace chez l'être humain est la haine.

— Mon père était détaché de ces passions inutiles et des vieilles rancunes. C'est ainsi qu'il les a définies un jour...

Ma mère m'interrompit :

— Mon fils sait peu de chose. Mon mari était très pudique. Parfois j'avais l'impression qu'il avait honte de ses souffrances. Le docteur Schaeffer, son meilleur ami, était aussi un ancien déporté, mais pas juif. A l'époque des horreurs, Dieu a mis des êtres humains dans un grand panier, en vrac, et il les a laissé massacrer...

Dreyer tapotait son front pour éponger sa sueur.

— Voyez-vous, pour que nous puissions régler le montant de l'assurance, vous devrez prouver à la compagnie que la mort de M. Levinson était accidentelle.

— Que voulez-vous dire ?

— Supposons que sa mort ait été — pardonnez-moi pour la cruauté du mot que je vais utiliser — une exécution.

— Mais non, dit ma mère. Il était pacifique, paisible, il n'avait pas d'ennemis.

— Qu'en savez-vous ? Et avec une telle absence de certitude... Il faut chercher, continua Dreyer. Voyons... Ses thèses développées dans des publications, ses livres, pouvaient-ils gêner quelqu'un ?

— La prévision des événements qui interviendraient dans le futur ?

Dreyer n'abandonnait pas :

— Ce n'est pas exclu. Selon ce que j'ai entendu, il semble que M. Levinson travaillait à un livre important. Vous avez le manuscrit ?

— Pour le moment on ne sait pas où il a été égaré. Si vous aviez la moindre idée de la quantité de dossiers que mon fils doit vérifier, classer...

Depuis un an, on n'a plus de dimanche, plus aucunes vacances, rien. Mais nous n'avons pas encore le manuscrit.

— Et si on l'avait tué pour cette œuvre ? Pour la voler...

— On ne tue personne pour une théorie qui, prouvée ou réfutée, ne rapporte que peu d'argent.

— Selon vous, docteur Levinson, dit-il en se tournant vers moi... j'aimerais connaître votre opinion de spécialiste afin de découvrir une justification psychologique : pourquoi avait-il contracté une police d'assurance complémentaire à celle qui existait déjà ?

— Je ne sais pas. Il voulait peut-être protéger ma mère. Je veux dire, matériellement.

Dreyer réfléchissait.

— Vous et votre fils avez déjà reçu deux cent mille dollars, madame. Si j'avais ça, moi ! Et votre fils est associé à un spécialiste renommé. Beau résultat pour un homme si jeune. Vous n'auriez pas tellement de problèmes...

Je redoutais le calme apparent de ma mère.

Dreyer ajouta :

— Je ne vois pas bien pourquoi un homme si éprouvé par le passé et connu pour son détachement des biens terrestres aurait eu soudain le souci de prémunir sa famille en cas de mort violente.

Ma mère s'énervait.

— Pourquoi ? Parce que !... à ses yeux, c'était peut-être notre héritage. Comme il n'a jamais mis d'argent de côté et que j'ai toujours dû travailler pour sauvegarder notre niveau de vie, il aura voulu compenser. Plaignez-vous ! Votre compagnie s'enrichit de ce genre d'angoisse. L'assurance était sans doute une occasion de se donner bonne conscience. Ce ne sont pas les bricoles qu'on va vendre qui me soulageront des ennuis financiers.

Dreyer posait sur ma mère un regard d'ethnologue.

— Vous avez dit « bricoles » ?

— Des livres, des papiers, des partitions, on lui vendait tout ce qui concernait...

— Son travail de chercheur ?

— Oh non, les musiciens. Genre Haydn, Beethoven et avant tout Mozart.

— Mozart ? répéta Dreyer. Comme je le comprends...

— Ah bon ? A un moment donné, je lui ai demandé de choisir entre cet affreux bonhomme au rire insupportable et moi.

— Qui est l'« affreux bonhomme » ?

— Mozart.

— Pourquoi le traitez-vous d'« affreux bonhomme » ?

— Vous n'avez pas vu le film *Amadeus* ? demanda maman.

Dreyer était pris par une hilarité violente.

— Vous traitez Mozart, le plus grand des génies, d'« affreux bonhomme », parce que vous avez vu un film ?

— Il en était le sujet. Mais si vous aussi vous êtes un fervent de la grande musique, alors je n'ai plus rien à vous dire...

Je voulais la freiner. Elle aperçut mon geste et continua dans un anglais truffé d'expressions françaises :

— Vous ne connaissez pas les gens de l'Europe de l'Est, ils ne sont pas comme nous. Ils sont excessifs... Ils adorent, ils haïssent, ils font des serments, ils s'embarquent dans des histoires invraisemblables. Il leur arrive toujours des choses extraordinaires. Leurs passions sont souvent absurdes et lorsqu'ils se trouvent confrontés à la réalité, ils

92

veulent mourir. La mort leur semble la seule solution.

— M. Levinson était polonais d'origine, dit Dreyer.

— Oui, et il avait une passion folle pour la musique. Et ce n'était pas pour Debussy, oh non, trop français pour lui... Ne parlons même pas de Berlioz. Mais plutôt Beethoven, Haydn, Mahler aussi, mais surtout Mozart. Cette passion démesurée pour un musicien qui, il y a deux cents ans, exaspérait déjà son entourage, me tuait littéralement.

Le sévère, le gros, l'inquiétant M. Dreyer n'arrivait pas à juguler son fou rire. Ses cheveux tremblaient, son corps se rétractait et se dilatait, il émettait des sons étranges. Il essayait de camoufler sa gêne avec des gémissements et une feinte quinte de toux. Ses larmes coulaient, il se moucha bruyamment et se tourna vers moi en hoquetant :

— Votre mère appelle Mozart « un musicien »...

— Mais oui...

Il hocha la tête et bégaya :

— Je vous présente mes excuses, docteur Levinson. Je vais me calmer.

Il modulait sa respiration. Il toussa à nouveau puis reprit :

— ... ma longue carrière m'a procuré presque autant d'expériences que pourrait en avoir un médecin. Mon travail parfois est très proche du vôtre, j'ai connu toutes les formes de jalousie des femmes : à l'égard d'un bateau, d'un sport, d'une passion pour le golf, même pour les promenades solitaires d'un mari.

Il s'arrêta, se moucha et essuya l'écume de sa salive avec le dos de sa main, puis il enchaîna :

— Docteur Levinson, j'ai même connu une femme malade de jalousie à cause des visites matinales d'un merle et de l'attention que son mari accordait à l'oiseau, j'ai vécu la crise d'une autre qui a cassé en petits morceaux une faïence représentant un chat, signée par un grand artiste. Une autre a demandé le divorce à cause d'un chien. Mais... Mozart...

Ça repartait ! Il abdiquait, il s'abandonnait à l'extrême volupté du rire, il hoquetait. Je dus lui apporter mon maigre rouleau de papier de ménage qu'il consomma avec prodigalité pour se sécher le visage, puis il réussit à prononcer :

— ... mais pas encore de Mozart... Hi, hi, hi !

Les éclats incongrus de cette hilarité résonnaient dans notre minable salon ; maintenant il en souffrait, il faisait de petits gestes, il demandait pardon pour la crise.

— Riez, monsieur, riez.

Je m'adressai à ma mère :

— Bravo !

Dreyer se calmait, il présentait ses excuses en bredouillant. Il se leva, il prit congé, il voulait se sauver ; il promettait une prochaine visite. En saluant ma mère, il fut repris par le rire.

Quand je refermai la porte derrière lui, je l'entendais rire encore sur le palier.

Hors de moi, je fis une révérence.

— Félicitations, maman. Quel coup de maître... Enfin il est conscient que nous ne sommes pas des gens diaboliques, amateurs d'escroqueries diverses. Avec tout le respect que je te dois, je t'assure qu'il nous prend pour ce que nous sommes, pour des cons innocents.

— Tu te moques de moi, dit-elle, triste. Mais qu'est-ce que j'ai fait pour qu'il entre en transe ? Qu'est-ce que j'ai dit ?

— Ta crise anti-Mozart nous a achevés.

J'étais trop brutal. Je voulus la réconforter.

— Ne sois pas désolée, tes discours nous ont sans doute servis aussi.

94

— Que veux-tu ? Quand il s'agit de Mozart, je le sais, je devrais prendre un air solennel...

Puis elle continua, énervée :

— Ce Dreyer m'agaçait au plus haut point ! Tu as entendu ? Le culot ! Quand il a parlé de la jalousie des femmes... Il n'a donc jamais vu, lui, un homme qui ne supporte pas la « meilleure amie » de sa femme ? Un lieu de vacances, un parfum qu'il suppose appartenir à un passé qu'il ne connaît pas ! Une chanson de Roy Orbison !... Il n'a jamais vu un type qui crève à cause de Ray Charles et accuse sa femme d'adultère métaphysique ?... Il n'a jamais vu un type fou furieux à cause d'un rêve ou d'un fantasme qui passe dans le regard de sa femme ? Voilà, tu veux savoir la vérité ? Je n'étais pas jalouse de Mozart, il me tuait. Sa présence perpétuelle m'était insupportable. Ton père voulait même me forcer à l'accompagner à Salzbourg pour le festival, j'ai dit que je préférerais partir vers des mers chaudes, avoir de vraies vacances, nager. C'est peut-être à cause de cette révolte qu'il m'a offert le séjour à Hawaii, d'une manière inattendue, et beaucoup plus tard.

Elle pleurait et me saisit par le bras.

— J'ai le droit d'avoir mes rancunes, il m'a eue plusieurs fois avec Mozart. Un jour, la veille de mon anniversaire, il m'a annoncé une surprise. J'étais ravie, j'adore les bijoux, je n'en ai jamais eu. Je veux dire de vrais bijoux, de beaux bijoux...

Elle essuyait ses larmes.

— J'allais avoir trente-six ans, il m'a dit, ravi : « J'ai réussi à acheter un cadeau pour toi, quelque chose de tout à fait exceptionnel, je l'ai eu lors d'une vente aux enchères à Londres... » J'imaginais un bijou ancien, ah, j'en raffole : les broches de diamants, les pierres taillées à l'ancienne, souvent des fleurs, des oiseaux étranges, des motifs comme de la dentelle !... Le grand jour est arrivé, il m'a fait entrer dans son bureau et m'a montré un grand carton soigneusement emballé. J'ai été déçue à la seconde même, ce n'était pas un bijou. Ç'allait être un cadeau qu'il désignait comme « digne d'une femme intelligente ». Du genre globe terrestre... Ancien. On a ouvert ensemble le carton et nous avons extirpé de son emballage un buste de Mozart. Le monstre me narguait de ses yeux globuleux, avec son long nez. « C'est beau, non ? a dit ton père. On peut le placer sur la console de la chambre à coucher, face au lit. Le meuble est un peu nu. » Je ressentais un profond désespoir. Soit il était maladroit, aveuglé par sa passion de collectionneur, soit il ne m'a jamais vraiment aimée... Ce grand savant, cet homme délicieux, le séducteur de Vienne, m'offrait le buste de mon pire ennemi !

— Il t'a aimée. N'abîme pas votre passé.

— Je n'abîme rien, dit-elle. Je ne démolirais pas tant d'efforts pour maintenir un bonheur conjugal pendant plus de trente ans, mais je dois le reconnaître, il était différent de mes rêves. Nous avons eu pourtant des moments superbes.

— Quand tu l'as épousé...

— Oui, cette passion magnifique... J'ai su plus tard que ma mère avait fait des reproches à mon père, tous deux avaient secrètement peur de Samuel. Mais j'étais intraitable. J'ai dit que si on me séparait de force de lui, je cesserais d'étudier et que je deviendrais même anorexique. A la fin, je ne mangeais rien. Lors d'une trêve, pendant le séjour viennois de ma mère, Samuel nous a conduites à la cathédrale Saint-Stéphane pour écouter le *Requiem*. J'ai trouvé l'endroit sinistre, les statues et le *Requiem* me faisaient trembler de peur. J'avais envie de m'enfuir, mais je résistais et à la fin, j'ai même dit que c'était beau. Bref, c'est le passé.

— Et le buste, qu'est-il devenu ?

— Je ne sais pas. Peiné, et même choqué par ma déception, il l'a emporté.

— Où ?

— D'abord au garage ; ensuite l'objet a disparu... « Tu voudrais quel cadeau ? m'a-t-il demandé. — J'aimerais un autre homme. » « Rentre en France », ce fut sa seule réponse... J'ai protesté : « Pas sur un échec. Faute d'amour, j'ai encore mon amour-propre. »

Ma mère était soudain gênée, elle détestait égratigner l'image de leur couple. Elle revint, le regard caché par des lunettes de soleil très foncées. Elle portait une robe imprimée à fleurs, de vilaines fleurs rouges et noires.

Elle me défiait :

— Tu n'aimes pas ma robe.

— Quelle importance ?

— Tu n'aimes pas ma robe. Dis-le !

— Pas tellement...

— C'est ton droit. Je l'ai achetée il y a deux ans. Je l'amortis.

— Tu n'as pas à te justifier, mais je n'aime ni les fleurs ni les chapeaux.

— Je n'ai pas de chapeau. Toi, tu préfères les tissus unis...

— Ce n'est pas notre problème le plus urgent.

— Je n'ai pas encore compris, dit-elle, ce que tu vas faire après Vienne...

— Je m'organise une nouvelle vie.

Elle se cachait derrière ses lunettes noires.

— Si je ne t'appelle pas en fin d'après-midi entre 18 et 20 heures, c'est qu'on m'aura tuée.

— Et si je ne décroche pas, c'est qu'on m'aura noyé...

Elle se mordillait la lèvre inférieure.

— David, on commence à se déchirer... Je le

refuse. Il faudrait transiger avec la compagnie, cette affaire est un abcès. D'ailleurs, ton père s'est assuré pour une somme trop élevée.

— Seul un avocat peut entreprendre ce genre de discussion. Si tu pouvais rentrer en France, même pour quelques semaines...

— Je n'y mettrai pas les pieds avant que tout soit réglé. Et avec de l'argent...

Elle m'embrassa et je la rassurai. La porte venait de se refermer derrière elle. Je tournai en rond, puis commençai à préparer ma valise.

Ces heures lourdes pesaient sur moi. J'étais exténué et l'idée de sortir par cette chaleur me rendait maussade. La rue était hostile. J'apercevais les arbres de Central Park ployés sous la poussière. Je partis chercher ma voiture deux rues plus loin dans un garage et, ayant fait le plein d'essence, je me dirigeai vers Long Island.

CHAPITRE 4

En conduisant, je voyais l'avenir sinistre. Je subissais les conséquences du choc de la veille. Qui m'en voulait, et pourquoi ? Lancinante, la question me taraudait.

Si j'étais allé à Long Island pour une affaire d'appartement, c'est qu'un jour on m'avait pratiquement forcé la main... À mon retour de San Francisco il y a deux ans environ, un homme m'avait accosté dans l'avion — il avait dû changer de place avec un fumeur pour s'installer à côté de moi — et, malgré ma résistance, avait réussi à me soutirer quelques renseignements. Juste pour engager la conversation. Oui, j'ai travaillé dans un hôpital psychiatrique à San Francisco, oui, je préfère la côte Est, oui, je désire m'installer à Manhattan. Il s'était présenté, alors j'en avais fait autant. « Seriez-vous le fils de l'astrophysicien Levinson ? » Oui. « Je lis les publications de votre père. Quel visionnaire ! » Débordant d'amabilité, il m'avait parlé des difficultés à trouver un appartement dans Manhattan et avait insisté pour que je prenne contact avec l'une de ses amies, Mlle Mallory, patronne d'une agence immobilière à Glen Cove, à Long Island. Cette dame disposait de locations à Manhattan aussi. Il avait griffonné sur un morceau de papier l'adresse de l'agence et me l'avait glissée de force dans la poche. Je m'étais débarrassé de lui et je l'avais presque oublié. Je m'attaquais à New York à l'aide des annonces, et j'habitais un minable hôtel près de la 43ᵉ Rue Est. Je ne voulais en aucun cas m'installer chez mes parents à Princeton.

La période était difficile, mon budget serré, et les prix exorbitants. Je m'étais alors souvenu de l'homme et de ses recommandations. Sans croire une seconde à un résultat satisfaisant, j'avais sacrifié un après-midi pour rendre visite à la patronne de l'agence immobilière de Long Island. Le charme désuet de Mlle Mallory m'avait séduit. Elle était chiffonnée et précieuse. Au cours de notre conversation, elle découvrit, étonnée elle-même des caprices du destin, qu'une occasion exceptionnelle se présentait : l'une de ses relations, le docteur Miller, lui avait dit incidemment qu'il cherchait à être secondé et qu'il ne refuserait pas à un jeune médecin psychanalyste de s'installer dans une partie de son cabinet. Quelques jours plus tard, Mallory m'avait présenté à Miller, issu d'une puissante famille de Boston. Il m'avait accueilli agréablement et nous avions décidé une collaboration limitée à une période d'essai. Simultanément, Mallory, qui avait décidément la main verte pour les plantes comme pour les appartements, m'avait proposé l'occasion unique de la 94ᵉ Rue. Je débordais de reconnaissance. J'emménageai dans mes murs et je commençai le travail chez Miller. Mon père était venu me rendre visite, il constatait avec une visible satisfaction le résultat de mes efforts. « Si un jour tu as vraiment besoin d'aide, je suis là à ta disposition », m'avait-il dit tout en ajoutant : « C'est bien de bâtir seul sa vie. » J'aurais aimé plus d'éloges. Je lui avais proposé d'habiter chez moi lors de ses séjours à New York, il avait décliné mon offre : « Tu es gentil, mais c'est rare que je reste pour la nuit. »

Ce matin, le trajet vers Long Island semblait interminable. Au bout d'une heure et demie d'embouteillages et de déviations, j'arrivai enfin à Glen Cove, situé dans la partie riche et verdoyante de l'île.

L'agence immobilière occupait le rez-de-chaussée d'une vieille maison de style anglo-normand. J'aperçus le carton « Fermé » sur la porte vitrée et je pensai avec amertume que j'avais oublié de prévenir de ma visite Mlle Mallory. Je sonnai longuement, j'allais repartir lorsqu'elle entrebâilla une fenêtre au premier. Je la vis se pencher, légèrement myope, elle plissait les yeux, elle hésita, puis s'épanouit dans un grand sourire, elle venait de me reconnaître.

— Docteur Levinson, quelle surprise... Si j'avais su que vous viendriez ce matin, j'aurais déjà ouvert. Je descends.

Au bout de quelques minutes, elle retourna le carton et ouvrit la porte.

— Entrez donc ! Quelle chance de se retrouver, j'ai failli sortir il y a une demi-heure.

Ses cheveux blancs avaient des reflets bleutés. Elle m'interrogeait du regard.

— Qu'est-ce qui vous arrive ? Ne me dites pas que vous avez eu un accident ?

— En quelque sorte...

— Venez, dit-elle, inquiète. Venez, je vais vous préparer un thé.

Je protestais mollement pendant que nous traversions son bureau où planait une odeur de vanille, je la suivais dans son salon réservé aux clients privilégiés. Les portes-fenêtres s'ouvraient sur un jardin chargé de rosiers et de grandes fleurs mauves haut perchées sur leurs tiges raides, et entouré d'une haute haie.

— Vous n'avez pas oublié un gâteau au four ?

— Pas oublié, dit-elle. C'est un cake. Il lui faut encore un quart d'heure...

Elle redressait les coussins multicolores du canapé et des fauteuils-crapauds.

— Prenez place, docteur Levinson.

— Vous ne m'appellerez donc jamais David ?

— Il faut que je m'habitue, les médecins m'impressionnent. Surtout les rhumatologues... Regardez...

Elle me montra ses doigts déformés.

— L'âge, soupira-t-elle. L'âge...

Elle souriait.

— Je suis toujours heureuse de vous revoir. Je me souviens encore des recommandations chaleureuses de mon ami Norman, votre compagnon de voyage... Je lui avais promis que si vous ne donniez pas signe de vie, je vous écrirais pour vous relancer.

— M'écrire ? Où ?

— Chez vos parents, à Princeton.

Elle en faisait trop, elle m'énervait ; elle dégoulinait d'affection, je n'en demandais pas tant. A soixante-cinq ans, elle passait son temps à gagner de l'argent et à préparer des gâteaux. Moi, à trente-trois, j'étais en butte à des tueurs. Et on avait failli me noyer la veille... Alors, ses phrases mondaines...

— J'ai des problèmes, mademoiselle Mallory. Des problèmes particulièrement violents.

— Quoi ? demanda-t-elle, plutôt désemparée.

Elle était d'une autre époque. J'avais presque peur de l'agresser avec ce que je devais lui dire, elle vivait dans le huis clos de son jardin, avec ses gâteaux et ses plantes. Ses grands yeux étaient d'un bleu délavé, à contre-jour elle ressemblait à une vieille enfant.

— Hier soir... J'ai failli être tué dans mon appartement.

Deux taches rouges colorèrent ses pommettes et, prise d'un léger tremblement, elle se leva.

— Je vais avoir une crise de tachycardie... Vous tuer ? Comment ?

— En me plongeant dans ma baignoire. On me réclamait un objet ou un document que mon père aurait possédé.

Elle s'agrippait au dossier d'un fauteuil.

— Je vais me trouver mal... mais continuez...

— J'ai été soumis à la torture de la baignoire. Selon ceux qui m'attaquaient, mon père a dû me confier avant sa mort un objet, un document, en tout cas quelque chose de très important. Ils n'ont pas défini la nature exacte de la chose qu'ils cherchaient.

Elle était bouleversée.

— Vous interroger ? De cette manière-là ? Et il s'agit de quoi ?

— Je n'en sais rien. C'est justement ça, le cauchemar.

Je toussai et crachai dans mon mouchoir. Les paupières baissées, elle réprimait son dégoût.

— Vous comprendrez aisément que je ne peux plus rester dans l'appartement. Pourriez-vous m'en trouver un autre, pas trop cher, mais dans un immeuble qui a un service de surveillance et un doorman vingt-quatre heures sur vingt-quatre ?

Elle leva la main.

— Une seconde, laissez-moi reprendre mes esprits. Il est évident que vous ne voulez plus rester dans la 94ᵉ, mais quelle est l'opinion de la police ?

— La police ? A quoi bon l'appeler ? Même votre agence pourrait être mêlée à l'affaire, parce qu'il n'y a pas eu effraction. Les agresseurs m'attendaient dans ma chambre. Ils avaient la clef...

— Quel malheur ! s'exclama-t-elle. Encore une histoire de clef... Ce problème est insoluble. La preuve : l'appartement où vous habitez est loué depuis des années ; à chaque changement, on me rend les clefs, que je redonne aux nouveaux occupants. Qui pourrait se garantir contre les copies ? En théorie, il faudrait changer la serrure à chaque nouvelle location... Le propriétaire le refuserait ! Mes fichiers sont bien tenus, je pourrais retrouver le nom de celui qui vous a précédé... Mais s'il avait une femme de ménage, s'il laissait la clef à quelqu'un pour une raison que j'ignore, à qui faire des reproches ? Il est pratiquement impossible de remonter vers un suspect.

Elle joignit les mains et les posa sur ses genoux.

— Tant de violence m'affole. Elle a déjà coûté la vie à votre père. Qu'a-t-il pu posséder qui susciterait une brutalité pareille ?

— Selon ma mère, rien. Toujours selon elle, il y a erreur sur la personne, on nous confond avec une autre famille Levinson. La maison de Princeton que mes parents louent depuis très longtemps a aussi été mise à sac.

— Ah ! s'écria-t-elle. On s'est attaqué à la demeure de vos parents ? Votre mère doit être dans tous ses états.

— Elle l'est, mademoiselle Mallory. Demain je quitte New York. Si vous pouviez vous occuper du déménagement en mon absence... Il y a des cartons fermés, dans le living-room, de vieilles valises et quelques vêtements sous des housses. C'est tout. A mon retour, j'aimerais être ailleurs. L'hôtel coûte horriblement cher.

Elle reprit la parole, délicatement, comme on ôte le pansement d'un grand brûlé :

— On verra ça. Me permettez-vous une question ?

— Évidemment.

— Avez-vous pensé remonter à l'origine de ces difficultés ?

— Pensé ? Oui. Mais nous n'avons aucune explication. A Vienne, j'interrogerai évidemment mon oncle et le meilleur ami de mon père.

— Votre père était autrichien ? demanda-t-elle.

— Né polonais, mort américain. En tout cas juif, ayant vécu en Autriche. Peu de temps. Après la Libération, en 1945, les Américains l'ont hébergé dans un camp puis amené aux États-Unis où il a fait ses études.

— David, prononça-t-elle, presque gênée. Ne prenez pas mal ce que je vais vous dire... Le génie juif peut agacer certains, et votre père était particulièrement brillant. A l'époque où nous nous sommes connus, vous m'avez dit qu'il se consacrait à son livre, qu'il considérait comme l'œuvre de sa vie.

— Oh, le manuscrit ? Si vous saviez depuis combien de temps on le cherche. J'ai la quasi-certitude qu'il se trouve à Vienne. Pas chez mon oncle, plutôt dans la maison de son meilleur ami. Mais ce qui m'intéresse dans l'immédiat, c'est que vous me relogiez. Je serais éperdu de reconnaissance...

Elle réfléchit.

— Je peux me charger de votre déménagement, je connais une entreprise en laquelle j'ai confiance, je peux tout leur demander. Je leur envoie beaucoup de clients. Ce qui est difficile, c'est de trouver immédiatement un autre logement. Je dois vérifier mes fiches.

Je continuai :

— Même un studio, mais dans un immeuble surveillé. Je ne le louerais que pour une période assez courte. Ça peut aider, non ?

— Pourquoi un temps court ?

— Parce que c'est ainsi... Après mon retour de

Vienne, je ne resterai pas ici pendant toute mon existence.

Je ne voulais pas en dire plus, elle aurait tout raconté à Miller. C'était trop tôt.

Elle me regardait, pensive.

— Je crois avoir quelque chose. Deux pièces avec service, doorman, entreprise de nettoyage... Mais les différentes dates, je ne les ai pas en mémoire. Venez, on va consulter mes dossiers.

Je la suivis dans l'odeur de vanille de plus en plus insistante.

Elle s'installa devant sa table et tira devant elle son fichier, elle en sortit un petit carton.

— La Première Avenue, hein ? Ça vous plairait ?

— Si je peux me l'offrir...

Elle minaudait :

— Il acceptera si je me porte garante pour vous. Le client prend sa retraite, il part pour Hawaii. Il désirerait s'installer là-bas pour une période d'essai, il voudra peut-être y rester. Il accepte de sous-louer son appartement, mais veut pouvoir le reprendre s'il le désire, au bout de quelques mois.

— Quelle coïncidence !

— En effet, dit Mlle Mallory. Les dieux sont cléments avec vous. Ce M. Smith...

— Il s'appelle Smith ?

— Oui, dit-elle, légèrement pincée. Il était agent de change et voudrait tenter de s'implanter à Hawaii. Sinon, il ira en Floride, mais en tout cas, il gardera son pied-à-terre à New York. Je ne peux vous garantir plus de six mois ferme. Si cela vous convient, je pourrais envoyer vos affaires à cette nouvelle adresse dans quelques jours. Le temps de m'organiser... ça vous arrange ?

— Je plane !

Elle griffonna quelques mots sur sa carte « Agence Mallory », Long Island.

— Voici l'adresse où vous allez habiter...

J'étais ébloui... grande et vieille habitude des novices : être manipulé et se sentir reconnaissant.

— Des papiers à signer ?

Elle hocha la tête.

— Rien pour le moment. Les conditions de location seront les mêmes qu'à la 94e Rue. Je transférerai votre dépôt de garantie...

J'étais soulagé.

— Vous ne pouvez pas imaginer de quel souci vous me débarrassez.

— Je ne fais que mon métier, dit-elle.

— Mademoiselle Mallory, en passant, une question sans importance... Avez-vous entendu parler d'un M. Grant, Grant quelque chose...

— Où habite-t-il ?

— Ici, à Glen Cove.

— Grant ? dit-elle en soutenant mon regard. Ça me dit quelque chose, mais le nom est courant, un peu comme Smith...

— Un double nom commençant ou se terminant par Grant.

Elle hésitait.

— Vous dites un double nom ? Un Grant... Grant quoi ?

— Je ne sais pas.

— Si c'est celui auquel je pense, il a une magnifique propriété. Il ne la vend pas.

— Moi, l'acheter ? Vous plaisantez ?

Elle se payait ma tête. Avec mes cent mille dollars d'assurance, j'aurais à peine pu acquérir une chambre dans le Bronx...

Elle comprit mon agacement.

— Pardon. Déformation professionnelle. Je ne m'intéresse vraiment aux gens que par rapport à leurs intentions de vente ou d'achat... Que voudriez-vous de ce M. Grant ?

— Rien. Un homme d'affaires, paraît-il. Avez-vous une idée de quelles affaires ?

— Il a de l'argent. Beaucoup. C'est tout.

— A-t-il une famille ?

— Je l'ai aperçu un jour avec une jeune femme.

— Sa fille ?

— Il a une fille ?

— Je crois.

Elle soupira :

— Je n'en sais rien. C'est peut être sa femme, sa maîtresse, une aventure. Nous vivons dans un monde où les règles morales de jadis ne sont plus respectées. Je ne me reconnais plus du tout dans les relations humaines.

Sa peau semblait pétrifiée sous le fard.

— J'aimerais jeter un coup d'œil sur la propriété. Juste avoir une idée.

— Vous voudriez connaître ce M. Grant ?

— Non, apercevoir l'endroit où il crèche.

— Où il fait quoi ?

— Habite.

Son regard fuyait. Susceptible comme un rat déprimé, je haïssais sa méfiance. J'avais envie de l'agacer. Elle me snobait en me faisant sentir que je n'avais rien à faire dans le monde de M. Grant.

— Ce n'est pas dans mes habitudes, dit-elle, de donner une indication de ce genre. Mais pour vous... en sortant d'ici, tournez deux fois à gauche, vous atteindrez au bout d'une rue étroite un petit carrefour décoré de plates-bandes. A droite, vous apercevrez une grille impressionnante. C'est chez lui.

J'étais soudain pressé. Après avoir débité quelques remerciements, je pris congé. Je lui fis un signe d'adieu de ma voiture et je démarrai. Mallory, je la mettais chaque fois sur une balance... La voudrais-je comme grand-mère ? Non. Il se dégageait d'elle une odeur de poudre tournée.

Je roulais lentement dans des petites rues bordées de verdure. Des haies hautes et épaisses isolaient les propriétés du commun des mortels. J'avançai lentement jusqu'au carrefour annoncé. A droite, une rue sans issue se terminait par un parterre d'azalées rouges et, à une dizaine de mètres de cet îlot de fleurs, se dressait une grille. Sur la dentelle de fer forgé des battants, des hérons en bronze grandeur nature. La grille fermée, les becs des deux oiseaux se touchaient. J'aperçus derrière cette porte royale une allée bordée de platanes séculaires, le sol recouvert de fins gravillons presque roses. Au milieu du parc régnait une maison blanche de style colonial, à la colonnade imposante. Une pluie envoyée par des tourniquets retombait en gouttelettes aux couleurs de l'arc-en-ciel sur le gazon vert émeraude. Je refermai délicatement la portière de ma voiture, il ne fallait pas écorcher ce silence opulent. Je jouais, sous le soleil vertical, au touriste égaré. Peu à peu, en me baladant au long de la grille, je ressentis une gêne et j'en cherchai la raison. En levant la tête je découvris deux objectifs de caméras, ils balayaient l'espace dans un aller-retour incessant. Je devais apparaître sur les écrans de surveillance d'un sbire affalé dans son fauteuil... me contemplait-il en se curant les dents ? Combien de sous-flics devaient poser sur moi leurs sales regards ? Un ou deux ? Aux yeux des gardes de cette forteresse ruisselante d'argent, je n'avais sans doute pas plus d'intérêt qu'un ramasseur de mégots.

Je me sentais mal à l'aise, ma veste était trop juste, mes poches gonflées et ma voiture cabossée. Médecin ? Rigolade. Plutôt un vagabond au premier stade de la désintégration sociale. Aux yeux des flics-domestiques : un perfide prolétaire qui voulait flairer le parfum d'une autre planète. Je pris un air détaché et glissai les mains dans les poches, mes doigts y rencontrèrent des objets hétéroclites. Je sifflotais ; un filet de son cassé s'échappait avec peine de mes lèvres sèches. Je souriais en admirant les hérons.

Puis, l'écho d'une lointaine conversation me parvint, les murmures m'effleuraient comme le pollen. L'air véhiculait des fragments de sons, et un petit rire se propageait en ricochant... le grincement d'un tremplin... les bonds et les rebonds... Ce bruit très spécial suscita en moi une profonde frustration. Quelqu'un s'élançait plusieurs fois et retombait sur la planche, le tremplin résistait, hennissait, valet docile, il se soumettait à l'amateur de plongeons. J'entendais le choc d'un corps sur l'eau et les retombées des vagues. Rires. De près, un oiseau siffla.

A des années-lumière, à l'intérieur de la maison un téléphone sonna, puis se tut.

Le monde de l'argent me déprimait. Depuis l'enfance, l'univers ouaté des gens servis me remplissait de malaise. Sans doute mes gènes véhiculaient-ils le souvenir des misères ancestrales des ghettos. Moi aussi j'aurais aimé naître dans une grande maison comme celle-ci où toute la famille se rencontre le dimanche à 17 heures devant la cheminée. Chacun tient, le petit doigt légèrement écarté de l'anse, une fine tasse de porcelaine remplie de thé brûlant. Un majordome ou une gouvernante règne sur l'intendance, et une femme de chambre apporte sur un plateau d'argent des gâteaux tièdes. Ce cadre somptueux justifiait à lui seul l'insolence que je décelais chez Carol Grant, sa manière de parler de mon père. Quand on vit ici, tout vous est dû. Mon père aurait-il pu s'intéresser vraiment à une fille de ce milieu ? Fils d'un petit commerçant juif de Varsovie,

110

violoniste raté, scientifique marginal ayant vaincu les obstacles que le destin et la mort avaient sans cesse dressés devant lui, attiré par une enfant gâtée ? Ç'aurait été indigne de lui, vis-à-vis de ma mère... Il aurait pu à la rigueur s'amouracher d'une fille pauvre, d'une hippie échappée du passé avec son bandeau sur le front, se reconnaître en quelqu'un de jeune, qui lutte comme lui l'a fait... Mais pas la fille d'un milliardaire, non.

Je tentais de me calmer et j'émettais des hypothèses : Carol Grant n'habitait pas ici ; elle habitait ici mais mentait à propos des relations avec mon père, ou c'était une mythomane. J'espérais apprendre la vérité à Vienne.

Peu à peu l'énervement me gagnait. Je n'étais plus seul, à l'intérieur du parc apparaissaient des dogues, deux géants noirs, ils s'approchaient de la grille, ils flânaient, presque distraits, ils badinaient un peu entre eux avec des petits gémissements puis s'arrêtaient pour me contempler. Je ne voulais pas partir tout de suite. Fuir ? Ce serait une humiliation. J'essayai de siffloter. Au loin le tremplin grinçait, on entendait les éclaboussures. Les chiens s'agitaient derrière la grille. D'une démarche que j'espérais nonchalante, je m'approchai de ma voiture surchauffée ; je repris ma place, le volant me brûlait les doigts. Je démarrai. Il fallait au moins une heure pour rentrer à Manhattan !

Mes yeux étaient voilés de larmes, de chagrin et de colère. Pourtant, pendant le trajet, je me traitais de tous les noms, je n'avais pas le droit de prendre en grippe Mlle Mallory, je m'accusais d'être un mesquin névrosé, décortiquant la moindre intonation d'une femme maniérée, certes, mais efficace et bienveillante.

De retour à Manhattan, je me mis d'accord avec le garage ; pour un forfait raisonnable, je leur

111

laissais ma voiture. J'achetai l'habituelle viande froide et différentes salades au Deli et, en rentrant, je barricadai la porte avec le guéridon. Puis je fis du rangement. Douze ans d'études, mes diplômes américains... Quelques fanions et insignes témoignaient de mon appartenance passagère à telle ou telle association d'étudiants... Des factures payées en vrac, une collection de cartes postales avec des signatures illisibles. Pas une seule lettre d'amour. Je n'étais pas tentant pour celles qui rêvaient de foyer et de gosses, je roulais à côté de mes rails. Pour n'importe quelle fille perspicace, c'était clair que ce Levinson-là était un déraciné. Mes conquêtes n'avaient pas de lendemains. J'étais un homme moderne, avec des préservatifs et des cartes de crédit dans la poche. Un homeless des sentiments. J'avais un désir secret, une sorte de rêve : ne pas traverser seul la vie. Maîtresse, copine, femme sensible, femme tout court, quelqu'un... C'était le fantasme de ce Levinson qui a toujours réussi à mentir. Rien n'est pire que de s'avouer vulnérable.

***

Je passai le reste de la journée avec l'organisateur de mon voyage, ensuite j'achevai de ranger mes affaires et préparai le déménagement. Le temps s'écoulait avec une vitesse vertigineuse. Je découvris le soir avec un appel téléphonique de ma mère qui m'annonça :

— Je serai chez toi dans un quart d'heure. Attends-moi en bas, je ne voudrais pas monter seule au quatrième.

— Où es-tu ?

— A Grand Central

— Dix minutes alors...

Elle raccrocha. Je fermai les deux derniers cartons et je jetai un coup d'œil à la cuisine, juste convenable.

J'attendais dans la rue, balayée par une légère brise. Pas loin, un homme aux cheveux blancs promenait un lévrier afghan. Dans une main la laisse, dans l'autre le sac et la pelle pour ramasser la crotte. Un taxi venait de tourner du côté de Madison. Il s'arrêta devant moi, je le payai pendant que ma mère sortait du véhicule. On n'avait pas envie de grandes effusions. Je l'ai entourée une seconde de mon bras droit encore endolori et nous sommes montés ensuite, muets. Parfois nous nous arrêtions. La cage d'escalier paraissait sordide et la minuterie était défaillante.

Je glissai la clef dans la serrure.

— Quelle vie ! dit-elle dans l'entrée. Quelle vie... Si je préparais un thé glacé ?

— Bonne idée.

Je l'accompagnai à la cuisine, je la regardai chauffer l'eau dans la bouilloire et cogner ensuite contre l'évier des récipients en aluminium pour y détacher les cubes de glace.

Elle malmenait la boîte de sucre synthétique dont l'ouverture était coincée.

— Il ne faut pas vivre avec des idées fausses, dit-elle. Ton père t'aimait beaucoup. Il te voyait explorateur des angoisses du psychisme juif, conséquence des persécutions ; il croyait à la psychanalyse. Il était plus freudien que Freud lui-même. J'ai pensé toute la journée à tes reproches... Tu n'as pas trop résisté quand il t'a orienté dans cette voie.

Elle réussit à remplir la cruche de glaçons et y versa le thé brûlant. Soudain, elle se mit à pleurer puis s'essuya le visage.

— Moi aussi, j'étais souvent mal dans ma peau. Il y avait tellement de gens qui venaient. L'Europe centrale, Mozart, les obsessions, les absences... Des mondes qui s'entrechoquent, et je n'aimais que la France.

Je me souvenais de cette lointaine enfance où des inconnus arrivaient à n'importe quelle heure, et parlaient souvent en langue étrangère. Des visages, des barbes, des regards, des odeurs, des haleines... Le rire puissant de quelqu'un et sa dent en or. Une grande bouche, une langue qui frétille, un rire et l'index sur la dent en or : « Ç'a été fait après... Au camp, ils me l'auraient arrachée. » On voulait m'apprendre quelques mots mi-yiddish, mi-polonais. Ils avaient caché des bonbons et on m'en donnait si je réussissais à prononcer « dans le tiroir ». Je cherchais souvent à me remémorer ce fragment de phrase, je crois en hébreu. « Dans le tiroir. » Mon père, irrité, avait protesté : « On n'apprend pas une langue — la nôtre — avec l'aide de bonbons et de sucreries. Une langue, c'est un battement de cœur. »

— A un moment donné, continua ma mère, ce mélange de polonais, de yiddish, d'américain, et ce va-et-vient perpétuel n'étaient vraiment plus supportables. Il a compris, il était navré, tout simplement navré.

Le thé, resté tiède, sentait le chlore. Plus tard au salon, ma mère contournait les caisses comme un chat qui essaie de jauger l'endroit où il se trouve.

— Tu t'en vas donc d'ici, et pour de bon.

— Mlle Mallory m'a trouvé un appartement sur la Première Avenue ; l'immeuble est surveillé vingt-quatre heures sur vingt-quatre.

— Quelle existence ! dit-elle. Et tu voudrais que je rentre en France avec un poids pareil... Sans argent, et des tueurs... La prochaine victime, c'est moi...

— Non, maman, non. Mais là-bas, tu serais plus en sécurité qu'ici...

— Penses-tu ! A Tours ? Avec toutes les portes qu'il faudrait changer...

Je n'avais plus d'énergie.

J'étais déjà allongé sur le lit quand elle vint dans la chambre.

— Je te réveille demain avec un café ?

— Te dérange pas, je m'en occupe.

— David, ma décision est prise, je pars pour Atlantic City. Être dans la foule me rassure, je serai anonyme, invisible.

— Que veux-tu que je te dise ? Mais si par malheur tu prenais goût au jeu, ce serait l'enfer.

— Non. J'ai la tête bien sur les épaules, je ne jouerai pas au-delà des cinquante dollars de perte. Ce n'est pas beaucoup, reconnais-le. Je serai au Trump Castle. J'ai réservé cet après-midi une chambre au nom d'Éliane Brown. Tu n'oublieras pas ? Éliane Brown.

Plus tard, je l'interpellai :

— Tu dors ?

— Non. Tu veux me dire quelque chose ?

— Quelle est ta véritable raison pour refuser Vienne avec autant d'obstination ?

— Je te l'ai dit. Plus jamais Vienne. Je ne suis pas encore guérie. J'entends parfois l'oraison funèbre en hébreu... C'était d'un tragique. Ton père avait échappé aux chambres à gaz et il est mort à Vienne, pour être incinéré. Quel destin...

Elle se tut. Elle avait mal.

Le lendemain, elle me confia des lettres autrichiennes. « Il me semble que ton père a acheté ou loué un appartement à Salzbourg. Tu verras... » Je l'accompagnai en bas, elle s'engouffra dans le taxi que j'avais appelé. Je restai quelques secondes immobile. Orphelin.

115

CHAPITRE 5

Je voulais passer inaperçu dans la foule de l'aéroport Kennedy, silhouette parmi d'autres. Je supposais que mon persécuteur était dans les parages, je cherchais aussi Carol Grant. Juste l'apercevoir. Je ne l'avais pas vue à l'enregistrement. Un désagréable échange de répliques cinglantes avec une employée surexcitée m'avait crispé. « Il ne faut pas charrier. — C'est New York », répondit-elle. Encore un peu et elle m'aurait écorché le visage avec ses ongles démesurés. Un contrôleur d'équipe doux et désarmé, affolé par son secteur devenu ce jour-là cage aux fauves, se précipita pour me présenter des excuses. Je parcourus d'interminables couloirs, alignement de toilettes, de marchands de bouffe de toutes sortes, fruits séchés servis par des mains gantées de plastique et accompagnés d'un sourire en nylon, cravates de la dernière minute et porte-clefs New York-New York. Au bout de ces souks supersoniques, j'arrivai enfin à la salle d'embarquement. New York débordait de gens usés par leur mégalopole. La ville réclamait cinq mille policiers de plus, pourquoi pas autant de psychanalystes aussi ?

Dans la carlingue, un ange mécanique m'a pris sous ses ailes et, dans le confort de la quiétude, j'ai commencé à me sentir mieux. Je pensais au plaisir extrême de mon père à s'installer dans l'un de ces fauteuils confortables et s'évader ainsi pour quelques heures des ennuis terrestres. Une assez jolie fille venait de s'asseoir à côté de moi, elle me dit bonjour en espagnol et se plongea dans la lecture d'un pavé de science-fiction. Je parcourus du regard mon secteur, pas trace de type suspect ; alors j'acceptai le champagne, je consultai le programme de cinéma, je liai la conversation avec l'hôtesse plutôt contente de rencontrer un interlocuteur disponible, servir les gens à dix mille mètres d'altitude n'était pas un boulot commode, loin de là. Après le succulent repas, je m'installai avec mes boules dans les oreilles, mon masque sur les yeux, et j'avalai un demi-somnifère. Avant de sombrer dans un sommeil vaseux, une violente peur me traversa. Allongé, le fauteuil basculé en arrière, j'offrais à qui le voudrait ma gorge à trancher. Dans cette quasi-obscurité, tout était possible. Du moins l'assassin ne pourrait pas s'enfuir. Je me calmai, mais je redressai un peu le dossier. Ma voisine me frôla par hasard, je poussai un cri. A mon tour, j'avais fait peur à quelqu'un. Plusieurs fois réveillé en sursaut, je me surpris à penser à Carol Grant. Aucune trace d'elle, mais il faut dire que je ne la cherchais pas non plus...

Au bout du tunnel bleu de la nuit, lors du réveil officiel, les hôtesses distribuaient les plateaux du petit déjeuner et reversaient sans cesse du café aux insatiables dans mon genre. Puis, l'attente devant la porte des toilettes. Je m'étais rasé et lavé, les traces de l'agression bleuissaient, je semblais sortir d'un combat de boxe.

Au changement à Francfort, je fonçai d'un couloir à l'autre en évitant de regarder autour de moi, je ne voulais pas rencontrer Carol. L'avion a atterri à Vienne à 6 h 27. Au débarquement, pas de trace de Carol, elle avait peut-être changé d'avis. Il n'était pas exclu que ce voyage où elle allait être confrontée à la réalité l'ait effrayée.

J'essayais de prendre un air convenable, il ne fallait pas faire peur à Schaeffer avec ma mine renfrognée et esquintée. Je suivais la foule, dont se dégageait une odeur de nuit. Les valises arrivaient sur un tapis roulant dans le hall gris perle de l'aéroport de Vienne. La mienne était parmi les premières, je la posai sur un chariot pris au passage, et me dirigeai vers les guichets de location de voitures. Je ne cherchais pas le point de rencontre, buté je me terrais. Elle n'avait qu'à se débrouiller pour me trouver. Je voulais être le type sans cœur et sans parole qui se moque du monde tant qu'il ne s'agit pas de ses intérêts. Chez Hertz, une employée vêtue de jaune pressa ma carte de crédit dès que j'eus rempli les formulaires et me tendit la clef d'une Audi 80, rouge, dit-elle après avoir vérifié la couleur sur l'ordinateur. Elle me donna un plan de Vienne et des environs et, parce que je le lui avais demandé, elle souligna avec un crayon bleu la direction à prendre vers Hietzing. Je poussais mon chariot, je serrais ma clef, je tenais le plan, j'étais déjà près de la porte vitrée qui s'ouvrait et se refermait automatiquement lorsqu'un détestable sursaut d'honnêteté m'envoya une boule dans la gorge. J'ai eu honte. N'est pas salaud qui veut. Je ne pouvais tout de même pas la laisser tomber, cette fille, si elle était là. Quitter l'aéroport comme un voleur, la tête baissée et rasant les murs, non, quand même pas... Je revins sur mes pas et repérai le « point de rencontre », elle y était. Vêtue d'un jean et d'un blouson assorti, un sac de voyage à ses pieds, elle attendait en regardant à droite et à

119

gauche. Elle froissait un paquet de cigarettes, déjà vide. J'enviais les cyniques, les arrogants, ceux qui faisaient « n'importe quoi ». Sa confiance me désarmait et justifiait mon comportement d'honnêteté forcée. Je m'approchai d'elle.

— Me voilà... Dépêchons-nous.

Je faillis me prendre le pied dans la lanière de son sac de voyage. Son visage s'éclaira.

— Ah, vous êtes là... Le temps passait, je commençais à m'inquiéter, vous auriez pu rater l'avion. Je n'avais pas voulu vous encombrer pendant le trajet ni m'imposer, alors j'attendais ma chance ici.

Je jetai son sac sur le chariot.

— Allons-y.

Elle alignait son pas sur le mien.

— Quelle foule ! Tant de gens qui veulent visiter Vienne. Et il fait beau.

Je marmonnai qu'à notre époque tout le monde voyage et que nous étions au mois d'août. Alors...

— On prend un taxi ou vous voulez louer une voiture ? demanda-t-elle.

— C'est fait.

Je m'injuriai. Je ne m'étais même pas montré hautain ou dur. Un type simple à qui on peut s'accrocher... Elle avait eu raison d'insister. A la sortie, je manquai me cogner contre la porte vitrée qui s'ouvrit, comme par hasard, plus lentement que devant les autres. Carol dut se précipiter pour réussir à se glisser dehors en même temps que moi.

— Ouf, dit-elle, on est à Vienne. Mais quelle chaleur !

Le soleil pointait tout juste à l'horizon, mais l'air était encore épais de la canicule de la veille.

— Où va-t-on ?

— Au parking.

— Quelle voiture ?

— Vous verrez...

J'enviais la brutalité chic des gonfleurs de biceps et des amateurs de vocabulaire corsé ! Je n'étais pas de ceux qui, de leur seul poids, broient une femme. Après une étude attentive et enthousiaste du football américain, on m'avait sorti du premier match avant la mi-temps avec les côtes fêlées. « Tu es un intellectuel raffiné comme ton père », avait déclaré ma mère. « Il ne faut pas insister avec leur sport. Ton grand-père était officier supérieur et adjoint au gouverneur militaire français à Vienne, mais il n'a jamais été un mastodonte. » Cette inaptitude aux sports ne m'avait pas valu trop de reproches.

J'observais Carol du coin de l'œil. Elle n'était ni mystérieuse, ni agressive. Ma mère, nostalgique du vocabulaire cher à la bourgeoisie française, l'aurait désignée comme une « jeune fille de bonne famille ». Il était 7 h 10.

— Je croyais que l'Autriche était un pays plutôt froid ! s'exclama-t-elle.

— Ce n'est pas l'Afrique non plus.

J'avais jeté la phrase comme si je parlais à une analphabète, et qui allait le rester. Je n'allais pas être un guide ni un bureau de renseignements... Nous nous approchions du parking.

— Vous cherchez ?...

— Une Audi 80 quattro. Rouge, paraît-il.

Je la repérai dans une rangée de véhicules, elle brillait au soleil.

— J'adore ces voitures européennes, dit-elle. Si vous voulez que je conduise, je suis une passionnée de rallyes... Je me débrouille très bien au volant.

— Pas question.

La serrure, côté conducteur, déverrouillait aussi le coffre. Carol y rangeait déjà son sac et venait de s'emparer de ma valise.

— Il ne faut pas exagérer... Laissez-la.

Elle referma le coffre.

— J'ai l'habitude, et j'aime me rendre utile. Selon mes copains, je suis une coéquipière de rêve. Je sais tout faire.

Elle poussa le chariot sur une place de parking vide ! Rallyes... fille riche... Mon subconscient bourdonnait de remarques aigres. Dans la dernière partie de sa vie, mon père aurait-il eu des goûts de luxe ? Aurait-il été fasciné par cette fille ? Dans la voiture tiède, collé contre le volant, j'entrepris l'examen sur plan de Vienne et ses environs.

— Vous pouvez reculer votre siège, dit-elle.

— Merci, je sais. Chaque chose en son temps.

— Ce serait plus facile...

Maussade, je réussis la glissade en arrière.

— Je crois que vous tenez la carte à l'envers. Si vous n'avez pas l'habitude, je pourrais...

Qu'est-ce qu'elle pourrait ? J'avais envie de la jeter dehors. J'étais un maladroit et, conscient de l'être, j'en avais honte. Dès qu'on voulait m'aider, je devenais hargneux. Je continuais à explorer le plan, le crayon de l'employée n'avait laissé qu'une indication approximative.

Carol me demanda, timide :

— Que cherchez-vous exactement ?

— Une banlieue chic qui s'appelle Hietzing.

— Comment ?

— Hietzing. La fille de chez Hertz a dessiné le trajet, mais pas jusqu'au bout.

Gênée par le volant, elle se penchait en biais sur la carte, ses cheveux me frôlaient. Elle pointa son index.

— Nous sommes là... Votre Hietzing est de l'autre côté de la ville. Il faut traverser Vienne, ou la contourner. Selon moi, à quelques kilomètres d'ici, on devrait avoir une bretelle qui relie à une autre autoroute avec un embranchement vers Hietzing. Là... Vous voyez ou non ?

Hautain et généreux, je posai la carte sur ses genoux.

— Si vous voulez vous rendre utile...

Elle la saisit avec satisfaction.

— Parfait. Vous verrez, tout ira bien. Démarrez. Sortez d'ici et tournez à gauche...

Affichant un air détaché, je quittai le parking. Je me familiarisais avec la voiture. Sur l'autoroute, je m'accommodais à la circulation dense et aux camions qui nous dépassaient sans cesse.

— Quelle est la limitation ?

— Quatre-vingts kilomètres-heure. Pas la peine de vous presser, regardez ce qu'il y a devant nous...

La circulation était déjà à la limite de l'embouteillage.

— Carol, j'ai un rendez-vous à Hietzing, le meilleur ami de mon père m'y attend. Avant que nous arrivions là-bas, vous prendrez un taxi et continuerez jusqu'à votre hôtel. Je vous appellerai plus tard.

— Je ne peux pas vous attendre dehors ?

— Ce serait ennuyeux pour vous, et je ne voudrais pas me sentir bousculé.

— Soyez tranquille, je vais lire. Je préfère vous attendre dans la voiture.

J'hésitais.

— En aucun cas vous ne devez entrer dans la maison, l'ami de mon père serait désagréblement surpris si je ne venais pas seul.

— Je n'ai pas l'habitude de m'imposer.

Après un silence, elle reprit :

— David ?

— Oui.

— Vous vous êtes battu avec quelqu'un ? Tous ces bleus...

— Moins vous m'interrogerez à ce sujet, plus je serai content.

Des deux côtés de la route, des arbres maigres alternaient avec des cheminées d'usines, des émanations de puissantes doses d'oxyde de carbone rendaient l'air opaque.

— J'imaginais autrement l'arrivée à Vienne, commenta-t-elle.

— Un orchestre installé au bord de la route pour vous accueillir avec le *Beau Danube bleu* ?

— Non. Le Danube tout court. D'ailleurs, où est-il ? On ne l'a pas vu.

— Je n'y peux rien, Carol. Vous étiez dans quel secteur de l'avion ?

— J'avais pris le dernier siège qui restait.

— Chez les fumeurs ?

— En première.

J'émis un sifflement :

— Vous avez voyagé en première classe ?

— Oui. Un vrai paradis avec TWA. C'était même trop court. Un jour, je ferai avec cette compagnie le tour du monde...

Le tour du monde... En première classe... Évidemment, je n'avais pas pu l'apercevoir, cloîtrée à l'avant dans son « paradis ».

Je doublai un camion frigorifique. J'imaginais d'immenses quartiers de bœuf à l'intérieur. L'idée de tant de viande me dégoûtait. Je me vengeai sur Carol.

— Vous faites des dépenses pareilles pour un caprice ?

— Mon père me donne de l'argent tant que je veux, même plus... Et me guérir d'un état obsessionnel n'est pas un luxe.

— Vous guérir ?

— Mais oui. Pourquoi me harceler ? Vous êtes méchant avec moi, docteur Levison. Vous me tombez dessus dès que j'ouvre la bouche. Tout vous agace. Je suis polie, moi. Gentille, patiente, et vous...

— Oh, les discours mondains... pas aujourd'hui !

— Pour vous, c'est un plaisir d'être désagréable... Votre père...

— Si vous pouviez m'épargner avec vos comparaisons.

— Bien. Je ne dis plus rien. Mais furieux comme vous êtes, vous allez manquer l'embranchement ! On va sur une autre autoroute. Roulez plus lentement, je dois repérer Altmannsdorf. Vous m'entendez ? Vous pourriez au moins me faire un compliment pour mes efforts en allemand...

— Vous êtes brave, c'est vrai. Et même utile.

— Enfin, dit-elle, une attitude un peu plus civilisée.

Ensuite nous avons changé de direction ; des silhouettes fantomatiques d'usines ponctuaient le paysage. Ayant hésité ici et là, au bout d'un trajet qui semblait interminable, nous sommes sortis de ce tricot de béton. Les panneaux indiquant « Hietzing » venaient d'apparaître. Nous longions bientôt une grande rue, la Hetzendorferstrasse.

— Il est 7 h 30, dit Carol. L'ami de Sam vous attend si tôt ?

— N'appelez pas mon père Sam.

— Vous devrez vous habituer.

— Je ne m'habitue à rien du tout.

— Pas la peine de s'engueuler, le professeur Levinson était poli, lui.

Puis, conciliante :

— Vous avez l'adresse exacte de l'endroit qu'on cherche ? Je pris un petit carton dans ma poche.

— Ici...

Elle lisait à haute voix :

— Franzschallplatz. Hietzing. Ne roulez pas trop vite... Laissez-moi le temps de lire les indications...

Je conduisais au ralenti dans les dédales de la banlieue maintenant verdoyante. Les maisons de maître, décrépites, entourées de jardins, voisinaient avec de petits immeubles neufs. Les rues étaient endormies, les rares magasins fermés. Je suivais les « à droite » et « à gauche » de Carol, nous trouvâmes enfin la Gloriettegasse, une rue séparée en deux voies par des îlots de fleurs et d'arbustes.

— Votre Franz quelque chose ne doit pas être loin...

J'avais l'impression de tourner en rond dans un univers clos, les maisons ocre aux volets fermés semblaient désertes. A la lisière d'une frêle forêt se nichait une petite place bordée d'arbres. Tout ce jaune, bleu, vert, était poudré de gris, un mélange de poussière et de soleil. Puis je reconnus la maison, elle semblait plus petite et plus vieille que dans mes souvenirs ; sa façade tournée vers la place était recouverte de lierre. L'entrée se situait dans la rue étroite qui bordait le jardin. J'aperçus le battant de la grille d'entrée, il était délabré et légèrement entrebâillé. Je m'arrêtai trop près du trottoir, mes pneus s'y collèrent, je coupai le contact. La rue, dans le rétroviseur, était déserte.

— J'en ai au moins pour une heure, sinon plus. Essayez de trouver un café ouvert dans les environs, ou de faire un tour et revenez me chercher ici...

— Non, je ne bougerai pas. Il faut que vous soyez libre de partir comme vous voulez... J'ai eu un petit déjeuner royal dans l'avion. Je n'ai besoin de rien. Je vais lire. J'ai toujours un livre dans mon sac.

Elle sortit de son fourre-tout — le même qu'elle avait à mon cabinet — un livre de poche.

Au bout de l'allée apparut une dame âgée qui promenait un chien. L'animal traînait une patte.

Carol poussa un soupir :

— C'est triste, la vieillesse. Cette dame n'a que son chien...

— Qu'en savez-vous, hein ?

— C'est vrai, dit-elle, je n'en sais rien. Quel est le nom de ce monsieur qui vous attend ?

— Aucune importance.

— Tout ce qui touche à Samuel m'intéresse, mais j'ai été indiscrète malgré moi. Pardon.

Elle se tut et ajouta :

— Pas tonique, le quartier.

Je quittai la voiture. La clef de contact était restée sur le tableau de bord.

— A tout à l'heure !

Il fallait soulever le battant de la grille d'entrée ; je m'étais sali de rouille. En me frottant les doigts, je descendis la petite allée. La façade de la maison, située à une extrémité du triangle de son parc, était tournée vers la place. De ce côté, le rez-de-chaussée, surélevé, équilibrait la dénivellation. Je me souvenais de cette petite cour, elle m'avait toujours plu. Je ne l'avais pas revue depuis dix-huit ans. Elle avait rétréci et vieilli. La sécheresse sévissait, les arbres séculaires ployaient sous la poussière et leurs feuilles tombées collaient aux pavés. J'arrivai au garage ouvert. J'y jetai un coup d'œil, j'aperçus une voiture noire, recouverte d'une couche de crasse. Un équipement d'arrosage à demi renversé traînait là, ses tuyaux verts étaient embobinés maladroitement sur une roue métallique déformée.

Je ne bougeais plus, mille images m'attaquaient, la silhouette de Schaeffer, ressurgie de mon adolescence, me taquinait.

— Il y a quelqu'un ?

Et s'il était au fond du garage ? Schaeffer était un bricoleur, mon père me l'avait souvent dit. J'avançai dans une odeur de vieux pneus. A travers la vitre opaque de la voiture, je vis sur le siège du passager un guide de l'Espagne. Je quittai le garage, l'extérieur chaud était silencieux, je montai une dizaine de marches et, sur le perron, je sonnai. J'espérais des pas précipités, des petites exclamations, un « te voilà, David ! »... Seul un sifflement d'oiseau déchirait l'air. Je frappai aussi, j'appuyai sur la poignée ; bon signe, la porte n'était pas fermée à clef. A peine le seuil franchi, je retrouvais ce décor archaïque que j'avais bien aimé. A la fois les dimensions, la cage d'escalier large et accueillante, les portes, la cuisine pas loin, située aussi vers le jardin. Lors de mes séjours ici, j'avais envie de rester, avoir des copains, les inviter, montrer ma chambre... Ce cadre de bourgeois cossu m'avait à l'époque fait plus envie qu'un palais. Suivant l'odeur du café, je me dirigeai vers la cuisine, je passai sous un immense lustre aux branches tentaculaires et à la dorure éteinte, couverte de poussière. De ce côté, sur les murs les appliques n'avaient plus d'abat-jour et, dans un coin, deux caisses remplies d'objets emballés de papier journal semblaient oubliées.

— Docteur Schaeffer ! Docteur ! Me voilà, David...

Apparemment il n'avait plus de chiens. Qu'étaient-ils devenus ? Je me remémorais les labradors aimables au regard anxieux, qui venaient me flairer et repartaient, rassurés. Savourait-il son café en écoutant la radio ? Le fil d'Ariane d'une petite musique, parfois interrompue par quelques phrases prononcées en sourdine, me guidait vers la cuisine. La cafetière électrique n'était pas branchée, j'aperçus dans un pot en faïence posé près d'une assiette chargée de biscottes et de beurre, de la confiture. La tasse et la soucoupe, ainsi que la petite cuillère posée à côté d'une serviette, étaient propres. Schaeffer n'avait pas encore pris son petit déjeuner, la femme de ménage avait dû préparer tout cela la veille. Mais alors, pourquoi la radio fonctionnait-elle à côté de la cafetière ? Je retournai dans le hall et j'entrai au fumoir — cette petite pièce servait d'antichambre au bureau — lui aussi encombré de cartons et de livres.

— Docteur Schaeffer !

J'étais désorienté par le silence. D'après le ton angoissé de son appel, il aurait dû m'attendre, impatient, faisant les cent pas dans le jardin en maudissant les distances. Je pénétrai dans son bureau. Sur sa table de travail, une radio diffusait le même programme que celle de la cuisine. La grande pièce en rotonde était entourée d'arbres, les branches feuillues d'un marronnier frôlaient les battants de la porte-fenêtre ; cette promiscuité créait un étouffant huis clos. Je regardais l'enchevêtrement des arbustes, la masse difforme des buissons entourés d'herbes hautes. Les oiseaux, heureux dans ce paradis, piaillaient. Les rayons du soleil luttaient avec le rideau de feuillage et ne pénétraient que teintés de vert. Je me sentais intrus, voleur d'intimité, je découvrais presque malgré moi, une fois de plus et avec un regard d'adulte, l'intérieur de cet homme si dévoué à mon père. Les murs étaient couverts de tableaux et de lithographies. Un berger jouant de la flûte se penchait, sous le regard bienveillant d'un mouton, vers une jeune fille endormie. Une affiche sous verre : *Die Zauberflöte*, datée de 1962, souvenir d'une représentation à l'Opéra de Vienne. Dans un angle obscur, une croix plaquait quelques branches de rameau contre une tapisserie à fleurs. A côté de la radio qui répandait son bavardage culturel, une lampe à l'abat-jour de soie plissée et fendillée était encore allumée. D'un geste machinal, je voulus l'éteindre, avec mon coude je renversai une photo que je ramassai aussitôt. Le portrait d'une femme, sans doute Mme Schaeffer, décédée quelques années plus tôt. Je reposai avec précaution la dame près d'une statuette orientale en pierre dure. Une autre photo attira mon attention, je reconnus les trois hommes qui y figuraient. Mon père, à sa gauche un homme au visage rond, jovial, les lunettes posées bas sur le nez : le docteur Schaeffer et, à sa droite, oncle Simon. Encore jeunes... le contour de leur visage était ferme. La photo glissa du cadre, et je découvris à son bord irrégulier qu'un personnage avait dû être supprimé, découpé avec de vieux ciseaux. Je replaçai plus ou moins bien la photo dans le cadre et remis l'ensemble à sa place.

Puis, le soulagement, l'impression que quelqu'un marchait dans le hall ; je m'y précipitai, j'appelai, personne. Le soleil teintait maintenant en jaune la cage d'escalier, ses rayons effleuraient le lustre baroque. Et si Schaeffer avait eu une crise cardiaque ? S'il venait d'être emmené à l'hôpital... à quel hôpital ? A qui m'adresser pour le retrouver ? Je cherchai du regard un téléphone. Mon oncle Simon... mais qui l'aurait prévenu ? Je montai au premier étage. Je reconnus les coins et recoins du couloir obscur qui desservait les chambres.

— Docteur Schaeffer ?

Le silence cotonneux absorba ma voix. J'entrouvris les portes : une chambre à coucher meublée d'un vieux lit recouvert d'un édredon fleuri et la fenêtre close. Odeur de moisi. Une autre chambre, vide et obscure, sillonnée de quelques filets de lumière qui pénétraient à travers les fentes irrégulières des volets. Une fine musique, une valse cristalline, me parvenait du bout du couloir.

C'était la radio de la chambre de Schaeffer. Je m'y précipitai, je frappai brutalement et j'entrai. J'aperçus un homme par terre, les bras écartés en croix, la main droite près des franges du tapis. A distance, et à la seconde même, je sus qu'il était mort. Dans des conditions normales — en avais-je connu dans mon existence ? —, je n'aurais pas dû le toucher, mais j'étais médecin, je n'avais pas le choix. Je m'agenouillai et retournai le corps. Le visage couleur de cire, les yeux vitreux, la bouche ouverte... Le docteur Schaeffer. Mort depuis peu, sa main était à peine froide. Je fermai ses paupières et, toujours à genoux, oppressé, je cherchai à comprendre les circonstances du drame. Ses lunettes traînaient plus loin, son stylo avait dû rouler sur le tapis. Il m'était infiniment pénible de le laisser ainsi. Je tentai de le transporter vers le lit. Je glissai mes mains sous ses aisselles et le traînai. La lutte avec le poids inerte semblait interminable. Inconsciemment, depuis que j'avais franchi le seuil, j'essayais de définir l'origine d'une odeur qui m'écœurait : le cyanure. Je me penchai vers ses lèvres sur lesquelles l'écume était déjà sèche ; oui, du cyanure. Schaeffer se serait suicidé, juste avant mon arrivée ?... J'étais près de son lit, il pesait des tonnes. Je réussis à le hisser sur le lit, le corps se dérobait. Je dus empoigner ses jambes et les allonger. Une fois de plus, le haut du corps m'échappa, comme s'il voulait s'enfuir. Sa veste était ouverte, sa chemise tachetée de salive ou d'un autre liquide, sa cravate desserrée... Quand je le couchai enfin sur le lit, je cherchai à lui donner une attitude décente, en joignant ses mains sur sa poitrine. Je m'exclamai d'horreur. Sa main droite était striée de sang jusqu'à son poignet, et les ongles de son pouce et de son index avaient été arrachés ! Dégoûté, je crachai ; ma salive était amère. Je n'avais jamais supporté le contact physique de la mort. Pendant mes études de médecine, l'impudeur exigée de ceux qui devaient regarder ou toucher un cadavre me révulsait. Ici, je me trouvais confronté à une mort précédée d'une violence atroce. L'une des rares personnes qui auraient pu nous éclairer sur l'origine du cauchemar que ma

131

mère et moi traversions était morte... Il s'était sans doute suicidé pour échapper à un interrogatoire, les agresseurs devaient ignorer qu'il gardait une capsule de cyanure sur lui. Mon père m'avait raconté que d'habitude Schaeffer se levait très tôt et écoutait la radio, la même émission le suivait d'une pièce à l'autre. Ce matin il s'apprêtait à vivre une journée paisible quand on l'avait attaqué... Peut-être l'avait-on déjà malmené à la fin de la nuit... Il n'avait pas subi la baignoire, mais avait été torturé comme jadis les prisonniers présumés détenteurs de secrets. Une autre odeur pernicieuse, celle d'une pourriture douceâtre, se greffait sur celle du cyanure. En cherchant l'origine de ces effluves écœurants, je m'approchai de la porte-fenêtre qui s'ouvrait sur un balcon d'opérette en fer forgé, recouvert de géraniums... Les fleurs rouges et roses entourées de feuilles en velours râpé réveillaient un profond malaise en moi ; lors d'une de mes visites en France, mon grand-père maternel était mort en dormant, sur le canapé de son bureau, à l'heure de la sieste, près d'une fenêtre chargée de géraniums. Cette odeur... et ma fuite éperdue jusqu'au salon où bavardaient les gens. J'avais huit ans.

Alerter la police ? J'hésitais. Le téléphone vieillot sur la table de chevet me provoquait. Si j'appelais, j'allais déchaîner des événements lourds de conséquences. Il fallait gagner du temps. J'avais besoin d'eau. Je voulais me laver les mains ; je trouvai à l'intérieur d'un placard un lavabo. Je passai un peu d'eau tiède sur mon visage et m'essuyai avec une vieille serviette. La police ? Je serais exposé à un interrogatoire approfondi et obligé de signer une déposition. Ils découvriraient rapidement que j'étais le fils du savant américain tué douze mois plus tôt dans cette même ville... Circonstances aggravantes, son meilleur ami mourait — et de quelle manière

132

— à l'heure même où je devais lui rendre visite...
Quand il débarquerait, Dreyer se gaverait des arguments neufs que le destin lui présenterait. Sans
l'ombre d'un doute — pour moi en tout cas — il
fallait me sauver d'ici le plus rapidement possible.

Et Carol, dans la voiture ? Elle n'était pas sotte,
loin de là, je devais lui dire la vérité. Il fallait l'avoir
comme alliée, sinon comme témoin. Témoin de
quoi ? Je tremblais. Je revins près de Schaeffer. Ah,
s'il avait voulu me parler au téléphone ! Son visage
était lisse, rajeuni par la mort, il ressemblait à la
photo sur son bureau. De l'extérieur me parvenait
l'écho d'une conversation entre deux femmes. Elles
s'interpellaient d'un trottoir à l'autre pendant qu'un
enfant sur sa planche à roulettes râpait le trottoir.
Je m'essuyai le front humide de sueur. J'élaborai
une version des faits à présenter en cas de besoin.
Si la police remontait jusqu'à ma visite, je dirais
que, personne n'ayant répondu à mon coup de
sonnette, j'étais reparti. Encore fallait-il que je sois
crédible. J'étais venu de New York pour m'entretenir avec le meilleur ami de mon père et j'avais
rendez-vous avec lui. Et si je disais plutôt qu'une
amie m'attendait dehors, que j'avais voulu l'accompagner à son hôtel et revenir ensuite ?...

Mes empreintes ! Partout. Il fallait les effacer. Je
pris mon mouchoir, une loque trempée. J'aperçus
un napperon en dentelle jaunie épinglé sur le
dossier d'un fauteuil. Je saisis la vieillerie raide de
crasse et la posai sur la poignée de la porte en
sortant, puis je commençai à frotter tous les objets
que j'avais touchés. J'évoluais dans un monde irréel,
mais n'importe qui pouvait arriver à n'importe quel
moment. Une femme de ménage, un facteur, un
vieux copains, le voisin à la recherche de son chat
égaré. Je serais une proie idéale pour les enquê-
teurs. Mon physique me desservait, au moindre

problème mes traits se creusaient, je me considérais, avant même qu'on m'adresse la parole, comme injustement accusé, mon ascendance juive, toujours elle, était persuadée qu'on ne demandait qu'une seule chose : la faire souffrir. Et pour tout arranger, les traces de coups sur mon visage me rendraient encore plus suspect...

Je dévalai les marches en faisant glisser la dentelle sur la rampe d'escalier, bouleversant la crasse épaisse : je reconnus aussitôt l'erreur, mais il fallait continuer. Je courus à la cuisine, je travaillais comme un raton laveur fou, j'arrivai au bureau de Schaeffer et m'attaquai aux objets. La photo découpée glissa une fois de plus sur le sous-main, que j'ouvris presque par réflexe. Sur le papier buvard, à l'intérieur du vieux cuir, une autre photo. Trois hommes, les mêmes, cette fois-ci avec des instruments de musique. Une partie de la photo était également coupée. Je la glissai dans ma poche. Plus question de jouer au gentil monsieur correct, d'une éducation parfaite, sinon je crèverais. L'instinct de survie dictait ma conduite, je devais trouver ici quelque chose, un indice, une aide, une allusion à ce que Schaeffer avait voulu me dire. J'entrouvris le tiroir, une odeur de tabac blond refroidi s'en échappa ; j'écartai des petits paquets de cartes de visite liées par un élastique et j'effleurai d'un coup d'œil rapide des photos en vrac. Visages inconnus, paysages, souvent plusieurs personnes, des groupes. Puis, sidéré, ne voulant pas en croire mes yeux, j'aperçus une grande enveloppe qui portait à travers toute sa surface l'écriture de mon père. A l'intérieur s'entassaient des enveloppes plus petites, l'une d'elles était adressée à la compagnie d'assurances. Je glissai le tout dans la poche intérieure de ma veste. Je n'avais plus une minute à perdre. Le quartier se réveillait. Quelqu'un pouvait me guetter d'un garage voisin, d'un jardin contigu, de la rue même, qu'importe, il fallait foncer. En traversant la cour, le soleil me frappait et, dans mon désarroi, je faillis glisser sur les pavés. Enfin parvenu à la grille, je quittai l'endroit, je me retrouvai devant la voiture. J'ouvris si brusquement la portière que Carol sursauta.

— Hé ! Qu'est-ce qui vous arrive ?

Je m'effondrai sur le siège, tournai la clef de contact et démarrai. Carol se cramponnait à son siège.

— Qu'est-ce qu'il y a ? Il vous a jeté dehors ?

Je criai :

— Il faut arriver au centre de Vienne. Indiquez-moi les directions.

— Mais ralentissez, bon Dieu, vous allez nous tuer !

La chance me permit de rater une mère de famille qui traversait avec un gosse dans une poussette et un autre agrippé à elle. Crissement de freins, cris indignés de la femme. Des passants qui se retournent, un type qui menace du poing. Je passe inaperçu.

— Au fou ! Je veux descendre ! Arrêtez !...

C'est Carol qui hurle. Un autobus au milieu de la chaussée m'aide à retrouver mes esprits.

— Je vais tout vous expliquer, mais pour le moment, occupez-vous du plan. Il faut arriver au centre.

— Tournez à gauche, là, oui. Wattmanngasse. C'est ça. Que s'est-il passé ? Dites-le.

Je ne sentais plus le volant, mes doigts étaient engourdis.

— Mort. Je l'ai trouvé mort.

En passant par un petit rond-point dont je n'avais pas contourné le centre dans le sens des flèches, j'évitai de justesse un camion. Le conducteur lâcha son volant pour me faire un bras d'honneur. Le camion faillit déraper.

Carol essayait de m'attraper le bras.

— Qui est mort ? Vous m'entendez ? Laissez-moi conduire !

— Lâchez-moi. Le centre, où est ce putain de centre ?

— Plus loin... Tout droit, toujours tout droit. Mais dites quelque chose...

— Les directions d'abord...

Une méchante nausée m'obligea à ralentir.

— Continuez dans la Hietzinger Hauptstrasse.

— Parce que je peux lire les panneaux ? Dites à droite, à gauche !

Avant de me rendre compte de ma maladresse, j'étais pris dans le flot de véhicules qui se dirigeaient vers le château de Schönbrunn.

— Mort. Vous avez compris ? Il est mort...

— Il avait quel âge ?

— Toujours la même question imbécile... L'âge ! On lui a arraché deux ongles et, pour échapper à ses tortionnaires, il s'est suicidé au cyanure, c'est mauvais à tout âge. Ça vous suffit ?

— Quelle brute ! s'écria-t-elle. Quelle histoire d'ongles ? Vous inventez des choses pour m'effrayer. Calmez-vous.

Je ne pouvais plus me dégager de la masse des véhicules qui maintenant se suivaient pare-chocs contre pare-chocs. Quelques véhicules plus loin, une caravane hétéroclite égarée dans la mauvaise file et deux autocars aux moteurs vrombissants paralysaient la circulation. J'échouai à quelques mètres de la grille royale du château de Schönbrunn. Bloqué. Même pas une marche arrière à tenter, un minicar me pressait dans le dos. Je pensais à Schaeffer, j'étouffais. Au fond de la cour d'honneur grouillant de foule, le château, jaune d'œuf, gai, insolite, légendaire, conviait le public. Les guides brandissaient au-dessus de leur tête les objets les plus divers. Des manches à balai surmontés de panneaux, des cannes avec de petits drapeaux. Sur un écriteau, des signes japonais, et plus loin, un chapeau à fleurs suivi d'un gant blanc que le guide balançait à droite et à gauche pour rameuter ses gens. Des couples, des Américains fringants qui n'ont pas peur de l'âge ni des rides ; leur guide les appelle avec son petit drapeau américain, comme un marin d'un navire à l'autre. Sous des parapluies noirs, un groupe d'Africains transpire.

— Coupez le moteur, dit Carol. Vous polluez... Et vous racontez des choses horribles. Je n'ose plus rien dire, ni vous poser aucune question. J'aimerais m'en aller.

Elle passait soudain — sans se regarder dans une glace — du rouge sur ses lèvres.

— Utile, très utile.

— Quand je suis terrorisée, je me maquille... N'avez-vous pas pensé à appeler la police ?

— Je désirais éviter une confrontation. Mon père a été tué ici il y a un an, et à mon arrivée je trouve son meilleur ami mort, et dans quelles conditions... Je crois qu'il voulait échapper à un interrogatoire. Il s'est suicidé.

— Interrogatoire ? dit-elle, énervée. Je déteste ce mot. Et je ne veux en aucun cas être mêlée à une affaire dont la presse pourrait parler. Mon père ne se soucie pas trop de moi, mais il prendrait très mal le moindre écho d'un scandale. Il est à la fois despotique et cardiaque. En plus, une vraie soupe au lait... Il pourrait me déshériter complètement et mourir de rage ensuite. Doris serait ravie.

— Carol, j'ai besoin de vous. Si jamais la police m'interroge, si elle remonte pour une raison ou une autre jusqu'à moi, nous dirons que nous sommes venus ensemble de l'aéroport et que je n'ai pas trouvé le docteur Schaeffer. Que pour ne pas vous faire attendre, je suis reparti avec vous. Et en chemin vers le centre, nous avons décidé de jeter un coup d'œil sur le château de Schönbrunn.

Elle m'interrompit :

— Vous prenez les gens pour des imbéciles ? A qui voulez-vous faire croire cela, hein ? Vous avez rendez-vous avec le meilleur ami de votre père, à l'heure convenue vous ne le trouvez pas chez lui, cela ne vous inquiète pas du tout, vous repartez aussitôt tant vous êtes pressé, et vous vous improvisez touriste quelques minutes plus tard... Bravo.

Je la détestais parce qu'elle avait raison.

— On ne peut pas toujours tout expliquer, il y a des choses inattendues dans l'existence.

— Mais regardez-vous dans le rétroviseur ! Vous n'avez pas la tête de quelqu'un qui, après un rendez-vous manqué, va visiter un château. Ce n'est pas parce que vous êtes médecin que vous pouvez raconter n'importe quoi... Vous n'êtes pas crédible.

J'étais désespéré.

— Carol, je reconnais que vous avez raison, mais je ne sais plus de quelle manière me défendre. Ce qui s'est passé ici peut être la suite de ce que nous vivons avec ma mère...

— Quoi ?

— Des incidents. On m'a attaqué aussi.

— C'est pour ça que vous êtes cabossé ?

— J'ai été malmené.

— Par qui ?

— Je ne sais pas. Ma mère et moi sommes les victimes d'une erreur monstrueuse.

Elle était très pâle maintenant et dit en hésitant, en cherchant ses mots :

— Et ce monsieur que vous avez trouvé mort, a été mêlé aussi...

— Je crois que oui...

Un Japonais, souriant, frappait avec son index recourbé sur la vitre de la voiture.

— Excuse me.

Je croassai :

— Que voulez-vous ?

— Si vous pouviez avancer... Nous aimerions occuper notre place habituelle.

— Qui... nous ? Quelle place ? Habituelle ? Merde !

Il s'inclina, voulant ainsi se faire pardonner son audace, mais il m'invita d'un geste explicite à regarder en arrière. A la place du minibus, j'aperçus un autocar...

— Que voulez-vous ?

— Que vous nous laissiez notre place.

Je gagnai peut-être deux mètres, la robuste machine me suivait pesamment. L'image des doigts massacrés du docteur Schaeffer apparut dans ma mémoire, je crachai par la vitre baissée. Je m'essuyai la bouche.

— Le monsieur que vous avez trouvé...

— Mort. Que voulez-vous savoir ?

— Son nom.

— Schaeffer. Docteur Schaeffer.

Elle saisit son fourre-tout et prit un mouchoir.

— Je me trouve mal. L'émotion. Vous aviez raison, je n'aurais pas dû insister pour venir ici.

— Vous voulez me plaquer ? Allez-y. Et merci pour la fraternité. En cas de besoin, je vous ferai convoquer. Vous êtes mon témoin...

— Témoin en quoi ?

— Vous m'avez vu entrer et sortir de cette maison.

— Mais je ne sais pas ce qui s'est passé à l'intérieur. Pour vous faire plaisir, je peux mentir et affirmer que vous n'y êtes pas resté longtemps.

— Ce ne serait pas un mensonge, je suis resté peu de temps.

— Ça se discute, dit-elle. Et vous ne pourriez pas me faire convoquer, vous ne connaissez pas mon adresse...

— Bien sûr que si. J'y ai même fait un petit tour.

Sa pâleur la rendait transparente.

— Vous m'avez espionnée ?

— Un peu. Dans les circonstances actuelles, je dois me défendre. Votre belle-mère, si je m'en souviens bien elle s'appelle Doris, serait tout à fait ravie d'annoncer à votre père que la police viennoise voudrait vous entendre comme témoin.

— Vous feriez ça ? demanda-t-elle. Vous le feriez ?

— Mais oui. Je rendrais même visite à votre père.

— Non ! s'exclama-t-elle de toute sa force. Non, non, non ! Une seule chose, dites-moi comment vous avez su où j'habite ?

— Par Mlle Mallory, à Glen Cove. C'est elle qui m'a procuré l'appartement où on a failli me noyer avant-hier.

Le monde est petit, et plus le mensonge est gros, plus il rapetisse.

— Je la connais, Mallory. Une vieille sorcière, déclara Carol. Elle met son sale nez poudré dans tout ce qui est louche ou délicat. Elle croit que l'âge permet tout. Et de quelle noyade parlez-vous ?

Alors je lui racontai tout en détail, y compris les questions qu'on m'avait posées. Elle n'avait presque plus de voix quand elle m'a demandé ce qu'on cherchait.

— Aucune idée... Un objet, un document, Dieu sait quoi...

Elle m'écoutait avec une extrême attention, les yeux plissés. Selon moi, dans le style compatissant,

140

elle en faisait trop, mais je préférais ça. Un silence, puis :

— Avez-vous parlé à quelqu'un à la propriété ?

— J'ai eu le salut fraternel de deux bestioles, vos dogues...

— Pas les miens...

— Bref, les chiens, les caméras, ça fait Al Capone 1991.

Elle tenta de se justifier :

— Mon père est marchand d'objets d'art et collectionneur. Nous vivons protégés par les systèmes d'alarme les plus sophistiqués. Vous savez certainement que Van Gogh a peint plusieurs « Tournesols »...

C'était le cadet de mes soucis, le nombre des tournesols de Van Gogh, mais j'écoutais quand même.

— Et alors ?

— Mon père possède l'un de ces tableaux. Il n'a jamais voulu le ranger dans les chambres fortes du sous-sol, il dit que les chefs-d'œuvre doivent respirer. Il a d'autres tableaux fameux, un Manet aussi, il est fou des impressionnistes français ; il a aussi un nombre considérable de peintures modernes, américaines.

— Et alors ?

— Le jour, il y a des gardiens et la nuit, la maison est traversée de rayons laser, le moindre mouvement déclenche l'alarme.

— L'endroit rêvé pour une surprise-partie.

— Vous n'êtes pas drôle, dit-elle.

— Je le sais.

Elle réfléchit, elle était choquée.

— Je crois qu'il faut nous séparer, David. Et si vous n'avez rien fait, vous n'avez pas à avoir peur...

Son « si » me révolta.

— Il n'y a pas de « si » ! Vous n'avez pas encore

compris. L'ami de mon père savait quelque chose qui intéresse ces gangsters. On voulait le faire parler. Comme moi...

Le car se vidait derrière nous. Un groupe de Japonais s'agglutinait sur le trottoir et, sous l'égide d'une blonde platinée décolorée qui se signalait par un dragon de papier attaché à une canne, prit la direction du château.

Carol réfléchissait à voix haute :

— Tout cela est horrible. Et ça me touche plus que vous ne le croyez. Qu'est-ce qu'il faut faire maintenant ?

Je me penchai, une violente douleur me traversa les côtes, je réussis à ouvrir la portière de son côté.

— En finir. Je ne veux plus de votre aide. Vous êtes lâche et vous avez peur de papa-fric.

— Ce n'est pas ça, dit-elle, c'est beaucoup plus compliqué. Mais vous avez raison, je vous ai supplié pour vous accompagner.

— Et vous m'abandonnez. Très chic, comme comportement.

— Vous allez me faire rougir, répondit-elle.

Je crois qu'elle parlait sérieusement.

— Où allez-vous ?

— Chez mon oncle.

— Le frère de Sam ? demanda-t-elle.

— Oui...

Elle me contemplait.

— Simon ?

— Vous connaissez son prénom ?

— Vous l'avez dit...

— Non, jamais je n'ai prononcé ce nom devant vous.

— Si.

— Vous mentez encore.

— Je ne mens pas. Si ce n'est pas vous, alors

142

c'est votre père qui a dû m'en parler. Ils se ressemblent ?

— Qui ?

— Sam et son frère...

— Bon Dieu, vous coupez les cheveux en quatre ! Quel intérêt ? Et n'appelez plus mon père Sam, sinon je ne garantis pas votre sécurité.

— Vous êtes d'une violence ! Si c'était comme ça, dans la maison...

— Dehors !

— Vous regretteriez de me jeter... Je n'ai pas été agréable, je le reconnais, mais il vaut mieux pour vous que je reste. J'aimerais connaître le frère de Sam. Je pourrais vous accompagner et lui rendre visite...

— Visite ?

— Oui. Et si vous m'emmenez, en cas de besoin je témoignerai pour vous.

— Chantage ?

— Non. Donnant donnant.

Je ne demandais qu'à être amadoué, j'avais besoin d'elle.

— J'accepte. En cas de pépin avec la police, j'ai une version qui me semble à peu près vraisemblable : entre l'aéroport et Hietzing, vous avez eu un malaise, alors j'ai changé d'itinéraire, nous avons pris la direction du centre ville. En chemin, pour vous réconforter, je vous ai offert un café, un coca, qu'importe...

— Et vous avez superbement négligé votre rendez-vous, dit-elle. Votre histoire est fragile. Je veux bien l'affirmer si cela peut vous faire plaisir, mais il faudrait insister sur le fait que vous avez essayé d'avertir M. Schaeffer, du café où nous étions. Que vous n'avez pas eu de réponse.

— Superbe, ai-je dit, ça se tient.

— Mais comment apprendrez-vous sa mort ? demanda-t-elle.

— Je ne peux vous répondre, je demanderai conseil à mon oncle.

— Où habite-t-il ?

— Dans une petite rue du centre, Kleeblattgasse. Minuscule. Je vous l'écris, vous chercherez plus facilement.

Je griffonnai le nom sur un papier, puis je démarrai. La présence de Carol me rassurait. Elle déchiffrait la carte.

— Je ne vois pas votre rue, en connaissez-vous une autre à proximité ? Avez-vous un nom ?

— Graben.

— Gra ?

— Gra-ben. Qu'est-ce que je fais ?

— Allez tout droit.

— Je vois une Kärntnerstrasse..., déclara-t-elle.

— Ça m'intéresse. Vers la cathédrale Saint-Stéphane ?

— Oui, dit-elle. Continuez toujours tout droit.

Nous suivions une large rue puis, après avoir traversé un carrefour, nous arrivâmes sur le Ring. La ville ensoleillée ne ressemblait guère à celle que j'avais connue dans le passé, avec ses immeubles noircis par la guerre et la pollution. Je roulais ce matin dans un décor d'opérette jaune pâle et beige. Le ciel bleu lavande était ponctué par des clochers en dentelle de pierre grise et blanche. Un conte de fées dans mes ténèbres.

— Je suis perdue, dit-elle. Je ne garantis plus rien.

Je n'étais pas un as du volant, mon sens de l'orientation laissait à désirer, mais il y a Lourdes pour les Français, Fatima pour les Portugais, et le moment béni, même pour le conducteur mécréant qui tourne par hasard du bon côté dans un croisement.

— Cherchez Tuch... quelque chose.

— Peut-être Tuchlauben ?

— C'est ça.

— Alors tournez ici à gauche, vite, oui, ça va.

Nous venions de nous engager dans un enchevêtrement de petites rues ponctuées de sens uniques. Carol s'exclama :

— Ça y est : votre Tuchlauben ! Nous y sommes.

Par miracle, nous étions arrivés du bon côté de la Kleeblattgasse. La rue en fer à cheval présentait une entrée et une sortie vers le Tuchlauben. Je m'engageai dans la rue étroite, je passai devant une boutique de fleurs séchées et repérai entre deux portes de garage un espace libre. En face, un passage voûté s'ouvrait sur une petite cour où se trouvait l'entrée de l'immeuble de Simon. Suivi par le regard inquisiteur d'un type qui déchargeait des fauteuils d'une camionnette, je serrai l'Audi contre le trottoir et j'arrêtai le moteur.

Je me tournai vers Carol.

— Si vous voulez m'attendre ici, je reviens rapidement. Je dois les prévenir que je ne suis pas seul.

Carol s'exclama :

— Ah non, vous ne me refaites plus le coup du « je reviens tout de suite » ! On connaît le résultat. Je vous accompagne.

Le livreur qui portait les fauteuils chez le tapissier nous interpella :

— Hé, ça va pas ? Vous ne pouvez pas garer votre bagnole ici.

— Ça vous regarde ?

— Oui.

— Pourquoi, vous êtes flic ?

— Je suis quoi ?

L'homme était un costaud, il ne fallait pas trop

l'agacer. Mon allemand utilitaire ne connaissait pas le mot flic.

— Êtes-vous agent de police ?

— Non.

— Alors foutez-moi la paix ! Venez, Carol.

L'entrée de l'immeuble de Simon était plus miteuse que dans le passé, ici personne n'avait envie de rénover. Une odeur d'oignon froid et de salpêtre traînait dans l'air.

— Ça pue, dit Carol.

— Et alors ?

A travers la porte vitrée qui séparait ce hall, sombré dans la grisaille d'une crasse séculaire, de la cour du tapissier, le livreur de fauteuils nous a fait un bras d'honneur. Dans le fond contre un mur, des boîtes aux lettres en métal rouillé, qui ne devaient pas être souvent ouvertes. Deux vieux vélos gisaient sur le sol. Nous avancions lentement sur les larges marches de granit. A chaque étage, des couloirs intérieurs ouvraient sur la cour.

— On va au quatrième.

On montait de plus en plus haut dans la maison silencieuse. Sur le palier du quatrième étage, essoufflé, je montrai à Carol la plaque de cuivre gravée « Simon Levinson ».

— C'est là...

— Tant mieux, dit-elle. Si on pouvait avoir un café.

J'appuyai sur la sonnette, entendis des bruits de pas qui approchaient, le cliquetis du judas, puis la porte s'ouvrit. Luba était là. Elle qui m'avait fait peur toute mon enfance et dont la haine avait marqué mon adolescence, semblait inoffensive, presque vulnérable. Ses yeux n'étaient plus phosphorescents et elle n'avait plus envie de me serrer le cou dans ses mains froides, comme dans mes

146

cauchemars. Selon toute vraisemblance, Luba était enfin vieille.

— Te voilà, David. Entre donc, dit-elle. On ne t'attendait pas si tôt...

Elle désigna Carol d'un mouvement de tête :

— Une amie ?

— Oui.

— Venez.

Elle s'effaça pour nous laisser passer. Je reconnus le couloir au plafond haut, avec pour seul éclairage des ampoules vissées dans leurs douilles. Des rayonnages partout, les étagères parfois pliées en demi-cercle sous le poids des livres. Une lourde odeur de nourriture épicée et de papiers planait.

Luba nous observait.

— Vous semblez tous les deux fatigués. Venez à la cuisine, je vous prépare un café.

— Merci ! s'exclama Carol. J'en rêve.

Pour répondre à l'interrogation muette de Luba, j'ai dit :

— Mlle Grant était une élève de mon père.

— Grant ?

Luba cherchait.

— Grant. Votre...

Carol l'interrompit :

— Il faut que je me présente, Carol Grant. Je suivais les cours du professeur Levinson. J'ai demandé à David la permission de l'accompagner à Vienne et de me rendre avec lui au cimetière.

Luba était sur ses gardes :

— Vous avez bien connu Samuel ?

— Et admiré, dit Carol.

Luba hocha la tête, puis se détourna d'elle.

— Je préviens Simon, il n'a pas dû entendre la sonnette.

— Si ! tonna une voix puissance. Je suis là. Bonjour, David, j'ai à te parler. Tout de suite...

147

Simon surgit de l'obscurité, le même ogre que jadis, les tempes un peu grisonnantes. « Un baiseur de première », avait dit de lui, un jour, Schaeffer à mon père qui l'avait fait taire ; enfant, je ne devais pas entendre des grossièretés de ce genre. Carol le dévorait du regard. Elle devait être déçue et rassurée, ce Levinson ne ressemblait pas à mon père. Simon était un descendant de l'homme de Neandertal, le bagout en plus. Il avait serré si fort la main de Carol que celle-ci poussa un cri de douleur.

— Bienvenue, jeune fille, qui que vous soyez. On n'interdit jamais l'entrée de notre maison à une jolie femme.

— Toujours le même, marmonna Luba.

— Ces bleus ? me demanda Simon. Qu'est-ce que tu as fabriqué ?

— Glissé... Je te raconterai plus tard.

— Tu n'en auras guère le temps, je te réserve un vrai paquet cadeau.

Luba proposa une fois de plus le café à Carol et la conduisit à la cuisine. Simon, pris d'une crise d'affection tardive, me serra dans ses bras et, tout en me poussant au long du couloir, me bombarda de questions :

— Cette fille, qui c'est ? Tu vas l'épouser ?

— Non. Elle m'accompagne, elle repart demain. C'était l'une des étudiantes de mon père, elle est très dévouée à son souvenir.

— Dévouée... Tu appelles ça « dévouée » ? Elle s'appelle...

— Grant.

Il fronça les sourcils.

Je lui servis tout le baratin romantique de Carol. Il grogna :

— Et tu gobes ça, toi ? Psychologue...

— Psychanalyste.

148

— Pour moi, c'est la même chose. Elle veut te mettre le grappin dessus, t'épouser, c'est clair.

— Simon, ce devrait être le cadet de tes soucis. J'ai une chose très grave à te dire.

— Et moi donc ! Si tu savais ce que je te réserve...

— Simon, ce matin...

— Tchtt ! Tais-toi ! Viens dans l'atelier, l'ouvrier n'est pas là. Je lui ai donné congé, je lui devais deux jours.

Il me fit entrer dans une grande pièce occupée en son milieu par une table de dimensions impressionnantes. Sur les étagères s'entassaient dans un désordre parfaitement entretenu du matériel de peinture, des boîtes de tailles diverses, des cartons.

— Simon...

— Toi, tu m'écoutes. Il y a une vingtaine de minutes, la femme de ménage de Schaeffer m'a appelé. En arrivant ce matin dans la maison, elle a trouvé Schaeffer mort. Avant d'appeler la police, elle m'a alerté. Ensuite elle m'a annoncé que tu devais arriver, qu'elle avait même préparé l'une des chambres pour toi. Elle croit que tu as raté ton avion, je l'ai laissée dans l'incertitude en lui disant que tu préférerais peut-être d'abord venir ici.

Je l'interrompis violemment :

— Je suis au courant. Je suis allé chez Schaeffer ce matin, directement de l'aéroport. Il était mort depuis peu de temps. Il y avait une forte odeur dans sa chambre. Il a dû avaler une capsule de cyanure.

— Qu'est-ce que tu racontes ?

Il était rouge d'excitation et de colère, il marchait en long et en large.

— Et tu me dis ça maintenant ?

— Tu m'as laissé parler ?

— Tu l'as trouvé mort, répéta-t-il.

— Le corps était par terre. Lorsque j'ai réussi à

le poser sur le lit, j'ai constaté que sur sa main droite deux ongles avaient été arrachés.

Il répétait, blême :

— Ongles arrachés ? Cyanure ? Tu me rends fou...

— Ce n'est pas tout, Simon... Ma mère et moi sommes pris dans un engrenage hallucinant. Je crois, j'ai presque la certitude que ce sont les mêmes types qui se sont attaqués à Schaeffer. Ils sont à la recherche d'un objet ou d'un document que papa aurait possédé. Mes bleus... Regarde-les ! On m'a plongé dans la baignoire pour me faire parler et on m'a tabassé. On a fouillé la maison à Princeton aussi... Si tu sais quelque chose, tu dois nous aider. Nous avons pensé avec ma mère qu'on voulait son manuscrit.

— Il n'y a pas de manuscrit ici, dit-il. C'est sûr. Et je te le dis une fois de plus, on n'était pas très copains. Il ne me tenait pas au courant de ses acquisitions. Et il croyait que j'étais jaloux de ses succès scientifiques.

— Simon, réfléchis quand même. Essaie de te souvenir d'un détail, même minime. Qu'est-ce qu'il a pu acheter, quand, où, et de quelle valeur, pour déchaîner une convoitise pareille et une persécution aussi sauvage...

— Sais pas, dit-il. Je te le jure.

Il s'assit et s'essuya le front.

— Deux mois après la mort de ton père, quelqu'un s'est introduit ici et a tout bouleversé, mais il n'a rien emporté. Chaque pièce était déjà inscrite sur un inventaire, j'ai pu vérifier facilement que rien ne manquait.

— Et son manuscrit, as-tu une idée de l'endroit où il peut être ?

— En tout cas, pas ici. Il m'a dit que le titre définitif était *Terre en feu*... c'est tout. Il le portait dans un vieil attaché-case et ne s'en séparait pas.

— Récapitulons, Simon. Mon père est arrivé le 17 juillet à Vienne. Il a dormi ici.

— En effet. Une nuit. Sur son lit pliant, dans la pièce qu'il me louait.

— Il devait avoir son manuscrit.

— Sans aucun doute, mais cette fois-ci, je n'ai pas vu l'attaché-case. Enfin, il l'avait sans doute, mais je ne m'en souviens pas.

— Il est mort le lendemain, le 18 juillet.

— Mais attention, dit Simon, il est parti d'ici le 18 au matin. Il devait passer la journée chez Schaeffer. Nous avions rendez-vous le soir à la taverne. Schaeffer a dégoté un troisième type avec qui ils ont formé un trio et ils ont joué de la musique tout l'après-midi à Hietzing. Puis ton père et Schaeffer sont arrivés tous les deux à la taverne. Le manuscrit doit être encore dans la maison de Schaeffer.

— Schaeffer nous aurait prévenus. Depuis un an, on cherche.

— Schaeffer, dit-il, n'était quand même pas le bon Dieu pour tout savoir. Ton père a pu déposer le manuscrit n'importe où dans cette immense baraque... Il doit être dans un tiroir. Tu as vu le nombre de meubles que possédait Schaeffer...

— Il faut retrouver ce manuscrit, Simon.

— Je veux bien, mais tu ne peux rien réclamer actuellement, tu dois te taire. Surtout après ton excursion de ce matin.

— A l'époque, tu as signalé à la police le fait qu'on était entré chez toi ?... Que quelqu'un avait fouillé l'appartement ?

— Non. Vienne est une ville difficile et j'ai été pendant longtemps soupçonné de trafic d'icônes. J'ai eu beaucoup de mal à me blanchir. Je me tiens aussi loin que possible de toute affaire douteuse. Moins je me manifeste, mieux je me porte. J'imagine, dit-il presque goguenard, que tu vas aller aussi à Salzbourg... Si on cherche partout ce quelque chose, son appartement a dû également être passé au peigne fin.

— Appartement, c'est beaucoup dire... Ma mère m'a signalé une ou deux lettres du notaire qui s'occupe de ce « bien immobilier ».

— Il l'appelait son « pied-à-terre » pour minimiser son achat, dit Simon. Mais il ne m'a jamais invité là-bas. Alors, depuis sa mort, je ne demande qu'à ignorer son trésor.

— Il avait assez d'argent pour s'acheter un appartement à Salzbourg ?

Il leva les bras vers le ciel.

— Et pas n'importe lequel... Il m'en avait dit quelques mots, l'endroit est sensationnel, paraît-il. Il faisait verser ses droits d'auteur japonais à un notaire de Salzbourg ; il pouvait s'amuser un peu avec ce genre de revenus.

— Ses livres, traduits au Japon, auraient-ils pu rapporter une sommee suffisante pour l'achat d'un appartement ?

Simon haussa les épaules.

— Sans doute. Mais je ne connais pas les détails. Avec l'âge, il devenait de plus en plus cachottier. Il croyait que je l'enviais, que je dénigrais sa théorie sur l'effet de serre. Je m'en fous, de l'effet de serre, mais les Japonais, eux, ne s'en foutent pas. Vous étiez trop discrets avec lui, toi et ta mère, trop absents de sa vie réelle. Il y a de l'argent à la clef, pour vous, mais de l'argent compliqué. Ses droits japonais étaient en Autriche, transformés en biens immobiliers. Pas une mauvaise idée. Pour sortir de tout cela, vous aurez du fil à retordre, mais du fil en or.

Cet héritage de plus en plus encombrant m'emplissait de trac.

— Tu ne devines même pas quel pourrait être l'objet qu'on cherche ?

— J'ai quelques idées, toutes petites, mais j'ai appris à me taire et surtout à ne pas émettre de suppositions trop dangereuses, on en crève facilement. J'espère qu'on ne t'a pas vu entrer chez Schaeffer...

— Je ne crois pas.

— Tu as dû laisser tes empreintes partout...

— J'ai tout essuyé.

— Essuyé ? Qu'est-ce que j'entends ? C'est encore plus suspect.

Il tenait sa tête, l'empoignait, ce geste théâtral illustrait son désarroi.

— J'ai agi d'instinct.

— Mauvais instinct, dit-il.

Je me défendis :

— Ce n'est pas si grave. Pourquoi remonteraient-ils jusqu'à moi ?

— La femme de ménage a dû leur dire que Schaeffer attendait le fils de son meilleur ami. La police va te demander pourquoi tu es venu d'abord ici, chez moi.

— Dans ce cas, j'ai une histoire tout à fait crédible à présenter.

Simon hocha la tête.

— Crédible ? Tu ne les connais pas. Et la fille, qu'est-ce qu'elle sait ?

— La vérité. Elle m'attendait dans la voiture ; en sortant, affolé, je lui ai tout dit. Nous nous sommes mis d'accord sur la version destinée à la police.

— Tu lui fais confiance ?

— En principe, oui. Je suis bien obligé.

— Tu n'avais pas besoin de l'amener à Vienne.

— L'amener ? Elle serait venue de toute façon, elle veut aller au cimetière.

— Étonnant, dit-il. Et elle a fait le voyage de New

York à Vienne pour se recueillir sur la tombe de son professeur... Tu trouves ça normal ?

— Qu'est-ce qui était normal autour de mon père ?

Il devint agressif :

— Tu n'as pas à le critiquer. Moi, je pourrais le faire. J'aurais tous les droits, mais il est mort, donc je m'abstiens. Nous n'avons pas eu une jeunesse d'enfant gâté, comme toi.

Je criais maintenant :

— Enfant gâté ? Il ne faut pas charrier, je peux imaginer mieux.

Il se dressa devant moi.

— Oui, tu es un enfant gâté. Alors que lui et moi, nous étions des gosses qui grandissaient dans l'ombre de la mort. On nous a amochés dans les camps de travail. Ses poignets cassés, tu crois qu'il s'en est guéri moralement ? Samuel suscitait des animosités, mais aussi de vives amitiés. Et il ne faut pas dérailler, on ne l'a pas abattu pour un objet. En le tuant, on a supprimé la source de renseignements qu'il représentait. Il y a deux affaires distinctes, David. Sa mort inexplicable et celle de l'objet qu'on cherche.

J'aperçus, placée sur une petite table et adossée contre le mur, une icône de taille moyenne. Sur un fond pâle, une Vierge assise avec l'enfant Jésus sur les genoux.

Simon suivit mon regard.

— Magnifique, n'est-ce pas ? Un des meilleurs faux qui me soient jamais passés entre les mains. Les vraies sont aussi rares que les tableaux de maîtres, le prix de certaines icônes rivaliserait avec celui d'un Renoir ou même d'un Van Gogh... Mais les faux géniaux sont très recherchés aussi.

Je l'observais. Voulait-il me transmettre un message ?

— Et si mon père avait possédé une icône de très grande valeur ?

— Il m'en aurait parlé, ne fût-ce que pour m'épater et me prouver qu'il avait pu se passer de mon aide pour en découvrir une. L'un de ses derniers achats était un tableau, l'arrivée du messager mystérieux chez Mozart. La copie d'une copie, une croûte.

— Où est ce tableau ?

— Sais pas, peut-être à Salzbourg... comme je n'y ai jamais mis les pieds... N'empêche, un jour il m'a parlé, sûrement pour m'agacer, d'un antiquaire de Prague qui aurait eu quelques objets ou documents sensationnels.

— Son nom ?

— Aucune idée.

— Si tu en parles, c'est qu'il y a une raison...

Il toucha son nez.

— Question de flair. Mais n'allons pas chercher trop loin. On vous persécute peut-être en raison d'une simple supposition. Quelqu'un de malveillant aurait pu répandre la rumeur concernant un objet exceptionnel. Il aurait pu lui aussi se vanter, il adorait épater ses copains...

— Et nous, on en meurt...

Il m'interrompit :

— Dans l'immédiat, il faut s'occuper de la femme de ménage. Elle a dû annoncer à la police que Schaeffer t'attendait, mais elle ne pourra pas affirmer que tu y es allé. Attention, il faut rester proche de la vérité, la police viennoise est rapide et efficace. La ville est au centre de bien des intrigues. Être mon neveu n'est pas la meilleure des recommandations... Depuis peu de temps je suis presque accepté, mais au tréfonds d'eux-mêmes, ils ne me trouvent pas sympathique. J'ai été utile aux juifs russes à l'époque où ils devaient traverser Vienne.

155

Je restaure des icônes, ce domaine artistique est fort délicat et particulièrement surveillé. Et pour couronner l'ensemble, je vis en concubinage avec une Russe. Je n'ai jamais été impliqué directement dans une affaire, mais j'ai dû avoir derrière moi trente ans de résidence pour obtenir la nationalité autrichienne. Il faut dire que j'ai entrepris des démarches très tard pour éviter un refus. Je ne veux pas les agacer et je désire rester un agneau, avec un petit ruban autour du cou.

Je l'écoutais, de plus en plus impatient, et je cherchais mentalement un prétexte pour m'isoler quelque part et lire les lettres de mon père trouvées chez Schaeffer. Je prévins Simon de l'arrivée de l'agent d'assurances qui l'interrogerait sur le passé de mon père.

— Quel passé ? Quelle assurance ? Nous n'étions pas une famille à fréquenter les assurances...

— Mon père avait souscrit une assurance sur la vie, en cas de mort violente. Huit cent mille dollars à partager entre ma mère et moi, en plus des deux cent mille que nous avons déjà reçus.

— Huit cent mille, plus deux cent mille ? En dollars ?... Ce n'était pas son style de jeter l'argent par la fenêtre et de nourrir les caisses des assurances. Il adorait improviser, rendre visite à des amis, jouer de la musique. Mais assurer quiconque de quoi que ce soit... tu m'étonnes. Mais quel est leur problème ?

— S'ils peuvent prouver que père a été abattu pour une raison politique ou lors d'une émeute, ils n'auront rien à payer. L'enquêteur s'appelle Dreyer.

— Il va avoir du boulot, dit Simon, hargneux. Je vais le moucher, ce type. Il veut faire faire des économies à une multinationale. Il faut lui expliquer qu'il y a de plus en plus de fous qui tuent. Il y a quelques mois, on a arrêté un type qui tirait de sa

156

fenêtre sur les passants. Mais il n'était pas récidiviste, il essayait juste d'élaguer la foule. Un sociopathe. Samuel était un homme peut-être difficile à vivre, mais pacifique, l'argent ne l'intéressait que par rapport à sa collection. Il n'est pas exclu qu'il ait souscrit cette assurance pour se justifier moralement.

— C'est-à-dire ?

— Il pouvait avoir des scrupules et se donner bonne conscience à l'idée qu'en cas de mort imprévue vous ne seriez pas dans le besoin. Il n'a pas laissé de testament ?

— Non.

— C'est ce que j'ai cru comprendre de ta mère. Heureusement, elle et toi vous vous entendez bien. Une affaire d'héritage, surtout de ce genre, aurait pu vous transformer en ennemis. Il y a du fric à la clef, et le gros morceau est ici. Une chance pour ta mère que tu sois honnête.

— Ça veut dire quoi ?

— Rien de particulier, mais je n'ai pas une très grande opinion de l'être humain. D'ailleurs, quand tout sera réglé, je te dirai à qui faire un cadeau, Samuel serait d'accord, toute crapule qu'il était...

— Crapule...

— C'est de l'affection, dit-il. Juste de l'affection. Voilà. Donc, si la police arrive ici, on peut tenter de leur faire croire la version selon laquelle tu n'as pas mis les pieds chez Schaeffer. Il faut apprendre la leçon à la fille.

— C'est fait.

Simon fronça les sourcils.

— Quoi que tu en dises, tu verras, c'est une source d'ennuis...

— Après la visite au cimetière elle repart pour l'Amérique.

— Tu la connais depuis longtemps ?

— A peine deux jours. Elle est venue à mon cabinet et m'a demandé de l'aide. A la suite de son chagrin...

— Quel chagrin ?

— Le décès de mon père.

— Tu parles bien de Samuel ?

— De qui d'autre ? Elle se plaignait de symptômes psychosomatiques.

— Un culot ! Accuser un mort de ces trucs modernes.

— Elle souffre parce qu'elle était amoureuse de mon père.

— Cette jolie fille, amoureuse de ton père ?

Il hocha la tête.

— J'aurai tout entendu !

— Et père aurait eu un « penchant » pour elle.

Il prononça quelques mots qui devaient être en yiddish puis, à nouveau en allemand :

— Penchant ? Absurde ! Ton père... si préoccupé par le destin du monde ? Blessé parce que l'on n'a pas mentionné ses travaux lors du Prix Nobel de 1987... Une fille lui aurait tourné la tête ? Balivernes. Selon moi, elle a dû te voir quelque part, tu lui as plu et elle a décidé de t'approcher de cette manière-là. Elle veut t'épouser !

J'avais envie de lui taper dessus.

— Mais non ! Et s'il te plaît, sois un peu aimable avec elle, c'est mon seul témoin. Elle sait combien de temps j'ai passé chez Schaeffer et dans quel état j'étais quand je suis sorti de chez lui. Sans elle je risque de me casser la figure.

Simon fit un geste méprisant.

— A la première difficulté elle te claquera dans les doigts. Tu n'aurais pas dû t'en encombrer. Je suis contrarié par cette histoire. Ton père ! Un « penchant » pour une fille... Quelle dérision ! Il a eu son compte jadis, une belle leçon. Il n'allait pas recommencer.

— Recommencer quoi ?

Il criait :

— Rien ! Tu es trop curieux. Et si cette fille avait voulu gagner ta confiance, s'incruster et nous voir de plus près, nous observer, nous espionner, hein ? Je t'affirme qu'elle t'a choisi.

Pour couper le flot de ses paroles, j'eus envie de lui parler des lettres que j'avais trouvées chez Schaeffer, mais il aurait exigé que je les ouvre devant lui, et de les lire.

— Viens, dit-il comme s'il avait lu dans mes pensées, on va jeter un coup d'œil sur les papiers de ton père...

Je le retins.

— Simon, en cherchant partout Schaeffer dans la maison, j'ai vu sur son bureau une photo de vous trois. Une partie de la photo manquait.

— Et alors ?

Il me jeta un regard plutôt mauvais.

— Un personnage a été coupé de la photo... Si par hasard tu sais qui...

— Et tu voudrais que je réponde sérieusement à ça ? Il y a des montagnes de photos avec ses amis, avec ses relations liées à la musique. Il y avait du monde qui défilait, les anciens, les nouveaux... Selon l'occasion, nous formions un trio, un quatuor, un quintette. J'étais aussi dans le lot.

— Tu jouais de quel instrument ?

— Du violon, mais sans le talent de ton père. Si ta mère ne nous avait pas éjectés de votre vie, tu nous aurais entendus plus souvent. Et si on n'avait pas brisé les deux poignets de ton père, il aurait été un fabuleux violoniste comme ne peuvent l'être que les juifs. Enfin, à quelques exceptions près...

Je pensais à mon père, à sa pudeur, et je ressentis une vive douleur.

— Il m'a parlé une seule fois de ses poignets et a souhaité que je ne pose aucune question à ce sujet.

— Viens, dit oncle Simon, étonnamment ému. Viens.

Une fois sortis, dans le couloir sombre, il m'entoura d'un bras. J'aimai ce geste. Il ouvrit une porte.

— C'est là.

CHAPITRE 6

Des rayonnages jusqu'à mi-hauteur, chargés de disques rangés dans des supports noirs. D'anciens trente-trois tours glissés dans une poche de plastique, des disques compacts et le haut des murs recouvert d'affiches.

Simon ouvrit un placard aux portes tapissées de posters des deux côtés. A l'intérieur, un lit pliant, rangé sous un oreiller et des couvertures.

— Quand il venait à Vienne, il dormait ici, il était heureux de regarder à son aise ses acquisitions. Mais, parfois, il allait directement de l'aéroport chez Schaeffer, il avait la clef de la maison de Hietzing.

Il désignait des caisses empilées les unes sur les autres.

— Il avait fait l'inventaire de tout cela et le tenait à jour. Après sa mort, j'ai vérifié, tout était exact. Il m'arrivait de le taquiner, de me moquer de ses folies... Pas sur le plan des dépenses, mais de sa ténacité pour avoir tel ou tel objet, de ses déplacements pour une affiche ancienne. Des marchands lui signalaient des occasions, mais souvent aussi quelques attrape-nigauds. Ta mère s'est vite débarrassée de tout cela, elle ne voulait ni les papiers, ni la musique.

— Ma mère ne supportait pas la perpétuelle disponibilité que mon père souhaitait.

— Je n'accuse pas ta mère, dit Simon, maussade. Ce n'est pas seulement à cause d'elle que ton père se créait des tanières, il avait viscéralement besoin de coins secrets. Il aimait se cacher, montrer en tête-à-tête à ses amis intimes un document, une partition... Cette attirance pour les conversations à huis clos et les entrevues discrètes augmentait avec l'âge. Il regrettait de plus en plus d'être passé à côté de son vrai destin.

Je l'observais. Il semblait soucieux et même grave. Il était sincère.

— Oncle Simon, je ne veux pas manquer de respect pour tous ces drames que vous avez vécus, mais tu ne trouves pas parfois que tout cela est absurde ? On ne devient pas un grand scientifique par dépit...

— Hé ! s'écria-t-il, qu'en sais-tu ? Les origines, les racines, c'est tout. Notre famille était chaleureuse, des gens simples qui se nourrissaient d'affection et de rêves. Nous étions des pauvres terriblement riches d'ambitions. Lui, c'était la musique, moi, la peinture. Depuis son enfance, Samuel jouait du violon. Il avait un talent extrême, on lui donnait des leçons pour rien, pour le plaisir de l'entendre. Mais, en même temps, il surprenait par son intelligence. Parfois il se croyait tout permis, tant il était sûr de lui-même. Un jour où nous étions sortis du ghetto pour trouver de la nourriture, les Allemands nous ont pris. En 1945, les Américains nous ont libérés. Deux très jeunes hommes, squelettiques. Après la période de convalescence, pendant laquelle nous avons entièrement été pris en charge, on nous a convoqués pour connaître notre passé et surtout, nos projets d'avenir. Dès les premiers contacts, les Américains furent fascinés par la personnalité de ton père. Ils l'ont emmené aux États-Unis, il a appris l'anglais à une vitesse prodigieuse et il a fait les plus brillantes études. Il me tenait au courant. Il voulait que je le retrouve là-bas ; j'aurais pu le rejoindre, mais je me sentais plus utile à Vienne. Je voulais assumer ma vie et éviter de n'être que le spectateur de l'ascension de Samuel. Je n'arrivais pas à sa cheville. Je n'aurais été qu'un domestique familial, celui qui sert le génie.

— Domestique familial, quelle définition...

— Il ne faut pas être hypocrite, quand dans une famille il y a un type exceptionnel, les autres sont relégués au niveau de serviteurs. Je voulais mon destin à moi.

— Il a fait une tentative pour jouer du violon en professionnel ?

— Il ne pouvait pas s'en empêcher, mais comme il ne dominait plus ses mains, il passait par des crises de dépression violente. Puis il a déclaré qu'il fallait être discipliné moralement pour ne pas sombrer. Il a apprivoisé ses regrets et se défoulait avec sa collection et les séances de musique entre amateurs. Lorsqu'il a rencontré ta mère, il en est tombé amoureux fou. Il voulait l'épouser au prix de n'importe quel sacrifice. « Avec elle, j'aurai une vraie vie. » Il a réussi à embobiner un couple français pourtant habitué aux gens de l'Est ; il les a impressionnés, il leur a expliqué comme il rendrait leur fille heureuse, il était génial.

Il m'interpella presque brutalement :

— Toi, tu les as connus, tes grands-parents maternels ?

— Un peu.

— Alors, tu te souviens du genre... Militaire, bourgeois, propriété à Tours, cousins, cousines...

Samuel a eu de la chance. Il est tombé sur des Français ouverts sur leur époque, le père avait été résistant, il connaissait le prix de la souffrance et les côtés obscurs du racisme latent. Chef d'un réseau clandestin, il avait été enfermé et torturé. Il n'avait pas de préjugés et encore moins d'impératifs religieux. Samuel était brillant, doux, élégant... Il a réussi à obtenir leur accord. Au début, ta mère était à peine plus qu'une adolescente qu'on promène sur les chemins de l'Histoire. Elle fut projetée simultanément dans une vie de femme et dans le monde.

— Était-elle heureuse ?

— Au début, certainement, mais ensuite, ce fut le réveil. Les Américains aiment le succès et le suscitent, ils donnent de l'argent, aucune mise de fonds n'est trop grande pour collectionner les cellules grises. Ton père, trop libre, trop individualiste, a dévié. Peu à peu, il a perdu son rayonnement, et ce qu'il écrivait était considéré comme de la science-fiction. Tout en gagnant plus qu'honorablement sa vie, il s'est retrouvé sur une voie de garage, professeur non titularisé à Princeton. Il se consolait avec ses succès japonais et les flatteries de quelques Américains inconditionnels qui attendaient la fin du monde avec lui.

— Pourquoi a-t-il acheté cet appartement à Salzbourg ?

— Pour ses vieux jours, il a voulu retrouver l'Europe et surtout, vivre dans un lieu voué à la musique.

— Et ma mère ? Quel aurait été son destin ?

— Le divorce, retour en France et remariage avec un Français.

— Il a prévu ça, papa ?

— Il l'a imaginé, désiré presque. « Que veux-tu qu'elle fasse avec un vieillard fou de musique ? m'a-t-il dit. Je lui ai pris ses plus belles années, il ne faut pas que de mon côté elle subisse ensuite les plus détestables. » Il payait les charges pour son appartement toujours un à deux ans d'avance, et laissait en réserve chez le gérant une somme confortable. Son notaire m'a écrit deux fois en se plaignant de ta mère qui ne lui répondait pas. Tu dois liquider toutes ces affaires en cours.

Il continua, après un court silence :

— Un gros problème. Mais pour le moment, notre vrai problème est Schaeffer. Et aussi, avant que j'oublie... un nommé Gruber, patron d'une agence de voyages à Salzbourg, s'occupait des billets d'avion de ton père. Tu peux lui demander des renseignements. Tu marques le nom ? GRUBER.

Il balaya la pièce d'un geste circulaire.

— Et ici, qu'est-ce que je fais ?

Je tâtais ma poche, j'aurais tellement aimé sortir les lettres et les lire avec lui, mais je me retins.

Il répéta :

— Qu'est-ce que je fais avec tout cela ?

— Il faut tout vendre. C'est ce que ma mère souhaite.

— Vendre, facile à dire... Les collectionneurs ne courent pas les rues. Je vais essayer. Tu as un pouvoir, signé par vous deux ?

— Tout est là.

— Vous êtes sûr qu'aucun testament ne traîne dans un tiroir ?

— Depuis un an de lutte avec les papiers, on n'a rien trouvé.

— Ça, dit-il, ça ne m'étonne pas, il était égoïste. Il aurait pu rédiger une petite clause pour moi, si on pense au mal que je me donne avec ses affaires...

— Prends un pourcentage sur la vente. C'est bien. Tu t'en occupes et tu te rétribues.

— Je devrais protester, dit-il, mais j'accepte, les temps sont durs...

165

Il se déplaçait dans la pièce, il effleurait les affiches, soulevait et reposait des partitions, puis dit :

— Mais je préférerais que tu te renseignes de ton côté. Fais une rapide visite aux gens avec qui il était en contact, j'aurai plus de crédit pour discuter avec eux. On ne pourra pas dire ensuite que je gratte sur les sommes et vous, vous n'aurez pas l'air indifférents. La patronne de « La Boîte à Musique »... une boutique à dix minutes à peine d'ici, parle souvent de Samuel. Demande-lui la liste des disques achetés chez elle, on aura un document de plus dans le dossier de liquidation, ça m'arrange aussi. Il ne faut pas oublier Hoffer...

— Hoffer ?

— Un bouquiniste spécialisé dans les œuvres musicales, la vente et la revente de partitions.

Il poussa un soupir.

— Viens, maintenant. Allons à la cuisine. Il ne faut jamais laisser deux femmes en tête-à-tête trop longtemps. Au bout d'une heure, elles se racontent tout, elles enterrent les vivants, déterrent les morts et évoquent des trucs d'avant le déluge. Puis se réconcilient sur le dos d'un homme, généralement le plus proche. Je crois qu'il faut que tu reparles à cette fille de ce qu'elle devra éventuellement dire à la police.

Carol, assise sur un banc étroit, le dos appuyé au mur, les coudes sur la table, tenait une tasse entre les mains.

— Je suis encore éveillée, grâce à cette dame charmante qui me donne du café, dit-elle. Très européen, fort...

Luba venait de remplir une tasse, elle me la tendit et posa une tranche de gâteau aux raisins secs sur une assiette.

— Mange.

Était-ce une invitation, une incitation ou un ordre ? Cela revenait de loin ce « Mange ! ».

Carol dégustait un morceau du même gâteau et contemplait, pensive, la crème fraîche dans une coupe.

— Mettez-en sur le gâteau, dit Luba.

Elle obéit avec une exquise politesse.

— Ça vaut tous les Apple Pies, déclara-t-elle.

— Il paraît que là-bas vous la mangez chaude... demanda Luba.

— Tiède.

Carol prit une grande cuillerée de crème.

— A en mourir de plaisir, dit-elle. Il a de la chance, Simon. Vous en faites souvent, des gâteaux comme ça ?

— Parfois, pour l'apprivoiser. Vous verrez, si vous restez, que les Levinson sont des êtres à part. Ils ont plus d'intelligence que de cœur... Et quand ils rencontrent une jolie femme, ils lui font automatiquement la cour.

Simon intervint :

— Râle pas. Ta hargne ne regarde pas cette jeune fille.

Il se tourna vers Carol :

— Où habitez-vous ?

— A l'hôtel Royal.

— Et en Amérique ?

— A Manhattan.

Je la regardais, étonné. Pourquoi mentir ? Mais j'avais trop besoin d'elle, alors je lui laissai Manhattan.

— Si j'ai bien compris, vous étiez l'élève de mon frère...

— En effet.

— Et vous venez voir sa tombe.

— Prier sur sa tombe.

Simon en avait assez de cette confrontation sous le regard moqueur de Luba. Il se leva.

— Avant que nous ayons la police sur le dos, allez chez la marchande de disques. Vous descendez le Tuchlauben, vous tournez à droite et vous continuez tout droit. Vous arriverez sur le Graben, une place réservée aux piétons. Le magasin est juste au coin en venant d'ici...

Ensommeillés, incertains de nos jugements et de nos perceptions à cause du décalage horaire, nous quittions difficilement cette atmosphère captivante et vénéneuse. Vienne ensoleillée semblait emballée dans un voile. Des touristes japonais photographiaient les anges baroques et les heurtoirs sur de vieilles portes. Je passai à côté de ma voiture, elle était donc toujours là. Une chance. Au Tuchlauben, un car avançait et résonnait des cris joyeux de touristes italiens. Le Graben, un espace pittoresque pavé à l'ancienne et orné en son milieu d'une statue, grouillait d'une foule hétéroclite ; ici et là, des orchestres d'amateurs, des routards quêtaient des sous, les terrasses des cafés étaient bondées.

Nous avons découvert facilement la Boîte à Musique. Dans la vitrine, une maquette de l'Opéra, quelques disques, des photos de chanteurs célèbres. La clochette de la porte alerta une dame aux cheveux blancs. Elle leva la tête, son regard était inquiet derrière les verres épais de ses lunettes.

— Guten Morgen !

Les rayonnages métalliques bourrés de disques compacts couvraient les murs du sol au plafond.

— On ne va pas vous déranger longtemps. Je suis David Levinson, le fils du professeur Levinson.

Ses traits s'allongèrent.

— Oh, monsieur ! Quelle tragédie ! Votre père était l'un de nos meilleurs clients. Et quel charme, quelle gentillesse...

— Simon Levinson, mon oncle, m'a beaucoup parlé de vous.

— J'espère en bien, dit-elle. J'imagine que vous êtes encombré par la masse de disques que vous avez dû trouver. Je suis navrée, je l'ai déjà dit à votre oncle, je ne les rachète pas.

— Je ne suis pas venu pour ça. Je voudrais juste quelques renseignements...

— Je vous écoute, dit-elle, impatiente.

— Quand avez-vous vu mon père pour la dernière fois ?

— La veille de sa mort. Il a pris une trentaine de disques qu'il a fait expédier à l'agence Terre et Ciel à Salzbourg. D'ailleurs, j'ai la liste complète de ses achats. Nous avons une comptabilité très précise des titres sortis et des montants facturés. Attendez, je vous apporte le relevé d'ordinateur.

Elle partit, revint et me tendit un dossier qui contenait une quantité impressionnante de factures détaillées : chaque titre était complété par le nom du chef d'orchestre, la date et le lieu de l'enregistrement.

— Il était aussi client de M. Hoffer, qui a un magasin de livres anciens et de partitions originales... dans la Theatergasse. Allez lui rendre visite.

Son amabilité ne correspondait pas à son regard froid. Je jetai un coup d'œil sur la liasse de factures, adressées à l'agence Terre et Ciel.

— Vous avez souvent expédié des disques à Salzbourg ?

— C'est presque toujours de cette manière que nous procédions. M. Gruber les transmettait ensuite à votre père.

Je parcourus les documents comptables. Au moins trois envois par an depuis 1980.

— Les trente-deux disques que j'ai envoyés la

veille de la mort de votre père à Salzbourg doivent être encore chez lui. Il vous les remettra.

— Trente-deux ?

— Oui. Voulez-vous les titres ?

— Non.

Elle parut soulagée quand, après mes remerciements, je lui dis, sans conviction, « à bientôt ».

Dehors, dans la rue, il faisait chaud. Les gens étaient gais, et leurs vêtements colorés. Quelqu'un riait de bon cœur. Carol se tourna vers moi.

— Un monde étrange. Tout le monde semble heureux et avoir un but dans l'existence.

Puis :

— Je vous accompagne chez Hoffer ?

— Si ça vous intéresse, venez.

— Ça me déchire, mais je veux découvrir les anciennes relations de Samuel. Mais, d'abord, il faut que je téléphone à l'hôtel. J'ai peur qu'on ne garde pas ma chambre. C'est à deux pas du Graben, paraît-il. Vous avez appelé l'hôtel Sacher ?

— Pas encore.

Je pris Carol par le bras.

— Ils ne vont pas bazarder votre chambre, allons d'abord chez Hoffer.

Au premier carrefour, nous avons tourné dans une rue serrée entre deux rangées d'immeubles sévères ; à peu près au milieu, nous avons découvert l'enseigne : Les Temps Anciens.

L'écriteau sur la porte signalait « Fermé ». Carol fit basculer la poignée et la porte s'ouvrit.

— Il faut toujours essayer, dit-elle. Votre M. Hoffer doit être quelque part dans les parages. Il a oublié d'enlever son carton.

Le magasin était sombre et sentait le vieux papier. Trois échelles mobiles jalonnaient de hautes bibliothèques. Un murmure indistinct nous parvenait. Je passai à côté d'une table chargée de rouleaux d'affiches entourés d'un ruban de plastique et munis d'étiquettes numérotées, et je m'arrêtai près de la porte de l'arrière-boutique. Des paroles en sourdine, monotones. Carol dessina un point d'interrogation dans l'air. Je haussai les épaules. J'écoutais, tendu. Puis la voix devint plus forte, presque aiguë :

— Je vous assure, vous avez fait ce déplacement inutilement. En tout cas chez moi. Je ne vois pas...

La conversation redevenait inaudible. Je sortis le bloc de ma poche et j'écrivis à l'attention de Carol : « L'agent d'assurances ». Je m'approchai très près de la porte et je reconnus aussitôt l'intonation onctueuse de Dreyer :

— Je vous dérange parce que selon les renseignements de la police, vous connaissiez bien le professeur Levinson.

— Pourquoi la police ?

— Il y a une enquête, donc il y a la police.

— En effet. Mais l'enquête n'a mené à rien.

— Monsieur Hoffer, quelles étaient vos relations avec le professeur Levinson ?

— Liées exclusivement aux recherches de documents. Quand il m'appelait des États-Unis et que je lui annonçais la liste de mes nouvelles acquisitions, avant de se décider, par exemple pour une affiche coûteuse, il m'en demandait la photo ; il me rappelait ensuite et, après un petit marchandage, il la retenait. Ensuite, j'expédiais le paquet à Salzbourg, ou je le lui remettais s'il venait jusqu'ici.

— Quel était le rôle de son frère ?

— Je n'en sais rien. Simon a un petit atelier de restauration, il gagne correctement sa vie. C'est un homme sans histoires.

— Il s'occupe d'icônes, paraît-il.

— Et d'autres œuvres d'art aussi. Après la guerre, Simon, doué pour la peinture, a eu la possibilité d'apprendre la restauration en Autriche, tandis que

Samuel, promesse scientifique, avait été importé en quelque sorte aux États-Unis. Une seule fois il m'a parlé de son passé, il a fait une allusion à ses poignets cassés...

— Accident ?

— Accident de guerre. Bagarre dans un camp. Punition... Horrible. Samuel Levinson répétait que l'humanité se partage en deux blocs : ceux qui racontent leur vie et ceux qui les écoutent.

— Lui connaissiez-vous des ennemis ?

— Non.

— Monsieur Hoffer, je ne vais pas vous déranger plus longtemps. Merci pour le temps que vous m'avez consacré.

Des chaises tirées, un bruit de pas. Il fallait nous sauver du magasin. Sorti précipitamment, nous allâmes nous cacher de l'autre côté de la rue sous une porte cochère. Dreyer partit vers le Graben, nous revînmes à la boutique. Je poussai bruyamment la porte. Un homme assez grand et plutôt mince, portant des lunettes, sortit de l'arrière-boutique pour nous accueillir.

— Monsieur, madame... Que puis-je pour votre service ?

— Bonjour. Je suis le fils du professeur Levinson. David Levinson. Si vous aviez quelques minutes à me consacrer...

— Ah ! s'exclama-t-il. Vous voilà enfin... J'espérais votre visite. Je suis profondément triste de vous recevoir dans des circonstances aussi dramatiques.

Il salua Carol.

— Mlle Grant était l'une des élèves de mon père.

— Mademoiselle... Quel homme exceptionnel, n'est-ce pas ? Quelle perte !

Hoffer me demanda :

— Vous avez pris contact avec la police ? Où en est l'enquête ?

— Nulle part. L'affaire devrait être hélas bientôt classée.

— Quelle injustice, si le criminel s'échappe... Le monde est d'une sauvagerie. Quand êtes-vous arrivés ?

— Ce matin.

Il se frottait les mains comme s'il avait froid.

— Voulez-vous un café, une petite liqueur ?

— Non, merci.

Notre refus le rassura.

— Que puis-je pour vous ?

— Quand avez-vous rencontré mon père pour la dernière fois ?

— Le 17 juillet. Il m'a acheté des affiches. Il ne voulait pas les emporter, je devais les expédier à M. Gruber à l'agence Terre et Ciel à Salzbourg. Je les ai mises à la poste dans l'après-midi du lendemain, votre père a été tué le soir même. Gruber m'a appelé plusieurs fois pour que je les reprenne et s'est plaint de n'avoir aucun contact avec la famille. J'ai alerté alors votre oncle, qui m'a dit que votre mère et vous n'aviez pas encore décidé si vous vouliez garder la collection ou la revendre. Les documents que j'ai vendus au professeur, je peux les racheter si on se met d'accord sur un prix raisonnable.

— Ce serait sans doute la solution idéale. La plus grande partie se trouve, je crois, chez mon oncle Simon. Vous le connaissez, n'est-ce pas ?

— Un peu. Mais il était toujours discret, il ne se mêlait pas des affaires de son frère. Le professeur Levinson n'aurait pas voulu non plus que son entourage soit au courant des sommes qu'il dépensait, mais vous, en tant qu'héritier du professeur, vous devez être renseigné...

— Je me familiarise peu à peu avec ce monde de musique et de collections... Je vous signale aussi que vous pourriez recevoir la visite d'un agent d'assurances. La validité du contrat d'assurance-vie de mon père est contestée. La compagnie a entrepris une enquête et interroge ses relations.

Il ne broncha pas. Je continuai :

— Ne soyez donc pas étonné s'ils se manifestent.

— Une assurance-vie contestée ? répéta Hoffer, assez bon comédien. Et pourquoi ?

— Pour ne pas payer. La compagnie souhaiterait prouver que mon père est décédé à la suite d'un attentat, ou d'une vengeance.

— Ah, là, dit-il. Ils vont loin, ces gens... La vie est compliquée, mais il me semble que la mort l'est encore plus.

Pas un mot de la visite de Dreyer. Hoffer était prudent. Une existence sans doute difficile lui avait appris à se taire. Il souriait pour cacher sa nervosité.

— Je pourrais racheter l'ensemble de la collection. Il y en a une partie à Salzbourg aussi. Vous y allez ?

— Demain.

Le téléphone sonna, Hoffer répondit qu'il était occupé, qu'il fallait le rappeler plus tard. Il était distrait, ses pensées vagabondaient.

— Juste un renseignement encore. Monsieur Hoffer, selon votre appréciation, quelle est la valeur de la collection de mon père ?

— Question difficile. Je sais ce qu'il a acheté chez moi, mais il avait des fournisseurs à Londres et à Prague. Ce qu'il a pris ici, je l'estime à quelque six ou sept cent mille schillings. Je suis d'ailleurs preneur pour ce prix-là... A votre retour de Salzbourg, venez me voir avec l'inventaire de l'ensemble. J'ai la liste de ses acquisitions, des documents qu'il a pris chez moi, je peux vous en donner une copie. Une minute, je vous l'apporte.

Il retourna dans l'arrière-boutique. Carol chuchota :

— Je pourrai venir avec vous à Salzbourg ?

— Pas question. Juste au cimetière. Après, c'est fini.

Le libraire revint et me tendit un dossier.

— Tout y est. J'attire votre attention sur le fait que la collection a pris de la valeur. Les professionnels du métier surveillent sa vente éventuelle. Si vous voulez sortir des pièces du pays, vous aurez un handicap, l'État autrichien ne va pas forcément laisser partir des documents concernant entre autres Mozart, Haydn... une lettre de Salieri, et d'autres pièces rares.

— Selon vous, je devrais tout liquider ici sur place ?

— Ce serait plus commode pour vous.

Un éclair d'intérêt traversa ses pupilles.

— Je vous rachète le tout, pour un prix convenable. Malgré la rareté de certaines partitions, je ne ferai pas des folies, les temps sont difficiles et les collectionneurs sont de plus en plus regardants... Réfléchissez. Vous pouvez me téléphoner à n'importe quelle heure. J'habite au-dessus de la boutique.

Il me donna sa carte et nous accompagna jusqu'à la porte.

Sur le trottoir, Carol se tourna vers moi :

— Pas commode ce que vous faites, parler de la mort et de l'argent, de la collection. Vous avez beaucoup de contrôle sur vous-même. Moi, j'ai envie de pleurer.

— Pleurez donc.

Elle n'avait pas de leçon à me donner, ni à m'admirer, ni à me décerner un certificat de bonne conduite. Je ne supportais aucune remarque. Le chemin du retour nous fit repasser devant La Boîte à Musique. Je regardai à travers la vitre de la porte, la patronne expliquait patiemment quelque chose à un adolescent. Elle nous avait repérés et détourna la tête.

De retour chez Simon, Luba nous annonça en ouvrant la porte :

— J'ai préparé un autre gâteau pour le déjeuner.

— Merci. Merci, répétait Carol désorientée.

— Vous êtes fatiguée.

— Oui.

— Vous pouvez vous allonger sur mon lit, dit Luba.

— Merci, pour le moment je tiens encore debout, répondit Carol.

Simon apparut et nous fit de grands signes.

— Venez vite... Tous les deux.

Nous le suivîmes dans l'atelier.

— On est dans le pétrin, dit-il. La femme de ménage vient de m'appeler. Le corps a été transporté à la morgue. Elle a déclaré à la police que Schaeffer t'attendait.

Carol intervint :

— Nous avons un scénario. En venant de l'aéroport, j'ai eu un malaise. Nous sommes venus ici directement. C'est vous qui nous avez appris la nouvelle.

— Bon, soupira Simon, supposons que ça marche. On verra. Pour le moment, on va déjeuner. S'ils tombent sur nous, vous êtes donc au courant de la mort de Schaeffer, et perturbés pas ce drame.

— J'espère que nous n'aurons pas besoin de trop jouer la comédie. Avec un peu de chance, on va peut-être les éviter. Cet après-midi nous irons au cimetière. Carol nous accompagne et repart demain matin pour New York... Et moi pour Salzbourg.

— Ah oui, Salzbourg ! s'exclama-t-il. Il faut que je te donne les clefs. Je vais le faire tout de suite, bouge pas, sinon je risque de les oublier.

Il sortit puis, peu de temps après, revint avec une

boîte à chaussures remplie d'objets divers. Il la posa sur la table. Il y prit le passeport de mon père.

— Prends-le. Gruber m'a réclamé plusieurs fois le billet d'avion de ton père, il voulait le rendre à la compagnie, on aurait pu se faire rembourser, mais on ne l'a jamais trouvé.

— Où allait-il ?

— J'aurais dû le lui demander, mais ça n'avait plus d'importance. Le billet a dû être égaré chez Schaeffer, ou glissé dans le manuscrit. Un jour on va retrouver tout cela dans un tas de papiers.

Je feuilletai, bouleversé, le passeport de mon père. Samuel Levinson, né à Varsovie en 1928. Nationalité : américaine. Sur les feuilles, une multitude de visas ou de cachets d'entrée de différents pays. Je réfléchis, quelque chose me gênait, puis je compris.

— Ce passeport n'est qu'un souvenir. Il en avait certainement un autre, valable.

Carol se leva.

— Je vais me trouver mal. Il y a trop de chocs émotionnels. Il faut que j'appelle mon hôtel, ils vont donner ma chambre.

— Demandez à Luba.

Elle partit, la démarche incertaine, elle était décalée dans le temps et perdue dans ces lieux.

Simon haussa les épaules.

— Je ne peux pas la digérer, cette fille... Et je ne sais rien à propos de ce passeport. Je ne l'ai même pas ouvert. Je te donne en vrac tout ce que j'ai trouvé dans sa poche quand on m'a remis ses vêtements à la morgue.

Il me tendit un carnet de notes dont la spirale était tordue et une partie des feuilles arrachée, puis un jeu de clefs emballé dans un sac plastique et marqué « Salzbourg ». Sur une étiquette, l'adresse.

— Je les prends ?

— Elles sont à toi. N'oublie pas son stylo.

Le stylo de mon père ? L'objet me paralysait.

— Vas-y !

Je le pris délicatement, puis je le remis avec le vieux passeport dans la boîte. La voix de Luba nous parvint :

— Déjeuner ! Ne tardez pas.

— Simon, remets tout cela dans la chambre de mon père.

A la cuisine, Luba recréait l'atmosphère que j'avais connue à l'époque où les amis polonais de mon père venaient nous rendre visite et où ma mère, patiente, leur préparait à l'aide d'un livre de cuisine spécialisé des plats d'Europe de l'Est. Je me souvenais de ces gens aimables qui arrivaient souvent à l'improviste et s'installaient pour l'éternité. Ils buvaient, bavardaient et sirotaient du café. Ma mère attendait que ça passe. Quand la conversation se poursuivait en polonais ou en yiddish, elle prononçait en français : « Hélas, je ne vous comprends pas », et se sauvait.

Tout au début, nous étions parfois hébergés par des Polonais installés depuis longtemps aux États-Unis. Il me restait de ces rencontres le souvenir d'une sensation de bonheur intemporel. J'avais envie de me caler contre la poitrine de ces femmes accueillantes qui distribuaient des baisers et des accolades, et j'écoutais, fasciné, la voix basse des hommes.

Luba sortit du four un grand plat qu'elle posa prudemment au milieu de la table. Le parfum des pirojki à la farce mijotée dans le beurre m'emplit de bien-être.

— Il y en a encore, dit-elle.

Je pris trois pirojki à la fois, j'eus honte de ma voracité et j'en passai un sur l'assiette de Carol.

— Vous êtes gentil, dit-elle, à moitié endormie.

Luba nous distribua ensuite des poivrons farcis de viande hachée, arrosés d'une sauce à base de crème fraîche saturée d'herbes odorantes puis, au bout d'un temps long, doux et abstrait, elle nous proposa sa tarte vedette, un lit de myrtilles dont le matelas était une pâte feuilletée et la couverture, une épaisse couche de crème fouettée.

— Génial ! dit Carol, et ses paupières se fermaient.

— Il vous faut un café si vous voulez venir au cimetière, prononça Simon, paisible.

Des coups de sonnette bouleversèrent notre silence. Luba posa encore une part de gâteau sur l'assiette de Carol, puis se leva et se dirigea vers la porte. Simon porta sa tasse de café à ses lèvres et le dégusta, pensif.

Luba revint et annonça, à peine énervée :

— Un commissaire de police et son collaborateur. Ils voudraient rencontrer le fils du professeur Levinson, à la suite de la déclaration de la femme de ménage de Schaeffer. Pour quelques explications. Je les ai conduits à l'atelier.

Simon porta l'index devant ses lèvres et chuchota :

— Tu vois qu'ils sont efficaces. L'une des meilleures polices au monde...

Je dis à Carol :

— Attention, restez là, et si on vous appelle...

— Je le sais, répondit-elle, blême.

Je me levai et suivis Simon pour retrouver les deux hommes dans le couloir. L'un d'eux s'avança vers moi, la main tendue :

— Commissaire Aumeier.

Il désigna son compagnon :

— Mon collaborateur...

L'autre hocha la tête en guise de bonjour. Simon

invita tout le monde dans l'atelier où nous prîmes place autour de la table. Simon présidait presque :

— Messieurs, la femme de ménage m'a prévenu du drame quelques minutes avant l'arrivée de mon neveu. Je lui ai annoncé cette triste nouvelle.

Je soupirai :

— Un tel choc...

Simon en rajoutait :

— Si vous voulez poser des questions à mon neveu...

Aumeier intervint :

— Monsieur Levinson, vous vous donnez beaucoup de mal. Nous sommes capables de nous expliquer, lui et moi, seul à seul.

— Pardon... Je voulais juste vous aider, dit Simon.

L'Autrichien se tourna vers moi. Il était grand, mince, et portait une chemise dont le col admirablement repassé m'impressionnait. Il avait des lunettes élégantes, la monture coûteuse encadrait un regard qui effleurait, palpait, constatait. Il était plutôt sympathique et ne ressemblait pas à un commissaire classique.

— Docteur Levinson, vous avez donc appris la nouvelle à votre arrivée ici ?

— Exactement.

— Selon la déclaration de la femme de ménage, vous aviez rendez-vous ce matin avec le docteur Schaeffer.

— En effet, j'aurais dû me rendre directement chez lui, mais la jeune femme qui m'accompagne à eu un léger malaise. Je ne voulais pas l'exposer à une attente à Hietzing, alors j'ai continué vers le centre. Nous avons pris quelque chose dans un café et ensuite nous sommes venus directement ici. Je comptais me rendre dans l'après-midi chez le docteur Schaeffer.

— Vous avez bu quoi ?

— Elle un thé et moi un café, je crois.

— Un thé, répéta le commissaire. A quelle heure ? Et où ?

— Où ? Je ne saurais guère vous le dire.

— Vous devez bien avoir une idée de l'endroit...

— Si je parcourais le même trajet, je pourrais peut-être le retrouver. Je ne connais pas la ville, je me suis dirigé avec l'aide d'un plan... Je me suis même égaré près du château de Schönbrunn. Nous y avons été bloqués dans un embouteillage et avons eu beaucoup de difficultés pour nous dégager.

— Aucune idée du nom du café ?

— Non. Quelque part, dans une avenue.

Simon intervint :

— La jeune femme, une élève de mon frère, est arrivée ici dans un état fébrile. Elle est venue à Vienne pour s'incliner sur la tombe de son ex-professeur. Elle tremblait, elle était au bord de l'évanouissement. Elle se repose.

— Elle était à ce point attachée à son professeur ? demanda Aumeier.

— Depuis sa mort, mon frère est devenu pour une catégorie de jeunes gens le symbole de l'avenir de notre terre.

— Rien que ça, dit le commissaire, pensif.

Il se tourna vers moi.

— Vous auriez dû arriver chez Schaeffer directement de l'aéroport...

J'étais désorienté. Se moquait-il délibérément de mon allemand médiocre ?

— Je viens de le dire, mais sans doute me suis-je mal exprimé. La raison du changement d'itinéraire était le malaise...

Aumeier m'interrompit :

— Vous avez raison, docteur. Je vous embarque dans des répétitions inutiles, mais un policier aime écouter la même histoire plusieurs fois, déformation

181

professionnelle. Vous veniez donc rendre visite au meilleur ami de votre père.

J'intervins :

— Et avec son aide, régler les affaires de la succession en attente. Il était collectionneur.

— Je le sais, dit-il.

Puis :

— Résumons. Vous venez à Vienne, chez Schaeffer. Vous projetez ensuite d'aller au cimetière pour vous recueillir sur la tombe de votre père. Vous amenez une jeune femme avec vous...

— Pas amené. Elle m'a accompagné.

Il continua avec un léger sourire :

— Vous la connaissez depuis peu. Vous vous dirigez vers Hietzing, elle se trouve mal et, prévenant, vous changez aussitôt votre programme. Vous n'allez plus en priorité chez le vieux docteur qui vous attend, paraît-il, depuis des semaines avec impatience, mais vous prenez un thé. Par malchance, au même moment on tue M. Schaeffer. Selon les premières estimations, sa mort se situerait entre six et huit heures.

Aux abois, je cherchai un ton convaincant :

— Le destin. Je suis bouleversé. Notre rencontre aurait été consacrée à l'évocation du passé de mon père et l'après-midi, il nous aurait sans doute accompagnés au cimetière.

— Il ira tout seul ces prochains jours, dit Aumeier. Bref, quelque chose m'intrigue.

Il se tourna vers Simon :

— Votre amitié avec le docteur Schaeffer remonte loin dans le passé, n'est-ce pas ?

— Nous étions trois amis que le destin a soudés étroitement : les deux Levinson et Schaeffer. Nous l'avons connu à peine sortis de l'adolescence, dans un camp, en 1944.

— De vous trois, comme par hasard, il ne reste

qu'un seul survivant. Vous. Et vous n'êtes ni inquiet, ni énervé.

Simon esquissa un geste.

— Ce que Dieu décide sera accompli.

— Vous êtes philosophe, monsieur Levinson, la foi est un élément d'équilibre. Presque un réconfort !

Je devais intervenir.

— Monsieur, vous nous interrogez comme si nous étions suspects de quelque chose.

Aumeier prit un air peiné :

— Je donne cette impression ? Je suis désolé. Il m'arrive de me laisser emporter. Il faut reconnaître que les circonstances de ce décès me révoltent. La femme de ménage ne vous a donné aucun détail, monsieur Levinson ?

Simon fit non de la tête.

— Quel détail ?

Aumeier nous regardait, gourmand.

— Il a avalé du cyanure.

Je réussis à m'exclamer :

— Il s'est suicidé ?

Aumeier me jeta un renseignement :

— Oui, mais la manière dont il s'y est pris est gênante. Avant de croquer sa capsule, il s'est arraché deux ongles...

Ses lunettes, à la monture finement dorée et aux verres d'une propreté impeccable, brillaient.

— Que voulez-vous insinuer, commissaire ?

— J'ai le mauvais goût de plaisanter, mais parfois je suis excédé. Il y a trop de problèmes à Vienne.

Son assistant, un homme tout rond, acquiesça :

— Beaucoup trop.

Je restai placide.

— J'aimerais vous être utile... Vous voyez, je réponds à toutes vos questions, mais l'atmosphère est de plus en plus pénible.

Le commissaire se pencha vers moi :

— Si vous me disiez la vérité. En dehors de l'acte amical de rendre visite à un ami de votre père, quel était le but précis de ce rendez-vous ? Avait-il une communication à vous transmettre ? Un message, même posthume ?

— Message ?

— Je n'en sais rien, je cherche. Détenait-il éventuellement un testament égaré chez lui, par hasard ?

Je pensais avec une angoisse croissante aux lettres que j'avais dans ma poche.

— Je vous l'ai dit, commissaire : je voulais lui témoigner ma reconnaissance. A l'enterrement de mon père, il a soutenu et réconforté ma mère. Je venais pour lui exprimer ma gratitude, c'est tout. S'il avait ou non un document à me transmettre, nous le saurons, l'avenir nous le dira. Je vous signale à tout hasard que nous cherchons partout le manuscrit de mon père. J'imagine que les ayants droit du docteur Schaeffer nous le remettront si mon père l'a laissé chez lui et si on le retrouve...

— Pourquoi ne l'aurait-il pas fait lui-même ?

— Mon père aurait pu glisser le manuscrit dans un tiroir, le cacher dans une armoire. Le manuscrit n'est pas ici chez mon oncle. Mon père a passé l'après-midi qui précédait sa mort chez Schaeffer. On devrait le retrouver là-bas...

— Le lui avez-vous demandé ?

— Vaguement, c'était un homme très susceptible. Nous avons passé au peigne fin les archives de mon père à Princeton, sans succès. Si le manuscrit est dans sa maison, Schaeffer devait l'ignorer.

— Il l'aurait cherché si vous l'en aviez prié ?

— Je préférais lui en parler de vive voix. Hélas...

— Hélas pour vous, dit le commissaire, la maison est déjà sous scellés. Vous verrez le problème avec les héritiers de Schaeffer. Vous connaissiez son entourage ?

— Non, pas du tout. Sa femme est décédée il y a des années. D'ailleurs, je saisis cette triste occasion pour vous dire que ma mère et moi nous sommes désespérés de ne voir aucun résultat à vos investigations concernant la mort de mon père... Quand je dis « vos », j'entends la police.

Il fit un geste d'impuissance et croisa ses longues jambes. Ses chaussures en cuir fin, ni trop neuves ni trop usées, étaient soignées.

— Nous sommes dans une impasse, dit-il, je le reconnais. Pourtant souvent ce genre de crime arrive par vagues. La manière de tuer contamine, s'infiltre dans les esprits malades. En remontant dans le passé, nous avons trouvé un acte semblable survenu à Vienne il y a deux ans. Un autre en Allemagne, il y a trois ans. Aucun des meurtriers n'a été retrouvé. Nous sommes dans le vide, je le reconnais.

Je tentai d'établir avec lui un contact un peu plus personnel et je pris un ton de confidence :

— Mon père avait contracté une assurance sur la vie. La compagnie d'assurances a délégué un enquêteur, il va se présenter chez vous. Si vous pouviez le convaincre de votre thèse du psychopathe...

Il acquiesça :

— C'est vrai, on m'a annoncé la visite imminente d'un enquêteur fraîchement nommé. Je vais mettre à sa disposition le dossier, avec mes commentaires.

— Il s'appelle Dreyer. Je l'ai rencontré il y a deux jours à New York. Il voudrait gagner du temps pour sa compagnie, sinon éviter de payer.

Simon, énervé, marchait maintenant de long en large.

— Si vous pouviez en finir ! Je trouve déplaisantes ces discussions d'argent, pratiquement sur la tombe de mon frère...

— Notre société est ainsi faite, répliqua le commissaire. Ce phénomène, nous le rencontrons tous les jours. Quelqu'un meurt et on évoque les chiffres qu'il représente. L'attitude n'est pas la même dans les pays dits « sous-développés », là-bas, le dénuement permet d'aimer un peu mieux qu'ici.

Il réfléchit à haute voix :

— Ce qui m'attriste le plus, c'est que la mort du docteur Schaeffer se soit produite si peu de temps avant le rendez-vous de M. Levinson. Si vous n'aviez pas changé d'itinéraire, il serait vivant.

— Je suis catastrophé...

— Schaeffer a été poussé au suicide, ou « suicidé » par ses ou son agresseur. Il faut juste découvrir par qui... et pourquoi.

Il se leva, son acolyte suivait le mouvement.

— Vous restez combien de temps à Vienne, docteur Levinson ?

— Le temps nécessaire pour régler les affaires de mon père. Je vais mettre en vente sa collection, ensuite j'irai à Salzbourg.

— Soyez plus précis...

— Si vous voulez. Je vais cet après-midi au cimetière, ce soir à la taverne, et demain à Salzbourg. Je reviendrai sans doute pour assister à l'enterrement du docteur Schaeffer, si je peux connaître la date.

Il se tourna vers Simon.

— Vous connaissiez sa parenté ? Des neveux, des nièces...

— Non, dit Simon. Sa femme était une brave personne, elle supportait tout. Être la femme d'un médecin légiste n'est pas de tout repos. Elle est morte d'un cancer. Son chien a été empoisonné il y a six mois.

186

Je ne pus m'empêcher de m'exclamer :

— Empoisonné ?

— Un labrador noir, il aboyait beaucoup, peut-être les voisins...

— Vous croyez, dit Aumeier pensivement, que les voisins empoisonnent souvent les chiens ?

— J'espère que non, dit Simon. Peut-être un rôdeur. Le chien a été trouvé mort dans le jardin.

Je regardais Aumeier. Si je lui racontais l'agression à New York, la maison dévastée à Princeton... Si je lui disais la vérité sur les événements de ce matin ? En tête-à-tête avec lui, j'aurais succombé à la tentation, il inspirait confiance. Il serait peut-être en mesure de m'aider, de m'éclairer.

— Vous habitez où, docteur Levinson ? Ici, chez votre oncle ? demanda-t-il.

— Non. A l'hôtel Sacher.

— Endroit fort apprécié, dit-il. Et la jeune fille qui vous accompagne ?

— Hôtel Royal.

— Pourrions-nous la rencontrer ?

— Évidemment, mais est-ce vraiment nécessaire ? La mort de mon père l'a déjà fort éprouvée et la nouvelle de ce matin... C'est tellement pénible. Elle est très sensible.

— A ce point ? dit le commissaire, compatissant.

— Oui.

— Elle pourrait nous confirmer en cas de besoin votre déclaration ?

— Sans aucun doute. Quelle que soit la question, elle dira la vérité. Voulez-vous que je l'appelle ?

— On verra, dit-il, pensif. Je suis sûr que nous nous retrouverons. Vous, moi, elle peut-être. Tous.

Il réfléchit et interpella Simon :

— Juste une question : je n'en suis pas sûr, mais je crois que la religion juive exclut, sinon déconseille l'incinération...

— Samuel était plutôt libre penseur, parfois il fêtait la pâque juive, c'est tout. Il prenait de la religion ce qui lui convenait.

— Il y a des gens qui s'arrangent avec les croyances. Je le fais aussi. Mais pour l'incinération, c'est vous qui avez dû prendre la décision, n'est-ce pas ?

— Non. Schaeffer. Il avait une lettre de mon frère, ses dispositions concernant l'incinération.

— En effet, je m'en souviens, le docteur Schaeffer s'était chargé de tout. Des rapports aussi. Le drame s'est passé juste avant qu'il prenne sa retraite... Quelle triste fin de carrière que de faire l'autopsie de son meilleur ami.

Le commissaire se tourna vers moi.

— J'ai lu récemment deux ouvrages de votre père... Sa thèse sur les relations Terre-Soleil est impressionnante. C'était un visionnaire génial ; le temps qui passe justifie de plus en plus ses idées et les rend crédibles.

Il partait presque à regret. Son adjoint nous serra la main. Il était tout émoustillé, l'affaire était sans doute intéressante.

Après leur départ, je retrouvai Carol à la cuisine. Luba nous observait.

— Alors ?

— Des questions de routine.

La fatigue me rendait aimable, tout était flou. Encore un peu et je m'endormais debout :

— Je dois appeler l'hôtel et leur annoncer mon arrivée. Si j'obtiens une chambre pour vous, nous annulerons l'hôtel Royal...

Carol répondit, surprise :

— Vous feriez ça, vous ? Vraiment ?

A l'hôtel Sacher, il n'y avait pas de chambre disponible.

J'insistai :

188

— Quelque chose pourrait se libérer d'ici à ce soir ?

— Nous sommes complets, monsieur, mais si vous n'utilisez pas vos deux chambres et si vous ne donnez pas une réception au salon, vous avez tout ce qu'il faut.

— Parce que j'ai un salon et deux chambres ?

— Selon l'ordre reçu de New York, nous avons retenu pour vous la suite impériale.

— Impériale ?

— Oui, monsieur. Elle est très demandée.

La surprise de Montgomery !

— Bien. J'arrive dès que possible.

Et j'ai raccroché.

— Allons-y, dit Simon, maussade, il est temps de partir pour le cimetière.

— Encore un café, ai-je demandé. Et très fort, s'il vous plaît.

CHAPITRE 7

Les lettres trouvées chez Schaeffer me brûlaient, il me fallait un refuge pour les lire tranquillement. Je m'étais enfermé aux toilettes. Je l'avais bien connu, cet endroit étrange avec ses murs peints en rouge et son odeur, alourdie de désinfectant. Deux posters sur le mur, l'un représentait Batman et l'autre Beethoven, et des romans de science-fiction entassés sur une étagère étroite en compagnie de quelques magazines. Au sol, un tapis usé, décoré d'une tête de chameau. Je verrouillai la porte et m'assis sur le couvercle rabattu. Le dos appuyé contre le réservoir, je pris l'une des lettres écrites à la main et adressée à la compagnie d'assurances.

Messieurs,

A la date d'aujourd'hui, j'annule le contrat qui assurait, au cas où je décéderais de « mort violente », huit cent mille dollars à parts égales à ma femme, Mme Samuel Levinson, née Éliane Lebrun, et à mon fils, David Levinson.

Dès réception de cette lettre, votre compagnie

191

est dégagée de toute obligation juridique ou financière à l'égard de mes ayants droit.

Veuillez agréer, Messieurs, l'expression de mes meilleurs sentiments.

Samuel Levinson,
Vienne, le 18 juillet 1990.

Je m'étais levé, je tenais cette lettre assez loin de moi comme si j'avais peur d'être contaminé. Instinctivement je voulais créer une distance entre ces mots et moi. J'avais envie d'appeler Simon, de lui parler. Puis je recommençai la lecture, le résultat était le même. Angoisse et incompréhension. Pourquoi mon père avait-il rendu le contrat caduc ? Cette lettre, pourquoi l'avait-il confiée à Schaeffer au lieu de l'expédier lui-même ? Et Schaeffer, pourquoi l'a-t-il gardée ? Je ne cessais de la relire, comme si je cherchais la solution d'une énigme. Elle était datée du 18 juillet... A quel moment avait-il pu l'écrire ? Il avait passé l'après-midi à jouer de la musique chez Schaeffer et, le soir, ils s'étaient rendus ensemble à la taverne. A 23 heures, mon père était mort. Quand et pourquoi avait-il rédigé ce texte ? Dans la seconde enveloppe, un message destiné à Schaeffer :

Mon cher ami,

Transmets cette lettre — après l'avoir lue — à la compagnie d'assurances dont tu trouveras l'adresse new-yorkaise sur la carte ci-jointe.

N'essaie pas de raisonner à ma place. Tu sais bien que je suis, et que je resterai, Tête de pierre.

Dans la troisième enveloppe, quelques lignes adressées à ma mère :

Ma chère Éliane,

En cas de décès, ma collection d'objets et de documents divers doit être vendue. David, Simon et mon ami Schaeffer t'aideront. Le montant de cette vente te permettra, ajouté à la première assurance-vie de deux cent mille dollars que tu partageras avec David, de te réinstaller en France. L'appartement de Salzbourg est à David, il en fera ce qu'il voudra.

Je l'ai toujours aimée, peut-être mal, mais passionnément. Recommence ta vie.

Samuel,
Vienne, le 19 juillet 1990.

Le 19 juillet ? Mon père avait écrit ces trois lettres le même jour, donc le 18 juillet. Le papier, l'encre, le stylo, la manière d'écrire en témoignaient. Vraisemblablement, il s'était arrêté après la deuxième, quelque chose l'avait distrait et il avait daté la lettre adressée à ma mère du 19. Mon père circulait sans montre et n'avait pas la notion du temps, combien de fois ai-je entendu : « Quel jour sommes-nous, Éliane ? » Que s'est-il passé le 18 juillet ? A-t-il reçu un avertissement ? Pourquoi écrire à Schaeffer alors qu'ils avaient passé l'après-midi ensemble ? Il aurait pu lui demander de vive voix de transmettre la lettre à l'assurance...

— David... Hé ! T'es où ? Disparu ?

Simon me réclamait. Je remis les lettres dans ma poche, je tirai la chasse d'eau.

Simon s'impatientait devant la porte :

— Quand tu étais gosse, tu lisais aux toilettes. Ce n'est pas le jour pour reprendre cette habitude idiote...

Je devais apparaître serein, je pris mon masque le plus courant, celui de l'homme équilibré et

193

souriant. Carol, qui avait entendu des bruits, des exclamations, sortait de la chambre de Luba.

— J'ai failli m'endormir pour de bon, dit-elle. Mais votre oncle a heureusement une voix forte, elle traverse les portes.

— On va au cimetière, dit Simon.

— Ah, dit-elle. Je suis tellement émue.

Avec Simon sur les talons qui répétait qu'il fallait nous dépêcher, nous descendîmes dans la rue. Il repéra aussitôt ma voiture parquée pratiquement sous un panneau d'interdiction.

— Tu es fou de la laisser ici, ils vont l'enlever. Il faut que tu la conduises au parking central.

— Je le ferai au retour ; et si on l'emporte, tant pis.

Nous suivions Simon presque en courant, il parlait en marchant, il fallait capter ses mots. Il récupéra sa vieille voiture dans l'un des rares garages de la rue.

— Depuis trente ans que j'habite ici, dit-il, je mérite cette place, je l'ai attendue dix ans.

Nous nous installâmes dans le véhicule encombré d'objets hétéroclites, d'un parapluie fatigué et de vieux journaux. Simon réussit à quitter rapidement le labyrinthe des sens uniques, il connaissait tous les coins et recoins de ce quartier ancien et se faufilait avec une aisance admirable d'une ruelle à l'autre. Plus tard, nous parcourions une large rue bordée d'ateliers de marbriers et de fleuristes. Les trottoirs étaient encombrés de monuments funéraires et de panneaux publicitaires d'entreprises de pompes funèbres. Sur l'insistance de Carol, Simon s'arrêta devant un fleuriste. Elle y alla d'un pas ferme et revint avec un bouquet d'une rare laideur. Genre chrysanthèmes sentant le frigo, des œillets fixés par des fils de fer, l'ensemble entouré d'une corolle de fleurs séchées et ficelé par un ruban mauve.

— Je n'ai pas osé acheter une couronne, chuchota Carol.

— Encore heureux, jeta sèchement Simon.

Bientôt, il tourna à gauche dans une allée bordée de platanes. De loin, le crématorium ressemblait à une mosquée. L'univers des morts était entouré d'un haut mur et s'ouvrait par un porche roman. Simon s'arrêta devant un panneau : « interdiction de camper et de pique-niquer à cet endroit ».

Il verrouilla la voiture, puis se dirigea d'un pas rapide vers le portail majestueux ; il allait très vite, comme s'il voulait se débarrasser de nous. A l'intérieur de l'enceinte, le parc du crématorium s'étendait sur des hectares de verdure admirablement entretenus, divisés en secteurs par des murs épais et rugueux, truffés d'urnes devant lesquelles étaient accrochés des petits bouquets de fleurs séchées. Sous chaque niche, une plaque rappelait le nom du défunt. Emmurés pour l'éternité, ces morts sentaient peut-être l'approche des êtres encore vivants. Par un autre porche roman, on accédait vers la partie du cimetière où les urnes étaient enterrées. La statue d'un homme et une femme — l'un appuyé contre l'autre — en marbre blanc dominait l'espace de loin.

— Suivez-moi, dit Simon.

Le couple en marbre était placé à un carrefour d'où partaient des petites allées parmi les tombes. Dans cette chaleur pesante, le jardin mortuaire était déprimant. Ma mère ne m'avait jamais parlé des dimensions de cet univers lugubre... Mais qu'avait-elle pu voir à travers ses larmes ? Simon tourna à gauche devant la statue, puis il s'arrêta presque brutalement devant une pierre tombale en marbre

gris. Gravée sobrement d'un nom et de deux dates :
Samuel Levinson — 1928-1990.

J'étais court-circuité par le chagrin. J'avalais mes
larmes, je fixais le nom de mon père, chaque lettre
creuse était soulignée par un contour doré. Carol
s'agenouilla et posa délicatement son bouquet sur
la tombe. Puis, les mains posées sur le marbre, elle
pleurait. Un profond agacement m'avait arraché à
ma torpeur, mais je n'osais pas intervenir. Nous
devions subir ces sanglots.

Mon oncle se pencha vers moi :

— Tu ne crois pas qu'elle en fait trop ?

Carol venait d'embrasser la pierre tombale. Elle
n'avait pas le droit d'avoir si mal et de s'approprier,
même à distance, le chagrin légitime de ma mère...

Gêné, je regardais autour de moi, puis je l'interpellai en essayant de garder mon sang-froid :

— Levez-vous, Carol. Vous allez vous rendre
malade... et nous aussi

— Laissez-moi tranquille ! J'ai le droit de pleurer.

Elle restait prostrée. Je pensais à mon père, qui
aurait détesté ce genre d'attitude.

— Hé, David...

Je ne réagis pas tout de suite, Simon m'énervait.

— Mais regarde derrière toi... Le type...

Dreyer se dirigeait vers nous en faisant de larges
signes avec ses deux bras levés.

Simon se vantait presque :

— J'ai un rétroviseur dans la tête, je savais que
quelqu'un arrivait dans notre dos. C'est lui, l'individu qui ose enquêter ?

— Oui. Mais comment l'as-tu deviné ?

— Il a la gueule de l'emploi. Il aura affaire à
moi. Il faut quand même un sacré culot pour nous
déranger ici !

J'obligeai Carol à se relever ; les yeux gonflés, le
nez rouge, elle se tenait maintenant très droite.

— Carol, s'il vous plaît... J'aurai des difficultés à expliquer aux gens votre comportement.

— Je m'en fiche, dit-elle au bord d'une nouvelle crise de pleurs.

Dreyer était arrivé.

— Bonjour, messieurs, mademoiselle.

Il se confondait en explications gênées.

— Ne m'en veuillez pas de vous déranger...

Nous étions muets. Dérouté, il se tourna vers Simon :

— Vous êtes le frère du défunt, n'est-ce pas ?

Simon le défiait :

— On le dirait... Et vous ?

— Alex Dreyer. Soyez indulgents, je ne fais que mon métier. Le commissaire Aumeier m'a signalé que vous aviez l'intention de venir ici. Comme je devais faire un petit tour ici moi aussi, nous y voilà, tous ensemble. Une fois de plus, je me permets de vous présenter mes condoléances. Et soyez persuadés de mon profond respect pour les lieux et pour les gens qui s'y trouvent.

Carol s'exclama :

— C'est qui, et il veut quoi ?

— Je vous l'ai dit. Un problème d'assurances... Il enquête.

Le regard de Dreyer effleura la tombe qui allait coûter huit cent mille dollars à sa société.

— Si vous saviez comme je compatis.

Puis, comme un orateur à Hyde Park, il s'adressa à nous tous :

— Veuillez ne pas considérer ma visite comme une intrusion. Je m'incline aussi, au nom de mes employeurs, devant la tombe d'un de nos clients... Un si bon client, de son vivant. Et sa mort, quelle perte pour l'humanité ! Ses travaux interrompus... Un drame pour la science.

197

— Mais que veut-il ? insista Carol. Pourquoi a-t-il le droit de parler de Samuel ? Ici ?

Elle commençait à crier. Il fallait éloigner Dreyer. Je pensais aux lettres que j'avais dans ma poche. Il aurait suffi d'un geste pour me débarrasser de ce type... Un geste qui valait huit cent mille dollars.

Dreyer se défendait :

— Je ne vais pas vous déranger longtemps. Je dois me rendre au bureau d'administration du cimetière.

— Pourquoi ? demanda Simon. Vous aimeriez qu'il ressuscite votre client ?

— Je voudrais connaître les formalités et examiner les formulaires à remplir pour obtenir l'autorisation d'incinération d'un étranger. Il y a certainement une procédure, je suis sûr que tout a été fait dans les règles.

— Mais vous vous payez notre tête ! tonna Simon. Chez vous, à New York, les balles perdues tuent des centaines de gens, on poignarde des innocents dans le métro, et vous, vous ne voulez pas admettre qu'un fou ait pu tirer sans raison sur mon frère ? Vous croyez que Vienne ne souffre pas des maux de cette époque pourrie ?

— Monsieur Levinson, vous avez raison, mais je crois qu'il vaut mieux parler de tout cela chez vous. Si vous vouliez bien me recevoir, disons demain, de bonne heure.

— Si ça peut vous aider à rassembler vos esprits... Venez donc.

Carol s'agrippa à mon bras :

— Est-ce qu'il y a une église par ici ?

— Aucune idée. Certainement. Pourquoi ?

Dreyer prit un air pieux :

— Vous voudriez prier, mademoiselle ? Mademoiselle...

— Grant, dit Carol. Grant.

— Puis-je me permettre une question ?

Un corbeau démoralisé par la chaleur intense s'était posé mollement sur l'épaule de la femme en marbre blanc. Dans une allée parallèle passait un couple vêtu de noir, des fleurs à la main. Le soleil vertical chauffait les murs et les pierres tombales.

— Je vous écoute.

— Quelle était la nature de vos relations avec le professeur Levinson ?

— Je l'aimais, répondit-elle tout simplement.

Dreyer était gêné.

— Je ne voulais pas être indiscret.

— Elle avait une grande passion pour mon frère, dit Simon. Ça vous va ? Cette génération a besoin de vénérer des vieux sages.

Carol tremblait ; de peur qu'elle s'effondre, je l'entourai de mon bras. Aussitôt elle s'abandonna, le visage caché dans mon cou. Ses larmes m'inondaient, je sentais son nez mouillé, elle hoquetait. Voyant mon embarras, Simon et Dreyer s'éloignèrent prudemment. J'étais désorienté, affublé d'une fille qui sanglotait, sous le regard du couple en marbre. Carol usurpait mon deuil, avec un talent infini elle récupérait un mort qui ne pouvait pas protester, ses crises de larmes dépossédaient ma mère de ses droits légitimes. Le véritable adultère était consommé ici.

— J'aimais votre père plus que ma vie...

La douleur cuisante mais pudique de ma mère n'égalait guère la démonstration de cette fille ; son chagrin, aussi romantique que dévastateur, la transformait en Dame aux camélias et la rapprochait de l'héroïne exsangue de *Back Street*. Elle nous dérobait la mort de mon père. Je fus pris d'une soudaine hilarité, le pire des fous rires nerveux. De loin, nous devions avoir la même attitude prostrée et unie dans la douleur que la statue du couple enlacé.

— Ça suffit, Carol.

Elle boudait et déclara que j'étais un type sans cœur, je lui proposai mes derniers mouchoirs en papier. Plus loin, sous le soleil aveuglant, Simon nous attendait. J'avançais avec Carol dont les larmes, l'odeur des cheveux mouillés de sueur et le parfum m'excitaient.

— Je n'en peux plus, dit-elle.

Enfin une occasion de la rabrouer.

— Moi non plus ! Si vous vouliez partir dès ce soir pour New York, ce serait un soulagement pour tout le monde. En première, vous avez une chance de trouver une place. Vous avez vu la tombe de mon père... L'affaire est close.

— Ne me brusquez pas, dit-elle. Ayez un peu d'égards. Juste un peu.

Simon nous attendait, seul, il nous accueillit avec quelques mots qu'il voulait aimables. Il rassura Carol, il y avait des églises partout à Vienne.

— Je voudrais allumer des cierges pour Samuel.

— Vous devriez plutôt vous occuper d'avoir une place dans un avion, et rentrer chez vous.

— Je veux des cierges, répétait-elle, butée.

— Pas de cierges ! Pas ici. Ne me cassez pas les pieds avec vos cierges.

En nous dirigeant vers la sortie, nous avons rencontré Dreyer sur le chemin, il sortait du bureau près de l'entrée principale et brandissait, la mine réjouie, des imprimés.

— Je dois encore vous parler... à vous, monsieur David Levinson.

Carol me serrait le bras, Simon protestait :

— Vous allez l'embêter longtemps ?

— Non, déclara Dreyer. Mais lui, le fils, le cohéritier, il doit quand même être au courant. Il est très facile de mourir à Vienne. On arrive, on rend son âme à qui on veut, le médecin légiste délivre

200

un certificat de décès que contresigne et authentifie un autre médecin attaché au département « état civil » de la municipalité. Une fois le permis d'inhumer obtenu, on se présente ici, on vous donne un rendez-vous et on garde les dépouilles mortelles. Il suffit d'acheter une concession et l'affaire est réglée. En revanche, il faut penser à prolonger le bail, sinon au bout de dix ans les cendres sont expulsées... Ici, l'éternité est renouvelable tous les dix ans.

Carol, livide, avait commencé à crier. Un vrai fauve. Si je ne l'avais pas retenue de force, elle aurait frappé Dreyer.

— Abject ! Vous êtes abject !

Il reculait, pâle.

— Mademoiselle, dominez-vous.

Elle le poursuivait.

— Un monstre ! Vous osez venir au cimetière, mettre partout votre sale nez... Nous agresser !

— Je me demande qui est agressé, se défendait Dreyer. Votre ton est à peine admissible.

— Partez, on n'a pas besoin de vous ici, charognard !

— Il faudrait la calmer, dit Simon. Elle est en transe. Je te l'ai dit : nœud d'embrouilles, problèmes, et au bout, quoi que tu fasses, mariage !

— Monstre, monstre ! hurlait Carol. Vous osez traiter Samuel de « dépouille mortelle », chacal !

Un petit groupe en noir traversait l'espace en se dirigeant vers le crématoire. Plusieurs visages émergeant des mouchoirs se tournaient vers nous. Heureusement, Carol avait perdu sa voix, elle répétait maintenant en chuchotant :

— Vautour...

Puis elle me priait :

— Dites-lui qu'il est un vautour.

Dreyer était parti en courant, je regardais le

groupe avancer, une silhouette avait attiré mon attention. Une impression de déjà vu... Un profond désagrément moral et psychique m'envahit. Mais, le temps de m'assurer que Carol n'allait pas se précipiter pour rejoindre Dreyer, les hommes et les femmes vêtus de noir étaient arrivés à la porte du crématoire. La silhouette... La personne en costume gris clair. Obsédé, je voyais des fantômes partout. Si j'avais pu laisser Carol, je serais parti vers la salle du crématorium pour identifier l'apparition. Un maître de cérémonie attendait cette famille en deuil en haut des marches. Je cherchais la tache gris clair dans la masse mouvante et noire.

— Partons, dit Simon, avant qu'elle fasse un vrai scandale.

J'observais l'entrée du crématorium, j'avais le soleil dans les yeux. Pour la première fois dans mon existence, je quittais à regret un cimetière. Je perdais peut-être une occasion de nous sauver.

— Qu'est-ce que tu regardes ?

Simon m'avait interpellé assez sauvagement.

— Qu'est-ce que tu surveilles, des revenants ?

— Sans doute, oncle Simon, sans doute.

CHAPITRE 8

Sur le chemin du retour, Carol regardait ostensiblement par la vitre de la voiture. Elle nous ignorait. Arrivés à la Kleeblattgasse, je la confiai à Simon et je conduisis ma voiture au plus proche garage public. Vienne était un château hanté, et la vie peinte en trompe-l'œil sur les façades. A la sortie du garage, persuadé qu'on me suivait, je précipitais mes pas. Je me retournais souvent, je me heurtais aux passants. Quelqu'un me regardait. J'étais presque heureux d'être de retour chez Simon. Le seuil à peine franchi, Luba m'annonça que Carol s'était couchée.

Je retrouvai Simon à l'atelier, il explosa littéralement de colère :

— Quelle poisse tu nous a amenée ici ? Elle ne frime pas, elle crève de chagrin. Après ce que j'ai vu au cimetière... je commence à croire que Sam a eu une aventure avec elle. Je n'en reviens pas.

J'essayai de l'amadouer :

— Que veux-tu que je te dise ? Elle va se calmer, et s'en aller. Mais maintenant, si tu permets, j'ai des choses urgentes à régler. Pas le temps pour les états d'âme... Où est le téléphone ?

Il prit un air souffreteux.

— Tu veux appeler les USA ? C'est cher.

— Je paierai la communication.

— C'est ce qu'on dit toujours. D'ailleurs, réclamer des sous à son neveu, ça ne se fait pas.

— Ne t'encombre pas de ce genre de problème, Simon. Je dois appeler, et je paie. Tu ne veux quand même pas que j'aille à la poste...

— Elle n'est pas loin, dit-il, gêné. Mais fais-le d'ici... Entre nous soit dit, ta mère aurait mieux fait de venir au lieu d'attendre tes exposés du bout du monde. Elle connaît cette fille ?

— Non, du tout. Si jamais tu lui parles, pas la moindre allusion, s'il te plaît. Carol va disparaître de notre vie. Il ne faut surtout pas bouleverser ma mère.

— Évidemment, ce n'est pas un cadeau, cette fille.

Il m'accompagna dans sa chambre.

— Le téléphone est sur la table de chevet.

Je pris mon carnet d'adresses, je cherchai le numéro du Trump Castle.

— Je te laisse seul, dit-il à regret. Ne fais pas un long discours.

Sur le lit défait traînaient quelques vêtements. Installé sur une chaise étroite, l'appareil sur les genoux, j'obtins en quelques secondes l'hôtel à Atlantic City. Je demandai au standard Mme Éliane Brown, B-r-o-w-n. Puis j'entendis la voix de ma mère.

— Allô, c'est toi ?... David ! J'étais sur des charbons ardents. Tellement peur qu'on te fasse du mal.

— J'ai énormément de choses à te dire.

— Tout est désagréable ?

— Tu n'es pas loin de la réalité.

— Schaeffer t'a fait des reproches ? Toujours à cause de ton absence à l'enterrement de ton père ?

— Pas exactement. Tu es couchée, maman ?

— Allongée sur mon lit, j'attendais ton appel en regardant la télévision.

— Il faut que tu sois solide...

— Oh ! s'exclama-t-elle, quand on commence une phrase comme ça, c'est mauvais... Vas-y quand même.

— Le docteur Schaeffer est mort ce matin.

Elle perdit souffle. J'écoutai son silence.

— Mort ?

Je lui racontai de manière succincte les événements de la matinée.

— Dans sa chambre... Par terre, répéta-t-elle. Crise cardiaque ?

Je devais la ménager un peu.

— En tout cas, un arrêt du cœur.

— David, tu me caches quelque chose. Une horreur, n'est-ce pas ? Dis la vérité !

— On a voulu le faire parler. On lui a arraché deux ongles, et il a réussi à se suicider avec du cyanure.

J'entendais la respiration saccadée de ma mère.

— Quelqu'un a osé le martyriser ?

Elle était hors d'elle et au bord des larmes :

— On s'est attaqué à lui, comme à toi à New York ?

— Avec une extrême violence. Écoute-moi bien, à toi je dis la vérité... Pour la police, j'ai une version différente.

— Version de quoi ?

— De mon arrivée à Vienne. Je ne peux pas leur avouer que j'ai été dans cette maison juste après le crime...

— David, tu n'as rien à voir avec tout cela. Ça s'est passé dans la nuit, non ?

— Non. Selon la police, alertée par la femme de ménage, il est mort entre six et sept heures et demie

205

du matin. Mais il n'est pas exclu qu'il ait été livré à son tortionnaire une partie de la nuit. J'ai affirmé à un commissaire — qui est venu m'interroger chez Simon — que je n'étais pas allé chez Schaeffer. On me cherchait chez Simon, mon oncle. C'est bien le seul endroit où il pouvait me trouver... Maman, avant de quitter la maison, j'ai ouvert le tiroir de son bureau et j'ai découvert des documents qui nous concernent.

— Des documents ?

— Importants et embêtants aussi. Je t'en parlerai, mais pas d'ici. Je t'appellerai de l'hôtel Sacher. Tu as l'adresse et le numéro de téléphone, je te l'ai donné avant le départ... Tu avais mis le papier dans ton sac. Mais c'est moi qui appelle. Si tu n'es pas dans la chambre, je recommence.

— Je ne bougerai que très peu d'ici, dit-elle. Mais quels documents ?

— Délicats... Pénibles même. Surtout désorientants.

— David ! s'exclama-t-elle, soudain désespérée, tout est contre nous, je ne retournerai jamais en France. On va nous tuer, on ne saura même pas pourquoi.

— C'est toi qui as vécu avec mon père. Tu aurais pu être sa confidente... Tu aurais dû...

Elle répondit d'une voix morne :

— Si tu commences à me faire des reproches, où allons-nous ? Qu'est-ce qui me reste ? J'ai passé trente-quatre ans auprès d'un homme qui se dérobait à toute évocation du passé. Ces documents, ils nous gênent ?

— Ils pourraient. Ce n'est pas tout. Dreyer est à Vienne...

— Déjà ? Il a dû partir là-bas pratiquement le soir même de sa visite chez nous.

La porte venait de s'ouvrir. Simon me faisait des signes impatients.

— Une fortune, ton téléphone.

— J'allais raccrocher. Je te paie. Tu veux parler à ma mère ?

— Non. Termine !

— Referme la porte.

— Ton beau-frère barbare me persécute, je t'appellerai comme convenu de mon hôtel.

— Je peux sortir, maintenant ? demanda-t-elle. Je reviens dans une demi-heure.

— Vas-y, prends un peu l'air. J'affronte ici les événements ; ce n'est pas commode, mais je tiens le coup. Je t'embrasse.

Je remis l'appareil sur la table de chevet. En sortant dans le couloir, je glissai un billet de vingt dollars dans la main de Simon.

— Les frais de la communication avec les intérêts et l'amortissement de la location de l'appareil.

— Mais non, dit-il, mais non.

Il regardait le billet.

— C'est sans doute trop.

Fallait-il parler des lettres à ce type honnête, mais avare ? Je n'avais pas confiance en son jugement et je me méfiais de ses conseils. Je cherchais Carol, elle se réconfortait avec un café à la cuisine et m'annonça que Luba était sortie faire des courses.

— J'aimerais aller à mon hôtel, David... Est-ce qu'on peut appeler un taxi ?

— Je vous emmène d'abord à l'hôtel Sacher. Il y a une chose absurde ! Il semblerait que ma secrétaire, pour me faire une surprise, ait retenu une suite. Une idée tordue, mais pas méchante. Si c'est vrai, vous pourrez prendre l'une des chambres.

— Je vous serais reconnaissante, dit-elle. Après le cimetière, je supporte mal l'idée de me retrouver seule dans une chambre d'hôtel.

J'avais envie de la consoler un peu.

— Vous êtes fatiguée. Milieu inconnu, langue étrangère, atmosphère tendue... Venez. On va à l'hôtel et on tentera tout de suite de vous trouver une place demain pour New York, je vous accompagnerai à l'aéroport.

Je déployais une grande amabilité, je voulais m'assurer de son départ.

Dans la cage d'escalier, elle me tira par le bras.

— Ne vous mettez pas en colère...

— Je vous écoute.

— J'aimerais aller ce soir à la taverne. Je vous l'ai dit... Vous n'avez pas oublié ?

— On verra. Venez.

* * *

Simon maugréait en bas, il maudissait notre manque d'organisation, il fallait retrouver le garage, sortir nos affaires du coffre, les mettre dans le sien. Ce fut fait dans une atmosphère de guerre civile. Il nous conduisit ensuite à l'hôtel Sacher, selon le prospectus un monument historique bâti en 1876 en face de l'Opéra de Vienne. Mon père m'avait expliqué jadis que les riches mélomanes venaient du monde entier pour certains galas, écouter de prestigieux interprètes ; le soir, ils n'avaient qu'une rue à traverser pour passer d'un sanctuaire à l'autre. Lors d'un séjour à Vienne, il m'avait obligé à assister à une représentation de *Lohengrin*. Le seul souvenir qui m'en reste est un chaos ocre, des ténèbres.

Simon commentait avec des grimaces. Son visage était mobile comme un éventail qu'on plie et déplie.

— L'hôtel Sacher... J'aurai tout vu. Tu vas dépenser une fortune.

— Une fois n'est pas coutume. Et tu ne nous as pas invités non plus...

208

— Seul, tu aurais pu rester chez nous et prendre le lit de ton père. Impossible avec ton amie, il n'y a pas de place pour deux.

— Ne te fais pas de reproches, aujourd'hui je préfère l'hôtel.

Il pianotait sur le volant en attendant que le portier enlève nos valises du coffre. Il promit d'être de retour vers 19 heures pour nous conduire à la taverne.

Nous suivîmes le bagagiste qui poussait son chariot, la réception se trouvait dans un hall étroit. Debout derrière le comptoir, le concierge vêtu de noir nous transperça du regard :

— Passeports, s'il vous plaît.

— Écoutez-moi d'abord. Je suis...

Il basculait le haut de son corps en avant comme un coucou sonnant l'heure.

— Avez-vous réservé ?

— Oui, mais...

— Passeports, s'il vous plaît.

Il était remonté et réglé tel un automate.

Je me fâchai :

— Je suis le docteur Levinson. J'ai appelé ce matin pour vous demander une chambre supplémentaire... On m'a annoncé que ma secrétaire avait réservé une suite. J'aimerais m'assurer qu'il n'y a pas un malentendu.

Son comportement s'adoucit aussitôt, il devint presque obséquieux.

— Je n'ai pas bien compris votre nom.

— David Levinson.

— Je vais vérifier, dit-il. Attendez, s'il vous plaît.

Parti dans la pièce contiguë, il exposa notre affaire à un jeune homme blond qui, lui, débordait d'une exquise politesse :

— Monsieur Levinson, soyez le bienvenu. La suite

impériale que nous vous avons réservée a deux chambres et deux salles de bains.

— C'était donc vrai. Ma secrétaire m'avait annoncé une surprise avant mon départ.

Il était légèrement agacé. Il n'aimait pas le mot « surprise ».

— Je peux vous affirmer qu'il n'y a aucune erreur. J'ai pris moi-même la communucation de New York. La dame qui a appelé m'a demandé une chambre confortable, calme, et typiquement autrichienne. Notre suite impériale, très recherchée, surtout pour les voyages de noces, était par hasard libre pour deux nuits. Je la lui ai proposée, elle était très contente, ça l'amusait même. Si vous le souhaitez, vous pouvez ne prendre qu'une chambre avec salle de bains.

— Non, je prends la suite. Nous avons justement besoin de deux chambres.

Le concierge revint à la charge :

— Passeports, s'il vous plaît.

Il y tenait. Il se pencha sur les documents et remplit lui-même les fiches. Carol lui demanda d'annuler la réservation au nom de Grant à l'hôtel Royal.

— Si c'est trop tard, je leur paie la nuit. Ils ont le numéro de ma carte de crédit...

— Je vais essayer, mademoiselle. Je ne vous garantis rien.

Arrivés par un étroit ascenseur au deuxième étage, le bagagiste nous conduisit le long d'un couloir meublé de commodes anciennes et aux murs couverts de portraits, des hommes et des femmes richement vêtus qui nous suivaient du regard. A la fin de ce parcours sur tapis d'Orient, il nous fit entrer dans le hall d'un appartement composé d'un salon, de deux chambres et de salles de bains contiguës. Carol partit aussitôt à la découverte.

L'employé se tourna vers moi.

— Où dois-je mettre votre valise ?

— Qu'importe... Ici...

Carol de retour, intervint :

— Je voudrais la chambre à côté.

Il me restait celle avec le lit à baldaquin chapeauté de soie plissée. Au plafond, un ange assis sur un nuage contemplait les personnages d'une fresque voisine. La salle de bains était en marbre rose et le lavabo submergé d'échantillons de savon, d'eaux de toilette, une vraie parfumerie. Je donnai un large pourboire au bagagiste qui me montrait la télévision cachée dans un meuble. Je sauvai mes chemises comprimées de la valise et j'espérais un peu de tranquillité pour réexaminer à mon aise les papiers découverts chez Schaeffer, lorsque la sonnerie du téléphone grésilla. Je décrochai.

— Oui, Carol... ?

— Le portier, monsieur. Le commissaire Aumeier voudrait vous voir.

Il était visiblement peiné. L'hôtel n'avait pas l'habitude de recevoir la visite de la police.

— Que désire-t-il ?

— Vous parler.

— Faites-le monter.

Quelques minutes plus tard, on frappait à la porte. Le commissaire Aumeier me salua avec beaucoup d'égards, tout en admirant le salon et son mobilier de grande valeur.

— Magnifique endroit, n'est-ce pas ? Quelle commode !

Il s'était approché du meuble.

— Du bois de rose incrusté de...

Il hésita.

— Vous êtes connaisseur, monsieur le commissaire.

— Surtout de l'extérieur, des vitrines. Ce n'est

pas avec mon salaire que je pourrais m'offrir de telles merveilles...

— Voulez-vous prendre place ?

— Merci, pas tout de suite.

Il tournait en rond dans la pièce, il regardait les tableaux, il admirait un portrait de femme, baronne ou comtesse avec éventail.

— Monsieur Levinson, soyez indulgent. Je vous dérange, mais je n'ai pas le choix... Vous seul pouvez nous aider, je crois.

— Je suis à votre disposition.

Il s'était installé dans un fauteuil Louis XV, tapissé de soie rose.

— Je vous suis reconnaissant pour votre accueil courtois.

Cette politesse insistante me portait sur les nerfs. J'étais bien obligé d'être convenable, je n'aurais pas pu le mordre ni le jeter dehors. Pourquoi tant d'égards, et soulignés à l'extrême ?

— Je vous écoute, commissaire.

Il était assorti au fauteuil. Élégant et délicat. Un fonctionnaire de rêve sur un fauteuil fragile...

— Il se trouve que l'horaire de votre arrivée est un peu flou.

— Flou ?

— Oui. Si vous n'y voyez pas d'inconvénient, nous allons récapituler les faits depuis votre débarquement.

J'étais mal à l'aise. Je m'étais comporté comme un idiot chez Schaeffer, mais qu'on me suspecte vraiment, c'était trop.

— Vous me soupçonnez d'avoir torturé et tué le docteur Schaeffer ?

— Docteur, comme vous êtes irritable. Je vous pose une question de routine. J'aimerais comprendre pourquoi on s'est attaqué à lui juste avant votre arrivée. C'est-à-dire au petit matin...

— Je ne peux pas vous répondre, commissaire.

Il me regardait avec une amabilité presque sincère.

— Vous devez avoir des problèmes. Ces ecchymoses... Elles sont dues à quoi ?

— Un accident.

— Ah bon. Et de quel genre ?

— J'ai glissé dans ma salle de bains.

— Comme c'est malheureux, dit-il. C'est ce qu'on appelle un accident stupide.

— En effet.

— Donc, vous arrivez à Vienne...

— ... je loue une voiture et je demande à l'employée de m'indiquer sur le plan la direction de Hietzing.

— En compagnie de Mlle Grant ?

— Pas exactement.

— Vous avez voyagé ensemble...

— Nous avons pris le même avion. Elle était assise ailleurs.

— Et vous vous êtes retrouvés...

— En débarquant.

— Pas avant ?

— Non.

— Alors, dit-il, vous avez peut-être cherché un chariot...

— J'en ai trouvé un tout de suite.

— Vous avez pris un taxi ?

— Non, je viens de vous dire que j'ai loué une voiture.

— Quelle agence ?

— Hertz.

— Sans Mlle Grant ?

— Sans elle.

— Continuez, dit-il, gourmand.

— L'employée m'a dessiné le trajet approximatif sur le plan, plutôt la direction à prendre vers

Hietzing. Ensuite, j'ai retrouvé Mlle Grant au « point de rencontre », nous avons pris la voiture. Sur le chemin de Hietzing, Mlle Grant s'est plainte de fatigue, elle était fébrile, elle avait sans doute de la température. Malgré l'heure matinale, il faisait déjà chaud. Le décalage horaire l'éprouvait, l'émotion aussi, sans doute... Elle arrivait pour la première fois en Europe, sur les traces d'un mort... Mon père.

— Pour en découvrir une autre, dit le commissaire.

— Non. Elle n'est pas entrée dans la maison.

La sueur dans ma nuque. J'avais commis une bévue, le côté bon enfant de l'interrogatoire m'avait piégé.

— Vous dites qu'elle n'est pas entrée dans la maison, elle. Et vous ?

— Moi non plus, évidemment. Si nous avions été suffisamment près de la maison, j'aurais demandé au docteur Schaeffer de l'accueillir. Mais ce n'était pas le cas, et je préférais éviter cette rencontre.

— Et comment tout cela se serait-il passé sans le malaise de Mlle Grant ?

— Elle aurait attendu dehors, dans la voiture. Le docteur Schaeffer aurait pu interpréter d'une manière déplaisante la présence d'une jeune femme chagrinée par la mort de mon père.

— Mais, je rêve, non ? Vous venez de me dire que vous auriez demandé l'aide de Schaeffer.

— En cas d'urgence, mais j'étais très heureux d'éviter des explications. Schaeffer était d'une autre génération, assez collet monté.

— Croyez-vous qu'il aurait imaginé des choses ? L'époque a quand même changé, et Mlle Grant n'était pas forcément la maîtresse de votre père... Un flirt poussé peut-être...

— Même pas. Sa passion pour mon père a toujours été platonique.

— Aha, dit-il. Alors pourquoi cette crispation ?

— Monsieur le commissaire, il est toujours difficile d'introduire dans de vieilles histoires un élément neuf. J'ai donc décidé de conduire Mlle Grant de préférence chez mon oncle, moins à cheval sur les principes. J'aurais pu l'amener à son hôtel, mais il est pénible pour une personne déprimée de rester seule dans une chambre d'hôtel. Je voulais ensuite revenir chez le docteur Schaeffer.

— Pourquoi n'avez-vous pas songé à le prévenir plus tôt ? J'imagine le vieil homme qui vous attend, il connaît l'heure d'atterrissage de votre avion et vous n'arrivez pas... Il aurait pu être inquiet, mécontent, froissé.

— J'ai appelé du café, j'ai laissé longuement sonner le téléphone, personne n'a décroché.

Il hocha la tête :

— Confronté à un événement de ce genre, chaque fois je m'interroge sur les caprices du destin. Si vous étiez arrivés à l'heure prévue chez lui, il serait peut-être encore en vie... Si Mlle... rappelez-moi son nom.

— Grant.

— Si Mlle Grant ne s'était pas trouvée mal... Les « si » comptent dans l'existence d'un policier. Chaque crime a ses « si ».

Il se pencha vers moi.

— Quel choc pour vous. Étiez-vous lié au docteur Schaeffer ?

— Lié ? Non. Il était le meilleur ami de mon père. Il a pris soin de ma mère lors de l'enterrement, que j'ai manqué — je ne pouvais m'empêcher de remuer le couteau dans la plaie... Il y a deux jours, il a appelé tard dans la soirée chez moi, à New York, et a demandé que j'avance mon départ.

Je venais de commettre la gaffe de mon existence.

— Ah bon !

Aumeier n'en croyait pas ses oreilles, ma maladresse le fascinait.

— C'est très important, cet appel. Il vous a dit la raison de cette démarche ? Comme vous le remarquez justement : « tard dans la soirée »...

— Non. Il ne croyait pas au secret des conversations téléphoniques, il...

Je m'enfonçais de plus en plus. Il devait avoir pitié de moi mais — conscience professionnelle oblige — il ne me faisait aucun cadeau, il continuait, imperturbable :

— Et malgré son insistance, son appel pressant, vous avez quasiment annulé le rendez-vous, sans même le prévenir. C'est étonnant. Je ne vous imagine pas impoli.

Je me défendais :

— J'ai eu tort, je le reconnais, mais au fond de moi-même j'étais presque content que l'entrevue soit repoussée de quelques heures. Je craignais ses reproches. Il n'a jamais digéré mon absence au moment du drame.

— Oui, je sais, dit-il, conciliant, on en a tellement parlé.

— Alors, grâce au malaise de Mlle Grant, j'ai gagné un peu de temps, avant d'être une fois de plus enguirlandé.

Apparemment, j'avais marqué un point. Il me contemplait avec l'intérêt d'un entomologiste qui découvre le dernier insecte inconnu sur cette planète. J'admirais la perfection de sa chemise.

— A un moment donné, a-t-il parlé, à votre mère ou peut-être à vous-même, ne fût-ce que par allusion, de ses dispositions testamentaires ?

— Ah non, alors ! Il n'avait aucune raison de nous faire des confidences à ce sujet. Pourquoi ?

Aumeier prit un ton d'enseignant :

— A cause des brutalités qui ont précédé sa mort,

de sa solitude apparente et de l'état de délabrement de la maison, je voudrais avoir une idée de son environnement humain. Bref, je voudrais savoir à qui sa mort profite.

J'attendais la suite.

— Vous n'êtes pas curieux, docteur ?

— Du tout. Mais vous avez sans doute une raison de m'en parler.

Il esquiva une réponse directe :

— Lors de ses communications téléphoniques, il n'a fait aucune allusion à ses préoccupations ? Je veux dire, dans ce domaine-là...

— Non.

— Même pas à sa décision de s'installer à Ibiza ?

— Non.

— Vous n'avez pas imaginé ou espéré, mais vraiment pas, que votre mère puisse être un jour sa légataire universelle ?

Mes jambes étaient molles, en coton, et ma nuque brûlante.

Il savourait l'effet.

— Il s'agit de beaucoup d'argent. Il était riche.

Je devenais cul-de-jatte.

Il continua, très doux :

— Votre mère est donc, je vous le répète, sa légataire universelle. Ça vous étonne ?

Je m'entendis dire :

— Incroyable... En êtes-vous sûr ?

— Tout à fait. Et pour vous, il a laissé une collection de tabatières anciennes.

— A moi ? Schaeffer ?

— A vous... Schaeffer.

Dans ce salon faussement désuet, aux relents de vieux parfum et de poussière, je m'accrochais au regard bienveillant de l'ange qui tenait dans ses mains dodues l'une des colonnes du lit à baldaquin. L'ange était en bois et peint en rose, or et bleu.

— Ça va, docteur Levinson ?

Je dis, en me raclant la gorge :

— Je suis étonné. Il est mort ce matin, vous connaissez déjà le testament, et ma mère est concernée. Mettez-vous à ma place...

— A vrai dire, je me sentirais un peu gêné aux entournures, admit Aumeier. Tout cela est étrange. Mais, voyez-vous, il y a des morts à surprises, des décès à tiroirs. Les testaments sont en général les meilleurs tests psychologiques, sinon les radiographies de l'être humain. Ils révèlent tant de passions, de reconnaissances et de rancunes. J'ai demandé ce matin, par référé, l'autorisation de l'ouvrir ; il est clair et sans équivoque. Ayant perdu sa femme et son chien, il ne lui restait que des souvenirs et la tendre admiration — ce sont ses mots — pour votre mère.

Quelque chose râpait mon palais. Ma langue.

— Voulez-vous quelques détails ?

— Ma mère... Sa légataire...

— Mais oui. Le docteur Schaeffer avait signé il y a deux semaines l'acte de vente de sa maison, l'argent attend à la banque. Une très belle somme. Il avait aussi des actions et des placements excellents. Le coffre dans la chambre à coucher n'est pas ouvert. D'ailleurs, nous tournons autour du problème de ce coffre, il n'est pas exclu qu'il soit la cause de sa mort. Ce ne serait pas la première fois qu'un cambrioleur, à l'aide de complices, aurait torturé quelqu'un pour obtenir la combinaison.

J'écoutais, muet.

— Nous avons appris que la femme de ménage est la concubine d'un chômeur yougoslave. Elle, qui connaissait parfaitement les lieux, a pu l'aider à préparer le coup. Encore fallait-il faire parler le docteur Schaeffer...

218

Je le voyais à travers un voile opaque, mais ce qui me restait de sens de la justice se révoltait.

— Monsieur le commissaire, selon vous la femme de ménage connaissait le jour et l'heure de mon arrivée, elle avait même reçu instruction de préparer une chambre pour moi. Pourquoi se serait-elle attaquée au docteur Schaeffer, avec son amant, justement ce matin-là.. ?

— Schaeffer aurait pu être leur prisonnier toute la nuit. Et pourquoi ce jour-là ? Pour ne pas être soupçonnés. Grâce aux mêmes arguments que vous utilisez, vous.

— Permettez-moi de vous contredire. La femme de ménage serait revenue ce matin et aurait alerté la police, tout en sachant que leur victime était morte ?

— Cette démarche pouvait leur assurer un alibi presque parfait.

— Je ne crois pas à cette histoire, commissaire.

— On tâtonne, docteur Levinson, on tâtonne. Il y a de nombreuses empreintes digitales à prélever et à identifier. La rampe d'escalier a été grossièrement essuyée. Travail d'amateur. Ceci est à la décharge de la femme de ménage.

— Qui aurait voulu effacer ses empreintes ?...

— On cherche. Ce détail innocenterait presque ces gens, sauf si ce sont eux qui l'ont fait exprès, pour créer une diversion. La maison était plutôt sale. La femme de ménage — selon sa déclaration — suivait les ordres de Schaeffer, elle devait entretenir des endroits précis et ne pas nettoyer partout, Schaeffer lésinait sur les heures. A ce propos, quelques détails peuvent vous amuser... Votre mère aura aussi un appartement à Ibiza et une affaire florissante à Vienne, une mine d'or.

Je m'entendais de loin :

— Quelle mine d'or ?

— Un parking souterrain au centre ville. Au prix de l'heure de stationnement, même avec un taux d'imposition élevé, votre mère peut se considérer comme riche. Elle a de la chance, en Espagne Schaeffer aurait pu vivre longtemps, voire changer d'avis et désigner un autre héritier...

Ses lunettes brillaient.

— Triste histoire. Mais pas pour tout le monde...

J'entendais bouger de l'autre côté du salon. Aumeier souriait.

— Je présume que Mlle Grant est ici...

— Oui. Par hasard. Ma secrétaire a réservé une suite, certainement une erreur, quelqu'un a dû mal comprendre ses instructions. Bref, ça me permet de l'héberger. Elle s'est sentie vraiment mal ce matin. Voulez-vous lui parler ?

— Pas pour l'instant.

Il regardait autour de lui.

— Une suite ! Vous avez des goûts qui correspondent à l'héritage de votre mère.

— Je vous le répète, c'est un hasard. J'en suis le premier surpris.

— Bien sûr. Qu'est-ce que je voulais dire encore ? Ah oui. Pour les empreintes...

Mes yeux étaient comme ensablés.

— Quel rapport entre moi et des empreintes ?

— Rien, rien du tout. Juste une association d'idées. Si vous étiez moins sensible... susceptible...

— Sensible, sans doute, mais pas susceptible.

— Les deux. Je sens votre émotion.

— Schaeffer était le meilleur ami de mon père.

— Si vous ne m'inspiriez une confiance extrême, je vous aurais demandé de passer chez nous pour prendre vos empreintes... Mais ce serait comme une injure, je vous donnerais l'impression d'être méfiant ou de présumer ceci : vous êtes allé au rendez-vous, vous avez trouvé Schaeffer mort et vous êtes parti de la maison.

Pétrifié, je l'interrompis :

— Je ne refuserais en aucun cas mon aide à la justice... Faites votre métier.

— Je n'en attendais pas moins de vous.

Je m'essuyai le front avec le dos de la main.

— Étonnant, cette chaleur à Vienne, dit-il. Rare.

Il garda le silence puis ajouta :

— La collection de tabatières ne semble pas vous faire plaisir.

— Franchement, je m'en moque. Si je la reçois vraiment, je la vendrai au profit d'une œuvre de bienfaisance.

— Hériter n'est pas un crime, dit-il.

— Là n'est pas le problème, monsieur le commissaire, mais je suis le fils d'un collectionneur, j'ai vu mon père se passionner pour des objets, moi je n'ai pas ce virus. Je vivrais avec joie dans une pièce nue, juste un lit, une table et une chaise. Alors les tabatières...

Il se leva.

— Chacun ses goûts. J'ai prévenu le notaire de votre présence, j'ai donné l'adresse de votre oncle. C'est à lui qu'on expédiera les convocations vous concernant. Si vous avez une procuration signée par votre mère, vous pourrez la représenter. Mais j'imagine qu'elle viendra pour l'enterrement de l'homme qui la comble.

— Ce n'est pas sûr. Ma mère a traversé une période infiniment difficile, elle ne s'est pas encore remise du décès de mon père. Je devrai lui annoncer très délicatement la mort du docteur Schaeffer, ainsi que cet héritage.

— Je suis sûr que vous trouverez les mots qui conviennent pour lui apprendre tout cela en la ménageant. Quels sont vos projets immédiats, docteur Levinson ?

— Comme je vous l'ai dit ce matin, jusqu'à votre visite, je pensais mettre en vente la collection de mon père, régler certains problèmes administratifs et découvrir Salzbourg. Selon les nouvelles que vous m'avez annoncées, je ferai sans doute quelques aller retour.

— Heureusement, dit-il, vous avez la carrure pour faire face à tout cela.

Il partait, je l'accompagnai à la porte.

— Me permettez-vous un avis personnel ?

Il souriait.

— C'est avec plaisir que je vous écoute.

— La théorie du cambrioleur ne tient pas debout. Torturer Schaeffer pour obtenir la combinaison du coffre ? Je n'y crois pas. Un médecin qui se suiciderait au lieu d'essayer de traiter avec l'agresseur ? Si l'amant de la femme de ménage n'était pas yougoslave, on ne parlerait peut-être même pas de lui.

L'expression de son visage se durcit.

— Monsieur Levinson, vous n'allez pas nous accuser de racisme ? Ce serait ridicule. Il vaudrait mieux vous occuper de vous-même, vous défendre, au lieu de me tenir des discours-clichés.

Je fis un pas en arrière.

— Me défendre ?

— J'admets que le mot est agressif, mais vous m'exaspérez. Vienne est un carrefour. Et après tout ce que nous avons fait pour les pays de l'Est, qu'on n'essaie pas de nous moucher avec des déclarations pour la défense des droits de l'homme, on n'a aucune leçon à recevoir.

— Je ne voulais pas vous heurter. Je défendais la femme de ménage, c'est tout.

— Réservez votre action humanitaire à vous-même.

Il ajouta, soudain agressif :

— Et j'aimerais bien situer l'endroit où vous vous êtes arrêtés. Le lundi, presque tout est fermé ! Heureusement pour vous, il y avait une exception.

Il se dominait et dit, adouci :

— Si vous parlez à Mme Levinson, vous pouvez lui dire que, selon le notaire, le montant approximatif de l'héritage est de trois millions de dollars. Il faut évidemment compter avec les droits de succession, mais en fin de compte, vous ne serez pas très loin de ce chiffre.

Le monde basculait

— Ça ne va pas, docteur Levinson ?

— Vous admiriez ma résistance, ça y est, elle arrive au bout... c'est un peu trop pour aujourd'hui. Ce chiffre, le décalage horaire, les émotions.

— Il paraît qu'il vivait modestement. Selon le notaire, dont le père travaillait pour Schaeffer depuis 1946, l'origine de cette fortune pourrait être deux icônes achetées pour un prix dérisoire et revendues très cher. Le reste était une question d'instinct... Des placements aussi sains que juteux. Vous parlerez avec votre mère, j'imagine, incessamment.

— Elle voyage actuellement avec une de ses amies, elle se promène d'une ville à l'autre pour se détendre. Un peu de vacances...

— Où ?

— Sur la côte Est. Mais je lui parlerai...

— Quand ?

— A son retour à Princeton.

— A quelle date ?

— Dans quatre jours, je crois. Je l'espère.

— Dommage qu'elle soit perdue ainsi dans la nature, je pourrais faire retarder l'enterrement si elle voulait s'y rendre. Qu'en pensez-vous ?

— Il vaudrait mieux épargner ma mère. Un enterrement de plus, à Vienne, un an seulement après celui de mon père...

— Il s'agit d'un homme qui fait d'elle une millionnaire.

— Elle n'y est pour rien, elle n'attendait rien.

— A propos, dit-il sur le seuil, il est temps que vous vous occupiez de l'appartement de Salzbourg... Magnifique endroit. Après la mort de votre père, son frère nous a prêté les clefs. Nous y avons fait une petite visite dans l'espoir d'y découvrir une piste. Rien. Pourquoi ne vous y intéressez-vous que maintenant ?

— Je ne pouvais quitter New York, mes patients ont besoin de venir régulièrement, il est très risqué d'interrompre une analyse, ou de la décaler dans le temps. Ma mère se débat dans des difficultés, je l'aide comme je peux. Mon père nous a laissé beaucoup de dettes et en plus, une assurance discutée par la compagnie. Il y avait trop de choses à faire.

Il me regardait, pensif.

— Vous n'êtes jamais allé chez lui à Salzbourg ?

— Non.

— Vous verrez, c'est étonnant.

— Je resterai là-bas quelques jours si je trouve une chambre.

— Une chambre ? Quelle idée. En pleine saison ? Les gens réservent des mois à l'avance. Pourquoi une chambre ? Vous avez tout un appartement à votre disposition.

— Je n'aimerais pas m'y installer. Le souvenir de mon père...

— Vous avez tort. Il est à vous.

Je mentis :

— Je ne sais pas.

— Mais si. Le notaire vous l'a écrit à plusieurs

reprises, vous devez le rencontrer de toute urgence. D'ailleurs, votre mère et vous, vous jouez avec le feu. Le fisc ne va pas accepter longtemps les retards du paiement des droits de succession. Dernière question : et Mlle Grant, dans tout cela ?

— Elle repart pour les États-Unis.

— Quand ?

— Demain...

— Séjour rapide...

— Oui.

Sur le point de partir, il prit une carte de sa poche.

— J'ai ici les adresses des différents notaires, je les connais mieux que vous. Il faut les appeler sans tarder. Vous avez pendant toute une année négligé Salzbourg, je trouve ça ahurissant.

Lui avouer que ma mère jetait les lettres des notaires dans une boîte avec un : « On verra plus tard, on a assez de *nids d'emmerdes*. On nous réclame certainement le loyer pour le pied-à-terre de ton père. Si cela existe vraiment... Une bêtise pareille, acheter à Salzbourg, et pas en France... Ils n'ont qu'à s'adresser à Simon. Il faut vider là-bas la paperasse que ton père a dû accumuler, et vendre. Moins j'en entendrai parler, mieux cela vaudra. »

Aumeier partait, à regret. Il était presque triste de me quitter, j'étais un sujet intéressant qui, moins maladroit, aurait pu être un bon suspect.

— A un de ces jours, monsieur Levinson.

— Au revoir, commissaire.

A peine la porte fermée, je me précipitai sur le téléphone. Si elle était déjà de retour... Lui parler. Il était treize heures à Atlantic City. Au bout de deux sonneries et après l'intervention d'une standardiste aimable, j'entendis un « Allô » et :

— David ?

— Ah, tu es là, maman. Quelle chance ! Je t'appelle beaucoup plus tôt que prévu.

— Bonjour, mon David, dit-elle, attendrie. Je n'ai pas voulu quitter la chambre, j'avais peur de manquer ton coup de fil. Question d'instinct. J'avais raison.

— Tu es solide ?

— Ah ! s'exclama-t-elle. Ça recommence ! Quelle horreur me réserves-tu ?

J'avais le choix entre le dosage homéopathique ou balancer tous les renseignements d'un seul coup. Je choisis la deuxième solution. Je n'avais pas de temps à perdre :

— Je viens d'apprendre que tu es la légataire universelle du docteur Schaeffer. Te voilà riche...

Il y eut un long silence, je crus la ligne coupée.

— Tu m'entends ? Tu es là...

— David, tu dis avec une sorte d'inconscience : « riche ». Riche en embêtements, ça oui. Il était d'une avarice ! J'ai dû hériter des vieilles pantoufles, d'une cafetière déglinguée et de deux fauteuils.

— Maman, pourquoi es-tu si péremptoire ? Tu crois tout savoir, tout prévoir.

— Non, David. Ton père l'aimait beaucoup, pourtant il ne pouvait s'empêcher de raconter que lorsque Schaeffer les invitait, au moment de payer il partait aux toilettes. Tout le monde connaissait cette tare, une vraie maladie.

J'étais furieux, ma mère broyait mes effets.

— Il t'a légué les fruits de son avarice...

— Bon, bon, ne te fâche pas. Son intention me touche, elle prouve qu'il a été vraiment attiré par moi... N'empêche, il n'avait personne non plus.

— Tu n'es pas plus étonnée que ça ?

— Non. Il était veuf, il n'avait aucune famille et pendant toute son existence il m'a fait les yeux doux. Au lieu de laisser ses vieilles pantoufles et ses fantasmes ratatinés à l'État, une maison qui s'écroule et un pied-à-terre à Ibiza, il a pensé à moi... Ce n'est que des soucis.

— Tu es d'une injustice !

— Non, mais je le connaissais mieux que toi. Je n'attends de lui, sur ce plan-là, aucune surprise. D'ailleurs, pourquoi tout cela est-il si rapide ? Il est mort ce matin et on parle déjà de testament ? Qu'est-ce qui se passe ?

— Un crime a été commis, la police a fait ouvrir le testament.

— La police ?

— Par référé. Le commissaire chargé de l'affaire m'a annoncé que tu hérites d'une fortune qui, traduite en dollars US, se chiffre aux alentours de trois millions.

Le bruit d'une chute, le téléphone venait de tomber par terre.

— Combien as-tu dit ?

Je répétai le chiffre.

Elle dit d'une voix éteinte :

— Et l'appartement d'Ibiza ?

— A toi aussi.

Ma mère chuchota :

— Ibiza n'est pas loin de la France...

— Pas tellement...

— Je le partagerai avec toi... Au moins on se verra.

Elle ajouta :

— Si c'est une plaisanterie, je ne te le pardonnerai jamais.

— Tout est vrai.

Fiévreuse, elle continua :

— J'ai honte. Je suis un monstre ! Un monstre... Je me ferai des reproches pendant toute ma vie.

— Pourquoi donc ?

— Je me moquais sans cesse de lui, je l'appelais

227

« oncle Picsou », je l'ai baptisé Harpagon, Shylock. Je l'appelais aussi Saint Mégoteur.

— Pourquoi Saint ?

— Parce que, tout en souffrant le martyre quand il fallait payer un pot, il racontait de belles choses nobles sur l'amitié, la fidélité, les sacrifices. Pas une fleur... Tu comprends ? Je le connais depuis mes seize ans et je n'ai pas reçu de lui une brindille de fleurs.

— Grâce à ses économies de fleuriste, il te laisse une fortune.

Dans un souffle, elle demanda :

— Comment ? Comment a-t-il fait ?

— Des placements ! Il a aussi des parkings au milieu de la ville. Des parkings souterrains — une mine d'or, paraît-il —, le rapport est tel...

— David, je t'achète un cabinet Park Avenue...

— Notre premier souci est de survivre.

— Tant d'argent... David, si on a vraiment besoin de ma présence à Vienne, je viendrai, mais pas pour l'enterrement ; c'est au-dessus de mes forces.

— Tu devras t'occuper de tout, maman. Je ne suis pas un homme d'affaires et trop de choses s'accumulent ici. Il y a Salzbourg aussi.

— Il faut liquider ce pied-à-terre...

Elle m'exaspérait.

— Tu devras t'occuper personnellement de cette succession.

— Si on ne nous tue pas avant, pourquoi pas ? dit-elle.

Puis elle ajouta, soudain attristée :

— Je suis déçue par ton père. Schaeffer, qui m'était un parfait étranger, me lègue une fortune, et ton père, mon mari, nous laisse des dettes, des ragots et des cinglés lancés à nos trousses.

J'aurais pu ajouter qu'une fille amoureuse faisait

partie de l'héritage. Elle ne le saurait jamais. En tout cas pas de moi.

— Maman, je crois que tu ne réalises pas tout ce qui se passe... Quelqu'un a tué Schaeffer cette nuit, et on apprend que c'est toi qui hérites.

— Mon chéri, dit-elle, presque mondaine, on ne va quand même pas prétendre que tu es allé là-bas pour me rendre ce service...

— Si tu pouvais ne pas plaisanter, tu serais bien aimable. Selon l'hypothèse actuelle de la police, le compagnon de la femme de ménage pourrait être soupçonné, il aurait torturé Schaeffer pour obtenir la combinaison du coffre...

— Parce qu'il y a un coffre ?

— Oui. Actuellement, personne ne peut l'ouvrir.

— Je t'ai donné une procuration...

— Ce n'est pas le problème, il s'agit d'un meurtre... Bref, je te quitte maintenant. Tu auras le temps de réfléchir. J'irai demain à Salzbourg, je t'appellerai de là-bas. A cette heure-ci. Reste près du téléphone. Au revoir, maman.

Je raccrochai peut-être un peu trop prestement, mais j'avais de nouveau la détestable impression d'une présence. L'inspecteur serait revenu ? Je me précipitai dans l'entrée. La porte sur le palier était entrebâillée, j'aperçus l'espace rouge et or du couloir désert. Je me souvenais pourtant avoir fermé la porte d'entrée de la suite. Pas à clef, mais fermé convenablement. Je parcourus le couloir désert, personne. Je commandai un café. J'étais de plus en plus tourmenté par les lettres qu'avait laissées mon père. Sans doute Schaeffer avait-il voulu m'en parler et m'expliquer pourquoi il les avait gardées. Je tournais autour du téléphone, je voulais demander des renseignements à oncle Simon. Les deux icônes à l'origine de la fortune de Schaeffer m'avaient aiguillé sur une nouvelle hypothèse. Et si mon père avait acheté lui aussi jadis une icône de grande valeur ? Si mon père avait acquis un chef-d'œuvre à l'époque où l'Europe pansait ses plaies, il se serait retrouvé, des années plus tard, en possession d'une richesse considérable... Et si quelqu'un cherchait précisément cet objet rarissime chez moi, chez ma mère ou chez son meilleur ami ?

Après une courte hésitation, j'appelai le notaire. Il était encore à son bureau. A mon grand soulagement, il parlait parfaitement l'anglais. Je me suis présenté, je lui ai dit que le commissaire m'avait tenu au courant des événements et que je viendrais chez lui dès qu'il le voudrait. Selon lui, rien ne pressait, l'importance de la succession exigerait des mois pour arriver à la liquidation. Pour le moment, les scellés avaient été posés sur la maison de Hietzing. Le coffre allait être ouvert et le contenu inventorié, puis ajouté à la masse de la succession. Le mot « masse » me fit un étrange effet.

Le garçon d'étage venait d'arriver avec le café. Il laissa une table roulante et repartit avec cinquante schillings de pourboire. Je bus quelques gorgées de café et portai une tasse à Carol. Sa porte était entrouverte. Couchée directement sur le couvre-lit, elle dormait. Je l'interpellai en lui effleurant le visage. Elle soupira et se tourna de l'autre côté. J'avais peur de la brusquer. Je m'étais assis, la tasse à la main, sur une chaise recouverte de soie rouge, et je contemplais la fille qui prétendait, même au-delà de la mort, aimer mon père. Mon regard vagabondait. J'aperçus par terre, près d'une commode Louis XV marquetée, son sac à main. J'éprouvais une envie aiguë de prendre son passeport et de connaître son nom complet. J'étais curieux, mais je ne cédai pas, je préférais me traiter d'idiot que de salaud. Elle aurait sans doute besoin de beaucoup de temps pour se guérir de Samuel Levinson, et dès qu'elle serait malheureuse avec un type de son âge, lors des premiers heurts, l'image de mon père resurgirait, sublimée. Il était parti à temps pour rester le héros élégant. Elle garderait dans sa mémoire des traits inaltérables. Un nez fin et intelligent, des lèvres énergiques et étonnamment charnelles, des yeux d'un noir brillant en forme d'amande, des cheveux noirs en abondance, à peine grisonnants.

— Carol ? Un café...

Ma voix la ramenait vers le réveil. Elle s'étira, puis s'assit brutalement.

— Vous êtes là ? Vous m'avez regardée dormir ?

— Non.

Je lui tendis la tasse.

— Un peu de réconfort.

— Merci. Il est quelle heure ?

— 17 h 45. Mon oncle va arriver à 19 heures.

— Avez-vous encore du café ?

Je repris sa tasse vide pour la remplir. Elle buvait comme un chat résigné.

— Je vais me changer, dit-elle. Je suis faible comme une convalescente.

Elle devait prendre une longue douche et se préparer à notre visite nocturne à la taverne, dit-elle.

Nous étions hagards, le décalage horaire atténuait les chocs. Il y avait entre nous et les événements un voile de fatigue, proche de l'irréel. Nous évoluions dans un univers cotonneux, on circulait entre les deux chambres et on échangeait des petits mots anodins. La trêve. Vers sept heures moins dix, nous attendions devant l'entrée principale de l'hôtel. En face, la masse noire de l'Opéra cachait l'horizon. L'heure du dîner avait rempli les terrasses des deux côtés de l'entrée de l'hôtel. Le portier de nuit nous salua distraitement, et quand il vit apparaître la vieille voiture de Simon, il se détourna, le bahut n'était pas digne d'intérêt.

L'oncle nous interpella par la vitre baissée.

— Bon, au moins vous êtes prêts. Ce qu'on fait est absurde. En voiture, on est obligé de contourner tout le quartier. A pied, vous seriez à la taverne en dix minutes à peine. Mais le temps de vous expliquer tout cela... Allons-y.

Le siège avant, à côté de Simon, était encombré de paquets divers, il nous invita à nous installer à l'arrière. Comme au retour du cimetière, il roulait rapidement sur le Ring. En contournant des sens uniques, il nous déposa au bout d'un quart d'heure au bord d'un square animé de boutiques de marchands de souvenirs et de journaux.

— Attendez-moi ici. Je vais chercher une place.

Il repartit, maussade.

— Il est fâché, constata Carol. Nous aurions dû venir seuls.

— Il était avec eux ce soir-là... Il s'agit de son frère. Il a du chagrin, il l'exprime mal.

Elle avait les larmes aux yeux.

— Ce qui est le plus horrible...

— Quoi ?

— La taverne... Mourir dans une taverne. Lui... qui...

— Épargnez-moi, Carol.

— J'essaie.

De la chaleur torride de la journée, il ne restait qu'une impression de tiédeur. Nous étions dans le quartier des « heurigen », l'air saturé de musique avait un goût de foire. Quelques promeneurs, des hésitants et des trop tôt arrivés pour un rendez-vous s'attardaient devant les boutiques. Carol se plaignait de cette « musique de cirque ». Puis, sous le ciel opaque, une mélodie obsédante domina les autres.

J'essayai de m'isoler, mais Carol aperçut ma grimace et me demanda si cette musique était connue.

— Elle date de la jeunesse de mon père. Je l'ai entendue peut-être deux fois à Princeton, il avait un vieux disque.

— Ça m'étonne que Sam ait écouté ça...

— Des souvenirs, sans doute. A l'époque où Vienne était partagée en quatre secteurs militaires, Orson Welles a tourné un film ici, *Le Troisième Homme*. C'est la musique du film.

— Le troisième quoi ?

— Un vieux film en noir et blanc avec Orson Welles... vous savez qui était Welles ?

— Tout le monde le sait.

Elle ajouta :

— Vous parlez bizarrement. Il ne faut pas classer Sam parmi les gens du passé.

Elle n'acceptait pas l'âge de mon père. Si j'étais un jour aimé de cette manière impérative et aveugle, je serais encombré et heureux.

Simon revint, soucieux.

— Me voilà. Venez. Vous avez insisté, alors allons-y.

Puis, gêné par son ton harassé, il tenta de se justifier :

— Je suis odieux, je sais, mais il ne faut pas m'en vouloir... Et vous me demandez une chose si difficile.

Il prit la direction du passage qui reliait la place aux terrasses des tavernes. Les gens tournoyaient dans cette cour qui avait un accès sur une rue de l'autre côté. L'endroit rêvé pour une action violente... Il était facile de s'enfuir en laissant la foule se refermer sur son passage. La plupart des tables étaient occupées, et de robustes serveuses, vêtues de robes tyroliennes, circulaient ; elles portaient des

233

plateaux chargés de chopes de bière et d'assiettes richement garnies.

Simon désigna une porte étroite taillée dans un mur épais, l'entrée de l'une des tavernes. Un groupe de joyeux touristes nous piétinait presque, en les suivant nous pénétrâmes dans une atmosphère de bruit, d'odeur de bière et de musique. Quelques marches plus bas se trouvaient quelques tables, l'une d'elles placée en face de l'unique fenêtre de l'endroit.

— Le Stuberl, dit Simon. Il n'est ouvert qu'en été. J'ai prévenu le patron de notre arrivée, il nous a gardé... la même table.

Il se tut. Les premières mesures de l'inévitable *Beau Danube bleu* nous submergèrent.

— Comment les gens peuvent-ils...

Simon rabroua Carol.

— On ne peut pas pleurer sans cesse, les gens viennent ici pour s'amuser, pour boire et manger. Ils ne sont pas responsables d'un drame survenu il y a un an, ils l'ont déjà oublié.

Je fixais, hypnotisé, la table faisant face à la fenêtre ouverte sur la cour, mais les clients arrivaient sans cesse, il fallait leur laisser le passage. Nous descendions lentement, presque malgré nous, pour nous installer sur les banquettes en bois.

— S'il n'y avait pas la musique, dit-elle, ce serait plus facile...

— Vous voulez partir ?

— Non.

— Vous en êtes sûre ?

— Oui.

Simon, accoudé, contemplait la rivière humaine qui coulait sur les marches en direction des salles en contrebas. Une jolie serveuse déposa son plateau sue la table et nous distribua des chopes de bière.

— De la part du patron.

La valse sinueuse était relayée maintenant par une voix d'homme qui, débordante de vitalité, chantait *Le printemps à Vienne*.

Je touchai la table avec précaution. La musique, accompagnée de battements de mains, me brutalisait. Je me retournai difficilement, le mur derrière moi était couvert d'un lambris de bois foncé. Simon expliqua, gêné :

— Il n'y a plus de trace, la deuxième balle a été extraite de ce bois. Le meurtrier a tiré deux fois... Schaeffer aurait pu y rester aussi.

— Et père était assis ?...

— Là où tu es...

Je bénissais le décalage horaire qui rendait irréel le moment vécu et atténuait les sons. La fenêtre sur la cour était à quelques mètres de nous.

— C'est de là-bas ?

— Oui. Selon la trajectoire de la deuxième balle.

Je regardais la fenêtre : comme dans un théâtre d'ombres, des silhouettes déambulaient.

Carol posa délicatement ses mains sur la table.

Ma respiration se raréfiait, je devais pratiquement capter l'air. Je connaissais depuis mes jeunes années ce phénomène d'étouffement. J'avais eu ma première crise à Vienne à huit ans, quand j'avais été témoin d'une discussion orageuse entre Simon, Luba et mon père. La violence subie à New York accentuait mon problème physique, que je voulais depuis toujours camoufler. Je haïssais les symptômes psychosomatiques chez quelqu'un dont la maladie des autres était le gagne-pain. Nous tournions sur le manège de la musique « Wien, Wien, Wien ! ». Je levai le regard sur Simon. Et s'il acceptait de me dire la vérité, sinon une des vérités ?

— Simon, réponds-moi. A propos des photos que j'ai vues chez Schaeffer, je t'ai déjà parlé d'un personnage éliminé, manifestement coupé. Qui avez-vous liquidé ?

— Quelle importance ? s'exclama-t-il. Samuel n'a plus de problème. Il a été assez ennuyé de son vivant. Laissons les morts tranquilles.

— Et les vivants. Nous... on nous cherche... tu dis qu'il était ennuyé... Par quoi ?

— Des choses du passé. D'anciennes animosités. Il n'a jamais pu comprendre la dimension de haine que peut porter en lui un être humain et...

Il s'interrompit.

— Trop tard, David, tu aurais dû t'occuper des pensées de ton père de son vivant. Pas ici, un an après sa mort.

Le chanteur débonnaire clamait : « *Wien, Wien, schönes Heimat !* »

— Si tu ne m'aides pas, tu seras peut-être le prochain.

— Et alors ? La vie doit se terminer d'une manière ou d'une autre, que veux-tu que je fasse, hein ?

Puis, gêné de me laisser totalement dans le brouillard, il dit :

— Peut-être Luba... Schaeffer l'avait prise en grippe.

— Pourquoi ?

— Elle détestait ta mère.

— Ma mère ? Luba n'avait aucune raison de lui manifester de l'hostilité.

— Ah bon ? Si tu sais tout, pourquoi m'interroger ?

J'étais troublé. Ma mère aurait eu un conflit grave avec Luba ? Je ne croyais pas qu'elle m'aurait caché quelque chose d'aussi essentiel, mais j'étais de plus en plus près d'un état second. Si les menaces que je recevais depuis des mois et l'interrogatoire dans la baignoire devaient aboutir à mon exécution, ici ? Si quelqu'un avait décidé que je mourrais comme

236

mon père... Le chant s'accélérait, « *Wien, Wien, schönes Heimat !* », j'étais fiévreux, je me redressais, je m'offrais au tueur hypothétique. S'il est là, qu'on en termine... Les odeurs, les intonations de voix, la musique insistante me soûlaient, je sombrais dans une ivresse mentale. Je m'entendais fredonner « Schönes Heimat ! ». L'antichambre de la fin.

Je m'écartai doucement de Carol. Une profonde et malsaine envie me poussait à provoquer celui qui m'observait. Je n'étais plus qu'un cétacé asphyxié par l'univers pollué de fric, j'allais pourrir sur une plage couverte d'argent.

— Pardon... Pardon...

— Tu pars ?

— Pour quelques minutes.

J'hésitais pourtant à me lever. J'entendais, à travers un rideau de bruit et de sommeil oppressant, Simon qui disait à Carol :

— Vous êtes une gentille fille... égarée dans une sale galère...

Carol se mouchait.

— Merci, ça va mieux maintenant. Monsieur Levinson, au moment précis où le drame s'est produit, vous étiez près de Samuel ?

— Non. Aux toilettes... La bière... On a tiré sur lui au moment où je revenais. Quand je suis arrivé à la table, Schaeffer le tenait dans ses bras, ils étaient tous deux couverts de sang. Schaeffer a hurlé : « Demande une ambulance, vite, vite ! » Comme un fou, j'ai couru vers la cabine en bas, pour téléphoner. L'ambulance est arrivée rapidement. Schaeffer et moi, nous avons emmené Samuel à l'hôpital. Samuel était dans un coma profond. Schaeffer m'a dit de rentrer chez moi. Il m'a appris la mort de Samuel au petit matin. Bref, ça s'est passé comme ça. Le lendemain, la police a lancé un appel pour recueillir un éventuel témoignage.

Seul un Munichois est allé déclarer qu'il n'était pas loin de cette table, mais il n'avait vu que les brancardiers et le corps, recouvert.

J'étais en sueur. J'écoutais, la tête détournée, je ne supportais plus rien. Sans cesse mon père s'effondrait sur la table.

J'intervins :

— Les clefs de l'appartement de Salzbourg et son passeport, tu m'as dit les avoir pris dans la poche de la veste de mon père...

— Oui, à la morgue. Le lendemain du drame, Schaeffer m'y attendait et m'a donné les vêtements de Samuel. Schaeffer avait tout pris en main, les démarches administratives et l'incinération. Il a tout payé, même les pompes funèbres. Je ne sais pas comment nous aurions pu nous en sortir sans son aide.

Il ajouta, venimeux :

— Ta mère n'était pas là. D'ailleurs, sa présence n'aurait pas servi à grand-chose... Sait pas la langue, connaît rien...

Je devais encaisser, il n'aimait pas ma mère, c'était clair. Et je méritais les reproches éternels, on n'avait pas pu me prévenir...

Un groupe de Japonais arrivait et l'un d'eux photographiait la taverne. J'étais ébloui par les flashes.

— Qu'est-ce qu'ils veulent ? Pourquoi justement cette table ?

Simon esquissa un geste d'impuissance.

— Pas la table, le Stuberl. Un souvenir de voyage... Que veux-tu qu'on raconte à Kyoto, hein ? On ne peut pas toujours parler de technologie...

Je serrais les dents et ravalais ma salive.

— Je reviens... tu permets...

Simon se leva, je glissai devant lui, je sentis une bouffée de son haleine chargée d'ail. Nausée. *Le*

Beau Danube bleu inondait la cave. Je montais les marches à contre-courant en me heurtant à une femme tout en seins et en bras, un barrage de chair dont se dégageait un parfum écœurant. Coriace, elle résistait, sa grande bouche près de mon visage, une gueule de jouisseuse. « Pardon. Excusez-moi. Sorry. Merde. » Dehors, l'air, tiède, chargé de relents d'essence. De l'autre côté de la place, enraciné dans le pavé, un vieux ringard derrière un orgue de Barbarie. Symbole patchouli de la mort, en redingote noire, flanqué d'un chapeau melon piqué d'une fleur rouge, pâle, un spectre. Il dégainait la mélodie râpée du *Troisième Homme*. De quel droit nous hantait-il avec ces lambeaux de musique d'outre-tombe ?

Je fonçais, les gens s'écartaient. Des dos, des bras, des mains, des rires, et cet air lancinant. J'allai jeter deux cents schillings dans le chapeau de l'homme à l'orgue de Barbarie pour qu'il déguerpisse, qu'il cesse de tourner son moulin à réminiscences. Mon père mourait une seconde fois à ce son haïssable. A la vue des schillings à ses pieds, le musicien, croyant que je voulais l'encourager, accéléra le rythme. Je ne savais plus si je fuyais ou si je cherchais quelqu'un. Dans une rue déserte, je passai devant les vitrines étincelantes des joailleries. Je traversai des espaces noirs comme une tombe puis, honteux, me traitant de tous les noms, je rebroussai chemin.

Dans la cour, la foule était compacte. Je me glissai parmi les clients pour revenir à la taverne. Je descendis au sous-sol, plusieurs groupes dînaient et buvaient. Je repérai les : « Toilettes », « Téléphone »... Quelqu'un me saisit le bras, je me retournai, c'était Dreyer.

— Je viens de vous apercevoir, monsieur Levinson.

— Ah non... Pas ici.

— Ne vous énervez pas, dit-il. J'ai le droit d'aller où je veux moi aussi, non ?

Les serveuses qui essayaient de libérer le passage nous demandèrent de nous asseoir.

— Venez à ma table, dit-il, il y a encore une place libre. Soyez un peu plus patient, je ne fais que mon métier.

La musique repartait à l'attaque. Dreyer m'attira vers une table d'angle où trois hommes et deux femmes bavardaient ; ils se serrèrent pour nous faire de la place. Dreyer désigna sa chope de bière.

— Vous en voulez une ? C'est ma tournée...

— Non, pas envie. Mon oncle et Melle Grant m'attendent.

— Melle Grant m'a déçu. Une jolie personne, mais d'une agressivité... Une jeune fille avec un vocabulaire pareil ! Il y a de moins en moins de gens bien élevés.

Ma voisine me chauffait.

— Terminons-en, monsieur Dreyer.

Il me regardait.

— Juste un peu de compréhension de votre part, c'est tout ce que je souhaite.

Et si je flanquais dans sa sale gueule la lettre de mon père ? « J'ai trouvé ces papiers. Ils vous concernent, je vous les donne. Finissons-en et que je ne vous revoie plus jamais. » Mais je n'avais pas le droit de liquider ce type au prix de huit cent mille dollars, je devais consulter ma mère, il s'agissait en partie de son argent. Dreyer lisait dans mes pensées.

— Vous traversez de rudes épreuves, n'est-ce pas ? Et en plus de votre deuil, il y a maintenant le cas de ce pauvre docteur Schaeffer ! Le destin persécute de la même manière deux amis de toujours, étonnant...

— Vous êtes au courant ?

— C'est la première chose qu'Aumeier m'a annoncée.

Il fit signe à la serveuse qui passait et désigna du pouce sa chope de bière.

— Encore une !

Il se pencha vers moi :

— Je reconnais, ayant inspecté cet endroit, qu'il est plus que vraisemblable que votre cher père ait été abattu par un détraqué. L'atmosphère est propice à déclencher ou achever un dérèglement mental.

Il m'intéressait presque.

— Allons bon, et pourquoi ?

— Tout est trop gai... Une gaieté mécanique, accélérée. Quelqu'un de déprimé peut réagir mal s'il se sent exclu de cette société qui mange et qui chante.

La jolie Autrichienne à côté de moi éclata dans un grand rire, son compagnon lui racontait quelque chose de drôle.

— La mort de M. Schaeffer est fort regrettable.

J'attendais. Il continuait, pensif :

— Les relations de ces deux hommes me fascinent. Quand je pense que c'est Schaeffer lui-même qui a dû délivrer le certificat de décès de son meilleur ami...

— Il était médecin légiste.

— Il aurait pu aussi faire un faux, dit Dreyer.

— Je criai :

— Quel faux ?

— Je ne sais pas. Je cherche. L'instinct, le flair maladif. Le pessimisme... appelez ça comme vous voulez. Je ne dis pas que votre père est vivant, mais...

— Monsieur Dreyer, votre état mental m'inquiète.

— En effet, il n'est pas exclu que ces valses me tournent la tête.

J'insistai :

— Vous dites n'importe quoi ! Il y a eu le contrôle de l'état civil autrichien, monsieur Dreyer. C'est vous-même qui nous l'avez dit après avoir fouiné au cimetière. Un deuxième médecin légiste a vu le corps de mon père. Vos insinuations sont misérables.

— Vous avez sans doute raison, mais je ne cesse de m'étonner du comportement de son « meilleur ami ». A la place du docteur Schaeffer, à l'hôpital, j'aurais dit, effondré, à un collègue : « Faites votre métier, moi je ne peux pas. » Et j'aurais pleuré.

— Vous vous payez la tête de qui avec ce raisonnement bidon ? Le docteur Schaeffer a été militaire d'abord, ensuite déporté. Supposé conspirateur anti-nazi, il a été torturé. Par habitude, pour ne plus jamais être livré à un interrogatoire, il ne se séparait jamais de sa capsule de cyanure. Alors, les crises de sensiblerie...

— Ne vous énervez pas. Je cherche tout simplement les ressorts d'une affaire. Le décès brutal de votre père nous coûte cher. J'admets qu'on puisse tuer un homme pour rien, mais il y a le deuxième mort, le meilleur ami...

La serveuse venait de poser devant lui une chope. Il avalait de grandes gorgées de bière fraîche.

— J'ai observé la table. Place rêvée pour une cible, juste cinq marches plus bas que l'entrée principale, parfaitement visible d'une fenêtre, de l'extérieur.

— Si mon père avait été assis ailleurs, il serait encore vivant.

— Tout le problème est là... dit Dreyer.

Il changea de ton :

— Quels sont vos projets, maintenant, docteur Levinson ?

— Je vais aller à Salzbourg.

— Visiter l'appartement de votre père...

— On vous en a parlé aussi ?

— Le marchand de partitions m'en a dit quelques mots.

Ici, je jouai le jeu. Je fis semblant d'être étonné :

— Hoffer... Vous le connaissez ? Décidément, personne ne vous échappe.

— Personne.

Je n'en pouvais plus. Pris entre ma voisine et Dreyer, je n'étais plus qu'une sardine en sueur.

— Je dois partir. Je vous reverrai...

— Sans aucun doute à Salzbourg.

— Vous avez l'adresse ?

— De l'appartement ? Évidemment. Les gens craignent tellement une compagnie d'assurances, surtout quand ils n'ont aucun intérêt à servir, ni d'argent à obtenir, qu'ils donnent tous les renseignements qu'on leur demande. Même plus, ils inventent parfois.

Il se leva, m'accompagna jusqu'à la première série de marches, y fit un geste circulaire :

— Ils sont charmants, ils chantent, ils boivent. La *Gemütlichkeit*, n'est-ce pas ?

Il articulait mal le mot. Je répétai :

— *Gemütlichkeit*.

Je le quitai brusquement et remontai les marches. Notre table était déjà occupée par un groupe, la serveuse attendait leur commande. Je retrouvai Simon et Carol dehors.

— Te voilà ! dit-il.

— Dreyer est ici.

— On l'a aperçu, dit Simon. Je parlerai à ce Dreyer... J'essaierai de te débarrasser de lui.

— Nous allons rentrer à pied, oncle Simon. On t'accompagne jusqu'à ta voiture ?

— Pas la peine. Venez demain, ou appelez-moi...

Il partit sans jeter le moindre regard derrière lui. Je voulais retourner avec Carol dans la rue que j'avais parcourue comme un fou.

— Venez.

Nous traversâmes la place, Carol prit mon bras.

— Je peux ?

De ma course solitaire une heure plus tôt, dans la même rue il ne restait de réel que les vitrines éclairées, les fenêtres obscures et les portes cochères flanquées de heurtoirs. Les lampadaires en fer noir aspergeaient les pavés d'une lumière opaque, et parfois nos semelles glissaient sur les pavés. A la fin d'une assez longue marche sans direction précise, d'une ruelle à l'autre, nous nous arrêtâmes sur une place encerclée d'un haut mur, bordé de statues aux contours fantomatiques, des cavaliers et leurs chevaux prêts à s'élancer vers un ciel sans étoiles. J'accostai un barbu qui passait, il ne parlait ni l'allemand ni l'anglais ni le français, il se sauva, agacé. Un couple japonais errait comme nous, ils avaient un plan de la ville et cherchèrent avec une politesse exquise l'endroit où nous nous trouvions. Nous attendions. Confondus en gestes et mimiques d'une rare amabilité, ils discutaient entre eux puis déclarèrent en anglais avec de grands sourires que nous étions devant la Hofburg, le Palais impérial. Nous avancions dans une rue sale, Carol m'emboîtait le pas. Nous allions errer jusqu'au petit matin...

Il fallait laisser éclater ma tension. J'accrochai Carol :

— La vérité ! Qu'est-ce qui s'est passé entre vous et mon père ?

Elle me regarda.

— Vous m'agressez comme ça ? Au milieu de la rue ?

— Je veux connaître la vérité.

Elle respira profondément.

— Je voulais vivre avec lui. Sans divorce. Juste être avec lui. Il répétait que j'aurais trente ans quand il en aurait soixante-sept et que nous serions ridicules. Pour moi, une seule année avec lui aurait valu dix ans d'existence...

J'étais jaloux. Que répondre à cette fille qui m'expliquait avec autant d'assurance que mon père était le seul homme qu'elle pouvait aimer ? Même au-delà de la mort...

Un taxi maraudeur nous prit en charge. Nous retrouvâmes le quartier de l'Opéra, l'hôtel Sacher illuminé et la suite impériale. Dans le long couloir silencieux, elle voulait me dire quelque chose, mais elle hésitait. Parvenus au salon, elle posa la main sur mon bras.

— David... J'aimerais aller avec vous à Salzbourg.

— Non, pas question. Et ne discutez plus, allez dormir.

— Me coucher ? dit-elle, comme une gosse qu'on chasse du salon où elle regarde la télévision.

— Vous voulez veiller...

— Il m'est difficile de rester seule.

— Ça veut dire quoi ?

— Que je n'aime pas ces tableaux... ces gens qui me regardent...

— Fermez les yeux.

Je n'avais pas envie non plus de passer la nuit dans un lit à baldaquin, surtout pas seul. Mais je ne devais en aucun cas compliquer nos relations. D'ailleurs, au nom du père elle aurait envoyé balader le fils.

— David, insista-t-elle sur le seuil de sa chambre, j'aimerais vous accompagner à Salzbourg.

— Non. On se quitte demain. Vous repartez pour New York.

— Peut-être avez-vous raison, dit-elle, fatiguée. Alors, demain réveillez-moi à temps, avant que vous partiez.

— Inutile. Vous avez besoin de repos, gardez la chambre. Je paie la note. Allez dormir, et ensuite organisez-vous par téléphone pour le vol de New York.

Après avoir passé quelque temps dans la salle de bains sans jeter un coup d'œil sur la baignoire, installé dans le grand lit, j'observais les plissés du baldaquin. Je m'étais endormi et je rêvais que j'étais assis sur un canapé à côté d'une jolie fille, elle avait le chemisier entrouvert. Je me penchais vers elle, je lui touchais le dos, les bras, les seins, j'allais l'inviter au lit, soudain elle se levait et partait en courant. Elle s'enfuyait.

Je m'arrachai à ce rêve que je connaissais bien et je m'assis. J'entendais respirer. Je trouvai l'interrupteur en tâtonnant, j'allumai la lampe sur la table de chevet. Carol se tenait entre la porte et mon lit. Sous l'œil des généraux autrichiens et d'une dame en crinoline qui cachait le bas de son visage derrière un éventail, elle grelottait.

Je m'accoudai sur un oreiller.

— Qu'est-ce que vous faites ici ?

— J'ai peur. Il y a trop de tableaux sur les murs là-bas... J'allais partir au salon pour me coucher sur le canapé pour être plus près...

— De moi ?

— De n'importe qui, même d'un ogre...

— Vous allez me dire que mon père vous manque...

— Oui, je le chercherai pendant toute mon existence.

C'était clair. Elle ne se guérirait pas de lui.

— J'aimerais m'installer à côté de vous. Le lit est assez large.

— Venez...

Je me tournai. J'écoutai son remue-ménage, quelques soupirs, des secousses, enfin elle s'allongea auprès de moi.

Je grognai :

— C'est fini ?

— L'édredon glisse.

— Vous n'aurez pas trop chaud avec l'édredon ?

— J'ai toujours froid.

La lumière éteinte, une profonde contrariété m'envahit. Une fille, sur mon lit, chacun de nous emballé comme un ver à soie dans son cocon, c'est ce que le destin a pu inventer de plus vicieux pour un type complexé comme moi.

Réveillé tôt le lendemain matin, je demandai le petit déjeuner. Je reçus le garçon d'étage dans l'entrée puis je partis avec ma tasse de café dans la salle de bains. J'y passai un temps assez long pour me raser, me laver, m'habituer à la vue d'une baignoire. A mon retour, Carol m'attendait, habillée. Elle venait d'apporter son sac de voyage.

— C'est quoi, cette agitation ? Que faites-vous, et pourquoi ?

— Je veux venir à Salzbourg.

— Carol, je ne supporte plus votre présence. Vous devez tenir votre parole.

— Je ne demande que vingt-quatre heures de plus. J'ai aimé votre père...

— C'est votre problème, pas le mien !

Elle dit, têtue :

— Lui, il ne m'aurait pas plaquée dans cet hôtel, dans cette chose impériale. Il ne l'aurait pas fait, lui !

Je la regardais. Ce ne serait peut-être pas si désagréable que ça de ne pas affronter seul Salzbourg. La clef de l'appartement de mon père, dans son sac en plastique, était une petite morgue portative.

— Tans pis pour moi, dis-je peut-être trop rapidement. Je suis un lâche, un lâche épuisé. Venez. Mais ensuite, est-ce que vous me laisserez tranquille ?

— Je ne vais pas vous déranger longtemps. Et je suis plutôt utile, non ? Votre voiture, vous y avez pensé ?

La voiture ! J'aurais pu l'oublier. J'appelai le bagagiste, je payai la note et nous prîmes un taxi jusqu'au garage où je retrouvai l'Audi, que je rendis à l'aéroport.

J'achetai deux billets pour Salzbourg. Une attente raisonnable dans la salle d'embarquement, puis le décollage. Une heure de voyage, et en prime cette fille, butée, blême, muette, craquante...

CHAPITRE 9

L'avion survolait Salzbourg. Je sentais mon père proche, j'allais atterrir dans la ville qu'il vénérait lui, l'homme-bulle enfermé dans sa musique. A Princeton, il avait l'attitude d'un religieux illuminé qui a pitié des pauvres mécréants. Enfant, j'étais insensible aux chefs-d'œuvre des grands compositeurs, alors que je m'attachais passionnément à la découverte des sons émis par les animaux. Je pouvais écouter un oiseau avec la même exaltation que lui une sonate.

Je venais à Salzbourg d'une manière assez solennelle, je voulais plaire à mon père, l'admirer, l'honorer, et me traiter de barbare s'il le fallait. Pénétrer, par la ville interposée, dans la sphère de musique de Samuel Levinson... J'attendais, ému, l'atterrissage. Je m'abandonnais d'avance à l'atmosphère subtilement intellectuelle qui devait y planer, j'espérais soudain quelque chose d'intime, une réconciliation posthume avec mon père. La salle d'accueil où on livrait des valises commença à me dégriser : pas de pèlerins en vue, mais quelques habitués des lieux, tirés à quatre épingles ; ils débarquaient avec un air de conspirateur et évoluaient dans une ambiance crispée parmi les posters de chanteurs célèbres. Je portais ma valise et le sac de Carol. Dehors, c'était une gare de province, le soleil, comme un miel épais, collait sur nous. Le dernier taxi de la file avançait ; je balançai nos affaires dans le coffre, le chauffeur le ferma, s'installa au volant et démarra.

— Où allez-vous ?

— Alter-Markt n° 11, s'il vous plaît.

Il grommela :

— Alter-Markt ? Vous allez à l'Alter-Markt...

— Mais oui.

— Une vraie joie de monter là-haut.

— Où ?

— A la vieille ville. Il n'y a que des sens uniques et des zones piétonnes. Pour y arriver, un vrai calvaire... à cause des touristes... Il y en a partout. On ouvre un placard chez soi et on trouve un touriste...

Je voulais l'amadouer :

— Ça fait marcher le commerce.

Nous roulions à vive allure dans un paysage entouré de montagnes.

Il nous regardait dans le rétroviseur.

— Si vous ne voulez pas que je fasse le tour de tout le quartier, vous allez être obligés de marcher un peu.

Carol se tassait sur le siège, elle avait peur de mes réactions.

— Et vous avez une valise et un gros sac à porter. Ah, je vous dis...

J'en avais marre.

— Ma foi, c'est ainsi... Je suis un touriste, merde ! Et les sous, d'où viendraient-ils sans les étrangers, hein ? Vous avez quand même besoin de fanas de la musique classique, non ? Il faut qu'ils débarquent, qu'ils prennent des taxis, qu'ils circulent !...

— Vous savez, ajouta-t-il soudain repenti, je ne suis pas méchant, mais ma femme m'a fait une de ces scènes ce matin...

Il tentait de se justifier. Trop de monde, tout est complet, et une circulation... Au bout d'une quinzaine de minutes, nous avons enfin traversé, pare-chocs contre pare-chocs, l'un des ponts de la tumultueuse Salzach, une rivière pétillante. Je glanais des fragments d'images. La ville devait être belle à contempler à pied et à 6 heures du matin. Un cercle de collines vertes l'enserrait et, ici et là, des clochers baroques, des maisons patriciennes et des immeubles modernes ressemblaient à une peinture en trompe-l'œil. Sous le ciel bleu vif, la silhouette d'une forteresse haut perchée dominait Salzbourg.

— C'est quoi, là-bas ?

— La « Hohensalzburg ».

Pour se faire pardonner son accueil à rebrousse-poil, il nous accordait quelques renseignements. De l'autre côté de la rivière, approchant de la vieille ville dans une fumée bleue et à trente à l'heure, il ronchonnait à nouveau.

— On est trop nombreux sur cette terre. Et en été, ils sont tous là... En hiver aussi. L'immeuble où vous allez a deux entrées, il est très grand. D'un côté il y a une rue piétonne étroite, et de l'autre la place du marché.

— Vous le connaissez ?

— Tout le monde le connaît... Enfin, les chauffeurs de taxi surtout.

— Ah bon...

Je me sentais ridicule. J'étais l'abruti à la valise qui, flanqué d'une fille blême, se dirigeait vers une maison que « tout le monde connaît », sauf lui. J'étais submergé de méchants sentiments et de mots outrageants à l'égard du disparu. Je décidai qu'il était un vieux simulateur, un comédien absurde, un cachottier, un type impossible, l'immeuble était peut-être un ancien bordel reconverti en appartements... J'eus honte et piétinai mes pensées sacrilèges. J'aidai mon père à remonter sur son piédestal et je me forçai à l'imaginer en habit, recevant le prix Nobel. Je me rachetais. Nous traversions la Mozartplatz, n'importe quel ignare aurait pu reconnaître le maître, hissé sur un socle, il régnait sur un marché aux étals chargés d'une variété infinie de savons. Une forte odeur de miel nous parvenait.

Je me tournai vers Carol :

— Si vous voulez faire des provisions, on peut faire une petite halte... Toujours utile, les savons...

Carol haussa les épaules.

Bientôt, le chauffeur s'arrêta à une station de taxis proche de l'Alter-Markt, qui se trouvait à l'intérieur des anciens murs de la ville fortifiée. Pour y arriver, il fallait passer sous un porche majestueux. Il sortit du coffre la valise et le sac en surveillant de près la liasse de schillings que je tenais. Son argent empoché, il indiqua la direction :

— Vous passez sous la voûte et vous y êtes. La maison est à droite.

Je pris la valise, Carol se plaignait de son dos, je portais son sac aussi, nous nous dirigions vers l'entré de la place réservée aux piétons. L'air avait un goût d'herbe séchée, de soleil et de caramel. Nous traversâmes un petit marché aux fleurs installé au milieu d'un décor d'opéra composé de façades médiévales, d'églises-bonbonnières et de marchands d'articles de luxe. A quelques pas, des rues étroites se faufilaient parmi des bâtisses moyenâgeuses et s'engouffraient dans des zones d'ombre. La voûte franchie, nous étions enfin à l'« Alter-Markt » où, sous le soleil éclatant, une foule joyeuse tournait entre les étals qui proposaient du lait et des fromages. La place était entourée de maisons anciennes.

Les rez-de-chaussée, transformés en magasins de luxe, attiraient les clients, un trottoir étroit les séparait des marchands des quatre-saisons. Carol marchait rapidement, pour tenir le rythme je devais me frayer un passage assez brutal entre des fruits d'un côté et des abat-jour de l'autre, soudain je déposai le sac et la valise. Le mouvement fut inattendu, une dame aux cheveux blancs trébucha. Je me confondis en excuses.

Carol se retourna.

— Qu'est-ce qu'il y a ?

— Le bagagiste en a marre.

Elle revint sur ses pas.

— Vous êtes trop chargé, c'est vrai. Pardon de ne pas vous aider, mais j'ai vraiment mal. Et si je reste bloquée, je vous encombrerai davantage...

— Allons-y.

Je cherchais le numéro, nous étions au 7. Il fallait avancer à côté d'hommes et de femmes qui, l'air gourmand, choisissaient longuement leurs fruits. Des touristes bardés d'appareils-photos traversaient la place en diagonale ; des écoliers couraient en balançant leur cartable. Carol me dépassait parfois, je lui emboîtais le pas. Enfin parvenus au numéro 11, mon cœur s'accéléra, je contemplai, fou de trac, la lourde porte chapeautée d'une frise en fer forgé puis, ne voulant plus hésiter, je franchis le seuil avec Carol. Il fallait un peu de temps pour se familiariser avec l'intérieur. Près du mur, un nombre impressionnant de poubelles s'accumulaient ; plus loin, sur le sol en ardoise, des vélos presque les uns sur les autres, en vrac. Des lanternes de métal noir ponctuaient la blancheur fade du plafond. Je repérai à quelques mètres une cage d'escalier et en regardant à droite et à gauche, j'aperçus une plaque en marbre rose gravée du texte suivant : *Dans cette maison, construite en 1336, a vécu la femme de Mozart, Constance Weber.*

— Vous avez vu, Carol ? On est dans un monument historique...

— Mais oui, dit-elle. Mais oui.

Selon les vagues indications de Simon à qui Samuel avait fait la description des lieux, je devais trouver un deuxième escalier. Carol, le dos appuyé contre le mur, s'assit par terre près de son sac. Elle était très pâle.

— Ça va ?

— À peine.

— Restez là, tranquille. Je pars en repérage.

Le couloir voûté traversait deux cours intérieures ; au bout, il y avait l'accès sur la rue étroite dont le chauffeur avait parlé. Revenu près de Carol, je saisis la valise et le sac.

— Je vois à peu près où nous sommes. Venez... Encore un petit effort.

Elle me suivait, muette. La deuxième cage d'escalier était si étroite qu'il me fallait tenir la valise devant moi et le sac derrière. Je m'arrêtai quelques secondes sur le palier du premier étage. Des couloirs aux murs épais blanchis à la chaux traversaient l'immeuble. Les lourdes portes étroites munies de plaques en cuivre étaient décorées de heurtoirs impressionnants. Des poutres en pierre soutenaient le plafond. Le sol était en granit. Un château-couvent du Moyen Age. Nous devions monter jusqu'au deuxième étage. Une fois arrivés, je partis en éclaireur. Je contournai la cage d'escalier pour découvrir, dans un espace obscur en forme de demi-lune, une porte à double battant protégée par deux volets de fer forgé fermés par un gros cadenas.

— L'heure de vérité, Carol. Si le cadenas obéit, c'est qu'on est au bon endroit.

La première clef débloqua le cadenas, j'ouvris

avec précaution les battants protecteurs qui grin-
çaient, donnant accès à la deuxième porte, la vraie.
La seconde clef glissa dans une serrure de sécurité.
C'était fait. Tel un archéologue devant un tombeau
égyptien, j'hésitais avant de franchir le seuil de cet
endroit imposant, inconnu, chargé de secrets.

— Vous venez, Carol ?

Ayant refermé la porte d'entrée, nous nous retrou-
vions dans l'obscurité. Je cherchai en tâtonnant un
commutateur. Pas d'électricité. C'était évident, mais
au moins j'avais essayé.

— Carol ?

Elle se tenait derrière moi.

— J'ouvre la porte sur le palier ? demanda-t-elle.

— Non. Mais si vous aviez votre briquet...

— Je le cherche, mais mon sac est bourré, je ne
vois rien. Tout de suite...

Nous respirions des relents de vieux papiers et de
moisissure. Les bras tendus en avant, mes mains se
heurtèrent à une masse froide. Je déchiffrai avec
mes doigts les traits d'un visage de pierre. Mon père
se vengeait en me confrontant à sa vie cachée. Un
petit bruit et, enfin, dans le cercle jaunâtre de la
flamme du briquet, j'aperçus une porte, je l'entre-
bâillai doucement pour pénétrer sur la pointe des
pieds dans une pièce plus claire, les fentes usées
des volets laissaient passer des filaments de lumière.
Je revins dans l'entrée et grâce à ce halo de clarté
je distinguai un buste posé sur un guéridon devant
un miroir. En me penchant, je fus presque nez à
nez avec un fantôme en marbre. Mozart ! Je reculai,
Carol s'exclama :

— Vous m'écrasez...

— Pardon.

— J'ouvre les volets dans la pièce ?

— Une seconde. Laissez-moi réfléchir...

Troublé, je voulais gagner du temps avant de

m'introduire de force dans ce monde qui me plongeait dans un univers de cauchemar.

— Venez, Carol.

Le bruit du marché et le claquement sec des sabots des chevaux devant les calèches m'aidaient à m'accrocher à la réalité. Je cherchais Carol, elle s'était assise et attendait.

— Vous n'êtes pas bien ?

— Pas très.

— Vous avez voulu venir, Carol. Vous avez insisté...

— Ça va aller...

Elle s'appuyait à une table. Étions-nous maintenant dans une salle à manger à l'ancienne ? Je distinguais vaguement quelques tableaux. Je m'approchai du plus proche, une peinture à l'huile, dominée par un chef d'orchestre, de dos, devant une masse de musiciens sans visages. Une autre pièce à côté était, grâce aux volets abîmés, striée de lumière. Un petit piano adossé au mur accompagnait quatre pupitres et leurs chaises. Sur une table basse, une pile de cahiers de grand format, des partitions. Je n'avais pas assez de lumière pour les examiner à mon aise. Je me sentais coupable. D'indiscrétion ? De curiosité ? Non, j'étais projeté ici malgré moi. Je me maudissais, m'injuriais. Dès le début, j'aurais dû confier cet appartement au notaire et à un agent immobilier, et le faire vendre sans y mettre le pied.

Carol était près de moi.

— David ?

— Oui.

— Je crois que je vais m'évanouir.

Je la rattrapai de justesse.

— Il y a certainement une chambre quelque part, un lit. Venez... Gardez les yeux grands ouverts, appuyez-vous sur moi et on y va...

Nous retraversâmes le hall, je cherchais à me

situer dans l'autre partie de l'appartement du côté de la rue étroite. Nous avancions dans un couloir, en tâtonnant j'ouvris une première porte. Dans une pénombre de crypte j'aperçus un large lit, très bas, plutôt un sommier avec un matelas, et je devinais sur les murs des masses presque noires, des taches difformes. Je trouvai un fauteuil.

— Asseyez-vous.

Je contournai le lit, il y avait une pile de draps, des couvertures et deux oreillers. J'aidai Carol à s'allonger. Je lui enlevai ses chaussures, son jean, son chemisier... Je lui laissai son soutien-gorge et son slip minuscule. Elle grelottait. Je l'enveloppai dans une couverture légère.

— Ne fermez pas les yeux, Carol.

— Je ne veux regarder personne.

— Carol, vous n'avez rien pris ce matin. J'imagine qu'il y a une cuisine quelque part... Je vous apporterai un verre d'eau, et si j'ai de la chance, du sucre à croquer. Il y a peut-être quelques morceaux oubliés dans un placard...

Je continuais mes investigations, suivant le même couloir étroit. Au hasard des portes entrouvertes, je découvrais la salle de bains, et deux autres pièces plongées dans le noir. Enfin, la cuisine, plutôt claire, aimable même. Une pièce à exposer telle quelle dans un musée, avec l'écriteau : « Lieu des rencontres quotidiennes d'une famille bourgeoise au XVIIᵉ siècle. » Dans un placard, le seul objet moderne ici, en dehors de deux plaques chauffantes posées sur un vieux bahut, je trouvai une cafetière, un reste de café dans une boîte métallique et, dans une tasse, quelques morceaux de sucre. Je me penchai sur l'évier, je tournai le robinet, pas une goutte d'eau ! J'allais ouvrir les volets, mais je sentis une présence. Je me retournai.

Vêtue juste de son slip et de son soutien-gorge, Carol se tenait dans l'embrasure de la porte.

— C'est moi, dit-elle presque en s'excusant. Je ne pouvais pas rester seule là-bas...

— Il y a des chaises ici. Asseyez-vous.

Je lui montrai le sol.

— En ardoise. C'est dur, si vous tombez... Un peu de patience... Je vais descendre et acheter des bouteilles d'eau minérale. Cinq minutes. Mettez-vous quelque chose sur le dos, il fait chaud, mais quand même...

Elle ne m'écoutait plus ; comme une somnambule, elle traversa la cuisine et entra dans un réduit.

— Qu'est-ce que vous faites, Carol ?

Quelques secondes plus tard, le robinet lâchait une rasade d'eau rouillée. Je fermai une seconde les paupières, le réveil était dur. Il était évident qu'elle connaissait l'appartement. Elle revint et me regarda avec son air buté. Je lui proposai deux morceaux de sucre :

— Mangez, et ensuite : répondez ! Si vous mentez...

Que pouvais-je faire si elle mentait ?

Elle croquait le sucre comme un écureuil. Elle pleurait maintenant. Je remplis un verre d'eau.

— Buvez.

Elle avala quelques gorgées.

— Bah, dit-elle, pas fraîche.

— Vous êtes venue ici. Quand ?

— Lors du festival, il y a un an et demi. Votre mère avait refusé le voyage, alors, un peu pour se venger aussi, je crois, Sam m'a emmenée. Je croyais que ç'allait être le paradis, qu'il me prendrait dans ses bras, que nous allions vivre ce voyage en amoureux...

Le visage couleur de lune, elle ressemblait à un

spectre. Je ne savais pas si je la détestais ou la craignais.

— Je devrais m'allonger, dit-elle.

Et, d'une démarche incertaine, elle retourna dans la chambre, je la suivis. Elle se coucha. Le décor mural m'intriguait de plus en plus, mais je n'avais pas le temps de m'en occuper. Je vivais l'un de ces moments dont on se souvient même à la fin d'une vie. Carol, presque nue sur la couverture, s'abandonnait à mon regard. Sa silhouette d'adolescente, l'expression fermée de son visage, sa tristesse me bouleversaient. Elle pleurait... Je la voyais de profil. Depuis toujours, les larmes de femme éveillaient en moi un honteux sentiment de volupté. Là, à cet instant, mon épiderme flambait, je repoussais et méprisais cette envie. Je m'agenouillai auprès du lit en me persuadant que c'était juste pour lui parler plus facilement. J'étais un fourbe aux genoux endoloris et à l'âme asphyxiée d'hypocrisie. Fils aimant et respectueux de souvenir de son père, justicier romantique, enquêteur tenace, consolateur, je parvenais presque à me convaincre. Sous prétexte de la réconforter, je m'allongeai auprès d'elle.

Elle sanglotait maintenant. Ses larmes me transportaient dans un monde irréel. Malgré ma profonde allergie à l'idée même du mariage, une veuve séductrice m'aurait fait céder, le lendemain de l'enterrement de son être cher. Au moment même où elle était le plus effondrée. J'étais né pour consoler, pour réconforter, mais à mon heure, et pour rien. Là, je n'étais qu'un homme comme les autres, qui avait envie d'une femme. De cette femme. Au bout d'un temps infini — j'étais paniqué à l'idée qu'elle ait pu s'endormir, je ne m'en serais jamais guéri —, elle se pencha sur moi, ses larmes me mouillaient le visage. Sous cette pluie de chagrin, j'étais aux anges. Le cœur battant à se rompre, je m'abandonnais. Elle déboutonnait maladroitement ma chemise, elle voulait l'enlever, je l'aidai. J'avais appris les bonnes manières et la règle absolue : il fallait avoir des égards avec les femmes, porter leurs paquets et aussi se laisser posséder par elles. Quelques gestes complaisants de ma part, et j'étais torse nu. Elle glissa au bout du sommier, ôta mes chaussures et mes chaussettes. La sensation de mes pieds nus m'emplit d'une folle impatience. Elle retira mon jean, mon slip partit en même temps. Elle hésitait, puis elle s'allongea à côté de moi. Je réfléchissais, il était dorénavant exclu de rester « un homme honnête ». J'ôtai son soutien-gorge, son slip, et j'embrassai ses paupières closes. Je découvrais ses cils longs comme ceux d'une biche de Walt Disney. J'étais conscient de l'irrémédiable hypocrisie de mes baisers. Comme un cambrioleur prudent qui essaie d'ouvrir une porte en épargnant toute violence à la serrure, je posai mes lèvres sur les siennes. Dès le moment où elle était entrée dans ma vie, j'avais eu envie de ses lèvres. Ma langue cherchait la sienne, elle la refusait. Je n'insistai pas. J'avais dans mes bras une belle fille. Sa présence n'était pas le résultat d'une conquête ni la conclusion physique d'un sentiment réciproque, non, le hasard m'avait simplement proposé un acte à commettre. Était-elle consentante ? Faute d'être aimé, j'aurais souhaité qu'elle me désire. Je ne voulais pas être subi par indifférence. Pour me soulager des futurs remords et satisfaire aussi mon côté maso, je l'interrogeai :

— Vous pensez à mon père ?

Elle serra les lèvres.

— Vous prenez la pilule ?

— Oui.

J'attendis encore, puis :

— Dans l'avenir, soyez plus prudente.

260

Sale type, j'étais déjà jaloux d'un autre. De l'autre.

— Je n'ai pas d'avenir.

Je la serrai dans mes bras, elle était étroite, le contact fulgurant. J'explosai peu de temps après.

— Ça ira mieux la prochaine fois, dit-elle.

Elle balisait l'avenir. Puis, couchée, presque calquée sur moi, elle s'abandonna, son dos, son cou, ses cheveux défaits. J'étais comblé et perdu.

Le décalage horaire, les émotions, les heurts et les violences diverses difficilement domptées nous avaient expédiés vers un sommeil-refuge. Je jetai un coup d'œil sur ma montre, 13 h 30. J'appris ensuite en une seule leçon à dormir à deux.

Les bruits de la rue avaient écorché notre sommeil. J'émergeais. Il fallait appeler ma mère, lui décrire cette caverne peuplée d'ombres et d'objets. Lui dire de prendre un homme d'affaires, un juriste, un spécialiste des impôts, qu'importe, mais me libérer de tout cela. Je remontais, par paliers, vers les problèmes immédiats tout en voulant décrypter le décor des murs. Carol poussa un petit soupir. Je la caressais, je l'avais prise dans mes bras et je la pénétrai. Un orgasme puissant la secoua, elle se dégagea aussitôt, presque en colère. Elle passa hâtivement son chemisier et son slip, comme une gosse qui n'aurait pas entendu à temps son réveil.

— Il faut ouvrir les volets, dit-elle. L'obscurité m'énerve.

— Allez-y...

Elle s'attaqua aux bois gonflés et coincés, la pièce fut brutalement inondée de lumière. Je m'exclamai. Les murs, du haut plafond jusqu'au sol, étaient tapissés de photos d'éléphants. L'un d'eux se projetait une rasade d'eau sur la nuque, un autre protégeait deux éléphanteaux, un troisième, la tête basse, marchait dans une rivière qui coulait au ras du sommier.

— Des éléphants... pourquoi ? Vous connaissiez ce décor ?

— Oui. C'est comme ça, depuis toujours. Un photomontage que lui avait offert l'un de ses amis, Davis.

Je récupérai mon slip et mon pantalon, ma chemise puis, enfin vêtu, j'examinai de près les parois.

— Des éléphants. De quel pays ?

Elle se tenait devant une fenêtre. Sa chemise arrivait à la lisière de son slip. Elle lança méchamment :

— Des questions, toujours des questions... Vous êtes son fils ! C'est vous qui devriez être au courant. Vous ou votre mère ! Je n'étais que...

Elle cherchait le mot.

— Vous allez vous faire mal...

— Je ne fais que ça ! Je me fais du mal à moi-même et à tout le monde. Je l'ai trompé avec vous...

Elle avait des remords. En s'abandonnant dans mes bras, elle avait commis un acte de lèse-majesté à l'égard de Samuel Levinson. Je regardais les photos, je cherchais à déchiffrer l'arrière-plan flou. Un pont ?

Les fragments d'images réunis sur les panneaux constituaient une fresque. Le rendez-vous des éléphants au bord d'une rivière. La nature sauvage dans toute sa beauté, implantée dans une maison hantée. J'en avais assez de cet univers insupportable. Il fallait sortir d'ici. Hargneux, je dis à Carol qu'elle pouvait garder ses secrets et que moi, j'allais faire des courses. Elle m'interrogea du regard :
« Moi aussi » ? J'acceptai.

— Venez alors. Vite.

— Deux minutes, le temps de m'habiller.

Elle disparut dans la salle de bains et revint, le visage encore mouillé. Dans l'entrée, elle fit fonctionner le disjoncteur caché dans un placard.

— Vous auriez dû commencer par là...

— Avouer à un ogre que je connaissais l'appartement ?

— Ogre ?

— Oui. Sauvage. Pour un rien, vous m'engueulez.

— Pour un rien ? A cause de vous, des pans entiers de la vie de mon père me sautent à la figure, et vous osez dire : « pour un rien » ?

— Ça y est, on y est. Vous criez ! Je savais que l'électricité ne devait pas être coupée, il payait toutes les charges à l'avance et laissait des provisions d'argent, mais j'aurais dû tout vous expliquer, dans le hall ? J'avais peur de votre réaction.

Elle désigna soudain une porte, juste au début du couloir, et m'invita, comme chez elle, à jeter un coup d'œil dans une pièce.

— Maintenant qu'il y a de la lumière, regardez donc.

Je me trouvais dans un bureau où s'entassaient partitions, dossiers, et sur les murs des gravures, des affiches. Sur une table métallique moderne, des stylos, des crayons, du scotch, des ciseaux à papier, des dictionnaires et des livres de référence. Une photo de ma mère près d'un vélo, un pied appuyé à terre, l'autre sur la pédale, les cheveux ébouriffés, souriante. Une jeunesse éblouissante. Mon regard était attiré par une petite carte par terre. Je la ramassai.

— C'est quoi ? demanda Carol.

— L'adresse du « Beautiful Store » de Davis à Bangkok, il y a un nom de rue mais pas de numéro... Tenez...

Elle glissa la carte dans son sac. Puis, en jetant un coup d'œil sur sa mère dans le petit cadre, elle dit, avec l'habileté innée d'une femme qui ne rate pas une occasion d'égratigner sa rivale :

— Cette photo est ancienne.

Je la détestais.

— Ma mère est belle. Toujours belle.

Je me tournai vers elle.

— Un peu de courage ! La vérité. Avez-vous couché avec mon père ?

— Quel mot vulgaire... Coucher. L'acte physique n'est rien. On peut faire l'amour sans aimer, la preuve, j'ai été dans vos bras... Sans l'ombre d'un sentiment.

— Je suis rassuré. Merci. Pourtant vous avez regretté l'attitude réservée de mon père à votre égard.

— Ça c'est différent, l'acte refusé est une frustration, même une humiliation. Mais consommé d'office, il n'a que peu d'importance.

— Votre philosophie me fait marrer.

— Tant mieux, vous serez moins sinistre.

La guerre. De retour dans l'entrée, elle s'arrêta devant une penderie, elle l'ouvrit d'un geste brusque, en sortit des robes du soir et les éparpilla par terre.

— Il faut jeter tout cela ! À l'époque où il m'a emmenée ici, j'avais pensé qu'à Salzbourg ce serait la fête, je me voyais même valser avec Sam. Ridicule, n'est-ce pas ?

Elle piétinait les robes, bleu électrique, pailletée argent, en tulle noir, style tutu, piquée d'une grosse rose rouge, une autre jaune bronze. Une tache de couleur sur l'ardoise.

— Sam était cruel aussi, affirma-t-elle. Par moments, ça le prenait comme ça...

— Cruel ?

— Le mot est peut-être exagéré, mais il me faisait souffrir. Un soir, couchée auprès de lui sur le maudit sommier-matelas, je lui ai demandé si vrai-

264

ment il n'avait pas envie de moi. Il a pris ma main et m'a invitée à parcourir tout son corps. Son corps voulait de moi. « Je me protège de toute tentation... et de tout remords », a-t-il déclaré. Je me sentais rejetée.

Je m'approchai de Carol.

— Et moi ? Une revanche ?

— Un peu. J'oubliais un peu mes complexes. Samuel n'avait aucune raison plausible de me repousser. Je veux dire : physiquement. J'aurais été discrète. Parfois j'avais l'impression qu'il se méfiait de moi.

Elle était très pâle.

— Il me fallait trouver une issue, avec vous. C'est votre métier. Avoir un père qui me repousse et un type de son âge dont je tombe amoureuse et qui ne veut pas de moi, il y a de quoi devenir dingue...

— Mais pourquoi ne pas chercher un homme jeune, qui vous aimerait ?

— Tout cela est la faute de mon père, il m'a embarquée dans une sale histoire... J'ai accepté des choses pour lui plaire.

Elle porta sa main droite à ses lèvres puis dit précipitamment :

— On s'en va ?

Le sang battait à mes tempes.

— Pas si vite... A quoi faites-vous allusion ? Pourquoi mêler votre père à tout cela... De quelle histoire parlez-vous ?

Elle avait peur, elle voulait partir.

— Si on allait prendre un café sur une terrasse, je le raconterais plus facilement...

— Carol, quel rapport entre votre père et le mien ?

— Ne me bousculez pas. Vous serez fou de rage... Vous ne me croirez pas... c'est-à-dire à mon innocence...

J'étais près d'elle, tendu à l'extrême.

— Qu'avez-vous fait, Carol ? Allez-y, je veux tout savoir, et maintenant.

Elle était désespérée.

— Vous voulez que je vous le dise, ici ?

— Immédiatement.

Elle poussa un soupir et se frotta le nez avec sa main droite.

— J'ai dû accepter un ultimatum de mon père...

— Ultimatum ?

— Oui. Obéir ou être rejetée complètement... Il ne supportait pas ce qu'il appelait mon « manque de personnalité ». A la place d'un fils, à qui il aurait pu transmettre ce qu'il appelait son « royaume », il avait une fille effacée. Moi.

— Qu'est-ce qu'il voulait ?

— Que je m'inscrive aux cours de Samuel que j'attire son attention sur moi, que j'essaie d'établir un contact personnel, qu'il ait envie de me voir en tête à tête.

Je la fixais, je ne ressentais ni pitié ni haine, juste la panique de l'être humain.

— Continuez...

— J'avais la mission d'obtenir un renseignement, une allusion... « Même une bribe de phrase pourrait m'aider », a dit mon père.

— A propos de quoi ?

— D'un objet que votre père possédait.

Je la saisis par les épaules.

— Lui aussi, il cherche ? Vite... Expliquez...

— Lâchez-moi.

Elle reculait. Je la harcelai :

— Et vous avez accepté d'espionner mon père ? Vous avez eu le culot de venir vers moi demander mon aide, de sangloter sur sa tombe ? Vous êtes un monstre.

266

J'avais en face de moi un tout petit monstre pâle qui soutenait mon regard.

— Tout est contre moi, je le sais. J'ai obéi avec l'espoir de me faire aimer un peu et aussi pour prouver à mon père que j'étais capable d'un exploit. J'ai relevé un défi. Selon ses dires, Samuel possédait une pièce de collection que mon père voulait racheter en raison d'un accord qu'ils auraient conclu dans le passé. Il disait être en droit de l'exiger, mais Samuel refusait d'obéir aux règles qu'ils avaient établies. Il se révoltait et il a dit qu'il ne céderait jamais. Il paraît que depuis des années, ils se bagarraient. Ils étaient aussi tenaces qu'obstinés. Mon père voulait que j'attendrisse Samuel et qu'il me parle dans un moment de faiblesse de ce document, paraît-il unique... Un mot aurait suffi pour orienter mon père.

— Ils se connaissaient donc depuis longtemps ?

— Mais oui. Mon père a été prisonnier comme eux, pendant un certain temps, au même endroit.

Ça y est, nous y étions. Le passé était là pour me dévorer.

— Il jouait d'un instrument ?

— Du violon, lui aussi.

— Il faisait partie de leur groupe ?

— Oui, jusqu'à leur rupture.

— Mais mon père devait savoir que son adversaire avait une fille...

— Non. Les amis de mon père ne me connaissaient pas. Il a été tellement déçu d'avoir une fille qu'il ne leur a même pas annoncé ma naissance. Comme il n'arrivait pas à avoir un autre enfant — il a essayé avec plusieurs femmes successives, ça ne marchait pas —, il me cachait presque.

— C'est ridicule.

— Peut-être pour vous, pas pour moi.

— Et alors ?

— Mon père m'a dit que Samuel avait une passion pour les très jeunes femmes et la grande musique. A vingt ans, j'avais l'air d'en avoir seize. J'étais l'outil rêvé.

— Et vous avez accepté cette sale mission ?

— Pour être un peu aimée de mon père, oui. Mais dès la première rencontre, je suis tombée amoureuse de Samuel.

Je brûlais de nervosité.

— Tout devient limpide. C'est votre père qui a fait fouiller la maison de ma mère, ce sont ses hommes qui m'ont torturé, ce sont eux qui ont agressé Schaeffer....

Elle m'interrompit :

— Non, pas ça. Ces horreurs n'ont rien à voir avec lui. D'ailleurs, depuis la mort de Sam, il a abandonné ses recherches. Je vous jure qu'il n'est pour rien dans ces agressions. J'en suis sûre. Il serait capable de beaucoup de choses, de tricher avec Dieu et le fisc, de voler même, mais jamais il ne toucherait à la vie de quelqu'un. « Nous avons échappé à la mort, nous n'avons pas le droit de la donner », c'est ce qu'il disait. Il a été tellement choqué par le décès de Samuel qu'on a dû le soumettre à un contrôle cardiologique. Ils s'étaient vus pour la dernière fois en Thaïlande, il y a environ dix ans. C'est là-bas que la rupture est survenue et qu'il a été, je crois, rejeté par le groupe.

Je me dominais avec peine.

— Vous connaissiez aussi le nom du docteur Schaeffer ?

— J'ai entendu parler de lui.

— Et vous m'avez joué la comédie à Vienne ?

— J'étais affolée. Mais je ne me sens pas coupable. Du tout. Quand j'ai appris la mort de Samuel, je me suis attaquée à mon père, je lui ai demandé s'il pouvait être pour quelque chose dans ce drame.

Il m'a traitée d'idiote, il m'a dit être le dernier à souhaiter la mort de Samuel, qui avait emporté son secret avec lui. « Depuis Hua Hin, il me fait marcher », a dit mon père.

— Depuis quoi ?

— Hua Hin, une petite ville au sud de la Thaïlande.

— Vous avez un double nom. Quel est l'autre ?

— Rimski. Mon père s'appelle Rimski. Il a fait ajouter Grant. Les autres le connaissaient en tant que Rimski. Le nom de Grant a été peut-être prononcé une ou deux fois... pas plus.

— Mais comment avez-vous pu supporter une situation aussi humiliante ? Une espionne !

Elle me regardait, désespérée.

— Accusez-moi, allez-y. Vous avez tous les droits, mais d'abord il faut m'écouter. Dès le moment où je suis tombée amoureuse de Samuel, j'ai annoncé à mon père qu'il ne devait espérer aucune aide de ma part. Il m'a dit, furieux, qu'il allait me déshériter et qu'il fallait être malade pour tomber amoureuse d'un homme comme Samuel. Depuis, on ne se parle presque plus.

Malgré ma fureur je la sentais sincère.

— Carol, si vous interrogiez votre père ? Si vous lui disiez la vérité, vous êtes venue chez moi, vous avez appris qu'on nous persécutait, ma mère et moi... Il pourrait nous aider si c'est un homme de bonne volonté.

— Je crois qu'il a renoncé à son idée fixe d'acquérir ce document ou Dieu sait quoi. Il ne se porte pas bien, et la mort de Schaeffer va le bouleverser encore plus.

— Le temps qu'il sache...

— Il lit les journaux allemands, et autrichiens aussi.

— Et Luba ? Que savez-vous d'elle ?

— Mon père en a parlé une ou deux fois. Elle faisait partie de leur groupe depuis le début.

— Et vous avez joué cette sordide comédie à Vienne ?

— Je ne les connaissais que par ouï-dire, vaguement. Un prénom ici et là...

— Vous n'aviez pas peur qu'oncle Simon ou Luba fasse le rapprochement entre vous et Grant-Rimski ?

— Non. Il y a beaucoup de Grant, et je n'étais pas son sujet de conversation favori. Il n'a pas pu s'offrir un fils. Un prince de l'argent et du pouvoir... J'étais le symbole de ses rêves cassés. Ses amis savaient qu'il avait été marié, peut-être même divorcé, mais rien d'autre. Et depuis la rupture de Hua Hin, il ne les a plus rencontrés. Presque dix ans.

J'ouvris la porte de la salle à manger. Il me fallait un peu d'air.

— Et quand je suis sorti de la maison de Schaeffer à Vienne ?

— J'ai été paniquée. J'ai voulu me sauver, mais je ne pouvais pas vous abandonner.

— J'ai vu des photos chez Schaeffer... Plusieurs sont tronquées, un personnage a été découpé. Avez-vous une idée de qui il peut s'agir ?

— Peut-être mon père, mais ce n'est pas sûr. Il n'aimait pas être photographié, il se défendait contre tous les souvenirs de ce genre. Depuis le dernier rendez-vous à Hua Hin, il était banni du groupe. Il n'est pas exclu que Schaeffer l'ait supprimé de ses photos...

— Vous avez quand même triché d'une manière éhontée.

— Je ne vous ai pas trompé, vous. J'ai parlé de Sam et moi. C'est tout. Le reste ne vous regardait pas...

— Ne me regardait pas ? Le reste ?

— Pas directement. J'ai la conscience tranquille.

— Parce que vous vous arrangez avec votre conscience... Et que sait votre père de votre voyage ici ?

— Que je suis partie pour l'Europe. La découverte du vieux continent, c'est tout. Il n'a pas l'ombre d'une idée du fait que nous nous connaissons.

Elle semblait sincère et épuisée, j'avais envie de la croire. Je la croyais. D'ailleurs, que faire d'autre dans la situation où nous nous trouvions ?

La sonnerie retentit. J'avais peur qu'on ait pu entendre notre conversation. Par chance, la porte d'entrée était doublée à l'intérieur d'une épaisse tenture. Je fis un geste, Carol se retira dans la salle à manger. En écartant le tissu, je regardai par le judas. C'était Dreyer. J'ouvris, désespéré.

— Que faites-vous là, monsieur Dreyer ? Que voulez-vous encore ?

— Pardonnez-moi, dit-il d'un ton navré. Je sais, je vous irrite. Je me donne un mal inouï pour dénouer cette affaire, alors, soyez indulgent. Permettez-vous que j'entre ?

Je n'avais pas l'énergie de me défendre.

— Si vous voulez. Juste quelques minutes. J'allais sortir...

Il s'épongea le front.

— Mlle Grant n'est pas là ?

— Pourquoi ? Cette affaire ne la regarde pas.

— Est-elle avec vous ?

— Qu'importe...

Il cherchait.

— Je peux m'asseoir ?

— Il y a des chaises là...

Il s'assit près du buste de Mozart.

— J'imagine que c'est l'objet dont votre mère parlait avec tant d'humour...

— Que voulez-vous ?

— Je suis arrivé vers 11 heures ce matin à Salzbourg. Je voulais des renseignements, je me suis adressé aussitôt à l'agence de voyages. Avant mon départ de Vienne, le commissaire Aumeier m'a appelé...

— Il vous a appelé ? Pourquoi ?

— Il y a du nouveau. Il est sur les traces d'un suspect. Dans la nuit du 18 juillet vers 2 heures, un homme qui errait parmi les rails à la gare centrale a été interpellé. Il avait sur lui un billet aller-retour Francfort-Vienne. A l'époque, l'incident et l'identité de l'individu ont été enregistrés et classés. Après la mort du docteur Schaeffer, Aumeier, à la recherche d'un indice, a vérifié les incidents survenus vingt-quatre heures avant et après le décès de votre père. Il a découvert que l'homme contrôlé avait déjà été le protagoniste d'un cas similaire, il avait tiré dans la foule au rez-de-chaussée d'un grand magasin. Un homme avait été blessé.

— Et que cherche Aumeier ?

— La preuve que ces deux actes ont pu être commis par ce même psychopathe. Tout l'appareil policier de la région de Francfort est en état d'alerte. Si on le retrouve et s'il avoue, l'affaire sera close et notre compagnie paiera. Voilà pourquoi je vous dérange. Ça vaut la peine, non ?

J'étais de plus en plus troublé. Fallait-il enfin communiquer à Dreyer la lettre de mon père ?

— Vous semblez bien perplexe, monsieur Levinson, dit Dreyer en s'approchant du buste en marbre. Mozart... Quel visage admirable !

Il soupira :

— Il me semble que vous n'êtes pas plus coopératif aujourd'hui qu'hier, pourtant l'affaire touche à sa fin. J'ai rencontré aussi le patron de l'agence de voyage, il a vendu une quantité impressionnante de billets d'avion à votre père... Le dernier a été délivré à destination de Bangkok et expédié, deux jours avant l'attentat, à Samuel Levinson, à l'adresse de son frère. Aucune demande de remboursement n'a été faite auprès de la compagnie aérienne. Mais même si vous le retrouvez, c'est trop tard, au bout d'un an le billet n'est plus valable. J'aurais d'ailleurs aimé voir ce billet. Juste par curiosité. Je crois que les affaires personnelles de votre père ont été rendues à votre oncle Simon...

— Quelle importance, ce billet ? Si vous voyiez le fatras de papiers de toutes sortes avec lequel nous luttons ma mère et moi...

Il haussa les épaules.

J'évoquais exprès le « fatras » de papiers, je pourrais dire pus tard que j'avais trouvé la lettre d'annulation du contrat par hasard.

— Vous avez vu le passeport de votre père ? Retrouvé, selon votre oncle, dans la poche de la veste qu'on lui a rendue...

— Oui.

— Est-ce qu'il y avait un visa thaïlandais dans ce passeport ?

— Quel intérêt ?

— Si on veut passer plus de quinze jours là-bas, il faut un visa. Sinon, il suffit d'un passeport non périmé.

— Pourquoi cette question ?

— La présence ou l'absence de visa pourrait indiquer les intentions de Samuel Levinson quant à la durée de son déplacement.

— Vous vous préoccupez, un an après sa mort, de son emploi du temps ?

Dreyer haussa les épaules.

— Je cherche à adopter la logique de votre père, et à progresser. Je me suis attaché à lui, à sa personnalité complexe, il est si extraordinaire si je le compare à moi, simple employé d'une multinationale... Une fois le dossier clos, je me sentirai sans doute dépossédé de mes liens avec le professeur Levinson. Le cadre même dans lequel votre père évoluait est tellement magique. Vienne, Salzbourg, l'Asie... C'était un homme de goût.

L'atmosphère était de plus en plus pressante.

— Monsieur Dreyer, je voulais sortir...

— Oh, c'est vrai, dit-il en se levant. Je vous ai fait perdre du temps, veuillez m'excuser. Je m'en vais.

En prenant congé, il m'assura qu'on allait se revoir. Je répliquai que je n'en doutais pas. Enfin, je refermai la porte derrière lui et libérai Carol, qui attendait à côté.

— Qu'est-ce qu'on fait maintenant, David ?

— On va chez le patron de l'agence de voyages.

Elle me prit le bras.

— Je vous ai dit la vérité... Toute la vérité. Est-ce que vous me pardonnez ?

Je la regardai, perplexe. Je haussai les épaules :

— Vous pardonner... pourquoi pas ? Que puis-je faire d'autre ?

— Oh, dit-elle, c'est bien de ne plus se faire la guerre...

— Carol, avez-vous une idée de l'endroit où mon père pouvait cacher le téléphone ?

— Dans un tiroir de son bureau. Venez...

Elle trouva l'appareil.

— La ligne...

Elle remit la fiche dans une prise, nous avions la tonalité. Une chance...

— Parfait, j'appellerai l'Amérique au retour.

Avant de quitter l'appartement, presque machinalement je jetai de la salle à manger un coup d'œil sur la place. Mon regard s'attarda sur un homme qui se tenait en face, devant l'entrée d'une banque. Vêtu d'un jean et d'une chemise ouverte jusqu'à mi-poitrine, chaussé de baskets, il paraissait plus jeune qu'il ne l'était. Un visage régulier, des cheveux blonds, des lunettes légèrement teintées. J'avais déjà vu cet homme, sa carrure l'identifiait. N'était-il pas par hasard vêtu de gris au cimetière de Vienne ?

— Carol... Venez vite.

Elle se précipita.

— Regardez l'homme, là-bas.

— Où ?

— En face, devant l'entrée de la banque. Vêtu d'un jean.

— Avec des lunettes ?

— Oui. Ce type, l'avez-vous aperçu quelque part...

— Où ? Peut-être parmi les gens qui venaient chez votre père.

Elle hésitait :

— Je ne sais pas. Il y a deux entrées... celle que vous avez vue, avec la grille et des hérons, et une autre derrière, réservée exclusivement aux visiteurs de mon père. Parfois je m'égarais côté bureau, c'est-à-dire à l'endroit où mon père a ses rendez-vous d'affaires. Tout est possible... Mais pourquoi cette question ? Vous suspectez mon père ? Il n'est pas un modèle de vertu, mais il ne travaille pas avec des tueurs à gages.

Je ne voulais plus rien dire à cette fille. Ma confiance avait ses limites.

L'homme dans la rue prit une cigarette et l'alluma. Ses lunettes brillaient au soleil.

En partant, je laissai ouverte la grille en fer forgé. Je cherchais la preuve que je n'étais pas fou. La présence de cet homme m'excitait, il était loin, mais ses traits s'étaient gravés dans mon esprit. Allait-il me chercher ici ? Voulait-il s'introduire dans l'endroit secret de mon père ? Était-ce la dernière étape qui lui manquait ? Je fermai la porte sans tourner

275

la clef. Je facilitais l'existence de mon bourreau, un jour j'allais le coincer. Quand il se sentirait le plus en sécurité...

En bas de l'immeuble, en longeant le couloir intérieur, nous sortîmes du côté de la Sigmund-Haffner Gasse. Je voulais troubler le guetteur. A quel moment découvrirait-il qu'il n'y avait plus personne dans l'appartement ?

— L'agence est près de la maison de Mozart, dit Carol. J'y suis allée avec Sam, on n'est pas loin... Il suffit de suivre les gens.

En nous dirigeant vers le centre de la vieille ville, nous nous sommes bientôt trouvés dans une rue étroite chargée de touristes : la Getreidegasse. Des grappes humaines s'y déplaçaient, admiraient les façades chargées d'enseignes en fer forgé aux tons clinquants ou patinés artificiellement. Je me frayais un passage dans les souks les plus chics au monde. De jeunes parents avançaient parfois avec des poussettes où gémissaient des enfants déboussolés, des gens progressaient en biais, comme des crabes, la tête tournée vers les façades sculptées. C'était la fête des anges baroques, des lions en pierre, des bretzels et des hamburgers. Ici et là, des vitrines remplies de cachemires anglais ; on vendait aussi des chevaliers en faïence aux gogos, des pianos en porcelaine et des boules en chocolat aux candides. Au rez-de-chaussée de la maison natale de Mozart, un boucher-traiteur faisait des affaires en or, un fumet de viande rôtie s'échappait de sa boutique et en faisait saliver plus d'un.

— Patience, David. L'agence « Terre et Ciel » se trouve quelque part ici... pas loin. Dans une cour intérieure.

Cour intérieure ? Il n'y avait que ça... Je suivais Carol dans ce quartier où les chefs-d'œuvre nous empoignaient le cœur. Nous étions les souris dans une ville étrange, céleste, dont nous parcourions les souterrains. Peut-être avec un tueur sur les talons. Le nez en l'air, Carol cherchait. Elle se trompait. Nous aboutissions tantôt à une cour remplie de fleurs fraîches et de bouquets de fleurs séchées, tantôt à une autre occupée par des étals chargés de petits paquets d'herbes et d'épices odorantes, et de figurines confectionnées en paille de maïs et habillées en personnages de contes de fées.

— Je vous jure que c'est par là...

Elle se frayait un chemin parmi les gens dont les pieds glissaient sur les pavés, leurs mains maladroites serrant des sandwiches encore tièdes. Les comptoirs voisinaient avec les heurtoirs des portes centenaires et des boutiques proposaient leur « décrochez-moi-ça ». Nous étions égarés dans une maison bâtie en 1360, à l'intérieur, un ascenseur ultra-moderne s'élevait vers des bureaux d'avocats et de médecins.

Salzbourg était soûlant, grisant, étourdissant. Que d'églises provocantes de beauté, de façades travesties, hésitant entre commerces et souvenirs... les rêves les plus fous se muaient en décors. Bruits de pas, exclamations, murmures, mais aucune tentative d'asperger l'espace de musique. Fabuleuse discrétion. Nous errions épaule contre épaule, corps à corps, dans une faune à mille têtes. Le vieux, le jeune, le baroque, le rationnel, le McDonald's et les anges sculptés s'entrechoquaient. Le cou tordu, les masses humaines hétéroclites contemplaient la maison natale de l'enfant du Siècle, de ce farceur sublime, de ce génie. Sa ville, roublarde et fascinante, était digne de lui. Selon Carol, Salzbourg avait l'un des plus beaux cimetières au monde... C'est ce qu'elle me racontait en marchant à côté de moi sur les vieux pavés.

— On y allait pour acheter du pain.

— Du pain ?

— Je vous expliquerai plus tard. C'est toute une légende, dit-elle en me tirant dans un passage sombre où, devant la vitrine d'un marchand de jouets, les parents faisaient du calcul mental et les gosses léchaient des glaces géantes.

Quelques pavés saillants de la cour nous firent trébucher, j'aperçus enfin l'écriteau qui signalait le bureau de voyages. Un escalier extérieur assurait l'accès aux locaux. Grimper, frapper, entrer.

— Oui, M. Gruber est là. De la part de qui ? demanda une secrétaire assise devant un ordinateur robuste.

— David Levinson.

Quelques minutes plus tard, dans une pièce étroite, le patron nous recevait. Plus impatient qu'aimable, il s'adressa à nous avec un débit rapide :

— Bonjour, monsieur Levinson ! Depuis le temps qu'on vous réclame, et de surcroît chez moi. Les gens savent ici que j'étais l'ami de votre père.

— Je suis navré si on vous a ennuyé. Je n'ai pas eu beaucoup de temps à consacrer à...

— Pourtant, m'interrompit-il, il s'agit de votre père, de sa succession.

— Mais oui, enfin...

Il continua :

— Si vous voulez vendre l'appartement de votre père, je connais des gens qui s'y intéressent. Un appartement comme le sien est rare et recherché. D'ailleurs, j'allais oublier... Je vous présente mes condoléances.

Il se tourna vers Carol :

— A vous aussi...

— Monsieur Gruber, je voudrais connaître...

Il prit un air souffreteux :

— Connaître quoi ? Encore des questions ? Je vais devenir neurasthénique si ça continue...

Il se plaignait. Depuis la mort de Samuel on ne cessait de lui demander des renseignements, des conseils. Gruber était surexcité. Sous ses cheveux blancs, son visage assez fin se rétractait de tics. Moins harassé, il aurait pu être un interlocuteur agréable. J'essayai de le calmer.

— Ça va s'arranger maintenant, je prends les affaires en main. Je suis aidé, comme vous le voyez. Vous connaissez Mlle Grant, n'est-ce pas ?

— On s'est déjà vus, dit-il.

— Je suis venue ici avec le professeur Levinson.

Il fit un clin d'œil qu'il espérait équivoque.

— C'est ce que j'ai dit, on se connaît. Monsieur Levinson, j'espère que vous avez rencontré le notaire qui s'occupe de l'appartement...

— Je ne suis là que depuis ce matin. Je vais tout régler au cours des prochains jours, mais je reconnais qu'aujourd'hui je voudrais vous entendre. Juste quelques questions.

Il s'essuya le front.

— Allez-y, je vous écoute, mais terminons-en vite. Mettez-vous à ma place. Un homme vous honore de son amitié, il est bon client, et soudain il meurt... d'une manière dramatique. On le tue. Alors les gens cherchent à comprendre, ils frappent à toutes les portes. Il me faut faire face à la police, aux notaires, à sa femme.

J'intervins doucement :

— Monsieur Gruber, à ma connaissance, ma mère ne vous a jamais appelé...

— D'accord, pas elle, mais tant d'autres. Elle, je devrai la rencontrer à un moment donné, c'est sûr. Et vous... que voulez-vous ?

— Jeter un coup d'œil sur vos registres.

— Quels registres ?

— Vous faites bien inscrire les billets délivrés ?

— Évidemment, tout est sur ordinateur.

— Je voudrais connaître les plus récents déplacements de mon père.

— Ah, dit-il, nous y voilà, ça recommence. J'ai fait mon rapport à la police, ce matin même un nommé Dreyer m'a usé le système nerveux. Oui, votre père commandait tous ses billets ici. Il venait de New York et les trouvait poste restante à Francfort. Sinon, il passait par Vienne et les prenait chez son frère.

— Il semble que la dernière destination ait été Bangkok.

— Oui. J'ai envoyé le billet chez Simon Levinson. Votre père avait son rendez-vous annuel avec ses amis à Vienne, il serait parti en Thaïlande de là-bas, via Zurich.

— Vous n'avez plus jamais revu ce billet ?

— Non. En tout cas, aucune demande de remboursement n'a été faite à mon bureau, mais ce billet doit traîner quelque part...

— Simon n'a trouvé dans la poche de sa veste qu'un vieux passeport périmé, les clefs de l'appartement de Salzbourg, et un stylo.

Il haussa les épaules.

— Je compatis, mais que voulez-vous que je fasse ? A partir du moment où j'ai envoyé le billet chez Simon avec accusé de réception, je suis dégagé de toute responsabilité.

— Vous réserviez une chambre pour lui ?

— Ça dépendait de l'endroit.

— A Bangkok.

— Non. Là-bas il descendait chez une relations, Davis, un chic type. Ils partaient pour Hua Hin.

— Hua Hin ?

— Une station balnéaire fréquentée de Bangkok. Il y a là-bas un hôtel connaisseurs. Très spécial, de style

examinant les numéros, en les identifiant, vous pourrez peut-être trouver les gens et les lieux qui vous intéressent.

— Vous a-t-il parlé

n'est-ce

une comm

pour rendre

des disques...

Nous descend

— J'ai vu une fe

aussi agité qu'aujourd

Un marchand ambu

une grappe géante de ba

— J'ai toujours aimé

La traduction littérale est «

Je me tournai vers elle :

— Répétez donc. Gentime

Elle me regarda, étonnée

— Qu'est-ce qui vous

c'est Hua Hin en la

Samuel « Tête de pi

— Qui ?

— Ses amis.

Il se plaignait. Depuis la mort de Samuel on ne cessait de lui demander des renseignements, des conseils. Gruber était surexcité. Sous ses cheveux blancs, son visage assez fin se rétractait de tics. Moins harassé, il aurait pu être un interlocuteur agréable. J'essayai de le calmer.

— Ça va s'arranger maintenant, je prends les affaires en main. Je suis aidé, comme vous le voyez. Vous connaissez Mlle Grant, n'est-ce pas ?

— On s'est déjà vus, dit-il.

— Je suis venue ici avec le professeur Levinson. Il fit un clin d'œil qu'il espérait équivoque.

— C'est ce que j'ai dit, on se connaît. Monsieur Levinson, j'espère que vous avez rencontré le notaire qui s'occupe de l'appartement...

— Je ne suis là que depuis ce matin. Je vais tout régler au cours des prochains jours, mais je reconnais qu'aujourd'hui je voudrais vous entendre. Juste quelques questions.

Il s'essuya le front.

— Allez-y, je vous écoute, mais terminons-en vite. Mettez-vous à ma place. Un homme vous honore de son amitié, il est bon client, et soudain il meurt... d'une manière dramatique. On le tue. Alors les gens cherchent à comprendre, ils frappent à toutes les portes. Il me faut faire face à la police, aux notaires, à sa femme.

J'intervins doucement :

— Monsieur Gruber, à ma connaissance, ma mère ne vous a jamais appelé...

— D'accord, pas elle, mais tant d'autres. Elle, je devrai la rencontrer à un moment donné, c'est sûr. Et vous... que voulez-vous ?

— Jeter un coup d'œil sur vos registres.

— Quels registres ?

— Vous faites bien inscrire les billets délivrés ?

— Évidemment, tout est sur ordinateur.

— Je voudrais connaître les plus récents déplacements de mon père.

— Ah, dit-il, nous y voilà, ça recommence. J'ai fait mon rapport à la police, ce matin même un nommé Dreyer m'a usé le système nerveux. Oui, votre père commandait tous ses billets ici. Il venait de New York et les trouvait poste restante à Francfort. Sinon, il passait par Vienne et les prenait chez son frère.

— Il semble que la dernière destination ait été Bangkok.

— Oui. J'ai envoyé le billet chez Simon Levinson. Votre père avait son rendez-vous annuel avec ses amis à Vienne, il serait parti en Thaïlande de là-bas, via Zurich.

— Vous n'avez plus jamais revu ce billet ?

— Non. En tout cas, aucune demande de remboursement n'a été faite à mon bureau, mais ce billet doit traîner quelque part...

— Simon n'a trouvé dans la poche de sa veste qu'un vieux passeport périmé, les clefs de l'appartement de Salzbourg, et un stylo.

Il haussa les épaules.

— Je compatis, mais que voulez-vous que je fasse ? A partir du moment où j'ai envoyé le billet chez Simon avec accusé de réception, je suis dégagé de toute responsabilité.

— Vous réserviez une chambre pour lui ?

— Ça dépendait de l'endroit.

— A Bangkok.

— Non. Là-bas il descendait chez une de nos relations, Davis, un chic type. Ils partaient ensuite pour Hua Hin.

— Hua Hin ?

— Une station balnéaire fréquentée par les gens de Bangkok. Il y a là-bas un hôtel fameux pour connaisseurs. Très spécial, de style colonial, un peu vieillot, le Railway. Votre père allait là-bas avec Davis.

— Mon père se rendait souvent en Thaïlande ?

— Il ne vous tenait pas au courant de ses déplacements ?

— Parfois, oui. Parfois, non.

Il hocha la tête.

— Pendant une période il s'y rendait fréquemment, ensuite il y a eu une rupture avec l'endroit. Il s'en est lassé, je présume. Mais il aurait pu y aller sans faire appel à moi... Ma secrétaire vous remettra le dossier de ses voyages.

Je me levai, Carol en fit autant.

— Encore une chose...

— Allez-y.

— Vous a-t-il parlé de temps en temps du livre qu'il écrivait ?

— A peine. Il était persuadé que cela ne m'intéressait pas, et il n'avait pas tout à fait tort. Il faut dire que pour un homme qui a une agence de voyages, le titre « Terre en feu » n'est pas très tentant... A priori, il ne se séparait jamais de ce manuscrit. Pourquoi ? Vous ne l'avez pas retrouvé ? Quand il était mal à l'aise avec Simon, que ça tiraillait entre eux, alors il s'installait chez le docteur Schaeffer. Il avait sa chambre à Hietzing. Si votre oncle ne sait pas où est le manuscrit, demandez à Schaeffer, mais délicatement, il risque de le prendre mal. S'il l'avait trouvé, il vous l'aurait rendu... Il n'avait pas encore appris la mort de Schaeffer.

— Ah oui, continua-t-il, il y a encore le problème du téléphone... Comme il me restait de l'argent en réserve, je n'ai pas fait couper la ligne, j'ai pensé que votre existence ici en serait facilitée. Mais maintenant, il faut vous en occuper. Ma secrétaire va vous remettre aussi le dossier des factures. En examinant les numéros, en les identifiant, vous pourrez peut-être trouver les gens et les lieux qui vous intéressent.

— Vous a-t-il parlé par hasard d'un document ou d'un objet très précieux qu'il aurait acquis...

— A moi ? Non. Du tout. Je ne suis pas collectionneur, ce vice m'a été épargné par le destin. Il faut interroger ses marchands attitrés. J'ai eu assez de travail avec les disques qu'on expédiait ici. Vous en avez trente-deux à emporter...

— Je le ferai. En tout cas, je vous remercie pour votre aimable accueil.

Pressé, il nous accompagna, la secrétaire me remit plusieurs dossiers. Gruber nous regardait avec satisfaction.

— Enfin on en termine. Vous avez bien compris, n'est-ce pas ? Je ne vais plus m'occuper du téléphone. Et si vous vous décidez pour la vente de l'appartement, faites-moi signe, vous économiserez une commission d'agence. Je fais ça pour rien, juste pour rendre service aux amis. Et débarrassez-moi des disques...

Nous descendîmes dans la cour.

— J'ai vu une fois Gruber, annonça Carol. Il était aussi agité qu'aujourd'hui.

Un marchand ambulant tenait d'une seule main une grappe géante de ballons multicolores.

— J'ai toujours aimé le nom Hua Hin, dit-elle. La traduction littérale est « Tête de pierre ».

Je me tournai vers elle :

— Répétez donc. Gentiment, doucement.

Elle me regarda, étonnée.

— Qu'est-ce qui vous arrive ? « Tête de pierre », c'est Hua Hin en langue thaïe. On surnommait Samuel « Tête de pierre ».

— Qui ?

— Ses amis. Il était tellement têtu...

nous accueillit et désigna une table. Carol fit non de la tête.

— Non... pas celle-là. l'autre, près de la fenêtre.

Au-dessus de la balustrade de la terrasse vide, j'aperçus la statue de Mozart qui dominait le paysage de pierre.

Le garçon nous tendit les cartes. Sans l'avoir regardée, Carol annonça :

— Une escalope panée, une salade et un *Salzburger Nockerl*, s'il vous plaît.

Elle m'épargnait l'effort de réfléchir.

— La même chose pour moi.

— Le *Nockerl* est pour deux ? ajouta-t-elle en direction du garçon qui répondit « Ja, gnèdige Frau ».

— Le jour où j'étais là...

J'attendais un confession, un secret...

— ... J'ai mangé le soufflé toute seule !

Dix minutes plus tard, le repas succulent était servi. Je buvais de la bière, elle aussi.

— Pourtant je n'aime pas ça, dit-elle.

Elle s'essuyait la bouche avec la main.

— Je ne bois jamais de vin, alors, une fois par an une bière... j'en laisse d'ailleurs la moitié. Il n'y a pas de boisson romantique, sauf le champagne. Hélas, une seule coupe me tourne la tête.

Je voulais l'interroger sur ce qu'elle avait pu entendre de mon père au sujet de la Thaïlande, j'essayais de susciter des souvenirs.

La salle se remplissait peu à peu.

Le garçon enleva nos assiettes.

— « Mon cher ami », dit-elle soudain en français, « le plaisir... »

— Vous parlez français ?

— Un jour, Samuel m'a dit que la langue française prêtait à votre mère « un charme incomparable », j'ai pris quelques leçons.

Elle jouait à la dame qui prend un thé au salon. Si elle avait porté un chemisier, elle aurait effleuré d'un geste léger une cravate en soie rehaussée d'un collier de perles. Nous luttions avec les escalopes panées, et ensuite, au bout d'une petite attente :

— Voilà ! s'exclama-t-elle.

Je contemplai l'immense soufflé, colline modulée jaune Schönbrunn. Le garçon le découpait, indifférent. Il servit Carol, qui réclama aussitôt son coulis de framboises. J'entamai moi aussi le soufflé qui évoquait le goût du lait de poule auquel aucun gosse n'échappe.

— Tout le problème de Samuel était ce qu'il appelait « son honneur », dit-elle, la bouche pleine. Il a dû promettre à votre mère la fidélité éternelle, ou quelque chose dans ce genre-là... D'où les complications.

— Complications ? Si vous aviez été sa femme, vous... après trente ans de vie commune...

— Je lui aurais accordé des vacances conjugales.

— « Vacances conjugales » ? C'est quoi ça ?

— Faire relâche. S'en aller un peu.

— Je ne vous comprends pas.

— Mais si. J'aurais aimé emprunter Samuel à votre mère pour quelques années et ensuite le lui rendre.

Je déposai ma cuillère.

— Emprunter ?

— Oui. Votre mère était plus jeune que Samuel, elle aurait pu vivre elle aussi une période agréable avec quelqu'un d'autre. Puis, tous les deux devenus vieux...

Je l'écoutais, fasciné par ce culot magistral. Sa cuillère se cogna contre l'assiette.

— Ils se seraient retrouvés.

— Et vous, dans tout cela ?

Elle reprit du soufflé.

— Je suis venue deux fois ici, pas plus. C'était joli...

— Plus maintenant.

— Navrée pour toi, prononça-t-elle, je voulais te rendre service. J'imaginais que tu serais content de ça... Regarde.

Elle prit une enveloppe de son sac et me le tendit.

— Ouvre ! Qu'est-ce que tu attends ?

L'enveloppe contenait un passeport de mon père, sans doute le plus récent, et son billet d'avion. J'examinai le billet. Un aller pour Bangkok via Francfort et Zurich le 20 juillet, et un retour open Bangkok-Zurich-New York.

— Alors, David... Tu ne sautes pas en l'air, tu ne pousses pas de cris de joie ? Tout le monde cherchait ce billet, je te l'apporte à domicile...

— Tu es infiniment gentille, je t'en remercie. Mais où as-tu retrouvé cette enveloppe ?

— Elle était glissée sous le matelas du lit pliant. Il a dû regarder ces documents et...

— ... les aurait cachés sous un matelas ? Cela m'étonne...

— Au lieu de me fêter, tu mets en doute ma parole ? Tu as un comportement bizarre.

— Mais non... Ne te vexe pas. Je ne mets rien en doute, je te suis très reconnaissant. Je réfléchissais juste à haute voix.

Elle me regardait.

— Vous les Levinson, vous n'ête jamais contents. Simon t'a montré hier les affaires de ton père, j'ai profité de l'occasion pour faire un peu de ménage et j'ai découvert que les vieux draps se trouvaient encore dans le lit pliant. Je les ai enlevés, l'enveloppe y était. C'est tout.

Je feuilletais le passeport. Il n'y avait pas de visa thaïlandais, mon père n'avait donc pas l'intention de rester là-bas plus de quinze jours.

— Merci Luba, mais tu n'aurais pas dû te déplacer pour ça...

— Qu'importe la distance, dit-elle. J'allais prendre quelques jours de vacances, j'irai demain à San Anton.

— Tu es venue en voiture ?

— Mais oui, mon cher David. La vieille Luba, bonne pour faire la cuisine, pour relier et restaurer, a une superbe voiture de sport. Ça t'étonne ?

Je ne voulais surtout pas la froisser, je bégayai :

— Non. Oui. Un peu.

Elle souriait, pincée.

— Il faut se méfier des femmes dites « casanières », le jour où elles en ont assez de servir à la fois leur entourage et leurs complexes, ça barde.

Déconcerté par son attitude, je ne savais que dire : quelle chance, ou quel malheur... Elle avançait dans l'appartement.

— Je crois qu'il y a de vrais problèmes ici...

— En effet.

— Tu n'as jamais voulu m'expliquer quoi que ce soit. Seulement à Simon.

— Ce n'est pas le moment de me faire des reproches, et tu n'as jamais manifesté de sympathie particulière à mon égard.

— Erreur, dit-elle, soudain souriante. Je n'ai jamais rien eu contre toi. Alors, qu'est-ce qui se passe ici ?

— Découvre !

Je la suivis d'une pièce à l'autre, elle s'exclama :

— C'est horrible, mais ça ne m'étonne qu'à moitié. Samuel avait l'air d'embêter ses proches ! Même après sa mort... peut-être encore plus. Ce grand délicat qui, avec une politesse exquise, transformait tout le monde en humble serviteur de son génie, prenait les gens à rebrousse-poil. Il fallait plier, sinon s'effacer.

Je préférais fuir les vieilles rancunes, je devais

292

prévenir Carol de la présence de Luba. Je l'ai retrouvée dans la chambre, elle emballait ses affaires dans son sac de voyage.

— Luba, ici ? Qu'est-ce qu'elle veut ?

— Elle a retrouvé et apporté le passeport et le billet d'avion de mon père. En effet, il devait aller en Thaïlande. Mais l'insistance de cette femme m'étonne, je ne sais pas ce qu'elle veut vraiment. Elle n'a pas l'habitude d'être aussi serviable, pour ne pas dire attentionnée.

— Quelle importance, dit Carol. Je ne pense qu'à la Thaïlande. Je suis de plus en plus convaincue qu'il faut retrouver Davis, il doit savoir l'essentiel. Il pourrait nous conseiller sur la meilleure façon d'arrêter Fischer... En tout cas...

Elle tira énergiquement le cordon de son sac.

— Moi, je me barre. Je commence à admettre que les Levinson père et fils abîment le système nerveux et sont dangereux en général pour la santé.

J'essayai de l'apaiser.

— Où allez-vous ?

— J'appellerai un taxi et je chercherai une chambre. Je laisse Levinson père au cimetière, et Levinson fils à son tueur. Vous êtes des gens à éviter.

— Qu'est-ce qui vous arrive ?

Je la saisis par les épaules.

— Vous jurez, vous pleurez, vous m'injuriez, vous voulez partir seule...

— Je veux me libérer. Je n'étais que le jouet de vieux gosses qui se chamaillaient pour un objet. Mon père et le vôtre. Vous, vous en mourrez peut-être. Très peu pour moi, tout cela. Et avec les Levinson, il faut toujours discuter à n'en plus finir. Vous êtes une tête de mule comme Samuel, vous n'avez pas encore compris que la réponse est en Thaïlande, chez Davis. Si on n'arrive pas à savoir ce

293

qu'on cherche, on ne pourra rien faire pour arrêter Fischer. A cause de l'acharnement de mon père, il doit être persuadé qu'il s'agit d'une fortune, que ce soit une statuette, une icône, ou n'importe quoi...

Elle martelait à coups de pied violents son sac de voyage.

— Et ce n'est peut-être même pas vrai, toute cette histoire !

— Qui aurait menti ?

— Samuel ! cria-t-elle. Il aurait inventé n'importe quoi pour épater mon père, pour le faire enrager. Je les hais, je les hais, je les hais !

— Alors, les tourtereaux ?

Luba se tenait sur le seuil de la porte. Je ne sais pas depuis combien de temps elle était là, son regard reflétait une immense satisfaction.

— ... Tout est en ruine ici. Et vous deux, vous êtes au bout du rouleau. Vous ne voulez pas sortir de ce capharnaüm ?

— Je ne demande que ça ! s'exclama Carol. Vous avez une idée ?

— Surtout une superbe bête...

— Quelle bête ?

— Une voiture de sport.

— Vous ? demanda Carol.

— Moi, répondit Luba. Je venais de dire à David que je prends quelques jours de vacances. Je pars ce soir vers San Anton, un endroit merveilleux en haute montagne, si vous voulez être du voyage...

— N'importe où. Je veux aller n'importe où, il faut que je parte d'ici. San Anton, ça se trouve où ? demanda Carol, en larmes. C'est loin de Zurich ?

— Rien n'est très loin de Zurich, répondit Luba en souriant. Pourquoi ?

— Parce que moi, toute seule, en me fichant de l'opinion de David, je prendrais le premier avion où j'aurais une place et je partirais pour Bangkok.

vieilles haines dont même les relents me faisaient frisonner.

— J'accepte, à condition qu'on s'arrête à un motel si on change d'avis.

— C'est évident, dit-elle avec un sourire aimable, je ferai ce que vous voulez.

— Je vais juste fermer ma valise. Luba, as-tu entendu parler d'un nommé Davis ?

— Davis l'écolo ? Bien sûr. J'en avais parfois par-dessus la tête de ses discours...

— Quels discours ?

— Sur la nature. Depuis qu'il a été sauvé d'un camp, à moitié mort, il n'a plus eu qu'une idée : passer le reste de son existence proche de la nature. Il a visité plusieurs fois l'Afrique, mais après de longues excursions en Thaïlande, une fille de là-bas lui a mis le grappin dessus. Il a d'abord voulu être ermite, puis gardien d'éléphants, enfin paysan, mais il a fini par acheter un magasin. C'était certes plus confortable. Samuel y allait... Même Simon, en me le cachant. Comme un voleur. J'étais malade de jalousie. Ils n'ont jamais voulu se fendre d'un billet pour moi, et quand j'ai proposé de les accompagner à mes frais, il aurait fallu voir la tête de Simon. Je crois que, tout en jouant ici à l'ascète, il courait là-bas pour les filles et ces dégoûtants salons de massages. Ton père et Simon étaient fous des femmes, mais ils le cachaient. Samuel, mari modèle, Simon, restaurateur d'icônes, défenseurs de nobles causes, tu parles !

Je me sentais éclaboussé par ses paroles. J'allai consulter Carol. Si Luba se révélait pénible ou trop fatiguée au bout d'un certain temps, nous nous arrêterions dans un motel.

— Ne vous inquiétez pas trop, dit Carol. En général, les femmes conduisent très bien. Comme je tombe de sommeil, j'essaierai de dormir sur le siège arrière, mais il faut encore découvrir dans quoi elle veut nous transporter ! Je m'attends au pire...

Nous retrouvâmes Luba qui nous contemplait, satisfaite de notre décision.

— Prêts ?

— Prêts.

Nous quittâmes l'appartement. Je verrouillai la porte, et cette fois-ci les deux battants de la grille aussi. Ce départ improvisé avec Luba nous permettait une fuite imprévisible par l'adversaire. Nous traversâmes l'immeuble pour sortir du côté de la petite rue. Fischer ne pouvait pas surveiller les deux issues à la fois.

— Une vraie souricière, remarqua Luba, semblable à la nature de Samuel. Secret, tortueux, avec des portes secrètes...

Nos pas résonnaient dans le couloir, les fenêtres aperçues dans la première petite cour étaient encore éclairées.

Carol portait son sac de voyage, moi ma valise. Devant nous, Luba avançait d'un pas rapide et se reconnaissait parfaitement dans le tricot des petites rues étroites et faiblement éclairées.

— J'ai un vieux copain par ici, dit-elle, un ancien commerçant de Vienne qui est venu s'installer à Salzbourg. Il me prête une place dans sa cour quand je le préviens à temps de ma venue.

Nous entrâmes dans la cour d'un immeuble moyenâgeux, le porche devait être juste assez large pour laisser passer un véhicule. Nous découvrîmes, stupéfaits, une superbe voiture de sport noire. J'émis un petit sifflement.

— N'est-ce pas ? dit Luba. Ça t'étonne. Mais oui... Elle est à moi, et je sais m'en servir. L'accélération est inouïe, un rêve pour les routes de montagne.

Carol contourna la voiture, admirative.

— Ça alors, répétait-elle. Ça alors...

— J'ai emprunté beaucoup d'argent pour l'acheter, mais j'ai un plaisir fou au volant. Bien plus que ce qu'un homme peut procurer à une femme.

Je fus interloqué. Venant de Luba, la remarque était singulière.

Elle ouvrit la portière et abaissa son siège :

— Montez, Carol. Il vaut mieux que j'aie David à côté de moi, on va bavarder. Les histoires de famille sont inépuisables...

Malgré la ligne supersonique de la carrosserie, la voiture était spacieuse et la banquette arrière confortable, Carol allait pouvoir dormir un peu.

— Sauf si vous voulez que je vous relaie, dit-elle. J'ai l'habitude des rallyes.

— Je ne crois pas, répondit Luba. On verra. Il ne faut jamais jurer de rien.

Je mis la valise et le sac dans le coffre. Revenu vers Luba, je m'étonnai de n'avoir pas aperçu ses bagages à elle.

— J'ai un sac de voyage près de la roue de secours. C'est pour moi un petit vagabondage, je n'ai emporté que le strict nécessaire.

— Et si nous n'avions pas accepté votre invitation, vous auriez fait quoi ? demanda Carol.

— Je vous l'ai dit. Je partais pour San Anton, j'aurais roulé seule. C'était prévu. J'ai eu l'idée de vous rendre visite avant cette excursion quand j'ai retrouvé le billet et le passeport. « Si je leur apportais les documents ? », ai-je dit à Simon. Imagine ce que m'a répondu cet individu sinistre...

— Je n'imagine pas.

— Il m'a dit qu'aimable je suis plus redoutable que fâchée. Toujours une vacherie d'avance.

Je voulais la consoler. Installée au volant, elle tourna la clef de contact et dit :

— Te fatigue pas, je connais les frères Levinson. Depuis le temps...

Elle se dégagea de la cour par une marche arrière d'une douceur extrême. Elle prit des rues noires, traversa la Mozartplatz puis, sur une pente assez raide, elle rejoignit le bord de la Salzach, tourna et entra dans un tunnel, en direction de l'autoroute. Enfin, le sourire aux lèvres, elle accéléra et alluma les grands phares. Les conducteurs qui venaient de l'autre côté multipliaient les signaux d'avertissement, Luba n'en tenait aucun compte. Je lui en fis la remarque, elle haussa les épaules.

Une maîtresse femme au volant. Et quelle voiture... Nous effectuions un vol au ras de terre, le véhicule fonçait, silencieux, dans la nuit noire. Je m'apaisais. Depuis toujours reléguée à l'arrière-plan, cette femme avait voulu casser son image de femme domestique, condamnée au second rang. Mon père et Simon appartenaient à la vieille génération de l'Europe centrale, c'est tout dire. La voiture permettait à Luba de s'affirmer. L'aiguille du compteur vacillait entre 190 et 200 kilomètres-heure, mais pas la moindre secousse, ni le moindre bruit. En revanche, je m'attendais à chaque seconde à l'intervention de la place routière. En Autriche, les limitations de vitesse sont les mêmes que partout en Europe, excepté l'Allemagne. Les photos au radar devaient se multiplier et elle recevoir bientôt un coup de semonce.

Je me retournai vers Carol.

— Si vous avez besoin de quelque chose...

— Non, dit-elle en bâillant. Mais plus tard, j'aimerais bien changer de place avec vous pour étendre mes jambes.

— Parfait, quand vous voudrez.

Luba souriait.

— Une fille gentille, dit-elle.

J'étais d'une politesse exquise, le paysage défilait des deux côtés, deux rubans noirs. Comme une bande adhésive, la nuit collait sur les vitres.

— Vous ne dormez pas, Carol ? demanda Luba.

— Je voudrais, mais je ne peux pas, j'ai tellement l'habitude d'être au volant ou à côté du conducteur.

— Vous nous entendez clairement ?

— Non, le ronronnement du moteur avale les syllabes. Mais si vous le désirez, je m'assois et...

— Oh non, dit Luba. Pas du tout, mais si ce que j'ai à dire est trop compliqué en anglais, je le dirai en allemand. Ne m'en veuillez pas.

Nous déchirions la nuit épaisse. Je croyais que Luba m'oubliait, mais elle jeta un coup d'œil à l'arrière, puis déclara :

— David, il y a des années, j'aurais voulu venir te rendre visite aux États-Unis et demander ton aide...

— Demander mon aide ? En quoi aurais-je pu t'être utile ?

— Je comptais sur un geste presque humanitaire de ta part. Mais j'ai renoncé à l'idée, trouvant la démarche humiliante. J'avais pourtant la tentation de te solliciter pour une démarche auprès de ton père.

Je n'aimais pas le mot « solliciter », cela ne lui allait pas.

— Tu voulais que je demande à mon père quelque chose pour toi ? Mais vous étiez amis bien avant ma naissance, il t'aurait mieux écoutée.

— Penses-tu, dit-elle, puis elle s'enferma dans un mutisme désorientant.

Ses silences étaient si oppressants que je décidai de saisir la première occasion pour nous séparer d'elle. Elle accélérait parfois, nous aurions pu décoller comme un avion.

— Luba, tu regardes ? Tu ne dors pas les yeux ouverts ?

— Mais non, pourtant avec cet engin tout est possible.

Elle écarta ses mains du volant, la voiture continua sa trajectoire sans la moindre déviation.

— C'est dangereux ce que tu fais...

— Crois-tu ? dit-elle.

Je m'injuriai. Nous n'aurions jamais dû entrer dans cette voiture. Je voulus saisir la poignée de la portière, mais je me méfiais, il ne fallait pas qu'elle sente que j'avais peur. Il fallait obliger ce vieux démon à nous débarquer au premier motel. Les panneaux de signalisation surgissaient puis s'évanouissaient dans la nuit. Luba, toujours silencieuse, fixait la route. Enfin, les néons bleu violent d'une station-service trouèrent la nuit noire.

Je ne lui demandai pas de s'arrêter, de peur de l'agacer. Un coup d'œil sur la jauge me réconforta, le niveau de l'essence avait fortement baissé.

— Voilà, mes enfants, on va faire une courte halte pour se dégourdir les jambes, déclara-t-elle.

Puis elle interpella directement Carol :

— Vous m'entendez ?

— Oui, très bien. Votre voiture est extraordinaire, mais je suis pliée, même pas en deux, en trois.

— Ce n'est pas une chambre à coucher ! s'exclama Luba. C'est une voiture.

Carol voulut aussitôt se faire pardonner.

— Je ne l'ai pas critiquée, j'ai juste dit...

Luba prit la bretelle d'accès à la station et stoppa devant les pompes. De l'autre côté de celles-ci, un bâtiment plat crûment éclairé. Les automates rutilants envoyaient sur demande et injections de monnaie des boissons en canettes, des barres de chocolat et d'autres nourritures solides. J'espérais rencontrer quelqu'un, échanger subrepticement quelques mots avec un quidam blême, condamné à l'insomnie ; il me fallait un être humain et la certitude que nous étions encore vivants. Mais l'endroit robotisé se moquait de mes états d'âme, les appareils de toute sorte avaient dû avaler les employés depuis longtemps déjà. L'hallucination. J'aurais voulu dire tout cela à Carol, mais elle avait disparu en direction des toilettes. Les machines et le comptoir devaient être des trappes happant les clients au fur et à mesure pour les livrer à une immense broyeuse. A quel moment se mettait-elle en marche ? Peut-être lorsqu'ils touchaient le premier bouton ou faisaient basculer la première manette... Enfant, j'avais raconté parfois ce genre d'histoires à ma mère, elle disait : « C'est l'Europe de l'Est qui t'influence. Le côté français est plus rationnel. » Mais mon père avait ajouté un jour, attentif : « Nous portons tous en nous des démons qui attendent leur heure pour prendre le pouvoir. » Carol revint des toilettes. Elle avait meilleure mine, elle venait de se passer un peu d'eau sur le visage et espérait que nous arriverions assez tôt le matin à Zurich.

J'essayai de lui glisser quelques mots, mais Luba s'empiffrait devant les automates, un second gobelet venait de tomber pour recueillir un filet de café, et elle mastiquait avec allégresse un bâton de pâte compacte. Elle nous regardait, nous écoutait.

— Des vitamines mélangées aux céréales, dit-elle. Vous en voulez ?

Je ne pouvais décemment avoir peur d'une femme à la bouche pleine, à la veste couverte de miettes grasses qu'elle chassait mollement... Avec un gros soupir, je m'enfermai aux toilettes. Je vidai ma vessie longuement, lentement, mon corps me semblait étranger, mais plutôt aimable. Le jet d'urine fit soudain fonctionner un mécanisme ultra-moderne, un agressif glouglou déclencha un jaillissement d'eau qui retomba en petit geyser improvisé ; tout était devenu blanc, brillant, et accompagné d'une forte odeur de désinfectant. Je me reboutonnai rapidement, le broyeur guettait. D'innombrables paires d'yeux murés dans le carrelage me fixaient. Au lavabo, l'eau sortait automatiquement du robinet quand j'approchais mes mains et un petit monstre noir au souffle vorace et à l'haleine brûlant s'y attaqua pour les sécher. En sortant de cet enclos d'hygiène morbide, j'aperçus la publicité d'un motel qui devait appartenir aux propriétaires de ce relais de spectres. Un écriteau vantait les qualités familiales de l'endroit, où l'on pouvait entasser dans la même chambre que les parents autant de mômes qu'on en désirait. « Les enfants, gratuit. » J'imaginais des grappes d'enfants agglutinés à des êtres informes. Attentif au moindre bruit, je me voyais dans le miroir tout en guettant les portes des cabines. Et si un psychopathe, le couteau à la main, surgissait pour se jeter sur moi avec un cri qui recouvrirait le mien ? Je m'entendais hurler, je sentais les coups de couteau. Je devais m'arracher à ce genre d'impressions et de pressentiments. Livide, je retournai dans la salle principale. Carol et Luba bavardaient, elles remplissaient encore des gobelets de café.

— Qu'est-ce que tu es vert, dit Luba. N'empêche, tu nous as amené une charmante jeune fille.

Carol était détendue, Luba agréable. Annoncer maintenant qu'il y avait un motel pas loin, égratigner l'entente inattendue de ces deux femmes, leur infliger mes hantises ? Luba était bourrée de bonnes intentions, souriante, elle nous contemplait avec satisfaction et déclara qu'elle devait s'absenter quelques minutes pour s'occuper de sa voiture.

Carol se sentait bien, elle était heureuse de se rendre en Suisse et de prendre l'initiative d'une action qui pourrait nous libérer de Fischer.

— Pour arriver au bout de cette histoire, il faut aller en Thaïlande. Luba nous rend un service colossal, grâce à elle nous atteindrons Zurich à temps pour nous organiser.

Puis, une barre de chocolat dans la bouche :

— En tout cas, moi je partirai pour Bangkok. D'abord, parce que je ne veux pas rentrer chez moi, ensuite, pour parler avec Davis.

Luba revint nous chercher et voulut acheter du chocolat pour Carol. Celle-ci refusa, et nous reprîmes place dans la voiture.

La traversée de la nuit. J'osais à peine tourner la tête vers Luba, de crainte qu'elle ne devine que je la surveillais. Peu à peu, le paysage changeait. Luba s'engagea sur une route de montagne, en direction du col de l'Arlberg.

— Le jour, dit-elle, c'est effrayant pour ceux qui ont le vertige. A moi, ça me fait rien, mais je préférerais que vous attachiez vos ceintures.

Je résistai mollement :

— Tu crois qu'il y aura un contrôle ? Si on ne t'a pas coincée pour excès de vitesse, qui s'occuperait de nos ceintures ?...

— Je vais sans doute avoir une fortune de contraventions à payer, dit-elle, mais je préfère nettement vous savoir en sécurité. Vous m'entendez, Carol ?

— Oui, répondit-elle. Mais c'est vraiment pour vous faire plaisir.

J'ajustai ma ceinture.

— Carol, dit Luba, ne le prenez pas mal, mais je vais parler maintenant en allemand de certaines choses concernant la famille de David.

— Continue en anglais, Luba, ai-je dit. Ton anglais

est vraiment parfait et mon allemand n'est pas fameux.

— Tu es un flatteur. Mais si tu ne crains pas qu'elle entende certaines choses intimes...

— Intimes ?

— Mais oui, mon cher David. Il va falloir descendre de ton nuage.

Elle accéléra. Les phares éclairaient par intermittence les angles abrupts des virages.

— Tu vas trop vite, Luba.

Elle accéléra.

— Ah bon, tu crois ? Tu n'as pas confiance en moi...

— Tu devrais ralentir. Tu es une excellente conductrice, mais à ce rythme-là, nous allons nous massacrer.

— Et si c'était le but ?

Une soudaine panique me dessécha la gorge.

— Moins tu m'énerves, dit-elle, plus longtemps tu restes en vie. Reprenons tout au début. Si nous parlions des lettres de menaces que tu reçois...

Je cherchais machinalement à me souvenir du moment où j'avais pu y faire allusion.

— J'ai parlé en effet à Simon de certaines lettres désagréables, dues peut-être à la vengeance d'un patient.

— Non, tu n'as rien dit à Simon... Pas la peine de te rassurer avec ce genre de divagations.

Désorienté, j'improvisai.

— Il y a eu beaucoup de choses dans mon existence depuis un an. Peut-être que je lui en ai dit un mot au téléphone...

Je savais que c'était impossible, je n'avais pas de relations suffisamment amicales avec mon oncle pour lui avoir fait ce genre de confidences. Luba tenait maintenant le volant de sa main droite.

— Il paraît que vous avez subi diverses agressions, toi et ta mère.

— Hélas. J'espère que c'est fini !

— Crois-tu ? s'exclama-t-elle.

Puis elle débita d'une voix aiguë des paroles décousues :

— C'est moi qui t'ai envoyé ces lettres. J'ai une copine, une Russe mariée à un Américain dans le New Jersey, je lui expédie les enveloppes, elle colle les timbres, c'est tout.

— Mais pourquoi, Luba ?

— Pour te déstabiliser psychiquement. J'ai fait subir le même traitement à ton père pendant un an, avant qu'il soit tué. Chaque fois qu'il arrivait chez nous, je mesurais les ravages de son angoisse. Il devenait fébrile, le moindre coup de sonnette le faisait sursauter. Puis il s'enfermait avec Simon, il le consultait. Soudain solidaires, ils cherchaient à comprendre l'origine des menaces. Schaeffer faisait fausse route aussi. Je les voyais se réunir, chuchoter, m'exclure une fois de plus de leur confiance, et j'étais heureuse. Samuel avait une peur maladive de la mort. Je crois que tous les trois mettaient ces lettres sur le compte de ce qu'ils appelaient « la rupture en Thaïlande ». Mes lettres étaient des chocs perpétuels. « Vous êtes mort, Samuel Levinson. Un mort en sursis. A n'importe quel moment votre vie peut se terminer. » Dans le genre, c'est pas mal, n'est-ce pas ?

Elle répétait ces phrases, elle les variait. La voiture frôlait souvent le parapet dans les virages en épingle à cheveux, Carol et moi étions livrés à une femme détraquée. Elle riait.

— J'ai réussi. A la fin, il ne se sentait en sécurité nulle part. C'est sans doute dans l'une de ses crises d'angoisse qu'il a souscrit l'assurance en votre faveur. Quand j'ai appris ça, j'ai failli en crever.

L'idée que sa mort puisse vous enrichir me rendait cinglée. J'espérais que, excédé, de plus en plus aux abois, il mourrait de sa belle mort : un accident provoqué dans un moment de panique, ou le suicide. Il était coriace. Et on l'a tué ! Vous imaginez l'effet que m'a fait la nouvelle de sa mort, hein ?

Je présumais que notre dernière heure était arrivée. Et Carol serait du voyage. Luba délirait. Sur de courtes distances, elle poussait le moteur à 180 kilomètres-heure. En quelques fractions de seconde elle se précipitait sur le danger et l'évitait de justesse. Il ne me restait qu'une issue, la calmer.

— Hé ! intervint Carol. Vous prenez les tournants trop brusquement, c'est difficile à supporter. Je suis énervée. Si on dégringole dans un précipice, on va brûler vifs.

— C'est d'une logique, dit Luba. Bravo, vous avez découvert ça. Vous avez raison. Brûler vifs...

— Pourquoi nous en vouloir, à moi et à Carol ?

— Toi, tu es un élément de ma vengeance. Carol ? C'est son destin. Elle s'est frottée aux Levinson, comme moi. Alors, elle paie.

Nous étions prisonniers d'une voiture-bombe, livrés à une femme en état de transe. L'aiguille du compteur de vitesse oscillait toujours entre 160 et 180 kilomètres-heure.

— Luba, arrête !

— Non ! cria-t-elle.

Carol, désespérée, essayait de l'amadouer :

— Luba, vous avez l'esprit sportif.

— L'esprit sportif ? C'est pour les gens chics, l'esprit sportif.

Elle serrait maintenant le volant.

— Vous êtes mal tombée, ma petite. Vous auriez dû vous méfier des Levinson. Heureusement pour vous, il est mort avant de vous démolir. Je n'ai pas eu votre chance, moi. A dix-sept ans, j'ai eu un fils de lui, il n'a jamais voulu le reconnaître. Je lui ai annoncé ma grossesse alors qu'il venait de demander la mère de David en mariage. Il m'a dit que jamais je ne l'empêcherais de commencer une nouvelle vie. Il ne cessait de nier sa paternité. Il a même accusé Simon.

Elle regardait dans le rétroviseur.

— Vous m'entendez ? Vous l'avez échappé belle... Il a toujours cherché des filles très jeunes.

Elle devait fabuler.

— Mon père était...

— Un égoïste ! cria-t-elle. Un égoïste forcené.

Crissements de pneus, attouchement du rail de sécurité d'un virage. Et en bas, l'enfer. Soudain, l'aveuglement brutal des phrares d'une voiture en face, la collision évitée par miracle... Luba bloqua la voiture dans un hurlement de freins.

— Ah ! cria-t-elle. J'ai appuyé malgré moi sur la pédale. Saloperie d'instinct de conservation... Mais ce n'est que partie remise, la prochaine fois on bascule.

Elle redémarra en trombe.

— Luba, tu es dans le lot, on va crever ensemble.

— C'est prévu, dit-elle. Et moi qui avais peur que vous refusiez de venir avec moi en voiture... vous vous y êtes précipités... Ta mère va traverser la même douleur que moi, la plus horrible : la perte d'un fils. Lorsque j'ai perdu le mien, il n'y avait que Simon pour me soutenir.

Des coups d'accélérateur faisaient bondir la voiture.

— Samuel n'a jamais admis que j'étais enceinte de lui. Simon, superstitieux, dans le doute, m'a aidée à apprendre un métier.

Nous tournions sans cesse sur la route en lacet, nous étions à la frontière de la mort, d'une sale mort.

— Samuel et Simon ont cotisé pour l'entretien de l'enfant. Samuel payait la pension de la nourrice, Simon m'entretenait, m'émancipait, mais refusait de l'avoir à la maison. Quand Samuel venait, il lui rendait visite, il l'observait, il cherchait une éventuelle ressemblance physique. Mon fils jouait du violon, il n'était pas très doué. Samuel l'aurait reconnu s'il avait été un génie.

J'essayais de me cramponner à la vie. Plaqué au siège avec cette femme décidée à mourir et à nous faire mourir. En quelques minutes nous serions dévorés par des flammes.

D'un tournant à l'autre, la voiture bondissait, les pneus gémissaient.

— Simon a refusé la présence de l'enfant pour ne pas reconnaître tacitement qu'il pouvait en être le père. Le temps que j'apprenne la reliure, que je puisse subvenir à mes propres besoins, Igor a grandi dans une famille nourricière. Je lui avais promis à terme une vie commune. Lors d'une excursion en montagne, il s'est écrasé dans un ravin. J'ai appelé Samuel, il m'a juste dit que c'était triste et il a ajouté cette phrase insupportable... « Chacun son destin, c'était le sien ». J'ai hurlé au téléphone : « Comment oses-tu parler de destin ? » Alors, j'ai commencé à le persécuter...

— Ralentis, Luba. Nous ne sommes pour rien dans cette histoire...

— Tu es son fils et je veux que ta mère souffre comme j'ai souffert.

— David !...

Carol m'implorait.

— Essayez de la rappeler à la raison.

— Restez calme, Carol.

Soudain, un espoir. A une vitesse folle, des habitations surgissaient le long de la route.

Carol cria :

— La clef de contact !

— Qu'est-ce qu'elle dit ? demanda Luba.

— Que tu t'arrêtes.

Luba haussa les épaules.

— M'arrêter ? Tu plaisantes ? Avant qu'on l'envoie en enfer, je te le répère : j'ai rêvé de le tuer. Quand il venait à Vienne et qu'ils avaient rendez-vous à la taverne, j'allais là-bas pour les regarder. Toujours inséparables, ils bavardaient, riaient. Une fois, j'avais même un revolver dans mon sac, mais j'étais incapable de tirer sur lui. J'étais comme paralysée.

Elle accéléra.

— Je me traitais de lâche, je me maudissais. Satisfait de lui-même, croyant qu'avec quelques biscuits on arrange une paternité... Il n'avait même pas peur de moi. Oh, je le haïssais ! Le 18 juillet, je n'ai pas quitté ma chambre. Je savais que Schaeffer, Simon et Samuel étaient dans la taverne. Je pleurais sur mon lit, et j'ai fini par m'endormir. J'ai été réveillée par Simon qui, au petit matin, est entré dans ma chambre et m'a annoncé qu'on avait tiré sur Samuel et qu'il était mort.

Elle poussa un mélange hystérique de rires et de cris :

— On l'avait tué pour moi ! Quelqu'un l'avait fait à ma place. J'exultais... Simon croyait que je pleurais, en effet je pleurais, mais de joie. Il me consolait.

— Luba, ralentis ! Tu es une femme de cœur, Luba...

— Sans blague. Toi, tu veux sauver ta peau... Je ne sais pas qui a pu le descendre. Il avait des ennemis, mais de là à être assassiné...

L'aiguille du compteur indiquait 180 kilomètres-heure.

— A nous maintenant, dit-elle...

C'était la fin. Je nous voyais, tournoyant en chute libre, les culbutes interminables... l'explosion, les flammes. J'espérais être mort avant de brûler.

Elle frôlait l'extrême bord de la route, au ras des précipices. D'un tournant à l'autre, elle retardait l'ultime étape. Puis, une légère grisaille, et l'aube qui pointait. A la sortie d'un virage serré, elle ralentit violemment et arrêta le véhicule. Elle descendit de la voiture, ouvrit la portière de mon côté.

— Débarque. Vas-y... Fous-moi le camp !

Tout en essayant de bouger, de dominer ma raideur, paniqué, je m'extirpai et bégayai :

— Carol...

J'aperçus des bandeaux d'herbe mouillée de rosée. J'avais envie de me mettre à genoux et d'humecter mes lèvres.

— Détache-la !

Luba réfléchit, hocha la tête, marmonna des phrases décousues, bascula mon siège en avant et ouvrit le passage à Carol. Elle parlait vite, elle était blême.

— Dehors ! Avant que je le regrette... Dehors, avec vos bagages et votre sale bonheur ! Descendez. Partez vite... Allez... Je vous hais.

J'aidai Carol à sortir de ce cercueil roulant, aussitôt elle s'accroupit et vomit.

Luba ne nous regardait plus, elle se disputait avec un fantôme. Elle parlait, le regard vide :

— Je ne suis rien, Samuel ! Tu as raison, je n'existe pas. Je ne suis que velléité et lâcheté.

Puis elle se tourna vers nous :

— Eux, ils étaient solidaires en tout, ils s'étaient juré fidélité jusqu'à la fin de leur existence. Je n'étais qu'une pièce rapportée. Si nous n'avions pas été enfermés pendant trois jours dans le même wagon — on nous transportait d'un camp vers un autre —, ils ne m'auraient jamais acceptée, mais ces soixante-douze heures nous avaient soudés ensemble. C'est ce que je croyais. Les frères Levinson avaient la chance d'être près de la paroi du wagon, près d'une fente. Régulièrement, ils me laissaient la place pour que je puisse respirer. Je leur dois la vie, mais ensuite ils m'ont pris ce qu'il me restait de l'existence...

— Vous auriez pu partir, dit Carol.

Elle criait :

— Pas de conseil, bécasse ! Que savez-vous de la vie, hein ? Rien. Qu'attendez-vous ? Courez... profitez de ma faiblesse. Vite... Je ne vais pas supporter longtemps l'idée que le fils légitime de Samuel est vivant. Ouvrez le coffre, allez, vite.

Carol prit son sac et moi la valise. Nous nous éloignâmes, les jambes vacillantes. Il ne fallait pas nous retourner. J'entendis la portière claquer. Luba démarra en trombe, elle semblait foncer sur nous ; je tirai Carol, je la serrai contre moi. La voiture nous frôla, puis, le silence.

Nous nous traînions dans la lumière gris clair. Je soutenait Carol et je portais son sac. Lentement, d'une manière irréelle, le paysage s'animait, une voiture passa, je n'eus même pas la présence d'esprit de lever le bras et de lui faire signe de s'arrêter. La route était plus large. Nous nous assîmes sur une bande d'herbe.

— Vous croyez qu'elle a dit la vérité ? demanda Carol. Que tout est vrai ?...

— Je n'en sais rien, Carol. Peut-être...

Je vis apparaître une camionnette, je fis de grands mouvements du bras. Le conducteur, un jeune type aimable, s'arrêta. Je lui racontai une histoire, je m'étais disputé avec un ami, dans un moment de colère il nous avait débarqués. Il marmonna quelques réflexions peu flatteuses concernant l'homme qui avait osé nous faire une si sale farce. Nous nous

313

sommes installés parmi les caisses d'eau minérale, et il nous a emmenés jusqu'à l'auberge la plus proche. Il refusa un pourboire, on s'est serré la main.

L'auberge était confortable. Je demandai à la patronne, qui préparait les tables pour le petit déjeuner, une chambre pour quelques heures. Elle nous dévisageait.

— Vous devez payer la journée...

— Je paie tout ce que vous voulez...

Dans la chambre, propre, simple, chacun voulut laisser à l'autre le privilège de la première douche. Revigorés, on circulait, on s'essuyait, on se taisait et, surtout, on évitait de se regarder.

Carol s'assit au bord du lit :

— On est vivants... C'est déjà ça.

— Oui, nous existons.

Pour la première fois, j'avais dit « nous », j'associais nos deux vies. Elle esquissa un sourire.

Nous descendîmes à la salle à manger pour boire un café, mais la vie retrouvée avait réveillé une faim de loup. Une corbeille entière de pain disparut, le beurre et la confiture. « Encore un peu de café, madame. Merci. »

A ma demande, la patronne avait appelé l'un de ses amis, qui possédait un taxi. Le chauffeur était content de nous conduire à l'aéroport de Zurich. Nous étions propres, convenables, pâles. Pendant le trajet, Carol me prit la main. Juste quelques secondes.

Le chauffeur nous déposa dans un hôtel près de l'aéroport. Nous nous livrâmes aussitôt à une activité débordante. Jamais je n'avais eu autant d'énergie qu'après cette nuit dans l'antichambre de la mort. Carol se renseignait sur les horaires d'avion pour Bangkok. Elle me laissa seul dans la pièce quand j'appelai ma mère.

— A Zurich ? dit ma mère. Pourquoi ? Tu rentres

déjà à New York ? Zurich n'était pas prévu... Et que se passe-t-il à Vienne, à Salzbourg ?

— Trop de choses. Il faut maintenant agir. Prends un conseiller, rencontre le notaire de Salzbourg, Simon t'aidera à Vienne. Les affaires sont devenues trop complexes et te concernent personnellement. Un jeu de clefs de l'appartement de Salzbourg se trouve chez le notaire. L'appartement de père a été ravagé de la même manière que la maison à Princeton.

— Ravagé ?

— Fouillé...

— C'est un appartement ou un studio ?

— Un appartement, dans un immeuble classé, mais l'intérieur est en miettes.

— Et tu veux que j'aille là-bas, seule ?

— Je t'ai dit d'engager quelqu'un, je n'ai aucune autre solution à t'offrir. Je suis de plus en plus persuadé que c'est à Bangkok que je pourrai en apprendre assez pour assurer notre survie. Modestement, je ne demande que ça.

— Je ne sais pas vers qui me tourner, dit-elle.

— Adresse-toi à un cabinet d'avocats qui te déléguera un type sachant l'allemand. Une chose encore... As-tu entendu parler d'un nommé Davis ?

— Davis ? Oui. Il y avait un Davis premier violon, ou quelque chose dans le genre. Il m'a envoyé un cadeau de Thaïlande, un petit éléphant de jade. J'aurais voulu le faire monter en pendentif... Il est quelque part dans une boîte.

— Quelles étaient ses relations avec père ?

— Un peu comme avec les autres... Je n'ai jamais rencontré Davis personnellement, mais je lui en ai voulu.

— Pourquoi, qu'est-ce qu'il t'a fait ?

— Indirectement, beaucoup de tort.

— Mais pourquoi ?

— Il vivait loin, les voyages en Thaïlande coûtaient cher, ton père les finançait avec ses travaux dont une partie devait être réalisée là-bas, je parle de ses recherches... Schaeffer était l'ami à toute épreuve, et Davis la tentation perpétuelle de changer de vie.

— Changer ? De quelle manière ?

— Ton père était fasciné par les distances, par l'inconnu, il adorait l'exotisme... Pour lui, Davis était l'homme libre qui faisait ce qu'il voulait. La Thaïlande et les éléphants... je t'assure que ce Davis nous a fait beaucoup de mal.

— Du mal ?

Elle prononça d'une voix morne :

— Oui. A un moment donné, la Thaïlande a carrément pesé sur notre vie de couple.

J'étais impatient.

— De quelle manière ?

— Une fois, Samuel est resté longtemps là-bas. A son retour, il se montrait distant, et me fuyait presque. Il y eut une rupture de plusieurs semaines dans ce qu'on appelait pudiquement notre « vie conjugale ». Le trouvant réticent à mes approches, je le harcelais de questions, il ne répondait même pas. J'avais peur à l'idée qu'il ait pu me tromper, attraper une saleté sexuellement transmissible. Je pensais qu'il m'évitait pour m'épargner. Je lui ai posé la question carrément. Ce n'était pas du tout ça. J'ai cru comprendre, malgré son récit décousu et évasif, qu'un hors-bord avait pris feu en pleine mer et que, blessé, il avait subi un choc moral et physique. Un accident. Des semaines plus tard, quand nous nous sommes retrouvés dans ma chambre, il essayait de cacher sous la veste de son pyjama une large traînée violette et des cicatrices. J'aurais plutôt imaginé que c'étaient des traces de coupures que de brûlures... Il détestait mon regard. Il m'a reparlé du hors-bord en proie aux flammes.

— Et tu as accepté de vivre avec ce mystère ?

— Que faire d'autre ?

— Tu aurais dû me parler de cette affaire beaucoup plus tôt. C'est une raison de plus pour retrouver ce Davis. Il paraît qu'il a un magasin à Bangkok.

— Un magasin de quoi ?

— De pierres semi-précieuses.

— Et que pourrait-il dire ?

— Justement, toute la question est là... Je vais m'en occuper. Mais je te demande expressément de partir pour Vienne. Descends à l'hôtel Sacher, tu as de l'argent, tu fais ce que tu veux dorénavant. Tu n'as plus à te tourmenter pour les comptes...

Elle dit, hésitante :

— Peut-être as-tu raison...

Je me gardai bien de raconter la nuit passée livré à Luba, je lui ai seulement dit :

— Luba est redoutable, méfie-toi.

— Très jalouse de moi. Je n'ai jamais compris la raison.

Puis elle ajouta :

— J'ai appelé Rémy à Seattle, il va revenir. Il ne veut pas que je reste à Atlantic City. Peut-être pourrait-il m'accompagner en Autriche...

— Bonne idée.

J'eus soudain l'impression que je serais bientôt soulagé d'un poids, mais aussi dépossédé de ma mère. Nous parlions encore de détails pratiques, elle inscrivait des adresses, des numéros de téléphone, et je lui ai recommandé le silence total sur ma présence dans la maison de Schaeffer.

Par chance, Carol avait trouvé deux places de

première classe dans un vol pour la Thaïlande. Elle avait également réussi à réserver une chambre pour une nuit à Bangkok et une autre à Cha Am, une agglomération artificielle, créée pour les touristes, à dix kilomètres de Hua Hin. Ce n'est que le troisième jour que nous pourrions enfin loger à l'hôtel Railway dont nous avait parlé Gruber à Salzbourg.

C'était un vol de nuit. Les hôtesses aux narines pincées étaient maussades ; dès que l'on s'adressait à elles, on avait l'impression de les importuner.

Dans la pénombre, je sentis soudain la main de Carol sur la mienne.

— David, nous ne sommes pas morts.

— Ce n'était pas l'heure...

— David.

— Oui, Carol ?

— Je voulais vous dire...

— Je vous écoute.

J'attendais, mais elle s'enferma dans son silence. Je demandai un verre d'eau à l'hôtesse qui me regarda étrangement. J'avais l'impression d'être un petit homme vert avec deux antennes. Je m'endormis.

CHAPITRE 10

L'hôtesse venait d'ouvrir la porte de la carlingue.

La nuit avait été éprouvante, dans une partie glacée de l'avion, un véritable igloo. Malgré mon insistance, le chef de cabine, une fille émaciée à peine plus aimable qu'une surveillante de maison de redressement, n'avait pas voulu intervenir auprès de l'ingénieur de bord responsable de la climatisation. Débarqués frigorifiés sur la plate-forme brûlante de la passerelle, nous fûmes en quelques secondes trempés de sueur, tant la chaleur saturée d'humidité était intense.

Au sol, une employée désigna d'un geste militaire les autobus qui, le moteur en marche, nous attendaient. Les avions atterrissaient à un rythme hallucinant dans une brume de gaz bleue. Les lunettes noires de Carol étaient couvertes de buée, le bruit empêchait le moindre échange. Après la course vers les bus, où les gens s'agglutinaient, le magma humain se referma sur nous. Serrés comme des sardines, nous découvrions l'aéroport international Don Muang, où le monde entier se retrouvait.

— Ça va, Carol ?

Je voulais l'encourager et l'aider à supporter cet

univers de science-fiction. Dans le bus, les touristes s'agrippaient aux barres de fer verticales qui servaient d'appui et attendaient leur libération. Près de nous un minuscule chien, un yorkshire, la barbe mouillée de salive, un nœud indécent piqué dans une touffe de poils au sommet du crâne, souffrait. Il pointait la tête d'un sac à main. On se heurtait, on se cognait, on se soutenait.

Notre troupeau fut lâché devant le bâtiment principal, une immense file se forma aussitôt devant les postes de contrôle des voyageurs. Derrière les guichets, les fonctionnaires thaïs, élégants, lisses et soignés, prenaient leur temps pour examiner les documents que les devises sur pattes leur tendaient. Au moindre geste suspect ou attitude énervée, le quidam passé à la loupe serait aussitôt renvoyé dans son pays d'origine.

J'affichais un sourire honnête et jovial, l'officier me contempla, pensif, puis regarda Carol, nous avions l'air plus éprouvés que les autres voyageurs. Il examina longuement nos billets et la date de retour, fixée au soir du quatorzième jour, durée autorisée sans visa...

— Touristes ?

— Oui.

— Vous avez des amis en Thaïlande ?

— Non. Je suis médecin et mon amie étudiante. Nous venons passer quelques jours de vacances.

J'ajoutai :

— ... Dans votre magnifique pays.

Il n'était pas ému du compliment, le monde entier défilait ici. Les amateurs de temples et de curiosités touristiques déferlaient, les fanas des copies d'objets de luxe revenaient plusieurs fois. Nous, c'était différent.

— Vous allez rester à Bangkok ?

le sac de Carol, et nous entrâmes enfin dans une grande et lumineuse chambre, dont l'une des parois n'était qu'une immense baie vitrée dominant la ville. Bangkok était un tableau traversé par un fleuve gris et huileux.

Le boy parti, Carol poussa un soupir :

— On y est. C'est déjà énorme d'être sortis vivants de la voiture de Luba. On a de la chance et on est solides, vous ne trouvez pas ? Pourvu que ça dure...

En guise de réponse, j'éternuai plusieurs fois d'affilée.

Elle attendit l'accalmie, puis :

— Je peux occuper la salle de bains ?

— Allez-y.

— Tenez, dit-elle, en attendant, lisez le guide que j'ai acheté à l'aéroport de Zurich. Si le nom du fleuve vous intéresse... il y est.

— Merci, Carol. Pardonnez-moi pour la nuit d'enfer avec Luba.

Elle haussa les épaules.

— C'est ma faute aussi, j'ai trop insisté pour accepter son invitation, il était difficile pour vous de dire non, surtout devant elle.

— Je ne l'aurais jamais imaginée capable d'un coup pareil.

— Elle est folle. Une folle apparemment calme qui, subitement, se transforme en criminelle. Je préfère encore celles qui hurlent, dit-elle.

— Chapeau, vous avez un excellent diagnostic.

— Dans chaque famille ou presque, il y a des gens étranges. Des bizarres qu'on cache ou qu'on essaie de présenter comme « originaux ». Vous et moi, nous sommes particulièrement bien lotis. D'ailleurs, je ne crois pas du tout à ces histoires de fils naturel. Elle avait un fils, d'accord, mais pourquoi de Samuel ? Bref, j'aimerais oublier tout ça. Elle et ce qu'elle a raconté. Bien je vais tâcher de trouver dans mon sac des vêtements propres. J'ouvre votre valise ? Si vous me passez la clef... Pas la peine de tout déballer, on n'est là que pour une nuit.

Je lui étais reconnaissant de s'occuper de moi et de ma valise hostile. Sale truc la combinaison, il faut s'en souvenir. Grâce à elle, qui luttait avec la serrure, je pouvais me permettre le luxe de m'attarder devant le paysage, les pointes des toits dorés émergeaient à peine d'une légère brume. Pour qui n'arrive pas ici réchappé par miracle de la voiture d'une furie, ni poursuivi par un tueur, cette ville doit être superbe. Un jour, peut-être...

Carol posa l'une de mes chemises sur le lit.

— Froissée, mais propre.

— Merci.

Puis elle s'enferma dans la salle de bains, j'entendais l'eau ruisseler. J'aimais sa présence et aussi sa discrétion. Pas l'ombre d'une allusion à notre aventure horizontale à Salzbourg. Elle ne créait pas une atmosphère d'intimité, elle ne m'avait pas tutoyé d'office. Cette réserve assurait une cohabitation confortable. Nous n'étions pas des amoureux ronronnants, mais des coéquipiers. Je m'étais approché de la baie vitrée, brûlante. Le bruit des avions qui survolaient la ville se mélangeait au bourdonnement des taxis fluviaux, des jonques à moteur, et de nombreux hors-bord qui cisaillaient la surface métallique de l'eau. Sur un ponton, une petite foule attendait le retour imminent d'une de ces barques collectives recouvertes d'une sorte de bâche rouge. A côté, une tache azur, la piscine de l'hôtel, autour de laquelle les gens se prélassaient. Quelqu'un nageait... D'ici, il ressemblait à un têtard.

Vêtue d'un peignoir de bain, Carol rappela l'hôtel Railway avec l'espoir d'obtenir une chambre un jour plus tôt que prévu. On lui répondit qu'il n'y avait pour le moment aucun désistement. Nous n'échapperions donc pas aux vingt-quatre heures inutiles dans un caravansérail à dix kilomètres de Hua Hin.

Elle me dit avoir repéré un restaurant japonais dans notre hôtel.

— J'adore leur nourriture. Et vous ?

J'avais une large expérience des algues multicolores et des lamelles de thon au riz. Il y avait des périodes où je ne me nourrissais que « japonais » à Manhattan. L'annuaire posé sur les genoux, Carol entreprit la vérification des numéros de téléphone de Bangkok qui figuraient sur le relevé des appels de Salzbourg que l'agence nous avait transmis. Elle déclara, impatiente :

— On n'arrivera à quelque chose qu'en travaillant à deux. L'un prend la liste de Salzbourg et l'autre l'annuaire d'ici. Il faut nous installer à une table, la recherche doit être méthodique. Vous venez ?

— Après ma douche.

— Vous avez raison. Mais dépêchez-vous, ce que je fais n'est pas drôle.

Je m'attardais sous le jet puissant, l'eau me détendait. A mon retour, Carol me dit qu'il y avait plusieurs Davis, mais qu'apparemment aucun numéro ne correspondait à ceux que nous avions sur notre liste. Elle m'annonça aussi la visite d'une masseuse.

— J'ai mal au dos, ça va me faire du bien. Vous, vous n'êtes pas obligé...

— Vous voulez amener une pute ici ?

— Quel vocabulaire ! s'exclama-t-elle. L'institut que j'ai découvert est sérieux, c'est une masseuse professionnelle qu'il va nous envoyer. Vous n'aurez qu'à vous enfuir si vous avez peur pour votre vertu.

— Vous me faites marrer... Je parlais justement des « professionnelles ».

Elle répliqua, irritée :

— Vous déformez mes paroles tout le temps, mais je ne discute plus.

J'avais la nuque raide et les côtes endolories, j'aurais aimé m'effondrer sur le lit et dormir. Surtout ne pas me bagarrer pour rien.

L'air conditionné était cruel, les muqueuses de ma gorge et de mon nez gonflaient, j'allais ronfler comme une bête. Je pensais à la Namibie, dont la faune, à cause du climat difficile à supporter, était paraît-il encore protégée des amateurs d'exotisme. Je commençais à en douter. A Bangkok, il faisait 35 degrés et 95 % d'humidité, malgré cela la ville était envahie de touristes, les chambres ne se libéraient qu'en cas de crash d'avion ou de décès survenus la veille d'un départ. Tout un pays affichait complet. La chaleur pelait la peau, pourtant la piscine aperçue de notre vingt-sixième étage était entourée de clients allongés dans leur chaise longue. Ils étaient solides, les touristes, et devenaient de plus en plus résistants à la fatigue. Comme les moustiques. Ils arriveront un jour en Namibie...

Je me lançai sans enthousiasme dans l'affaire des téléphones. Sur le relevé de Salzbourg, certains numéros étaient en effet thaïlandais, mais les indicatifs changeaient selon les régions.

— Il faut nous rendre directement à l'adresse de la carte trouvée dans le bureau de Samuel, dit Carol. J'ai essayé le numéro, pas de réponse. Il n'ouvre peut-être que le soir... S'il habite en dehors de Bangkok, il ne sera à sa boutique qu'en fin d'après-midi. En attendant, allons déjeuner.

Paumés par le décalage horaire et éprouvés par la nuit affolante dans la voiture, nous avions décidé de nous offrir un repas de luxe. Le restaurant japonais, dont l'entrée se trouvait dans le hall, était un vrai réfrigérateur. Une fille déguisée en geisha vint à notre rencontre et nous conduisit à une table où un vent glacé nous soufflait au visage. Nous changeâmes de place plusieurs fois, cherchant en vain un coin plus abrité, mais au-dessus de chaque table délicatement dressée, garnie de serviettes artistement pliées, des bouches d'aération dirigées vers les clients débitaient la crève. La poupée japonaise qui nous suivait de table en table, flanquée d'un immense nœud en soie sur son kimono, attendait notre décision. Elle savait que nous errions inutilement.

— Vous voulez rester, Carol ?

— Essayons de nous acclimater. Tout le monde supporte ça, nous ne sommes pas moins costauds que les autres...

Au bout d'une assez longue attente dans le blizzard, une ravissante serveuse arriva avec un plateau décoré d'orchidées. Elle déposa devant nous deux bols remplis d'eau bouillante où flottaient quelques feuilles vertes et des petits cubes d'une matière indéfinissable... peut-être des morceaux d'éponge cuite ou des échantillons d'un légume inconnu. Nous consommions des tentacules de pieuvre accompagnés de riz froid et, d'un bol, je pêchais des fragments d'algues et les trempais dans une sauce piquante. Cette virée gastronomique dans le frigo nous coûta cinquante-huit dollars. Il fut décidé d'un commun accord d'aller sans plus tarder nous réchauffer au lit. Chacun, évidemment, de son côté.

Mais le temps que je passe un peignoir dans la salle de bains, Carol était déjà au téléphone.

— J'essaie encore... à tout hasard...

Pas de réponse chez Davis.

— Je recommencerai plus tard. J'ai trouvé deux autres Davis, je n'ai pas été chaleureusement accueillie, on m'a envoyé littéralement sur les roses.

Couchée sur son lit, elle étudiait le guide.

— Si cela vous intéresse, le fleuve se nomme Chao Phraya. Le Grand Palais est très beau, et le Wat Phra Keo est le temple où on peut voir le Bouddha d'Émeraude...

— Carol, on n'est pas des touristes.

— Mais la ville est passionnante.

— On l'explorera une autre fois...

— Ah bon, vous avez des projets d'avenir ?

— Quand le tueur de votre père ne sera plus à notre poursuite et nous à la recherche d'un fantôme...

— Il a dû perdre notre trace, Fischer, la folle nuit en voiture aura au moins servi à ça. Il a pu aussi comprendre enfin que vous ignorez tout des affaires de votre père. Il est cruel, mais pas idiot.

Je n'entendis pas la fin de son discours. Je m'étais endormi. Un léger remue-ménage me réveillait doucement. Carol m'interpellait. J'ouvris un œil et aperçus une silhouette en blouse blanche.

— Ne vous rendormez pas, voulez-vous un massage ? Ça vous ferait du bien.

— Vous croyez ?

Je n'avais plus aucune envie de résister, j'acceptais d'emblée de découvrir le délice des premiers attouchements de mains à la douceur de soie.

— Hé !.. Hé !.. Ho !..

Une petite femme trapue et grassouillette, la tête tout en angles, les yeux bridés, les cheveux ramenés en chignon, les mains épaisses, m'apostropha d'une manière énergique :

— Hoï ! Slip, slip !

J'entrouvris mon peignoir. Elle constata que je portais un slip. Satisfaite, elle émit un : « Ah, ah ! ». Elle sauta sur le lit, empoigna mes jambes, les écarta et s'assit sur l'intérieur de ma cuisse droite. Je grognai, indigné.

— Ho, ho, répétait-elle.

Ainsi installée sur ma cuisse droite, elle malaxait ma cuisse gauche, puis mon genou, mes mollets. Elle me broyait. Je protestais avec des « Ah, Ah ! », qu'importe, elle me retourna sur le flanc, ensuite sur le ventre. Avec ses pouces en fer, elle décortiquait mes vertèbres une à une, ensuite elle me hachait avec le tranchant de sa main... elle allait me débiter comme un karatéka une planche. Pourtant, je m'entendais, étonné, émettre des grognements d'animal satisfait. Elle me faisait du bien et démentait les légendes thaïlandaises. Je délivrai un certificat de bonnes mœurs à cette femme qui gagnait sa vie en malaxant des touristes épuisés. Mais en vérité, il me fallut un certain temps pour me remettre de cette séance de relaxation...

* *
*

Vers sept heures, nous étions sur les traces de Davis. La boutique se trouvait, selon les renseignements que nous avons eus à la réception, dans le quartier des filles, à Patpong.

— Si son magasin est fermé, dit Carol, on va interroger ses voisins. Il n'a pas pu disparaître.

Le chauffeur de taxi démarra violemment et il répétait en anglais :

— Copies... Copies...

Puis il ajouta quelque chose en thaï.

Le véhicule se faufilait entre les *tuk-tuk* chevauchés par de jeunes Thaïs aux visages durs et aux mains vissées aux guidons. Les véhicules attrape-touristes sont souvent en compétition avec des motocyclistes groupés en masse. Ici et là, ils constituent de vrais barrages. Notre taxi, vibrant de la rage de vaincre ces obstacles quotidiens, avançait à une allure défiant le bon sens le plus sommaire. On était plus secoués qu'un glaçon dans un shaker. Il nous débarqua dans la Silom Road où grouillait déjà une foule nocturne. Mes baths disparurent prestement dans ses mains. Dès les premiers pas, il était clair que dans cette affolante fourmilière on vendait de tout... De la chair plus ou moins fraîche jusqu'aux appareils de haute précision. Nous étions dans une gluante mélasse humaine. Des corps nous frôlaient, des regards, des odeurs et des cris. Nous entrions dans une rue encombrée d'étals saturés de marchandises, les clients devaient se faufiler parmi les vêtements et les sacs suspendus. Je tenais Carol par le bras pour laisser le passage à un chariot en métal bourré de cartons que poussait un Thaï. Nous avancions dans un immense bazar du sexe et du luxe. Sur les étroits trottoirs ravagés de trous et de fentes se succèdent sex-shops et peep-shows. Ces foires aux nudités sont ponctuées de salons de coiffure où l'on taille pratiquement en brosse ou modèle en crête les cheveux des jeunes Thaïs qui se préparent à leur virée nocturne.

Les marchands vantent des montres et des sacs de marques prestigieuses, avec tous leurs emblèmes, leurs dessins, leurs stigmates de luxe... des copies vendues pour des clopinettes. Des foulards et des cravates accrochés sur des cintres effleurent les visages, les amateurs de fantasmes de la société de consommation perdent la tête dans ces cavernes d'Ali Baba. Les boîtes de nuit affichent des live-shows et les portiers racolent le public avec des gestes explicites. Lorsque les portes de ces établissements s'entrouvrent, une assourdissante musique disco déferle et, entre les battants sournoisement entrebâillés, apparaissent des corps nus martelés par la lumière mauve, verte, écarlate et bleu morgue des spots.

Puis des images flash : des cuisses jaune citron s'écartent dans une attitude obscène, une fille s'offre sur un plateau tournant aux regards, un faisceau de lumière mauve recouvre plusieurs filles nues. Un portier invite les voleurs d'images à y entrer. Les souteneurs vêtus de tee-shirts ou de débardeurs en coton noir, chargés de chaînes et ceinturés de métal, déambulent et susurrent en anglais des propositions à l'oreille rougissante des néophytes. Toutes les races se côtoient... Un hindou égaré, solennel et enturbanné passe en regardant droit devant lui. Des lettres thaïes en néon étincellent, brodent l'obscurité. Ces centres de dépravation au rabais, ces supermarchés du sexe fascinent les amateurs d'interdits que déversent les avions... Ils arrivent ici sous prétexte de « shopping »... Au risque d'y choper la crève.

— Je supporte mal la foule, dit Carol.

— Il fallait y penser avant de venir.

Impossible d'avancer sans trébucher régulièrement, entre les trottoirs qui dégoulinent de graisse et d'eau sale, les caniveaux qui débordent et la chaussée où l'eau se faufile entre les canettes tordues de Coca-Cola et de bière. Sans compter l'air huileux qui dépose peu à peu une pellicule de saleté sur les visages.

Carol me tira par le bras.

— Il faut sortir d'ici...

— On ne va pas fuir maintenant. Nous sommes dans la rue de Davis. Si sa boutique existe, elle ne doit plus être loin.

Des peaux contre les nôtres, une promiscuité physique à être dégoûté pour longtemps de la foule. Je me cognai contre une femme qui se penchait pour admirer la copie de l'un des bijoux les plus connus au monde : une panthère en or avec des yeux en rubis. Elle le voulait et marchanderait encore et encore. Les couples et leurs désirs s'équilibrent, les femmes s'apprêtent à bourrer leurs valises, elles oublient le poids supplémentaire à payer à prix d'or à l'embarquement, et les douaniers gourmands qui les attendent à l'arrivée. Les hommes ? Rouges de soleil et de confusion, ils louchent vers les trottoirs. Pendant que l'épouse satisfait ses plus audacieux rêves de luxe, eux, ils tentent d'apercevoir les images-mosaïques de l'enfer. Oh, s'ils étaient seuls... Au-dessus des étals, ils volent de l'excitation. Pervers et subtil cambriolage que d'apercevoir en présence de la femme légitime, pendant que celle-ci palpe en poussant des petits cris de joie un faux quelconque, les filles nues proposées par les établissements.

Carol, heurtée légèrement par le premier d'une série de containers que poussaient de jeunes Thaïs, perdit patience.

— C'est quoi encore, cette merde ? Je l'ai reçue en plein dans le dos. Des poubelles ?

Peu à peu, la rue me prenait sous son charme vénéneux. Que de filles... Vierge apprêtée et exposée derrière les étalages sous la sauvegarde des parents, prostituée professionnelle, serveuse à la silhouette d'enfer ou strip-teaseuse, la femme thaïe hantera jusqu'au jugement dernier le subconscient de l'homme. Qu'elle s'abandonne, nue sur le plateau tournant d'une boîte de nuit, qu'elle soit à vendre ou à conquérir avec un acte de mariage, qu'elle soit transformée en objet de chair ou qu'on l'affiche en épouse légitime en Occident, elle restera ad vitam aeternam l'impératrice des fantasmes. Qu'elle apparaisse seule ou accompagnée, mariée ou femme d'affaires, femme-enfant ou mercenaire en jupons, elle domine les rêves secrets des hommes. Ses gestes enfantins, d'une élégance raffinée, accompagnés d'un mélodieux gazouillis, provoquent même chez le plus puritain et le plus introverti le complexe du père et le projettent dans les ténèbres de la tentation inavouable de l'inceste. Les hommes courent après une fille — la leur ? —, proche et inaccessible. Ce n'est pas parce qu'on l'achète que la poupée qui parle vend son âme aussi. Non, elle attend son heure. Avec sa voix de petite fille, elle jette des mots en anglais, elle articule doucement des fragments de phrases. Elle ranime le désir ancestral de possession. Plus adulte et plus aguerrie, elle abandonne sa candeur et, glacée, veut de l'argent pour se libérer. Elle sait qu'elle suscite le désir de la prendre — elle fixe son prix —, de la défendre — elle sourit —, de l'avoir — marchandons —, de la garder — tentative aléatoire. Et un jour elle part. Sa beauté mourante la déracine, elle entre dans la vieillesse comme au couvent. Elle rejette l'homme dans une trappe. Fini.

Carol me ramena aux réalités de l'heure :

— Et si la boutique de Davis avait un autre nom que « Beautiful Stores » ?

— Il faut continuer...

Nous pénétrâmes dans une zone obscure en retrait d'une grande artère. Soudain l'enseigne au néon rouge de Beautiful Stores apparut sur la façade noire d'un petit immeuble aux fenêtres obscures.

Carol s'exclama :

— Ça y est...

Incommodés et presque fiévreux par la trac, nous hésitions devant la vitrine. Que dire à Davis... De quelle manière l'aborder ? Il avait dû éprouver du chagrin à la mort de mon père. Comment lui annoncer celle de Schaeffer, et l'interroger ? Se présenter, mais comment ? Fils qui enquête, héritier avide, fille amoureuse ? Que voulions-nous exactement ?

Nous franchîmes le seuil. Une paix étrange régnait à l'intérieur de la boutique. Les étagères en verre couvraient les murs du sol au plafond, des tranches d'améthystes, des coupes de zircons bleus et blancs, des morceaux bruts de jade s'y étalaient. Le comptoir, une grande vitrine remplie de colliers, de bagues et de boucles d'oreilles, conviait le client à un ultime achat.

— Il y a quelqu'un ?

J'aperçus un miroir fixé au plafond, nous nous y réfléchissions minuscules et difformes.

— Il y a quelqu'un ?

Bruits de pas, puis une vieille femme thaïe surgit de l'arrière-boutique. Après un timide bonjour en anglais, Carol lui demanda si nous étions bien dans le magasin de M. Davis.

Davis ? Elle comprenait. Elle déversa un flot d'explications en thaï, puis poussa un cri guttural, un jeune Thaï la rejoignit. Il avait les cheveux modelés en crête et des boucles d'oreilles. Je me renseigne :

— Vous parlez l'anglais ?

— A little, répondit-il.

— Allemand ?

— Ja...

— Nous cherchons M. Davis, je crois que c'est lui le propriétaire ici. Il n'est pas là aujourd'hui ?

— Il ne vient pas, M. Davis.

— Pourquoi ?

— Il a vendu la boutique.

— Vendu ? Quand ?

Je me sens soudain fatigué. Pour rien. On est venus pour rien.

— Il y a assez longtemps.

— C'est-à-dire ?

— Un an et demi, deux ans...

— A qui l'a-t-il vendue ?

— A ma mère.

La femme hocha la tête, elle avait compris le mot « vendu » en allemand.

Je la regardai, elle était plutôt vieille pour être la mère de ce jeune homme, mais ici, les femmes changent d'âge en une nuit, paraît-il. Elles tombent de la jeunesse à la vieillesse comme dans un précipice.

— Qu'est-ce qu'il raconte ? demande Carol.

Je le lui répétai. Et continuai :

— Où se trouve M. Davis ?

— Je ne sais pas.

— Il a dû laisser une adresse...

— Non.

— Avait-il une famille... une femme, quelqu'un ?

— Une femme thaïe. Mais pas marié avec elle.

Soudain la vieille en eut assez de nous. Dans son langage saccadé, avec de retentissants « Ho » et des « Hé ! », elle nous raconta, interprétée par l'allemand rocailleux de son fils, que M. Davis s'était peut-être installé à Hua Hin. A l'époque où la boutique lui appartenait encore, il partait en fin de semaine à l'hôtel Railway.

— Et depuis la vente ?

— A Hua Hin vous devriez le trouver. Il a peut-être acheté une maison. Demandez à l'hôtel Ralway, il était bon client chez eux, ils connaissent sans doute son adresse.

Jugeant suffisant l'effort déployé pour nous, elle fila vers l'arrière-boutique ; le fils nous accompagna à la porte.

— C'est déjà ça, dit Carol dehors. Dès que nous serons au Railway, on expliquera au directeur que Davis était un ami de votre père et que nous voulons le rencontrer.

— Carol, si on essayait de régler tout cela par téléphne ? Parlez avec le directeur du Railway et demandez le numéro de Davis, ça nous permettrait d'éviter le déplacement... Hua Hin ne m'intéresse pas, même si ça veut dire Tête de pierre, ça m'est égal. Ma mère est seule face à ses problèmes, nous n'avons pas dormi depuis trois jours...

J'hésitai :

— Je vous dis la vérité ? Je ne crois pas du tout qu'on trouvera Davis.

— Mais si, dit-elle, il ne faut pas vous décourager maintenant. David ! Et ces gens ne diraient rien du tout par téléphone. On se présenterait comment ? Amis d'un homme qu'on ne connaît même pas ! Je ne l'ai aperçu qu'une fois... Et toute cette affaire est tellement délicate... On n'est qu'à deux cents kilomètres de Hua Hin, et de toute façon nous devons quitter l'hôtel ici. Il n'y a pas une chambre libre à Bangkok... Où voulez-vous aller ? Camper à l'aéroport en quémandant des places de retour ?

Elle avait raison. Je protestais parce que je n'avais plus envie de continuer la course...

Tout en discutant, nous étions arrivés dans une grande avenue, la Suriwong Road. Les trottoirs encombrés d'étals croulaient sous la masse de jeans brodés. Accrochés sur des barres de fer, blouses, vestes, robes, pantalons, jeans auraient suffi à habiller toutes la population d'une petite ville.

— Je baisse le prix ! criait une femme en anglais. Je baisse le prix ! Combien pour cette veste ?

Elle nous mit un blouson pratiquement sous le nez.

— Il faut trouver un taxi et rentrer à l'hôtel, dit Carol. C'est affreux ici.

L'avenue débouchait sur un carrefour. Quelle vision, la guerre des véhicules ! D'un côté, à peine retenus par le feu rouge, des dizaines de motocyclistes, le visage caché derrière la visière de leurs casques noirs, penchés sur leurs guidons, trépignaient d'impatience. Autour d'eux, les pots d'échappement des taxis et des voitures particulières crachaient de la fumée épaisse. Une rue transversale nous libéra de ce carrefour mais, pour garder la direction de notre hôtel, il fallait rejoindre le trottoir d'en face. Les voitures déferlaient ici, pas de feux, descendre du trottoir c'était l'accident sinon la mort... Comment arriver de l'autre côté ? Par miracle, une camionnette ralentit, puis s'arrêta. Un problème de moteur. Le chauffeur ouvrait le capot, il cherchait l'origine de la panne ; l'obstacle créé nous permit, ainsi qu'à quelques autres piétons hagards, de traverser. Une clocharde bouscula légèrement Carol et entrouvrant sa paume, elle lui proposa un sachet blanc, une saleté de drogue quelconque. Des femmes accroupies par terre épluchaient des mangues glissantes, elles les creusaient, les bourraient d'une pâte blanche, et les offraient aux passants. Quelques ex-hippies et routards s'attardaient devant elles, discutaient puis repartaient. « Ce n'est pas à Bruxelles qu'on verrait ça ! » s'exclama une dame en français.

Étrangers, nous étions dans une relative sécurité tant que d'autres extraterrestres de même couleur et de même aspect que nous circulaient encore, mais il était temps de regagner notre hôtel.

— Au moins ici personne ne nous suit, dit Carol. Luba nous a laissés en vie et Ian Fischer a perdu notre trace. Nous sommes des veinards.

Je tenais Carol par la main. Un métis afro-asiatique, coiffé rasta, surgit devant nous et nous héla. Il avait le débit rapide.

— Venez dans boîte... pour étrangers. Pas cher.

Ici les racoleurs parlent allemand, anglais, italien, un peu français. Nous nous débarrassâmes de celui-ci et prîmes la fuite. En enjambant les fruits souvent posés à même le béton, nous réussîmes à attirer le regard d'un chauffeur de taxi qui s'immobilisa dans un brutal crissement de pneus. Le conducteur était si impatient de redémarrer qu'à peine étions-nous projetés sur le siège, son véhicule bondit. A côté de nous, des tuk-tuk, des samlo conduits par des adolescents fonçaient, transportant des touristes cramponnés à leur siège. Cet engin, on le prend sans doute une fois. La première et la dernière.

Devant notre hôtel, des boys élégamment vêtus et gracieux nous accueillirent. Dans l'atmosphère d'exquise fraîcheur du palace, les employés postés à des endroits précis s'inclinaient à notre passage. Le plus solennel nous aborda pour nous demander si nous avions des souhaits, il était là pour nous servir. Nous traversions des salons sous les gigantesques lustres en cristaux. Nous étions des poissons rares dans un aquarium orné d'orchidées et du sourire de quelques femmes-fleurs, elles aussi à notre disposition pour tout renseignement. On était dans le Palais Fric.

*
* *

Enfin dans la chambre, je laissai la salle de bain à Carol et en attendant, je contemplai le spectacle nocturne du fleuve. Elle revint bientôt, vêtue d'un peignoir, le visage encore humide, les cheveux tirés en arrière, puis se coucha.

— Bonsoir, David. A demain, David...

Elle s'endormit rapidement. Pieds nus sur la moquette, j'errais dans la chambre insonorisée. En bas sur le fleuve, les bateaux circulaient en laissant des traces lumineuses sur la surface noire de l'eau. Trouver Davis, le fantomatique Davis ? Je n'y croyais plus, mais Carol avait raison, nous devions aller à Hua Hin. Au lit, j'attendais le sommeil, le drap tiré jusqu'au menton. L'air conditionné, comme un pinceau glacé, soulignait mes traits. Je me tournai vers Carol. J'avais l'impression qu'elle était réveillée, elle pleurait, les paupières fermées.

— Carol... Pourquoi ?

Elle serrait les lèvres.

Puis, silencieuse, elle prit place dans mon lit. J'embrassai son cou, le lobe de ses oreilles, ses paupières humides. J'attendais. Au bout d'un entracte plus que respectueux, j'ai effleuré ses seins. Elle me repoussa et, sans un mot, retourna dans son lit.

— Bonne nuit, dit-elle plus tard, ce n'était pas pour faire l'amour. Juste pour me réconforter...

Je me levai et débranchai l'appareil d'air conditionné.

*
* *

Une nuit confuse. Je rêvai de Davis, il souriait et affirmait n'avoir plus revu mon père depuis des années. J'étais confronté ensuite à une fille qui, assise derrière son bureau, débitait les horaires de départ des avions. Elle était nue.

Vers 6 heures, je commandai le petit déjeuner. Carol se réveillait doucement.

Nous perdîmes beaucoup de temps, on se traînait entre la douche et les rangements, nos affaires étaient casées pêle-mêle dans les valises. Nous nous défoulions dans le désordre. Nous n'avions pas envie de parler, juste d'exister.

Régnant sur le hall et les départs, le chef des bagagistes nous réserva une voiture pour aller à Hua Hin. Je distribuai des pourboires. Notre chauffeur vint se présenter, il parlait un anglais correct, il réagissait au moindre frémissement et nous renseignait avec une exquise délicatesse.

Même tôt le matin, la traversée de cette ville étendue et surpeuplée était une véritable expédition. Des femmes, souvent d'un âge indéfinissable, tournaient de longue cuillères en bois dans des chaudrons et proposaient des repas à leurs clients habituels. Au bout de trois quarts d'heure, nous réussîmes à sortir de la ville. Les camions nous dépassaient sans cesse, notre conducteur accélérait et se rabattait devant eux, en évitant d'extrême justesse des véhicules venant en face.

Carol, j'ai oublié le nom du patelin où nous devons passer la nuit.

— Cha Am, dit-elle. Vous n'avez pas entendu quand j'ai appelé pour confirmer la réservation ?

— Non. J'écoute le moins possible. Je délègue, ai-je répondu méchamment. Vous avez prévu combien de temps pour notre sauterie balnéaire ?

— Une seule nuit. Je vous le répète : il vaut mieux arriver au Railway en tant que clients que de passer et quémander des renseignements.

La poussière nous encrassait le nez et irritait les yeux. Le rouge et or du toit des temples égayait la grisaille des villages. Selon le chauffeur, il fallait presque trois heures pour atteindre Cha Am, une station à la mode fréquentée par les habitants aisés de Bangkok.

L'entrée en forme de pagode était gardée. Le chauffeur expliqua à un sbire que nous étions des clients. Devant le principal bâtiment, une nuée de boys entoura notre véhicule en se chamaillant, l'enjeu était le transport de nos bagages. A la réception, les employés, une majorité de femmes, attendaient en rang d'oignons. Je m'adressai à celle qui semblait la plus aimable, Carol vint à mon secours. Elle rappela la date et l'heure de la réservation, confirmée la veille. L'employée vérifia l'exactitude de la déclaration puis posa devant nous une fiche.

— Passeport... Le numéro ! Signez.

Je cherchais mon passeport, Carol fouillait dans

son sac. Pour une raison que j'ignorais, tout le monde était pressé. Il fallait suivre le boy qui courait en poussant un chariot, nous nous précipitions dans des labyrinthes de couloirs entourés de colonnades et au sol carrelé de faïence brillante ; la chaleur humide trempait nos vêtements. Carol avait obtenu deux chambres. La mienne était glacée. Je demandai au bagagiste d'arrêter l'air conditionné, il obéit avec un sourire complice. Pour réchauffer l'atmosphère de cette crypte aux couleurs gaies, j'ouvris la porte coulissante et les parois à glissière des moustiquaires. La chaleur de la terrasse me fit battre en retraite. Je me contentai de regarder de l'intérieur ; en bas une bande de gazon était séparée, par une barrière en bois assez haute, de la plage déserte et de la mer de Chine bleu saphir. Les vagues, ourlées d'écume blanche, s'écrasaient doucement sur le sable blanc. Quelques vacanciers, le corps rougi de soleil, se promenaient. Pourquoi ces oisifs qui ne cherchaient rien, que personne ne poursuivait, n'étaient-ils pas dans l'eau ?

Je frappai à la porte de Carol pour lui annoncer que j'allais m'acheter un maillot de bain.

— J'en ai besoin aussi. Si vous attendez cinq minutes, je viens avec vous.

Une demi-heure plus tard, équipés dans l'une des boutiques du rez-de-chaussée, nous nous dirigeâmes vers la plage. Dans des chaises longues installées sur le gazon, protégés par les parasols, se prélassaient les clients ; certains étaient rouge écrevisse, d'autres carrément brûlés.

— Pourquoi ne vont-ils pas se baigner ?

— Je n'en sais pas plus que vous...

— Ils sont trop gâtés, blasés.

J'avais envie de faire mal à Carol. Un peu, presque pour m'amuser.

— Ma mère nagerait ici des heures...

— Tant mieux, dit-elle, tant mieux.

— Vous êtes jalouse...

— Votre père me remonte dans le cœur, dans la gorge, il m'étouffe. C'est tout.

Sur le chemin qui conduisait vers le portail de la clôture, je m'arrêtai devant un grand panneau qui affichait un texte en thaï et en dessous en anglais. *L'hôtel met en garde sa clientèle contre les méduses et dégage toute responsabilité en cas d'accident.*

Ébouriffé par le vent qui se levait, je dis :

— Vous voyez ce que je vois ?

— Mais oui. Votre mère ne nagerait peut-être pas pendant des heures...

Déboussolés, nous restions devant l'écriteau. Un bruit lointain nous renseignait sur le passe-temps des touristes.

— La piscine, dit-elle. Ils se baignent dans la piscine.

— Je vous offre un verre là-bas ?

— Non, dit Carol, j'ai trouvé de l'eau vaseuse dans le mini-bar. Mais si vous voulez...

— Du tout. Allons marcher sur cette putain de plage.

— Vous êtes grossier.

— Et les méduses, elles sont comment ?

Le vent, de plus en plus vif, nous envoyait du sable dans la figure, nous marchions en nous essuyant le nez et les yeux, parmi les promeneurs qui, le regard rivé au sol, contournaient les masses gélatineuses de méduses échouées. Faisant une pause pour contempler l'horizon, nous engageâmes la conversation avec un Thaï, en vacances ici. « Au moins on respire. » « Les méduses ne vous ennuient pas ? » « C'est déjà un privilège d'avoir de l'oxygène, vous savez, Bangkok... » Nous le savions. Il nous fit un cours sur les méduses. Les blanches brûlent les nageurs. Mais, si l'on est piqué par des rouges, qui injectent un poison puissant, il faut se précipiter à l'hôpital. Une femme avançait dans la mer, elle faisait de grands gestes pour exprimer son bonheur d'être dans l'eau, elle n'avait pas dû voir le panneau.

Les hôtels se succédaient sur la plage, quelques touristes béats, sur ds matelas douteux, se faisaient masser par des filles robustes. Peu à peu une foule considérable s'agglutinait derrière les barrières qui séparaient les jardins des hôtels de la plage publique.

— Vous avez une idée de ce qu'ils peuvent regarder ?

— Je ne sais pas, dit-elle, mais attention à vous, ne marchez pas sur une méduse.

Nous avions besoin d'une courte relâche. Fermer la boutique des drames, être comme tout le monde... Nous bavardions, on se racontait des choses anodines. Le soleil se couchait, le vent était froid.

— Avez-vous une idée de la raison pour laquelle tout le monde nous regarde ? a demandé Carol.

— On est tout blancs, on vient d'arriver...

Puis, alerté par un cri collectif de la foule, je levai la tête et aperçus, sidéré, le ciel couvert de parachutistes aux vêtements assortis à leurs parachutes ! Portés par le vent, ils arrivaient sur la plage.

— Hé ! dit Carol. Écartons-nous d'ici, sinon ils vont nous écraser.

Ils tombaient comme des fruits et touchaient le sable avec un bruit sec. Quand le vent s'engouffrait dans leurs parachutes, il les traînait comme l'aurait fait un cheval fou. Nous nous sauvâmes de justesse de cette hécatombe artificielle et, enfin derrière les barrières sur la pelouse de l'hôtel, je déclarai :

— Ici, tout est absurde. Si ce séjour est un plaisir pour certains, je me demande alors ce qu'est la souffrance.

J'apostrophai l'un des Supermen qui arrivait en

portant dans ses bras, ramassée, en vrac, la masse de toile.

— D'où venez-vous ?

— D'Australie.

— C'est quoi, votre démonstration ?

— Une compétition. Chaque année nous disputons ici trois jours d'épreuves. On vient du monde entier, c'est l'endroit où il y a le plus de vent en Asie. Je veux dire, le vent qui nous est nécessaire.

D'autres arrivaient, en mauve, en vert, en jaune criard. Du côté gauche de cet infini rempli de surprises, apparaissaient sur la plage des chevaux.

— Ah oui, dit Carol, j'ai lu un avertissement concernant ces canassons. Ce sont des chevaux de course à la retraite, c'est une entreprise qui les loue. Les cavaliers sans expérience, plus le vent, peuvent les énerver. L'hôtel dégage toute responsabilité en cas d'accident et rappelle que le plus proche hôpital est à vingt-cinq kilomètres d'ici...

Une fille, peut-être la monitrice, se dégageait du groupe des cavaliers occasionnels, elle s'approchait d'un parachutiste en bleu violent strié de mauve. L'homme casqué, le visage masqué de grosses lunettes, et la fille se penchant vers lui de son cheval bavardaient. Des touristes admiraient ce cirque inclus dans le « tout compris ».

Ce soir-là, nous avons dîné dans la cafétéria glaciale. Autour des tables, les vacanciers repus et silencieux attendaient la fin de la soirée. Nous avons ensuite traversé le parc, il fallait éviter les types agenouillés qui pliaient leur parachute et alignaient les fils avec un soin méticuleux. Celui qui aurait bâclé le travail risquait le lendemain d'être transformé en une grande omelette.

*
**

344

Je pris congé de Carol dans le couloir et me retirai dans ma chambre. Des cris et des bruits de pétards me parvenaient. Malgré ma nonchalance affichée, je voulais effacer le souvenir de Luba et le danger auquel elle nous avait exposés. Avait-elle eu un fils de Samuel Levinson ou de quelqu'un d'autre ?... Qu'importe. Toute la haine d'une femme frustrée depuis des années s'était déversée sur nous. Je devais prendre du recul, tenter d'analyser cliniquement son cas et ne pas me laisser miner. Je me présentais des synthèses optimistes. Ma mère allait être riche et secondé par Rémy. Je pourrais partir bientôt pour la Namibie. Une nuit ici, puis une autre à l'hôtel Railway, et enfin le retour immédiat à New York. En terminer !

Le lendemain matin, grâce à un message qu'elle avait glissé sous ma porte, je retrouvai Carol dans la salle à manger où des gens maussades portaient leurs assiettes chargées de nourriture et cherchaient une place. D'énormes fleurs rouges et mauves, immobiles sur leurs longues tiges, animaient les plantes vertes du jardin.

— Je suis prête, dit-elle.

Elle vida sa tasse.

Un garçon venait de remplir la mienne.

— Je suis allée dans l'un des bazars, continua Carol, j'ai trouvé des chapeaux. Je vous en ai acheté un... Si la taille n'est pas bonne, on peut le changer.

Elle sortit d'un grand sac de plage fraîchement acquis un chapeau de paille, il était un peu grand, mais il m'allait. J'étais presque attendri par cette attention.

Nos valises étaient déjà descendues dans le hall, je réglai la note et commandai une voiture. Quelques minutes plus tard, un chauffeur thaï se présentait, il parlait un anglais correct. Je lui indiquai notre destination.

345

— A l'hôtel Railway ? Mais bien sûr. Les touristes l'aiment bien... Toujours complet... Vous avez obtenu une chambre ? C'est une chance. Sauf si vous l'avez retenue il y a longtemps.

Nous avons roulé pendant quelques kilomètres en silence, l'homme nous regardait parfois dans le rétroviseur, il avait envie de parler. Je lui annonçai poliment :

— Il y a des méduses dans la mer...

— Surtout cette année, dit-il, heureux d'aborder le sujet local. A certaines périodes il y en a un peu moins ou pas du tout. Loin de la côte, près des îles, l'eau est limpide, d'une pureté... Mais par ici, surtout quand on va sur la jetée à Hua Hin, on en voit beaucoup. Là-bas, c'est un véritable observatoire de méduses. Vous voulez qu'on aille y jeter un coup d'œil ?

Je rejetai poliment son offre, Carol réfléchissait en regardant le paysage. Nous arrivâmes bientôt à Hua Hin. Un grand village plat, traversé par la rue principale dont les trottoirs étaient envahis d'étals surchargés. Quelques immeubles de trois étages, habités sans doute par des gens plus riches que les autres, étaient fraîchement repeints.

— Si vous voulez visiter la gare... On pourrait y aller. Elle est célèbre... Quand j'amène les touristes, chaque fois je fais un tour là-bas. A cette heure-ci, vous n'aurez pas encore votre chambre au Railway, les gens s'en vont plus tard.

— Pourquoi pas, dit Carol.

Devant la gare aux bâtiments aussi désuets que colorés, des adolescents surgis de tous les côtés, souriants, proposaient des tours sur leur pousse-pousse. Le chauffeur nous montra le pavillon d'honneur restauré, au toit doré ; jadis le train spécial des empereurs s'y arrêtait et les personnages importants de l'État entraient directement dans une salle d'apparat.

— Les gens se font photographier ici, dit-il. Souvenir.

Il fit signe d'approcher à un jeune type qui tenait un Polaroïd.

— Voulez-vous une photo ? Avec le pousse-pousse...

— Non.

Le temps était clair, le soleil clément, le ciel d'un bleu de conte de fées. J'avais l'impression que mon père allait sortir du pavillon pour nous souhaiter la bienvenue. Quelle sensation venait-il chercher à Hua Hin ? Que faisait-il ici, au bout du monde ? Haydn ou Mozart à Hua Hin avaient peut-être une autre dimension qu'en Europe ou en Amérique... En compagnie des adolescents près de leur pousse-pousse, je devenais photo. J'étais en noir et blanc dans un décor rouge et or. Étais-je encore vivant ?

— Partons !

Avant de nous débarquer à l'hôtel Railway, le chauffeur voulut absolument nous montrer l'ancienne entrée où les arbustes étaient taillés en forme d'animaux.

— Non. Merci, vraiment pas.

A l'entrée principale, un boy prit nos bagages, nous traversâmes le hall somptueux et Carol se présenta à la réception où l'attendait un Thaï souriant.

— J'ai retenu une chambre pour une nuit au nom de docteur Levinson.

— Bien, madame.

L'employé consultait le fichier.

— Levinson, dit l'homme. Oui. Vous êtes dans l'ancienne aile, vous avez de la chance, car la chambre est déjà libre, les clients sont partis très tôt... Le temps qu'on la prépare, veuillez prendre un café au bar, ça fait passer le temps.

Carol s'impatientait :

— Je voudrais savoir si vous vous souvenez d'un de vos clients, qui a dû venir ici plusieurs fois, le professeur Levinson ?

— La dernière visite date de quelle époque ?

— Il faudrait vérifier vos registres.

— Il n'y en a plus...

Le chauffeur surveillait de loin. Pourquoi était-il resté ? Je l'avais payé...

— Comment, vous n'en avez plus ?

— L'hôtel a été vendu il y a un an et les archives se trouvent maintenant à Bangkok. Quant à moi, je ne travaille ici que depuis trois mois, et les gens arrivent du monde entier. Alors, les noms...

Carol insistait :

— Et un M. Davis, ça vous rappelle quelque chose ? Davis.

— Non, madame.

Je pris Carol à part :

— N'insistez pas, ce type ne sait rien.

Elle était désespérée.

— Mais c'est impossible, on se heurte à un mur. Il faut trouver le directeur, ils doivent avoir gardé des traces, on ne peut pas déménager le passé d'un hôtel.

— Si, on peut.

Elle avait tous les droits, même celui d'attraper une vraie et bonne crise de nerfs. Les trois jours précédents justifiaient tout.

— Venez, en attendant la chambre, on va prendre un café.

Nous avons évité le bar, une grotte obscure et glacée. Dans le hall, une adolescente thaïe installée sur une petite estrade, assise sur ses jambes croisées, le sourire aux lèvres, les cheveux noirs soyeux lui frôlant les épaules, les yeux en amande étirés jusqu'aux tempes, le nez fin défiant la délicatesse des orchidées de la plus belle origine, préparait de minuscules desserts qu'elle faisait saisir sur une plaque chauffante.

— Qu'est-ce qu'elle fait ? demanda Carol. A quoi joue-t-elle ? Je ne supporte plus rien, David.

La fille nous expliqua dans un anglais délicieux qu'elle cuisait du riz dans le lait de coco. Elle nous offrit de ces gourmandises miniatures. Je me sentais ridicule en dégustant ces petites merveilles à l'ombre de fantômes.

A peine installés à l'une des tables de ce hall, un garçon nous présenta des cartes.

— Juste deux cafés.

Il nous servit rapidement.

Pour ne pas m'agacer ou m'attendrir en regardant Carol en larmes, j'observais ostensiblement les alentours. Le parc descendait jusqu'à la plage. Au bout de l'allée centrale, un porche en forme d'entrée de pagode dominait la mer.

— Je sens la présence de Samuel...

J'étais las, je vivais de plus en plus mal la reconstitution des intrigues de nos pères.

— Revenez vers les vivants, Carol, sinon vous vous préparez une bonne dépression. Avez-vous prévenu quelqu'un chez vous ?... Ils savent où vous êtes ?

— Juste le pays. J'ai laissé le message à Doris. Si elle ne le transmet pas...

— Votre père nous a embarqués dans une sale histoire...

— Je suis sûre que cette affaire était un pari qu'il voulait gagner... Et il n'est plus responsable des actes de Fischer.

— Facile à dire, c'est lui qui a mis en marche une machine à tuer.

— Fischer va se lasser, il ne sait même pas ce qu'il cherche...

On nous fit signe : notre chambre était prête... Je payai le café et le boy prit la clef.

— Voulez-vous me suivre ?

Il fallait passer par le parc qui entourait l'hôtel, bâti en fer à cheval. L'employé se dirigeait d'un pas rapide vers l'ancienne aile. Notre chambre, située au premier étage, sentait la cire.

Carol souleva le couvre-lit.

— Impeccable... Et il y a des moustiquaires aux fenêtres...

Laissant là nos bagages, nous revînmes aussitôt dans le hall. Nikorn, notre chauffeur, attendait encore. Je m'approchai de lui.

— Pourquoi n'êtes-vous pas parti ? Est-ce qu'il y a eu une erreur dans nos comptes ? Je vous dois quelque chose ?

— Non, monsieur, répondit-il en s'inclinant. Vous m'avez donné beaucoup d'argent, je reste avec vous. Je pourrais vous être utile. Il me semble que vous cherchez un renseignement. Je suis né ici, j'habite près de l'ancien port, je connais la ville.

— C'est l'hôtel qui aurait dû nous aider. En revanche, demain vous pourriez nous conduire à l'aéroport de Bangkok...

— Je ne demande pas mieux, mais aujourd'hui je suis à votre service sans aucun supplément.

Je le remerciai et retournai vers la réception. Un autre employé répondait à Carol.

— Quels registres, madame ? L'hôtel est dorénavant informatisé, et les archives ont été transportées à Bangkok.

Carol, démoralisée, s'attardait. Deux autocars venaient de s'arrêter devant l'entrée et déversaient des touristes radieux. Les boys fondirent aussitôt sur les bagages entassés dans les soutes de ces grandes machines.

Carol repartit à l'attaque :

— J'aimerais jeter un coup d'œil sur le pavillon devant l'ancienne aile...

Le Thaï se méfiait.

— L'annexe ? Elle a été rénovée aussi... Elle est réservée la plupart du temps aux groupes d'amis, aux gens qui veulent rester entre eux.

— Cinq minutes, dit Carol.

— Pourquoi ?

— Juste visiter.

Le chef de la réception consulta l'ordinateur, tout en surveillant un groupe qui se dirigeait vers le comptoir.

— Vous pouvez y aller, les prochains clients du pavillon n'arriveront pas avant 13 heures.

Le boy qui s'occupait de nos valises nous y conduisit. La maison, indépendante de l'hôtel, était spacieuse et sentait la peinture fraîche. Du grand hall partaient des couloirs qui desservaient les chambres du rez-de-chaussée. Et le grand salon entouré de terrasses dominait la mer à une cinquantaine de mètres de distance. Un escalier intérieur montait au premier étage. Par la baie vitrée, j'aperçus la plage et ses rochers qui ressemblaient à des cailloux géants et lisses qu'un Dieu capricieux aurait jetés là.

— Si on y allait, Carol ?

— D'accord.

Le boy referma derrière nous la porte d'entrée du pavillon.

Le chauffeur nous attendait dehors et se joignit à nous. Le soleil vertical brûlait. De près ces rochers-cailloux étaient énormes. Nikorn nous expliqua qu'ils avaient donné son nom au village : Hua Hin. Têtes de pierre. Le fantôme de mon père ne nous lâchait pas.

Assis derrière des étals protégés du soleil par des bâches, des marchands proposaient de la nourriture et des boissons. A gauche, à peu près à un kilomètre, s'étendait la jetée, et au bout se dressait le phare. Quelques gosses apparus comme par magie escaladaient ces cailloux démesurés, les employés installaient des chaises longues et des parasols pour les clients du Railway. Le rituel de la journée. Il fallait partir d'ici. Nous aurions peut-être pu consulter les anciens registres de l'hôtel à Bangkok, mais ici, rien. Quant à Davis, il s'était évaporé, et le personnel récemment engagé ne connaissait aucun client du passé. Il était inutile d'insister.

Je convainquis Carol de partir sur-le-champ. Il était assez tôt pour que je puisse négocier notre départ à la réception. En effet, en dix minutes à peine, tout était réglé. Le boy rapporta nos bagages, ravi, en une heure il avait reçu deux pourboires. Je m'étais mis d'accord avec Nikorn sur le prix du transport jusqu'à l'aéroport de Bangkok. Nous étions à quelques centaines de mètres de l'hôtel quand le chauffeur, en nous regardant dans le rétroviseur, nous demanda :

— Vous cherchiez un renseignement ?

— Surtout l'adresse actuelle d'un client qui venait souvent au Railway. Hélas, nous nous sommes déplacés pour rien. Les documents qui concernent le passé de l'hôtel et les registres ont été transférés à Bangkok lors du changement de propriétaire.

— Que vouliez-vous savoir ?

Carol intervint :

— Un des amis de mon père s'appelait Davis. Notre famille l'a perdu de vue. Ce voyage était une occasion pour le retrouver, il habite en Thaïlande depuis des dizaines d'années.

— Pourquoi l'hôtel ?

— Parce qu'il y retrouvait au Railway ses amis.

— Vous n'êtes pas de la police ?

— Non.

De mon côté, je le rassurai :

— Il s'agit d'une affaire personnelle. Mon père était aussi un ami de M. Davis, j'aurais voulu lui faire part de certains événements.

— C'est urgent ?

— Urgent ? Non. Nous voulions lui rendre une visite amicale.

— Pourquoi ne l'avez-vous pas prévenu ?

— Parce que nous étions sûrs de le trouver dans sa boutique à Bangkok. Malheureusement, il l'a vendue.

Nikorn rangea la voiture au bord de la route, et se retourna vers nous.

— Je connais l'ancien concierge du Railway. Il a travaillé pendant trente-cinq ans dans cet établissement et il a pris sa retraite lors de la vente du Railway. Il a confiance en moi et s'il accepte de vous recevoir, il pourrait vous aider.

Nikorn nous examinait dans le rétroviseur.

— Qui cherche. Vous... ou elle ?

— Nous deux. Et nous n'avons aucune mauvaise intention. Pourquoi tant de méfiance ? M. Davis ne devait pas être mêlé à une affaire qui aurait intéressé la police.

— Les recherches de ce genre sont souvent inquiétantes, répliqua-t-il. Mais vous êtes des gens bien. Honnêtes.

Il réfléchit encore, puis se décida :

— Je vais vous conduire chez M. Vichit, il pourra peut-être vous renseigner.

— Merci d'avance, dit Carol. Quel que soit le résultat, on aura au moins essayé.

Nikorn parqua la voiture près de la jetée, à un endroit touristique où les guinguettes se succédaient. Sous les yeux rigolards des badauds, les serveurs dressaient les tables pour le déjeuner. Un camion venait de s'arrêter, les ouvriers thaïs déchargeaient de la glace pilée, puis des caisses de poissons.

Nikorn verrouilla la voiture. Nous étions près d'un groupement de petites maisons en bois. Sous des parasols rapiécés, devant les portes d'entrée, des femmes aux doigts agiles décortiquaient de grosses crevettes, nettoyaient des poissons et jetaient les déchets dans des corbeilles en métal.

— Attendez-moi ici, je vais lui parler. Je ne garantis rien.

Le soleil était pesant et les odeurs lourdes, le temps se confondait avec l'éternité. Et s'il ne revenait plus ? Au bout d'une dizaine de minutes, il réapparut et annonça, satisfait :

— Ça va. Ce n'était pas facile, mais il a accepté de vous parler...

Au moment où nous passions à côté d'elles, les femmes nous hélaient en thaï et lançaient des remarques en étouffant des petits rires. Arrivés au premier étage par un escalier étroit, Nikorn frappa à une porte, des pas hésitants se firent entendre, puis un vieux Thaï nous ouvrit. Il était vieux, mais sans une ride, ses yeux voilés d'une légère pellicule blanche lui prêtaient un aspect irréel. Il nous dévisagea, puis nous invita à entrer dans la pièce principale de son logement et à prendre place autour d'une table. Par la fenêtre ouverte pénétraient la chaleur et les bruits de l'extérieur, le restaurant dont on apercevait d'ici la terrasse était en effervescence, les gosses criaient et couraient, un adolescent s'amusait avec sa moto, il nous écorchait les oreilles avec ses vrombissements interminables. Puis soudain, un silence inexplicable.

Notre hôte, cordial, nous offrit du thé dans de petites tasses de faïence. Carol était intimidée. Il faisait maintenant très chaud et le regard de l'homme,

même tamisé par sa maladie oculaire, nous dissé-
quait.

— Monsieur Vichit, merci de nous recevoir. Nous
cherchons un M. Davis, l'ami de mon père. Mon
père est mort il y a un an.

— Je suis triste pour vous, dit-il en plissant les
yeux. Perdre son père est une très grande épreuve.
Quel rapport, ce deuil, avec M. Davis ?

— On aimerait le rencontrer pour lui parler,
évoquer le passé. Davis, vous avez dû le connaître...

Vichit baissa les paupières.

— Il me reste le souvenir des visages, des regards.
Parfois un nom. Rarement.

— Il s'agit d'un groupe d'amis qui, paraît-il, se
retrouvaient au Railway et jouaient de la musique.

— La musique. Dites-moi le nom de votre père...

— Levinson. Samuel Levinson.

Il réfléchissait.

— Vous vous souvenez de lui ? Grand, mince,
très poli, souvent distrait.

— Je cherche, dit-il, dans mes images de jadis.

Carol le martelait de questions :

— Ni Levinson, ni Davis, aucun de ces deux
noms ne vous est familier ?

— M. Davis est venu à l'hôtel pour la dernière
fois il y a plus d'un an... Il n'y a passé qu'une seule
nuit.

— Vous vous souvenez de Davis. Quelle chance.
Savez-vous par hasard où il habite ?

Il contournait les réponses.

— M. Davis avait une femme thaïe et, en effet, il
aimait la musique...

— C'est ça, dit Carol, la musique. Selon vous, où
se trouve-t-il ?

Vichit se tourna vers moi :

— Quel rapport tout cela avec votre père ?

— Mon père est mort brutalement, son meilleur ami aussi.

— Brutalement ?

Je m'aventurais sur un terrain dangereux. Si Vichit prenait soudain peur, il ne nous dirait plus rien.

— Disons d'une manière imprévue. Sa mort pourrait être la conséquence de quelque chose qui se serait passé à Hua Hin. Davis pourrait nous aider.

— Aider à quoi ?

— A voir plus clair dans cette affaire. Mon oncle, Simon Levinson, a fait allusion à un événement... A un incident grave qui se serait produit ici, à Hua Hin...

— Simon Levinson ?

Le vieux souriait.

— Ça y est. Je le vois, lui. Il était généreux, il payait bien pour les adresses. Toutes sortes d'adresses. Histoires de filles... Il jouait avec les autres et après il se sauvait, il avait tous les jours rendez-vous au village. Lors de la grande discussion, pendant la fameuse nuit où il a tellement plu... Il n'était pas avec eux, il avait passé sa soirée avec une fille. C'est moi qui la lui avais trouvée. Une gentille fille.

Simon, sacré hypocrite. Mais qu'importe.

— Quelle discussion ? Quelle nuit ?

— Celle qui s'est si mal terminée, dans le pavillon spécial.

— Donc, il y a eu quelque chose... un incident ?

— Plutôt un drame ou un accident. Que voulez-vous exactement de M. Davis ?

— L'interroger.

— A ce sujet ?

— Oui.

— Je peux vous raconter cette nuit. Ça s'est passé lors de la dernière visite du professeur Levinson... Lors d'une tempête suivie d'une pluie torrentielle.

Carol le pressait :

— Alors son nom vous revient ? S'il vous plaît.

— Maintenant, oui. Je le retrouve comme s'il était près de nous, assis à cette table.

Je brûlais d'impatience.

— Mon père est venu plusieurs fois, n'est-ce pas ?

— Oui, avant le drame, mais plus jamais après...

Il se leva.

— J'ai un livre d'or. Pendant trente-cinq ans je l'ai fait signer par les gens que je trouvais intéressants, célèbres, ou tout simplement parce qu'ils étaient aimables. M. Davis avait signé, M. Levinson aussi, lui, à trois reprises. Je m'en souviens avec précision parce que je lui ai demandé à chaque séjour un petit mot, un dessin.

Carol intervint doucement :

— Vous accepteriez de nous montrer ce livre ?

Vichit repoussa sa chaise et partit en se traînant vers la pièce contiguë. Un bruit de porte d'armoire. Il revint avec un paquet, il le déballa délicatement et en sortit un livre recouvert de cuir bordeaux.

— Les souvenirs de toute une vie de travail...

Je touchai avec respect l'album du vieil homme. Sur la première page, un nom anglais connu, plus loin une chanteuse qu'on n'aurait jamais imaginée dans cet hôtel, ni en Thaïlande ; sa voix était réputée fragile. Des dates, des signatures. Soudain, le nom de mon père apparut, précédé d'un « amicalement » et entouré de quelques notes esquissées ; une deuxième fois dans le coin inférieur d'une page, accompagné d'un petit violon. Puis le choc : son écriture sur toute une page :

« *Les enchaînés de votre pavillon spécial, les esclaves de la divine musique.*

Simon Levinson, P. Schaeffer, Grant-Rimski, E. Davis et Samuel Levinson. »

Les signatures étaient recouvertes d'un dessin à la plume. Cinq musiciens assis, enchaînés à leur chevalet, jouent en fixant leur partition. Juillet 1981.

— La dernière visite du professeur Levinson.

Carol insistait, fébrile :

— Et cette nuit...

— Comme toujours, c'est M. Davis qui avait réservé le pavillon. Il venait avec ses amis de Bangkok. Je me rappelle très bien leur arrivée, chacun avec son instrument. M. Levinson m'avait offert une boîte de cigares, et son frère, Simon, m'avait expliqué qu'il ne resterait avec eux que l'après-midi, pas le soir. Je devais prévenir une fille au village. Pendant la journée, le boy au service du pavillon leur apportait les repas et les boissons. Un client anglais du bâtiment principal a même cru que nous avions fait venir un orchestre, c'est moi qui lui ai appris qu'il assistait de son balcon à un concert donné par des Messieurs très importants qui avaient l'habitude de se retrouver chez nous. Mais le séjour de M. Samuel Levinson s'est mal terminé. J'ai passé cette nuit à l'hôtel, l'autre concierge était malade, j'ai dû le remplacer. Cette nuit-là, deux hommes se sont affrontés dans le pavillon. On aurait dit qu'ils allaient s'entre-tuer. Ces gens, pourtant issus d'une classe sociale riche et distinguée, s'interpellaient avec une violence incroyable... On les entendait crier... Puis la pluie diluvienne a fait cesser la bagarre. Nous avons cru que l'un des toits allait être emporté. Le lendemain, la mer est redevenue calme. Une mer d'huile. Très tôt le matin, les employés de l'hôtel avaient commencé à nettoyer les dégâts. Ce sont eux qui ont été témoins de l'accident... Si on peut l'appeler ainsi.

— Quel accident ? a demandé Carol.

— L'un des boys qui se trouvait à proximité a

tout raconté. Deux hommes se disputaient sur la plage, ils marchaient en contournant les rochers, ils criaient. Ils allaient presque se battre. La marée était haute. L'un d'eux s'est déshabillé et s'est éloigné de la plage, d'abord en marchant, ensuite en nageant. L'autre était resté sur la rive. Peu de temps après, le baigneur s'est mis à gesticuler, crier, puis a fait demi-tour en se débattant dans l'eau. Il est sorti de la mer en hurlant, en appelant au secours, puis s'est effondré au milieu de la grande allée, brûlé du cou jusqu'aux hanches par des méduses. Des fragments de tentacules étaient incrustés dans sa peau, sur sa poitrine. Selon les traces, ses jambes étaient mordues par des méduses rouges. Transporté à l'hôpital, il a été sauvé de justesse. Ce monsieur accidenté était Samuel Levinson.

Un profond dégoût me secouait, j'imaginais mon père recouvert de tentacules.

— Et l'autre ? Qui était l'autre ?

— Ce n'était pas Simon...

— Davis alors ?

— Non.

Vichit nous observait. Que voulait-il ménager ? Nous ou ses effets ?

— L'incident semblait insolite. Incroyable même. M. Levinson, qui ne se baignait jamais dans la mer, a dû avoir une raison impérative d'entrer dans l'eau grouillante de méduses. L'autre, plus familier de cette côte, aurait dû le prévenir du danger. Quand la police l'a interrogé, il a dit qu'en effet il venait parfois à l'hôtel, mais qu'il ne pouvait pas deviner que ce matin-là la mer serait infestée de méduses... Il s'appelait Rimski. M. Rimski.

Carol bascula en avant, je la retins à temps. Vichit se leva, versa l'eau froide d'un thermos sur une serviette qu'il tendit à Carol. Elle cachait son visage dans le tissu mouillé.

— Pourquoi M. Levinson se serait-il aventuré dans l'eau ? demanda-t-elle.

— Il a raconté plus tard que son ami l'avait provoqué.

— Provoqué ?

— Oui.

— Je ne mets pas une seconde vos paroles en doute, mais ces faits et gestes ne correspondent pas à la nature des deux hommes que je connais. Si je pouvais parler à M. Davis...

— Il ressemble à M. Levinson, dit Vichit, il est grand, distingué, généreux. Il est revenu après l'incident. Mais plus jamais au pavillon. Il prenait une chambre dans l'ancienne aile.

Vichit continuait :

— M. Rimski a disparu de chez nous. Selon moi, ses amis ont dû le prendre en grippe. Davis est resté un fidèle client, mais un jour, en quittant l'hôtel, il m'a annoncé que c'était son dernier séjour. Il allait vendre son commerce à Bangkok et s'installer dans le Nord, dans la région de Chiang Maï.

— Chiang Maï ?

— Il supportait mal le climat de Bangkok et cherchait dans le Nord, selon son expression, « un coin encore préservé ».

Carol déclara, d'une voix éteinte :

— Je crois qu'il pourrait nous révéler l'origine de cette bagarre qui est peut-être la source de nos problèmes actuels.

— Attendez, dit Vichit en se levant. Je vais chercher quelque chose.

Tout en allant et venant, il raconta qu'il avait toute son existence durant collectionné les cartes postales que les clients lui envoyaient.

— Je devrais les classer un de ces jours...

Il rapporta une boîte et en déversa le contenu, quelques centaines de cartes postales, sur la table.

— Regardez si vous pouvez repérer la signature de M. Davis, je suis sûr qu'il m'a écrit...

Les messages du monde entier s'accumulaient, des souvenirs, des élans amicaux, des remerciements adressés au fidèle concierge de l'hôtel Railway. Au bout d'une vingtaine de minutes de patientes recherches, notre chauffeur pointa le doigt sur une signature.

— Ce n'est pas ça, par hasard ?

J'examinai l'écriture floue.

Cher Vichit,

Installé à une cinquantaine de kilomètres de Chiang Maï, je vous envoie mes amitiés. La vie n'est pas simple, les gens changent. Il serait imprudent de se fier aux rêves.

Votre client et ami...

E. Davis
Le Refuge - à l'est de Tha Thon

— Tha Thon, dit Carol. C'est où ?

— Jadis c'était une jolie petite ville. Le tourisme l'a abîmée.

Mon attention fut soudain attirée par une carte qui représentait la plage de Miami Beach. J'essayai de déchiffrer la date sur le timbre. Juste quelques mots :

Cher ami,

Je garde le souvenir de votre beau pays. Je l'aimerai toujours.

Votre ami, E. Davis.

Sea Tower - Collins Avenue - Surfside -
Miami Beach

361

— Regardez-la bien, cette carte, monsieur Vichit. Vous l'avez reçue avant ou après l'installation de Davis à Tha Thon ? Il est impossible de déchiffrer la date...

— Je n'en sais rien. Avant de s'installer dans le Nord, M. Davis voyageait beaucoup.

— Vous connaissiez sa passion pour la photographie ?

— Oh oui, il aimait surtout photographier les éléphants. Il les recherchait, il les suivait. « Le seul être humain que je pourrais tuer de sang-froid est un braconnier »..., m'a-t-il dit un jour.

Je demandai à Vichit la carte.

— Prenez-la. Mais ne la jetez pas, un jour vous me la rendrez... Voulez-vous l'autre aussi, Le Refuge ?

— Si ça ne vous prive pas...

— Je vous la donne.

— Est-ce qu'il y a beaucoup d'éléphants dans le Nord ?

— Il y en avait, répondit Vichit, mais les temps changent. Les hommes sont cruels. On tue les éléphants, on tue la nature...

Soudain fatigué, il nous a fait comprendre qu'il était temps de partir. Confondus de reconnaissance, nous l'avons chaleureusement remercié.

J'ai consulté Carol, en prenant bien soin de ne pas prononcer un mot concernant son père. En accord avec elle, j'ai invité Nikorn à partager un rapide repas avec nous dans un restaurant de la place principale. Une heure plus tard nous repartions pour l'aéroport de Bangkok. Dès notre arrivée, nous avons eu la chance d'obtenir les deux dernières places d'un vol d'après-midi pour Chiang Maï et une chambre au Grand Hôtel.

*
* *

A 19 heures nous étions à Chiang Maï. Le luxueux hôtel se trouvait dans une large rue provinciale. Postées derrière la réception, des jeunes femmes aux traits durs et au regard brûlant attendaient. Le rituel des formalités accompli, un boy nous conduisit dans notre chambre, sombre, chargée de lampes encombrantes aux ampoules trop faibles. Les rideaux étaient fermés et l'air conditionné silencieux.

Carol ouvrit son sac de voyage et me tendit la main pour que je lui donne la clef de ma valise. Nous étions épuisés. La personnalité et le passé de nos pères pesaient des tonnes. J'éprouvais un inavouable besoin de tendresse et de paix. Carol écarta les rideaux.

— Ça alors ! Regardez !

Un chantier immense s'étendait de ce côté de l'hôtel. Les soubassements d'un futur immeuble, dans un trou énorme ! Les silhouettes de deux grues striaient l'horizon.

— Heureusement, on s'en va... Il faut trouver un guide et une voiture. Si on allait dîner et arrêter le programme de la journée de demain ?

Dans l'ascenseur, un Américain aimable et visiblement désespéré nous lança : « Vous avez vu ce qu'ils ont fait avec la nature ? Je parcours les environs à moto pour essayer de trouver quelques parcelles de forêt. »

Je répondis, indifférent :

— Nous sommes là pour affaires.

Au coffee-shop, dans une lumière blême, les garçons thaïs prenaient les commandes. Je pris un bol de riz, Carol des fruits. Nous décidâmes de nous rendre le lendemain à Tha Thon pour retrouver le hameau de Davis, « Le Refuge ». Et quel que soit le résultat de cette excursion, notre ultime espoir, nous repartirions ensuite pour New York.

Après ce repas frugal, nous nous attardâmes dans

le hall de l'hôtel, haut comme une nef de cathédrale. Quelque part une femme chantait. Nous suivîmes le filet de sa voix. Vêtue de cuir noir, appuyée contre le piano, elle égrenait des chansons d'un autre âge. Un pianiste eurasien l'accompagnait doucement. Tout près d'eux, un groupe d'Allemands et de Suédois bavardaient bruyamment, ils riaient fort, ils échangeaient leurs impressions de voyage et le récit de leurs exploits en tout genre. La chanteuse nostalgique ravivait les souvenirs des amoureux des années cinquante et aussi quelques mélodies au goût de cinémathèque : *Stormy Weather*, *Singin' in the rain*. La voix se heurtait aux murs de cette salle dont la richesse affolait... Le parquet était en bois de teck, les marches en marbre, les murs recouverts de bois précieux incrusté de nacre. A quoi bon tant de luxe ?

Carol alla à la réception préparer notre excursion du lendemain, puis me rejoignit et m'annonça que nous disposerions d'un minicar et d'un chauffeur, Maurice, qui connaissait paraît-il la région comme sa poche. Il pourrait rester avec nous sans limitation de temps, et nous conduire ensuite à l'aéroport de Chiang Maï. En regagnant notre chambre, l'employée qui avait discuté avec Carol nous interpella :

— Vous n'êtes pas obligés de louer une voiture particulière, vous pourriez prendre le car qui amène les touristes de l'hôtel pour visiter la rivière des Éléphants et les Jardins d'orchidées. Il y a un départ tous les quarts d'heure.

— Nous avons également entendu parler d'un hameau près de Tha Thon, Le Refuge. On voudrait y aller.

Elle souriait, indulgente.

— Le trajet vers Le Refuge fait partie d'un circuit de visites classiques pour ceux qui veulent monter de Chiang Maï vers Chiang Raï. Après un détour vers la ville de Tha Thon, ils suivent la route du Triangle d'Or, aux frontières du Laos, de la Birmanie et de la Thaïlande.

— Je croyais que l'endroit était difficile d'accès...

— Difficile ?

Elle trouvait le mot amusant.

— On trouve partout des aéroports et des cars. Il y a quelques années, pour aller de Chiang Maï à Chiang Raï, il fallait cinq ou six heures de voiture, aujourd'hui on prend des avions. Si vous voulez connaître un endroit plus sauvage, il faut aller au nord, du côté birman. Ou alors, vous approcher de la frontière du Laos.

Dans la chambre, les rideaux fermés du côté du chantier, nous prîmes à tour de rôle la salle de bains, pour nous coucher ensuite comme deux individus que les caprices d'un voyage collectif auraient réunis un moment. Un homme et une femme qui ne se connaissaient pas, dans la même pièce. Erreur d'ordinateur.

Tôt le lendemain, je réglai la note de l'hôtel. Maurice, un Thaï aimable, arrivé à l'heure prévue, nous expliqua que sa mère était française, d'où son prénom. Un boy ensommeillé chargea nos valises à l'arrière du minicar. Maurice se révélait efficace. Il avait écouté l'histoire qu'on lui administrait à petites doses, « Davis, l'ami du père, n'habite plus à Bangkok, Le refuge, etc. » Nous devions le trouver. L'homme aimait les éléphants, il les photographiait.

Tout en conduisant doucement, en traversant la ville sans relief, il nous racontait que de nombreux Américains s'installaient ici, ainsi que des Français. Les gens étaient attirés par Chiang Maï ; pourtant il était bien difficile d'obtenir une autorisation d'établissement. Souvent ils épousaient des filles de l'endroit et ouvraient des commerces. Le lieudit « Le Refuge » était situé près de la ville de Tha

Thom. Un Italien y avait installé une pizzeria. Le Refuge était devenu, selon Maurice, une étape pour les cars...

Carol intervint :

— J'ai vu des photos d'éléphants qui avancent dans l'eau, M. Davis me les a montrées.

— Ça dépend quand il les a prises... Il y a dix ans, quinze ans ?

— Je ne sais pas.

— Il y a une dizaine d'années, les éléphants travaillaient aux champs, mais les tracteurs, moins chers à l'entretien, les ont remplacés. Peu à peu, les éléphants disparaissent, chassés par les braconniers. Moins massivement que l'éléphant africain, pourtant à ce rythme-là ils ne vont pas durer longtemps. Pour créer un pôle d'attraction touristique, quelques éléphants ont été groupés à « La Rivière des Éléphants », pas loin d'ici.

— Allons-y, demanda Carol.

Une large route traversait des collines qui ressemblaient à des têtes rasées sur lesquelles un coiffeur fou aurait laissé ici et là une touffe de cheveux, des arbustes replantés. Maurice nous expliquait que les promoteurs immobiliers avaient besoin de bois noble pour la décoration des hôtels, mais que tous ces ravages devraient bientôt être freinés. Nous roulions dans un horizon dévasté, des voitures privées nous dépassaient et des conducteurs d'autocars s'impatientaient derrière nous. Bientôt nous étions coincés dans une longue file de véhicules.

— Mais où allons-nous ? demanda Carol. Pourquoi tant de voitures ?

— Vous verrez...

En haut d'une crête modeste, un policier thaï réglait la circulation. Il y avait si peu de place pour se garer que nous pûmes à peine sortir de la voiture. En suivant Maurice et portés par la foule, nous descendîmes par un chemin poussiéreux vers le guichet où on prenait le ticket d'entrée. Plusieurs enfants étaient assis en rang d'oignons dans la poussière, au-dessus d'eux un panneau signalait que pour quelques baths on pouvait les photographier. Ils étaient les représentants d'une ethnie du Nord, déplacée par ici et en voie de disparition.

— Des enfants méos, dit Maurice. On les transplante ici. Dans leur région d'origine, le développement touristique les gêne, alors on les protège de cette manière-là.

On accédait ensuite à un chemin bordé d'étals de marchands de bananes. Les vendeurs criaient, hélaient bruyamment les visiteurs pour attirer leur attention. Ceux-ci achetaient à tour de bras des régimes de bananes, ils se bousculaient devant les montagnes de fruits, ils se piétinaient presque, ils avaient peur de ne pas en avoir assez. Les familles entières se chargeaient de provisions, quelques gosses portaient des régimes presque aussi hauts qu'eux. Au bout de ce chemin, un pont en bois et la vision d'un flanc de colline. Puis nous restâmes immobiles, le souffle coupé, devant un spectacle désolant. Quelques vieux éléphants enchaînés attendaient la vague de touristes. L'un d'eux était attaché à un tronc d'arbre, un autre au montant d'un hangar, les derniers à des piquets de fer. Dès qu'ils bougeaient, leur lourde ferraille émettait un bruit de cachot du Moyen Age. Les yeux cernés de mouches, leur regard était affligeant de tristesse. Les bruits de sifflets des agents de la circulation nous parvenaient, ils essayaient de canaliser le flot des voitures.

Davis n'avait pas pu prendre ses photos ici. Ici, on ne pouvait que pleurer... Les yeux embués d'émotion, je m'approchai de l'un des éléphants prisonniers, je lui tendis la main, il essaya de la trouver avec sa trompe mais, à demi aveugle, il palpait l'air à côté. Carol se tenait auprès d'un autre éléphant. Ces géants amorphes, drogués peut-être ou seulement séniles, espéraient-ils encore une autre vie ? La foule autour d'eux était de plus en plus dense. On parlait français, allemand, anglais, les groupes s'agglutinaient, les invectives fusaient. Ici une famille française avec une caméra en quête de la séquence-souvenir de ce voyage de rêve... Plus loin, une Carmen appelait son Antonio et une Hilda son Hans. Ils voulaient tous toucher la trompe d'un éléphant, « ça porte chance ». « Hé, dis à Germaine de venir. Sinon elle ne sera pas sur la photo. Merde, il a bougé, l'éléphant. On recommence, pousse-toi... Tu vas sourire ou non ? Enfin ! » Chacun prenait son tour pour le cliché, les files se formaient, il fallait être fixé sur la pellicule avec ces animaux, des morts vivants.

Notre chauffeur observait notre émotion avec intérêt.

— Ça vous étonne ? C'est tous les jours comme ça... Vous allez voir, quand la clochette donnera le signal du départ, les touristes courront au bord de la rivière. Les employés vont guider les éléphants là-bas, ça va être l'heure de la promenade dans l'eau. Ensuite, de nouveau on les conduit ici. Certains éléphants sont loués à des paysans qui les reprennent en fin d'après-midi, ceux-là vivent mieux que les pensionnaires à vie.

— Allons-nous-en, dit Carol.

Clochette. Remue-ménage. Alors, criant, gesticulant, essayant de régler les appareils-photos, les gens dévalaient les pentes vite, vite, vite, il fallait avoir une bonne place au bord de l'eau. Guidés par les Thaïs, livrés à ce cirque payant, les pachydermes avançaient en tirant leurs chaînes. Le cliquetis des appareils.

Carol pleurait.

— Les salauds, les salauds ! Regardez, les défenses sont sciées... ou enlevées.

Certains éléphants avaient des bouchons de bois à la place des défenses.

— Pour la sécurité des touristes... dit Maurice, malheureux. Et n'oubliez pas que l'éléphant asiatique n'est pas aussi riche en ivoire que l'africain.

Nous nous frayâmes un passage dans la foule, dans l'allée des bananes, des marchands de souvenirs nous accostaient encore, brandissant de petits éléphants de bois et des porte-clefs, des danseuses thaïes en plastique...

— Ce sont les mêmes groupes qui vont ensuite visiter les serres des orchidées, dit Maurice. Les allées qui séparent les étals où sont exposées les variétés les plus rares sont si surpeuplées que les fleurs risquent de manquer d'oxygène. Ces orchidées voient passer des centaines de personnes par jour, des milliers par mois.

Revenus au minicar, Maurice déploya une carte sur le capot.

— Si vous désirez poursuivre le voyage, nous pouvons nous diriger vers Tha Thon. Dans cette région aussi, les tribus locales sont transplantées pour faciliter le développement économique. Les autorités thaïlandaises commencent à intervenir pour les préserver, mais le tourisme, hélas, a ses privilèges. Le dollar, le yen, le franc, ça compte... A Tha Thon, il y a maintenant des hôtels et des motels. Si vous envisagez d'approcher la frontière birmane, j'ai emporté à tout hasard des sacs de couchage, des thermos, je sais où trouver de l'eau. Il y a encore une ou deux cascades non polluées, connues par des gens de la région. J'ai dans l'idée que si votre M. Davis voulait encore trouver quelques éléphants en liberté, il a dû se replier là-bas.

— Passons quand même par Tha Thon, dit Carol.

— Votre ami a peut-être ouvert un Restoroute...

— Quoi ?

— Fast food pour voyageurs pressés... Tha Thon est devenu un endroit très fréquenté.

Après un assez long trajet, nous avons pu constater qu'en effet « Le Refuge » avait été transformé en restaurant. Le gérant que nous avons interrogé n'avait jamais entendu parler de Davis. Il fallait continuer. Affolés. Sur quelle planète étions-nous ?

*
* *

En fin de journée, nous avions atteint un village où Maurice avait des amis.

— Des Laotiens, dit-il. Des réfugiés et des clandestins. Ils vont nous héberger pour la nuit.

Silencieux, nos hôtes nous avaient offert un bol de riz. Nous avions mangé, accroupis devant un feu de bois, et dormi dans les sacs de couchage que Maurice avait en réserve dans sa voiture. Nous étions repartis au lever du jour. La route était de plus en plus accidentée, et faisant une pause au sommet d'une montagne, Maurice nous a montré un paysage recouvert d'une forêt épaisse, à la fois jungle, forêt vierge, broussailles, avec ici et là quelques arbres européens, comme si le Créateur avait jeté pêle-mêle, dans un moment de désarroi, ses réserves d'arbres sur ce côté de la terre.

— A partir d'ici, il faut aller à pied. J'espère que vous allez tenir... Quand on n'a pas l'habitude...

Il avait enlevé une pièce du moteur.

— Ça empêche le vol.

Il connaissait un chemin praticable dans la forêt. Après des heures éprouvantes, il nous a accordé, auprès des restes calcinés d'une cabane en bois, une halte dans une clairière.

Puis, longtemps après, nous parvînmes sur un

plateau entouré d'arbustes tordus, foisonnant de lianes ; une vraie barrière de végétation se dressait devant nous.

— On va rester là pour la nuit... déclara Maurice. Ce n'est pas l'endroit prévu, mais vous marchez trop lentement.

Carol tremblait, mais elle insistait : non, elle n'était pas fatiguée.

— Vous avez la force de continuer ? demanda Maurice.

— La volonté aussi.

Elle crânait. Après une marche qui semblait se prolonger dans l'infini, nous arrivâmes à un cabanon qui dominait une autre crête couverte d'une forêt vierge couleur émeraude. Dans l'étroite vallée, en bas, apparut une ligne jaune topaze... Puis ocre, ensuite vert clair, grise aussi. Selon la lumière.

— Voilà la rivière, dit Maurice. Par ici on voit encore des éléphants quand ils viennent boire... Il n'y en a plus beaucoup. Des équipes étrangères voulaient les recenser... Je ne sais pas ce qu'ils sont devenus. C'étaient des Français, je crois. Nous ne sommes pas loin d'un campement, votre M. Davis y est peut-être encore.

Nous traversions un labyrinthe touffu, d'interminables tunnels verts dans un paysage en trompe-l'œil. Les dénivellations courtes et raides nous désorientaient. L'air était épais. Avancer. Puis nous parvenait un chuintement, bruit de soie qu'on déchire, un chuchotement, un bourdonnement, un zézaiement naturel, un bruit d'eau. Nous étions proches de la rivière, entrevue ici et là, jaune semblait-il. La Mae Khok, dit Maurice satisfait. « On y est. »

Un chemin légèrement plus large aboutissait à un groupement de baraques de planches. Devant la première, un homme était assis. Je l'appelai d'une voix forte, juste pour m'entendre, pour être sûr que j'existais encore :

— Monsieur Davis ! Monsieur Davis ?

L'homme se leva et s'approcha.

— Monsieur Davis ?

Il enleva son grand chapeau et nous salua. C'était un vieux Thaï, le visage pétrifié par l'âge. Maurice l'interrogeait, l'homme répondit assez longuement. Notre guide traduisait :

— Il n'a pas connu Davis, mais il a appris d'un autre vieux qui a vécu ici qu'un nommé Davis est parti, après la mort de son éléphant. Son ami, un Allemand, mort de bilharziose, a été enterré ici. Voulez-vous voir la tombe ?

— Non.

Nous restâmes, vidés de substance, près du feu. L'homme prit sa lampe et répéta — nous le comprenions, toujours par l'intermédiaire de Maurice :

— Si vous voulez les voir quand même...

— Quoi ?

— Les éléphants. Morts... L'un de vieillesse, et l'autre d'infection. Davis est resté près de lui jusqu'au dernier moment. Ils sont aussi près de la tombe de l'Allemand, le compagnon de M. Davis. Il l'avait enterré lui-même.

— Demain, dit Carol. Demain...

Glissés dans nos sacs de couchage, nous avons dormi profondément. Nous nous réveillâmes le matin bien avant les autres. Le silence compact était percé ici et là par des cris aigus d'oiseaux.

— Venez, dit Carol, je préférerais voir sans témoin l'endroit dont ils ont parlé.

Nous suivîmes, dans l'humidité chaude et dense, le chemin étroit qui descendait jusqu'à la rivière. Il y avait des carcasses, des squelettes géants nettoyés par des vautours et des insectes. Plus loin, dans un creux au bas de la colline, une tombe plate avec une croix fabriquée de deux morceaux de bois était protégée par de grosses pierres. Nous descendîmes pour nous y incliner. Sur la planche horizontale de la croix improvisée, un nom gravé, il ne restait qu'un « Heinrich ». Je dis :

— La fin de notre histoire.

Carol se tourna vers moi.

— Pas tout à fait. Davis n'est pas mort, il est parti. Vous avez son adresse sur la carte postale qu'il avait envoyée de Miami...

— Carol, pour moi la course est terminée. Je vais descendre du manège.

— Et que faites-vous de Fischer ?

— Je ne suis pas le maître de mon destin. Je ne sais pas.

Je me penchai pour toucher l'eau boueuse qui charriait des débris et des racines. Elle était fraîche, presque froide.

Je me redressai. La réverbération m'aveuglait, Carol venait de se transformer en ombre chinoise.

— C'est fini, Carol.

— Vous avez sans doute raison.

Nous retournâmes vers le campement.

**

L'argent permet de voyager en première classe en avion. L'argent permet de pleurer confortablement sur le triste destin de l'humanité. L'argent permet également d'avoir des mouchoirs en pur lin pour éponger les larmes versées sur la tombe des éléphants, victimes de ce qu'on ose appeler la civilisation. L'argent permet presque tout, sauf d'acheter la vie ou d'avoir un sentiment vrai. Nous étions silencieux pendant le vol Bangkok-New York. Chacun représentait pour l'autre le symbole de l'échec. Carol restait inconsolable et moi, persécuté.

A Kennedy Airport, nous étions déjà de parfaits étrangers l'un pour l'autre. Nos pères se vengeaient en nous écrasant. Je détestais nos bagages côte à côte sur le tapis roulant. J'en voulais à ma valise et à son sac, ils auraient dû se séparer dans les soutes. Carol a hélé un porteur et a désigné son sac.

— C'est à moi.

— Il n'y a que ça ?

Elle lui a donné cinq dollars.

— Oui.

La fin de l'excursion.

Fatigués de cette hostilité, avec un petit sourire résigné, nous avons pris le même taxi. Elle a payé le péage du Triboro Bridge. Vers Sutton Place, elle a fait signe par la vitre baissée à un autre taxi et m'a dit, déjà dehors :

— Merci, David. Pour tout. Il y a eu de bons moments, même de beaux moments. Je ne vous ennuierai plus jamais. J'espère que vous allez...

Elle n'a pas pu terminer la phrase, notre chauffeur, agacé par ces fous qui discutaient au milieu d'un fleuve de voitures, nous a dit de nous dépêcher. Carol a sorti son sac de voyage du coffre et s'en sauvée vers l'autre taxi. Elle a crié un mot.

— Quoi ? ai-je demandé par la vitre baissée.

— Survivre ! Il faut essayer...

J'ai demandé à mon chauffeur de s'arrêter à un endroit d'où je pourrais téléphoner. « Je voudrais connaître mon adresse. » Il me regardait dans le rétroviseur, je lui faisais peur. Une jolie fille s'était littéralement envolée du taxi en me souhaitant de « survivre » et moi, je devais me renseigner pour savoir où j'habitais. Même à New York, c'était rare.

J'ai appelé Mlle Mallory d'une de ces demi-cabines qui arrivent comme une veste jusqu'à la taille. Elle a décroché au bout de trois sonneries. Je lui ai annoncé que j'étais de retour plus tôt que prévu et que j'avais égaré la carte avec l'adresse où je devais me rendre. D'ailleurs, avait-elle déjà déménagé mes affaires ? « Mais oui, je suis expéditive. » Elle débordait d'amabilité, elle m'a indiqué l'avenue et le numéro, le nom du doorman aussi, tous ces renseignements étaient prêts, étalés devant elle sur son bureau.

— Je pensais que vous alliez m'appeler. Je vais les prévenir de votre arrivée. Votre voyage s'est bien passé ? Avez-vous trouvé des informations utiles ?

— Nous en parlerons, mademoiselle Mallory.

J'ai repris le taxi, je lui ai dit de faire demi-tour pour revenir vers la Première Avenue. L'immeuble n'était pas désagréable, une grande bâtisse moderne. J'ai payé le chauffeur et me suis présenté au doorman :

— Je suis le docteur Levinson.

— Mlle Mallory vient d'appeler, dit-il. Nous vous attendions, monsieur Levinson. L'appartement est au onzième étage, porte numéro 17. Voulez-vous que je vous accompagne ?

— Non, merci.

J'ai pris la clef et ma valise. Il y avait deux ascenseurs. J'étais un chien docile qui se dirigeait tout seul vers sa nouvelle niche. Onzième étage, porte numéro 17. Le seuil franchi, je me trouvai dans un hall miniature. Le living-room, conçu pour des lilliputiens, permettait juste de s'asseoir à trois sur un canapé, face à un téléviseur usé. Une table basse, un fauteuil, une armoire plate et une lithographie du Christ de Dali, le fameux où la croix vous tombe sur la tête. La chambre était étroite, le lit mesurait au plus un mètre vingt de large, à côté une table de chevet et une lampe filiforme, une salle de bains exiguë. Je m'installais dans un dé à coudre.

* *
  *

Pris dans le vertige du décalage horaire, fatigué, j'avais envie de dormir. Mais je devais d'abord régler quelques problèmes urgents. J'appelai le Trump Castle à Atlantic City, on me dit que Mme Éliane Brown était partie. Où chercher ma mère ? Je n'avais eu aucun contact avec elle depuis une semaine. Était-elle déjà en route pour l'Autriche ? Fallait-il appeler Simon ? Au risque de tomber éventuellement sur Luba ?

Je rappelai alors Mlle Mallory. Débordante et joviale, elle était heureuse d'apprendre que j'étais bien installé, puis soudain, comme cela arrive parfois lorsque les gens ne sont pas préparés à une entrevue où il faut mentir, elle se trahit. Je n'en croyais pas mes oreilles. L'abcès se vidait.

— M. Rimski-Grant est mort cette nuit. Il a eu un problème cardiaque... pas au moment du changement de sa pile, après, paraît-il. Pourtant il semblait si solide...

Je me taisais, la moindre réaction aurait arrêté sa logorrhée, et je commençais enfin à comprendre. Elle avait tout simplement oublié qu'elle n'était pas censée être au courant des liens entre mon père et Rimski...

— La petite Carol a trouvé la maison en deuil.

Savait-elle aussi que j'étais parti avec Carol ? Je frissonnai. Dès le début de mon installation new-yorkaise, Mlle Mallory devait être la complice de Rimski. A partir du moment où j'avais été accosté dans l'avion, ils m'avaient enfermé dans leur circuit de surveillance... Mallory avait la mission de me trouver un logement et de me garder ainsi sous la main. Fischer connaissait les liens entre Rimski et la vieille femme... Rien n'était plus facile que de la faire parler, même d'une manière anodine, sous

376

prétexte d'une visite amicale, et de voler ensuite la clef de mon appartement.

Je continuais à bavarder, faussement cordial. Avait-elle inventé aussi le retraité d'Hawaii qui m'aurait loué cet appartement ? J'étais manipulé depuis des années, dans l'espoir de tirer de moi un renseignement capital, dans l'hypothèse d'une confidence de mon père. En guise d'adieu, j'assurai à Mlle Mallory que je viendrais lui rendre visite. Elle me demanda si je désirais être prévenu de la date et du lieu de l'enterrement de M. Rimski... Elle semblait avoir eu un problème au cerveau, elle ne savait plus ce qu'elle pouvait dire ou ce qu'elle devait cacher, elle avait tout oublié.

La pièce tanguait ; je me heurtai à la valise, il fallait l'ouvrir. Je palpai mes poches, plus de clef nulle part, perdue. Je devais scier le cadenas. Où trouver une scie ? Où sont les quincailliers de Manhattan ? Plus cette valise me narguait, plus je la haïssais. Je marchais de long en large, le complot de Mallory me bouleversait. Et si cet appartement était aussi un piège ? Fallait-il fuir ? Aller à l'hôtel et se faire tuer quand même ? Pour me rattacher à la vie, à la réalité, j'appelai le cabinet pour annoncer à Miller que j'étais là, et à sa disposition si jamais il avait besoin de moi. La secrétaire remplaçante parut d'abord désorientée, mais quand enfin elle comprit mon nom, elle devint fébrile :

— Docteur Levinson ! C'est vous ? Quelle chance ! Le docteur Miller a laissé un message à votre intention, à tout hasard. Il vous demande de le dépanner... c'est-à-dire de le remplacer. Il a dû partir dans le Colorado, sa mère a eu un accident. J'annule actuellement tous ses rendez-vous... Si je pouvais proposer aux clients une entrevue avec vous... Vous auriez en quelque sorte une permanence à assurer...

J'étais heureux qu'on ait besoin de moi. Je lui promis d'aller demain au cabinet et de regarder au moins la correspondance qui, paraît-il, s'accumulait. Ensuite, j'appelai Princeton. Comble de chance, ma mère y était.

— Hé David ! Mon David ! Où es-tu ? D'où appelles-tu ? Quel bonheur d'entendre ta voix.

J'étais embobiné, persécuté, moralement exploité, mais au moins agréablement accueilli par quelqu'un. C'était déjà ça...

— Je parle de New York. La vieille pute a déménagé mon appartement pendant mon absence.

— Qui est la vieille pute ? demanda-t-elle, placide.

— Mallory.

— Qu'est-ce qu'elle t'a fait ?

— Tout. Je te raconterai.

Elle enchaînait :

— Il me semble que tu es nerveux... Qu'est-ce qui se passe exactement ? Es-tu allé en Thaïlande ? Et ce Davis ?...

Selon son habitude, elle écoutait à peine les réponses, mon récit l'ennuyait et les éléphants étaient le cadet de ses soucis.

Elle m'interrompit :

— Déjà le petit éléphant en pierre dure qu'il m'a envoyé avait l'air très triste... Bref, j'ai une nouvelle à t'annoncer qui me semble plus importante que tes préoccupations écologiques.

— Je t'écoute.

— Nous sommes rentrés hier de Las Vegas...

— Nous ? De Las Vegas ? Avec qui es-tu allé à Las Vegas ?

— Je suis partie là-bas pour épouser Rémy. Il m'est plus facile d'arriver à Vienne liée à lui légalement.

— Tu t'es remariée ?

— Mais oui. Et alors ? N'en fais pas une affaire de sentiments. Sur le plan strictement pratique, c'était nécessaire. Nous avons fait un contrat de séparation de biens.

— Mais, tu aimes Rémy ?

— Quel rapport avec le mariage ? L'amour est une notion que je ne connais plus, ton père a vidé ma réserve de passion. Rémy et moi, nous sommes de bons camarades et pour l'administration de mes affaires, tout sera plus facile de cette manière-là. Il est charmant, prévenant...

— Je te félicite...

— Merci. Tu peux me donner ta nouvelle adresse et ton numéro de téléphone ?

— Tu as de quoi écrire ?

— Oui.

Je lui dictai mon numéro relevé sur le cadran, ainsi que l'adresse.

Elle l'inscrivit, puis :

— Dis, tu ne m'en veux pas pour ce mariage, non ? Ton père m'a souvent répété que je devrais recommencer ma vie, s'il mourait avant moi.

— Tu n'as pas à te justifier, maman.

— Me justifier ? Pas du tout. Si nous avions été plus proches, je veux dire si tu n'étais pas allé au bout du monde, je t'aurais prévenu... Tu peux avoir confiance en Rémy. Il n'est ni intéressé, ni intrigant. Nous nous connaissons depuis vingt ans. Après la mort de ton père, il a rompu avec son amie attitrée, leur liaison se désagrégeait peu à peu.

Rémy voulait être disponible pour ma mère. Il avait raison.

Elle ajouta :

— Il m'a priée de te transmettre ses amitiés — si tu appelais — et de t'annoncer qu'il va dépouiller toute la correspondance accumulée depuis un an, de tous les notaires de France et de Navarre... les lettres d'Autriche, de Vienne, de Salzbourg.

Depuis toujours, ma mère rangeait les idées, les papiers, les affections, cette fois-ci, elle avait un an de retard sur les événements.

— David, dit-elle, je t'assure, j'ai eu une folle passion pour ton père. Cela n'arrive qu'une fois dans l'existence. Après on est une coquille vide.

— Pas vide, maman. Je suis là.

— Ce n'est pas ce que je voulais dire. Mais il n'existe plus de sentiments ravageurs pour un autre homme, juste de l'attachement.

Nous avons épilogué sur son destin en mélangeant un peu de carnet mondain, un peu de fleur bleue, mais aussi une bonne dose de réalisme quotidien. Puis, amadoué, je raccrochai, et partis à la recherche des toilettes, une bonbonnière rose. Je bus ensuite à la cuisine un verre d'eau chlorée ; enfin, allongé sur le couvre-lit en vieux satin, je sombrai dans le sommeil.

Au réveil, tourmenté à l'idée que je n'avais pas été assez aimable avec ma mère, je l'appelai. Je lui expliquai que j'étais à moitié endormi lorsqu'elle m'avait appris la grande nouvelle de son mariage, qu'il ne fallait pas m'imaginer maussade, du tout, que je me réjouissais de sa nouvelle vie et que je les invitais pour fêter leur union chez Kaplan, elle et Rémy, avant leur départ pour l'Autriche.

Nous avons fixé le jour de ces festivités. Je devais pendant le repas affranchir Rémy, lui faire le portrait de Simon, de Luba, raconter, même de manière adoucie, la nuit de panique dans la voiture. Expliquer le rôle des marchands, la valeur espérée de la vente de la collection. Leur dire aussi quelque chose de Carol, sinon Luba allait faire exploser son nom à la figure de ma mère. Avec quel délice elle raconterait la visite de l'« élève » amoureuse... Elle ne manquerait pas cette occasion pour humilier ma mère. Puis, je fus saisi d'une crainte plus que justifiée. Si Mallory avait donné une clef à Fischer, il pourrait entrer ici aussi... Je fouillai aussitôt l'appartement, je retournai les médiocres croûtes et des reproductions sur les murs. Pas de micros. J'appelai le doorman et commandai une nouvelle serrure de sécurité. Mon organisation fébrile fut interrompue par un appel de Mallory. Sans doute le remords, et une transmission de pensée, l'avaient incitée à me relancer. Elle m'annonça le jour, l'heure et l'endroit de l'enterrement de M. Rimski. Je lui demandai si elle n'avait pas de clef chez elle, une clef supplémentaire de mon appartement, que quelqu'un puisse lui dérober. « Oh non ! cria-t-elle. Oh non. Je vous assure que vous ne courez aucun risque. » Aucun risque ? Je souriais. Le prochain visiteur aurait des difficultés à entrer ici.

* *

Je contemplais ma valise : c'était fini, j'allais m'en débarrasser. Je la saisis et descendis dans le hall. J'interpellai le doorman :

— J'imagine que les allaires transportées de mon ancien appartement par les bons soins de Mlle Mallory sont rangées quelque part...

— Oui monsieur. Nous n'avons pas voulu monter les cartons, car on avait peur de vous encombrer, l'appartement n'est pas très grand.

— Vous pouvez tout expédier chez moi. Dites, vous avez un double de ma clef, n'est-ce pas ?

— Oui, monsieur. Mais c'est dans une enveloppe et on ne l'ouvrira qu'en cas de besoin urgent.

Je souris.

— Parfait. En tout cas, comme je vous l'ai dit, faites changer la serrure.

Puis je désignai la valise.

— Vous pouvez la jeter telle qu'elle est, ou scier le cadenas et prendre ce qu'il y a dedans. Ce sont des vêtements d'été, de vacances. Rien de précieux... Ah oui, une question encore... Il y a un serrurier qui s'occupe de l'immeuble.

— En effet. Toujours le même.

— Appelez-en un autre. Payez-le sans discuter. Je veux ce qu'il y a de mieux. Tenez, voilà une avance.

Je lui donnai deux billets de cinquante dollars. Peut-être le prix de ma vie. Son regard avait aussitôt changé, j'étais un fou, mais un fou généreux...

Le lendemain, j'obtins ma nouvelle serrure, elle était superbe. Un vrai coffre-fort fixé sur la porte déjà blindée. Ensuite, l'âme plus légère, je fis un tour au cabinet. Mlle Scott, la remplaçante, était d'une beauté provocante. Elle revenait vers moi toutes les cinq minutes pour un renseignement, elle ne pouvait pas déchiffrer mon écriture. Ou peut-être je lui plaisais... Elle était rousse, avait de longues jambes et portait une blouse blanche très fine qui collait à ses cuisses, les contours d'un slip s'y dessinaient. Mais pourquoi était-elle là, dans ce cabinet de psychanalyste, en plein mois d'août ?

— Vous faites souvent des remplacements ? ai-je demandé.

— Au mois d'août, oui, dit-elle.

— Et le reste de l'année, vous faites quoi ?

— Je travaille, dit-elle avec un sourire ravageur.

Je n'osai pas continuer l'investigation.

**

Je m'étais rendu à l'enterrement de Grant-Rimski. Je me tenais à distance du petit groupe qui entourait le prêtre. Je me demandais pourquoi un salaud qui se dirigeait vers l'enfer devait être accompagné des paroles d'un ministre du culte. Carol était loin de moi. Je l'observais si intensément qu'à un moment donné elle se retourna. Son regard était vide. Elle fut la première à jeter une poignée de terre sur le cercueil.

A côté d'elle, une grande fille un peu vulgaire sanglotait, sans doute la fameuse Doris. A en juger par le chagrin violent qu'elle manifestait, elle ne devait pas hériter de l'ensemble des biens, Carol n'avait pas dû être dépossédée de tout. Au moment où j'allais rejoindre l'allée principale, j'aperçus de loin la silhouette entrevue à Salzbourg et à Vienne. Ian Fischer ? Et si c'était lui... Si je pouvais le retenir et lui expliquer mes vérités... Je faisais des grands signes avec les bras, je l'interpellai.

— Hé ! Une seconde. Ne partez pas... Je voudrais vous parler. Arrêtez ! Arrêtez-vous ! Écoutez-moi.

Peu à peu ceux qui s'agglutinaient autour de la tombe de Rimski se retournaient et me jetaient des regards indignés. L'homme fuyait. Je le suivais parmi les tombes, je le suppliais de m'attendre :

— Fischer ! Si vous êtes Fischer ou quel que soit votre nom, arrêtez-vous ! Je veux vous parler. Inutile de me poursuivre. Écoutez-moi... Hé...

Je faillis m'allonger sur une couronne déposée au pied d'une pierre tombale plate. Sur le ruban : « A notre chère maman. »

— Hé, arrêtez. Écoutez-moi !

Il venait de contourner un monument funéraire et il disparut derrière la statue d'une jeune fille en marbre rose. Elle tenait un instrument de musique.

CHAPITRE 11

Ma mère était dorénavant la femme légitime de Rémy. Une partie de l'imagerie de mon enfance s'effondrait. Je n'avais jamais pensé qu'elle resterait seule jusqu'à la fin de son existence, pourtant il me fallait du temps pour m'habituer à l'idée qu'elle vivait avec un autre homme que mon père.

Le jour où j'avais invité le couple tout neuf, je me rendis chez Kaplan à pied. Ce restaurant connu de tout Manhattan était, dans le sens agréable du mot, familial ; le prototype du restaurant juif avec ses plats abondants, son public exigeant, ses rations énormes et son brouhaha que recouvraient parfois les klaxons des voitures, toujours impatientes dans cette rue folle. En franchissant le seuil, je me souvenais, le cœur serré, que c'était mon père qui m'avait fait connaître l'endroit. Pourquoi les avoir invités justement ici ? Réminiscences ? Remords ? Ils étaient là, déjà installés à une table au fond de la salle. Je fis un signe à Rémy comme à l'époque où nous conversions par-dessus la haie du jardin.

— Salut, David, dit-il, gêné. Tu vas bien ?

— Parfaitement. Et toi ?

Mal à l'aise tous les deux, on essayait le style « copain-copain ».

— Ne te lève surtout pas, ai-je dit à ma mère en l'embrassant par hasard sur le front, ayant raté sa joue.

Nos effusions dérangèrent nos voisins qui s'attaquaient à leurs sandwiches géants. Je réussis à dégager ma chaise de cette marée humaine, je reconnaissais quelques mots en yiddish.

— Tu les as vus, ces sandwiches? De vrais monstres, dit ma mère en français.

Rémy entama un monologue-dialogue, une reconstitution de notre existence. Il évoquait des points non douloureux du passé, des anecdotes concernant un jardinier commun à nos deux maisons, «Tu devais avoir quinze ans quand je t'ai connu.» Nous voguions sur notre satellite privé. Grâce à sa nature débonnaire, Rémy surmontait les difficultés de ce premier contact. Il trouvait que mon idée de les inviter chez Kaplan était excellente et ajoutait que, pour ce genre de réunion restreinte, il n'y avait sans doute pas meilleur endroit. Nous attendions le repas dans le déluge de paroles de ce mari ravi de l'être. Il dégustait bientôt avec une gourmandise sensuelle une aile de poulet pané et des tranches de concombre à la russe, parfois il piquait avec une fourchette dans un bol de choucroute en salade. Je devais lui fournir l'inventaire de l'environnement humain de mon père. Je fis une esquisse prudente de Luba et de sa crise qui aurait pu devenir meurtrière. Rémy écoutait sans trop d'émotion, en commentant poliment avec des «Ah!» et des «Oh!». Il était apparemment plus intéressé par son poulet pané — «Différent du *Kentucky fried chicken*, n'est-ce pas?» — que par les drames que je lui racontais. Il déclara entre deux bouchées que dans chaque famille ou presque il y avait une personne gênante que l'on ne voulait pas trop afficher.

— Les risques génétiques sont incalculables, dit-il, la cellule familiale porte bien son nom. Cellule ? Prison. On y est enfermé avec des gens disparates ; avec eux on étouffe, isolé on se sent seul. Selon moi, l'unique remède contre ces « accidents » est la chance. Et cela ne se commande pas...

Il analysait :

— Il est peu vraisemblable que Luba ait eu l'intention de vous faire du mal... Elle voulait se sentir forte et donner l'impression que vous étiez à sa merci.

— A 180 kilomètres-heure sur des routes de montagne, le résultat était assuré.

— Ce genre de menace reste souvent parole en l'air, dit-il. Mon meilleur ami avait une épouse qui, au moindre accroc, promettait de se jeter par la fenêtre. Un jour, il lui a dit « Vas-y », elle n'a pas bougé. Il avait eu peur pour rien pendant des années.

— Sauf si un jour quelqu'un saute vraiment, dit ma mère, placide.

Rémy prit sa main et l'embrassa.

— Tu as toujours raison, mignonne.

Mignonne ? L'adjectif m'incommodait.

Ma mère, ravie de ces manières attentionnées, voulait que je parle de Simon.

— Un jaloux familial, affirmai-je.

— C'est quoi, ça ?

— Simon savait que Samuel était un génie, il en était malade. Maintenant que mon père n'est plus là, il a des remords, il regrette d'avoir eu à son égard tant de mauvais sentiments.

— Tout à fait normal, dit Rémy, on va le calmer. Ne t'en fais pas.

Je racontai la mort de Schaeffer. Et le fait que j'avais nié ma présence dans la maison, le matin du drame.

— Tu as eu raison, dit-il. Entre nous, tu crois vraiment que ton père aurait caché une valeur qui justifierait une telle recherche, une telle violence ?

— Apparemment, c'est ainsi, et on n'y peut rien. On nous prend pour des complices attendant patiemment l'heure de profiter de cet héritage.

— J'aimerais bien rencontrer votre type, le persécuteur, lui parler et lui expliquer qu'il se trompe.

— Ah, si c'était facile...

Rémy ne me croyait pas, j'en étais sûr. Il eut envie d'un verre de beaujolais. « De quoi ? » demanda la serveuse. Rémy haussa les épaules :

— Ici, ils ne savent pas vivre.

Il se tourna vers moi.

— Je te le dis, il va se lasser, votre obsédé.

Puis il parla de sa propre sœur, considérée comme mythomane. Je voulus saisir l'occasion et amorcer l'histoire du présumé demi-frère défunt, mais le moment propice était passé, Rémy venait de s'attaquer à une tarte aux pommes chaude accompagnée de crème Chantilly et évoquait ses promenades automnales dans la Drôme. Le demi-frère mourait une deuxième fois entre deux descriptions de forêts, en bonne santé, elles...

— C'est là-bas que je vais dès que je passe plus de quinze jours en France. Et si on s'achetait quelque chose là-bas, Minou ?

Ma mère ronronnait presque... « Mignonne », « Minou », ça la changeait du style de mon père !

Rémy contemplait les tasses de café que la serveuse venait de nous apporter.

— Je ne m'habituerai jamais à leur lavasse. Jamais.

Il fut alors convenu que le lendemain j'aurais un rendez-vous avec ma mère. Juste nous deux.

— Rien n'est plus naturel, déclara Rémy, vous avez des choses à vous dire. Mais réflexion faite, reconnaissons que nous formons un trio d'extravertis modèles.

Ma mère fit une grimace :

— Comment ?

Elle avait peur que je trouve Rémy quand même un peu embêtant.

Rémy insista :

— Je m'explique. Nous exprimons tout. Calmement et à temps. On parle librement de nos problèmes, et ainsi on les désamorce. C'est ça, la vraie philosophie. Il ne faut pas se fâcher, ni bouder. Et si on en a gros sur la patate, il faut y aller carrément.

Il ajouta :

— Vous deux, demain, prenez votre temps... Vous avez des choses à vous dire. David, je te signale en passant que tu ne risques rien sur le plan matériel. Nous avons un solide contrat de séparation de biens et j'ai signé un accord de renoncement à tout héritage en cas de décès d'Éliane.

Il était étrange d'entendre parler de la mort de ma mère.

— Rémy est réaliste, dit-elle. Parfois il me semble même qu'il exagère un peu.

— Ne proteste pas, Éliane, il faut que ton fils ait l'assurance qu'il ne risque rien. J'ai de l'argent, je t'ai épousée par amour, je n'avais pas besoin d'une femme riche, mais d'une femme tout court. De notre vivant, on va partager les frais et s'aimer. C'est tout. Et pour les affaires autrichiennes, vous n'avez pas de mauvais sang à vous faire. Les filous, les hystériques et les escros, je les repère à cent mètres. Je suis un spécialiste malgré moi. Je ne vous ai jamais dit que j'avais un frère qui, dans une crise de dépression, a décidé de devenir moine. Il y a de tout chez nous... Comme vous n'avez apparemment que des fous et des jaloux dans votre entourage, je m'y connais, donc ça ira très bien. Le grand confort !

— Il y a la police aussi.

Il était soudain péremptoire :

— C'est simple, il faut avoir sa vérité et ne plus en démordre. Raconter toujours la même chose. Ces gens s'en lasseront, ils peuvent en avoir marre eux aussi, hein ?

Nous étions à des années-lumière de ma moitié slave nostalgique, autodévorante, Rémy piétinait les ténèbres, les non-dit et les sous-entendus. Il était si naturel et si robuste que je déballai l'histoire du présumé fils naturel de mon père...

— Pendant sa course folle, Luba m'a dit qu'elle avait eu un fils, mort dans un accident.

— Première nouvelle ! dit ma mère. Tu crois que c'est vrai ?

Je prenais presque un malin plaisir à raconter la suite, tant ils étaient sûrs d'eux :

— Elle prétendait que ce fils était l'enfant de Samuel. Et que papa n'avait jamais voulu l'admettre.

— De Samuel ? Sans blague. Quel monde ! J'imagine qu'elle veut de l'argent ! Elle dit n'importe quoi... Mais fabuler à ce point ! Ça me sidère quand même.

— Elle aurait été la maîtresse de papa, avant qu'il te rencontre...

Ma mère était stupéfaite.

— Quel culot... C'est loin. Il n'y a pas de preuves, ce sont des inventions, je n'en crois pas un mot. Et même si c'était vrai et si ce type n'était pas mort, pour nous, il est ni vu ni connu. Pas de chantage...

Elle ajouta plus tard, les joues roses d'émotion :

— Quand on invente d'une manière aussi éhontée, il faut rendre le mensonge plausible.

— Plausible ? dit Rémy. Tu sais, Minouche, un homme est un homme...

— Tu ne vas pas me présenter un fils naturel, toi ? dit ma mère.

— Hé... Qui sait ? Ne t'inquiète pas, Mimi.

Rémy riait de bon cœur de l'affolement à peine feint de ma mère. Il avait dû être un sacré coureur et se rangeait avec ma mère. Ils se tenaient par la main. Branchée sur l'énergie de Rémy, elle se rassurait. Ensemble, ils s'arrachaient des ténèbres et envoyaient les drames sur une voie de garage. Ma moitié juive-polonaise sanglotait, déboussolée. Elle n'avait même plus l'occasion de se tourmenter. J'étais soulagé et admiratif. Il restait encore à administrer Carol à maman. Plus tard. Je pris congé d'eux et je dis à Rémy qu'il y aurait encore des choses concernant Vienne.

— Qu'est-ce que tu me réserves ? demanda-t-elle.

— Des bricoles. Patience.

— Pas grave ?

— Non.

Je mentais délibérément.

*
* *

Le lendemain, ma mère arriva à l'heure. Elle ne voulait même pas s'asseoir, elle tournait comme une mouche dans un bocal.

— Que c'est petit... Tu ne vas pas rester là, non ?

— Je ne sais pas. Le propriétaire a pris sa retraite et il est parti pour Hawaii. S'il s'habitue au pays, on prolonge ma location. Sinon, je change...

— Et ton désert ?

— Plus tard.

— Tu n'iras peut-être même pas là-bas...

— Mais si.

Elle me regardait, elle hésitait.

— Tu ne trouves pas que Rémy est un peu trop bavard ?

— Mais non. Il est sympa, toujours le même.

— Ah bon, dit-elle soulagée. Et Dreyer, qu'est-il devenu ?

— Pour le moment, je n'ai pas de nouvelles. Justement, à ce sujet, j'ai des choses à te dire... Importantes.

J'allais chercher dans ma chambre les documents découverts chez Schaeffer et les donnai à ma mère.

— Ces lettres étaient dans une seule enveloppe... Examine-les et dis-moi ensuite ce que tu en penses.

Elle était fébrile.

— Pourquoi ne pas me résumer le contenu ? Je n'aime pas les énigmes... Et je ne trouve pas mes lunettes...

Elle fouillait dans son sac, honteuse, comme s'il s'agissait d'un objet obscène. Elle finit par les trouver puis elle ajouta :

— Tu veux vraiment que je les lise ? Pourquoi ne pas me les raconter ?...

— Maman, hier tu as encaissé avec une facilité déconcertante la crise de Luba, mon présumé demi-frère, tout... Alors s'il te plaît, lis.

Elle réfléchissait.

— On dirait l'écriture de ton père.

— Oui, avant de m'enfuir de chez Schaeffer, je suis retourné dans son bureau pour essuyer mes empreintes. En ouvrant un tiroir, j'ai découvert cette enveloppe et les trois lettres qu'elle contenait, je les ai emportées. Il y a un message adressé à Schaeffer, un autre à la compagnie d'assurances, la troisième est pour toi.

Elle les lisait tour à tour, s'arrêtait sans prononcer un mot, recommençait. Finalement, elle lança :

— Que d'égards dans ces mots, quelle élégance, quelle réserve... Et pourtant, c'est une gifle. Je te le dis, il me gifle de l'au-delà.

— Mais non, maman.

— Mais si.

La colère la gagnait.

— Tu te rends compte ? Il a changé d'avis. Un imprévu de plus. Tout n'était que caprice : contracter cette assurance et l'annuler. Je suis furieuse, on s'est exposés à de vrais interrogatoires, on a subi Dreyer, tout ça pour rien.

— Qu'est-ce qu'on en fait ?

— Je ne sais pas.

— Si Schaeffer me les avait données, j'aurais dû les transmettre au destinataire. Donc à la compagnie... A Dreyer. Mais comme je nie ma visite chez Schaeffer, ces lettres, on ne les connaît pas...

— Si, puisqu'on les a...

— Pas officiellement. Si j'en parlais, je devrais reconnaître ma présence chez Schaeffer le matin de sa mort. Impossible.

Elle me regardait.

— Alors quoi ?

— Il faut attendre que tu prennes possession de la maison et que tu découvres toi-même ces lettres.

— Et comment je les découvre ?

— Tu es l'héritière de Schaeffer, chaque objet de sa maison t'appartient. Tu vas ouvrir le tout, avec l'aide de Rémy...

— Et si je n'ouvre pas tout ?

— Je ne sais pas, maman.

Elle était désespérée :

— C'est ça, le vrai talent de ton père. Créer des situations impossibles. Il donne d'une main et il reprend de l'autre. Il aurait dû envoyer ce document directement à la compagnie au lieu de le confier à un vieil avare. Schaeffer a dû être offusqué à l'idée que Samuel renonce à quelque chose qui me permettrait d'avoir de l'argent. Un jour, à ma demande, Schaeffer a mis dix schillings dans la casquette d'un aveugle. Un mendiant. Il est revenu sur ses pas, et a repris de la casquette cinq schillings. Ce n'est pas lui qui allait envoyer cette lettre, surtout après l'attentat.

— As-tu regardé la date, maman ?

— Évidemment. Le 18 juillet. Ton père a dû écrire cette lettre d'annulation le matin même du drame, chez Schaeffer. Ils ont passé l'après-midi ensemble. Mais alors, pourquoi diable lui a-t-il écrit au lieu de lui dire de vive voix ce qu'il voulait ? L'autre lettre... celle qui m'est adressée...

— ... en date du 19 juillet. Il a annulé l'assurance le 18, il est mort et il t'a écrit le lendemain.

— Ce n'est pas un ton convenable, David, mais je comprends et partage ton irritation. Hélas, la confusion des dates ne prouve rien. Ton père était souvent dans la lune, combien de fois m'a-t-il demandé : « On est quel jour ? » Entre ces deux lettres quelque chose a pu le distraire, le téléphone, une idée géniale... Oh, ses idées...

— Il était « génial », ses deux livres traduits au Japon ont obtenu un succès considérable.

— Tant mieux pour tout le monde. Mais, à la place des secrets d'Uranus ou d'autres planètes, j'aurais aimé connaître les siens. Et je pense aussi, depuis hier, qu'il aurait dû me parler des accusations de Luba. Il n'est même pas exclu qu'il ait donné de l'argent à cette femme... à tout hasard.

— Il en a donné.

— Tu me rends malade, David. L'histoire serait vraie ?

— Aucune idée, mais il fallait que tu sois au courant avant de partir pour Vienne.

— David...

— Oui.

— Ton père s'est toujours payé ma tête.

— Tu exagères.

— Non. Parfois il sortait de son bureau, il laissait

le manuscrit et la musique derrière lui et m'invitait à faire une petite promenade. Je m'attendais à un mot personnel, à un malheureux « je t'aime », rien. J'avais droit aux histoires de galaxies, d'explosions solaires, de trous noirs. Il me parlait comme à un enfant. Quand je protestais, il disait avec un beau sourire qu'il essayait sur moi le style direct de ses œuvres de vulgarisation. Cela signifiait que si je comprenais, un gosse le pourrait aussi. Flatteur, non ?

— Pas forcément, mais avec les droits d'auteur de ces mêmes volumes, il a pu s'offrir un appartement à Salzbourg. Ça, c'est flatteur.

Elle haussa les épaules :

— En tout cas, si j'ai bien compris, l'appartement est à toi. Mais j'irai quand même le visiter avec Rémy. Une fois n'est pas coutume, c'est moi qui te soulagerai des soucis de liquidation...

Elle ramassa les lettres qu'elle avait jetées par terre.

— Alors ? Tout est annulé ?

— Oui. Mais nous ne sommes pas au courant. Je ne suis pas allé dans la maison de Schaeffer... Ne l'oublie jamais. La maison est sous scellés, le temps que tu sois bien établie dans tes droits, que tu aies les clefs, que tu ouvres et regardes tout, on dispose de six mois. Avant, tu m'incrimines.

Elle me regardait, pensive.

— Donc, résumons : si tu n'avais pas ouvert ce tiroir, nous ne saurions rien de ces lettres ?

— Rien.

— Tu vois David, les curieux sont punis.

— Tout à fait vrai. Mais j'étais un « curieux » qu'on aurait pu arrêter et interroger pendant des jours et des jours.

— Je crois, dit-elle, que Schaeffer voulait t'en

parler et te confier l'enveloppe pour nous laisser le choix et la décision.

Elle réfléchissait, allant et venant dans le living-room.

— Et si les Autrichiens mettent la main sur le meurtrier, si l'assurance nous paie ? On va refuser l'argent ? Et sous quel prétexte ? On va devenir suspects aussi.

— Je n'ai pas de solution. Si Dreyer arrive avec un chèque avant que tu aies pu prendre possession de la maison...

— Alors ?

— On improvisera... Franchement, je ne sais pas.

Elle demanda, apparemment détachée :

— Il est bien, l'appartement de Salzbourg ?

— Pour ceux qui aiment les chefs-d'œuvre moyenâgeux, une vraie merveille. Le patron d'une agence de voyages, un nommé Gruber, chez qui papa commandait ses billets d'avion, connaît des gens qui souhaiteraient l'acheter. J'aimerais m'en débarrasser le plus rapidement possible. Je te signerai un pouvoir et tu me donneras l'argent.

— Rémy s'en occupera, dit-elle soudain épuisée.

Elle accusait les chocs avec un certain décalage.

— Je te signale que l'appartement de Salzbourg a également été passé au peigne fin...

Elle était inerte.

— Tu ne me l'as pas dit... Quel héritage ! Tout cela m'énerve au plus haut degré. Je comprends le soulagement des gens qui fument.

— Ce n'est pas avec des cigarettes que ces problèmes s'arrangent... Je te donnerai les clefs, attention, il y a deux accès. Il faut entrer par la porte de l'Alter-Markt, de ce côté, c'est très beau.

— Tu crois qu'on va s'intéresser aux questions d'esthétique ? Ce qui est beau ou pas... Attends. Tu dis : Alter...

— Alter-Markt.

Elle répéta :

— Alter-Markt.

— La place est superbe. On dirait un décor d'opéra. Tu auras sans doute quelques émotions, maman. Le buste que tu as expulsé de Princeton t'attend dans le hall.

— Le buste de Mozart ? En es-tu sûr ?

— J'imagine qu'il s'agit du même. Une sculpture très belle.

— Est-ce qu'il a un jabot de dentelle ?

— En dentelle de marbre, oui.

— Alors c'est bien lui... dit-elle, morne. Je vais pleurer dans cet appartement...

C'était le moment de la prévenir.

— Maman, j'ai quelque chose à te dire. Garde ton sang-froid.

— Qui est mort ? demanda-t-elle.

— Personne d'autre... mais...

— Mais quoi ?

— A droite en entrant, il y a le placard avec le compteur. Il faut baisser une manette rouge, et brancher l'électricité. Tu vas découvrir un désordre affligeant. La chambre de papa était rapissée d'agrandissements de photos d'éléphants, tout a été sauvagement lacéré.

— Des photos d'éléphants ? dit-elle. Pourquoi pas des astres... Il ne savait vraiment pas ce qu'il voulait... Et c'est démoli ?

— Oui.

— Et tu m'as laissé tout cela ?

— Le soir de ces saccages, Luba est arrivée pour nous proposer son trajet d'enfer. Bien. Tu vas trouver dans une penderie...

Il fallait se jeter à l'eau :

— ... des robes du soir.

Elle s'exclama :

— Des robes de quoi ?

— Du soir.

— Tu plaisantes ? Tu te moques de moi...

— Il faut que tu sois au courant. Mais je t'assure, il n'y a rien de grave. Je t'ai demandé un jour si papa a pu avoir une relation privilégiée avec l'une de ses élèves...

— Oui, dit-elle, le visage sombre. Ça y est, j'ai compris, te fatigue pas en tournant autour du pot. Il a amené une femme là-bas.

— Une très jeune femme. Elle s'appelle Carol. Rien ne s'est passé entre eux.

Elle éclata d'un rire nerveux.

— Rien ? Tu me prends pour une idiote ? Mon mari a amené une fille dans son appartement. Le chef-d'œuvre moyenâgeux était donc une vulgaire garçonnière ! Il m'a trompée là-bas.

— Non. Ne t'emballe pas... Il a agi dans un moment de colère, parce que tu avais refusé de l'accompagner au festival...

— Oui, j'avais refusé pour la cinquième fois. Mon premier voyage avec lui à Salzbourg m'avait suffi, c'était trop pénible ! Nous avions une chambre médiocre dans un hôtel bruyant, nous allions d'un concert à l'autre, d'un opéra à l'autre. Je n'ai vu que des orchestres et des gens guindés. J'ai dû visiter plusieurs fois un ancien cimetière qui exerçait une vraie fascination sur ton père. Des tombes sinistres, couvertes de fleurs séchées et de vieilles croix rouillées. J'ai assisté à une représentation de *Don Giovanni*, j'ai écouté le *Requiem*. Je lui ai fait des reproches. Il me disait que j'étais nulle pour la musique. Jamais, lui ai-je dit après, plus jamais Salbzbourg.

Je l'écoutais, désorienté.

— Tu ne peux pas être aussi injuste, Salzbourg est une ville magnifique.

— Magnifique ? Avec un être qui vous aime et que vous aimez, le moindre trou peut être plus beau que Venise... Salzbourg ? Si je m'étais promenée là-bas avec un homme qui m'avait affirmé qu'il m'aimait et que j'étais plus importante que la ville, ç'aurait été différent. Mais j'ai vécu avec un maniaque de la musique qui est, crois-moi, pire qu'un joueur. Pour ce genre d'homme, la femme n'est qu'une cacophonie à subir ou, dans le meilleur des cas, une note égarée, un décor plaisant, ou un cochon d'Inde qui est là pour tenir compagnie. J'aurais souhaité qu'il me serre dans ses bras, qu'on ait des matinées à nous, qu'on se balade, qu'on se raconte des bêtises... Au lieu de ça, je me suis retrouvée dans une atmosphère de crypte. Qui est la fille ?

— Elle s'appelle Carol. Elle espérait aussi une fête sentimentale. Elle rêvait d'un voyage en amoureux. Papa l'a réduite à l'état d'hamster.

— Tu racontes tout cela gentiment, dit-elle, je me sens un peu plus rassurée et j'ai presque tendance à te croire. Comment l'as-tu connue ?

— Elle est venue au cabinet et m'a demandé l'autorisation de m'accompagner pour s'incliner sur la tombe de papa.

— T'accompagner où ?

— A Vienne.

— Et tu l'as emmenée avec toi ?

— Elle a pris le même avion. Durant ma visite chez Schaeffer, elle m'attendait dehors.

— Tu veux dire qu'une fille amoureuse de ton père est au courant du fait que tu es entré chez Schaeffer et...

— Je lui ai dit que Schaeffer était mort. J'étais obligé.

— Mais alors, dit-elle, on n'a pas seulement un tueur fou lâché sur nous, mais aussi une fille déçue qui pourrait se venger !... Bravo. Quel exploit ! Tel père, tel fils. Il a commencé les bavures et tu les peaufines. Tu lui as peut-être parlé aussi des lettres de Samuel...

— Arrête. Je te jure que cette fille est embarquée comme nous dans une sale histoire. Et elle est malade de chagrin... papa ne l'a jamais prise au sérieux.

Elle se mouchait.

— J'ai épousé un homme absent de la réalité et j'ai mis au monde un fils naïf. Quel destin !

— Quand je l'ai connue, elle était au bord de la dépression. D'une vraie.

Elle réfléchissait, son visage se détendait peu à peu.

— Samuel l'a vraiment fait souffrir ?

— Oui.

— Ça me fait plaisir si elle est malade de chagrin, ça me console un peu. Quel âge a-t-elle ?

— Vingt-trois ans. Quand elle a connu papa elle en avait vingt et un et elle a l'air tellement jeune...

— Qu'est-ce que ça signifie, soupira-t-elle, profondément agacée, « avoir l'air » tellement jeune ? C'est déjà un âge, vingt-trois ans.

— Ce n'est pas ce que je veux dire. Tout le monde a dû la prendre pour la fille de papa.

— Oh, la jolie histoire. N'essaie pas d'adoucir les faits. Elle était à Salzbourg avec lui, ça suffit. Comment as-tu pu croire que rien ne s'était passé entre eux ?

— Parce qu'elle est encore malade de son échec, papa l'a rejetée.

Elle passait de la désolation à la jubilation.

— Elle s'est brûlée elle aussi à la flamme Levinson... L'homme fascinant, avec un cube de glace à la place du cœur...

— Elle se tourmente terriblement.

Elle était presque attendrie.

— Ton père avait la détestable faculté de marginaliser les gens. Se femme, son fils, une éventuelle maîtresse. Dans ses crises d'indépendance, il ne voulait que ses amis et la musique. Je me demande bien pourquoi il tenait à être accompagné... Pourquoi avait-il besoin de quelqu'un ? De moi ou d'une autre.

— Maman, cette fille est honnête et perturbée. Papa l'a tourneboulée, l'a déstabilisée. C'est très humiliant pour une fille de vingt-trois ans d'être rejetée, je veux dire physiquement, par un homme qu'elle aime...

— Bon, dit-elle, passons. As-tu d'autres catastrophes à m'annoncer ?

— J'aimerais te mettre en garde. Tu vas faire forcément la connaissance d'un type redoutable, un commissaire de police. Il s'appelle Aumeier. J'ai réussi, je crois, à lui faire admettre que je n'étais pas entré dans la maison de Schaeffer. Il soupçonne de l'agression la femme de ménage et son ami yougoslave. Selon lui, ils auraient tenté de faire ouvrir le coffre à Schaeffer. Mais il n'a pas cédé, alors on l'a torturé. L'enquête est en cours. Fais attention à tout ce que tu dis.

— Selon toi, Schaeffer a été attaqué par...

— Pour la même raison que moi, que nous... Et il a réussi à se suicider.

Elle soupira :

— Mon cher David, la journée est trop riche en émotions. Tu as encore des choses intéressantes à me dire ?

— Il est presque certain que Luba va évoquer la présence de Carol. Tu pourrais dire : « Je la connais bien, on la considérait un peu comme notre fille. »

— Moi, dire ça ? Tu rêves ! Je n'aimerais pas avoir une fille de vingt-trois ans. Une fille, ça vieillit une femme.

— Elle a l'air d'une adolescente.

Elle criait maintenant :

— C'est pire. Tu t'enfonces davantage. Cesse de parler d'elle ! Cesse... Elle te plaît peut-être à toi aussi ? Je te préviens : je ne veux pas la connaître. Jamais.

Elle se calmait peu à peu :

— Tu vois, elle va nous brouiller...

— Mais non.

Elle rangea son sac et dit :

— L'idéal serait de vivre avec Rémy dans la Drôme. N'avoir ni télévision, ni radio, ni pollution, rien que lui et moi.

— Tu n'as pas le tempérament à te couper du monde.

— C'est vrai, dit-elle soudain ragaillardie. Tu es gentil de me dire ça... Et je ne t'ai même pas posé la question : la Thaïlande et ton voyage éclair, ça en valait la peine ?

— Non.

Pour une raison que j'ignore encore, j'ajoutai :

— J'étais là-bas avec elle.

— Elle t'a accompagné en Thaïlande aussi ? David, tu me caches quelque chose. Vous êtes liés, tous les deux.

— Non. Juste une forme de solidarité. Le destin nous a fait nous rencontrer. C'est tout.

— Qu'avez-vous trouvé là-bas ? As-tu parlé à Davis ?

— Non. Nous sommes remontés jusqu'à son dernier refuge, un cabanon au bord d'une rivière... Entouré de squelettes d'éléphants.

— Quelle horreur... Il est mort ?

— Je ne sais pas.

Je ne voulais pas parler de la carte de Miami, mais l'histoire des méduses me tourmentait.

— Papa ne t'a jamais rien dit de précis au sujet de ses problèmes en Thaïlande ?

— Non. A part le curieux accident dont je t'ai

parlé, ce hors-bord qui se serait enflammé lors de son dernier voyage... Ton père n'était pas bavard.

— Et toi, pas curieuse.

— Curieuse ? Il m'aurait quittée.

* * *

Le lendemain, Rémy m'appela, il avait besoin de quelques conseils. Je lui suggérai de réserver une chambre à l'hôtel Sacher, confortable et central, lui racontant même l'aventure de la suite impériale. Il en conclut, et j'étais sûr qu'il souriait, que la secrétaire qui m'avait fait cette farce devait être secrètement amoureuse de moi. J'étais content de sa présence auprès de ma mère, dorénavant protégée par un homme agréable et énergique. Rémy constatait, satisfait, que je n'étais pas jaloux et que je le considérais comme un ami.

Grâce à nos discussions, je m'entraînais à parler français, je ne cherchais plus les mots. Pourtant il arrivait à ma mère de glisser une remarque amère sur mon léger accent américain.

La veille de leur départ, nous marchions sous une pluie fine le long de la Sixième Avenue vers Central Park. Puis nous prîmes une rue transversale pour gagner la Cinquième Avenue, jusqu'au Plaza, où Rémy achetait ses journaux français. Il y avait un stand de publications internationales à l'hôtel. Nous l'attendions sur le trottoir. L'entrée de Central Park était proche... Les calèches attendaient leurs clients, les taxis jaunes roulaient à vive allure, il y avait aussi des badauds devant les étals des bouquinistes, et l'air semblait pur. Nous étions dans une carte postale. Soudain, ma mère se mit à pleurer.

— J'aimais tellement ton père.

— Elle ne voulait pas que Rémy voie ses larmes.

— Vite, donne-moi un mouchoir. Merci, David.

CHAPITRE 12

Après le départ de ma mère et de Rémy pour l'Europe, je me sentais assez seul. Je me nourrissais de fast food au hasard des comptoirs et j'écrivais des lettres au directeur du centre de recherches en Namibie. Après quelques tentatives infructueuses, je réussis à l'avoir en ligne. On m'attendait là-bas les bras ouverts, mais les poches vides. « Venez, on s'arrangera. »

Mais je ne pouvais pas tirer un trait sur mon existence actuelle avant d'avoir aidé ma mère à régler ses affaires. Je ne voulais pas m'avouer non plus que j'étais soudain moins pressé de quitter New York. Carol était présente dans mon esprit.

Au cabinet, je reçus quelques patients, désorientés par l'absence de Miller ; je les rassurais de mon mieux, je me sentais utile, donc j'existais. Pourtant, malgré ma lutte contre les idées fixes, j'imaginais une présence. Je craignais une agression. Malgré la nouvelle serrure, je me méfiais de mon appartement et, arrivé à mon étage, je guettais la porte de l'issue de secours.

Pourtant, j'essayais de vivre normalement. Je repris la marche, l'exercice me rassurait. Un jour, alors que je m'étais attardé dans la Sixième Avenue devant une boutique de maroquinerie chic qui soldait des valises — depuis que j'avais liquidé la mienne, je flirtais avec les souples, sans code ni dents en acier —, je contemplais un modèle robuste quand j'accusai un choc. La silhouette, réelle ou imaginaire, de Fischer passait dans les reflets sur la vitre. Je m'étais retourné, que des inconnus. Mais j'en étais certain, Fischer était de retour. Je décidai de le provoquer, de l'attirer. Je restai longtemps dehors, je flânais devant les vitrines de la Cinquième Avenue. Par ici, depuis la nuit des temps un mendiant aveugle circulait, un écriteau était fixé sur sa veste : « Achetez-moi un crayon ». Dans sa main droite il tenait une coupe avec des *cents*, et dans la gauche, la laisse de son chien. Je lui glissai un dollar dans la poche, puis je m'aventurai à Central Park, je m'installai sur le gazon. Les gosses couraient, les chiens heureux se saluaient et des couples, la main dans la main, contemplaient la vie. De jour, Central Park est un endroit plein de charme. Je repartais découragé. Il me faisait languir, il me refusait à la fois la confrontation et la mort immédiate.

Miller m'appela du Colorado, il se confondait en remerciements et répétait « je vous revaudrai ça » et, négligemment, me demanda si je n'aurais pas envie, un jour, de reprendre son cabinet. J'évitai une réponse directe.

Lorsque le crépuscule tachetait d'ombres noires les immeubles d'en face, mon cinéma permanent me projetait des images. La porte s'ouvrait, quelqu'un s'approchait, Carol. J'évoquais sans cesse sa première visite. Lors d'une de ces pérégrinations mentales frustrantes, une pensée vint me surprendre. Si elle avait appelé sans que l'intérimaire me prévienne ? Je cherchai fiévreusement le bouton de l'interphone.

— Mademoiselle Scott...

— Oui, monsieur.

— Vous ne m'avez pas donné la liste des appels pour moi, ni celle du docteur Miller.

— Je vous les apporte ?

— Non. Dites-moi seulement si par hasard une Mlle Rimski, ou Grant-Rimski, a voulu me parler...

— Je vérifie.

J'attendis.

— Non... Ni l'un ni l'autre.

La solitude. Je manquais d'interlocuteur. D'un meilleur ami ou amie. Pourquoi n'avais-je personne ? Je n'étais pas pire qu'un autre... Et les déplacements de mes parents m'avaient privé des relations qui se créent dans la jeunesse. J'appelai la vieille toupie Mallory. Sans l'affaiblissement de son cerveau et la perte de son contrôle mental, j'aurais mis du temps pour découvrir qu'elle se payait ma tête. Je voulais l'appâter, l'émoustiller pour qu'elle me livre d'autres secrets. Je ne pouvais équilibrer et apaiser mon désarroi qu'en m'indignant de la bassesse des gens. J'étais gourmand de potins, même néfastes, et je voulais de plus en plus m'enfoncer dans la pénible certitude d'avoir été ridicule et de payer consciemment pour ma candeur. J'avais honte d'avoir imaginé que cette vieille peau éprouvait une certaine sympathie pour moi... Je composai son numéro, elle décrocha aussitôt.

— Bonjour, David. Quel plaisir de vous entendre. Il n'y a personne au bureau, vous pouvez me parler. A cause de la crise, les affaires traînent. J'ai peu de clients. Si j'avais des petites choses à vendre, ce serait plus facile... Mais les propriétés chères, ça ne bouge pas en ce moment de ce côté de l'île. Et comme il n'y a rien d'autre...

Je lui débitai quelques compliments, dans le style « vous êtes efficace, rapide », etc., et j'exprimai le désir de garder mon nouvel appartement.

— Pour le moment, je n'ai pas reçu de courrier de M. Smith. Pas de nouvelles, bonnes nouvelles. L'appartement est petit, mais si mignon, n'est-ce pas ? Et les toilettes ? Étonnant. Tellement roses.

Elle gloussait de bonheur.

Je glissai une question :

— Mlle Grant, vous la voyez parfois ?

— La petite Carol ? Oh non. Du tout. Elle ne doit pas beaucoup se déplacer... la maison est enfin à elle. Après l'enterrement de son père, il y a eu un de ces cinémas ! La veuve a dû déménager, et rapidement. J'étais contente, je n'ai jamais supporté cette Doris, elle avait un drôle de genre. Un jour, elle est venue ici dans une veste de cuir qui lui arrivait en haut des cuisses, elle avait des bas noirs et on pouvait apercevoir son slip, noir aussi. J'ai cru qu'elle avait oublié son pantalon, mais non. Cet accoutrement était à la mode... Je n'en revenais pas. Bref, elle est partie deux jours après l'enterrement, dans l'une des limousines de Grant. Le maître d'hôtel est venu me raconter qu'elle avait pleuré, crié et tapé du pied sur le perron, en traitant M. Grant de « vieux salaud ». Quel langage, n'est-ce pas ? M. Grant avait exigé le départ de Doris dans les quarante-huit heures après l'ouverture du testament, sinon elle perdrait jusqu'au peu d'argent qu'il lui laissait. En revenant de chez le notaire, elle hurlait, elle a fait un tel chahut que les chiens grognaient de peur.

J'écoutais ces ragots avec intérêt. Ces potins illustraient les idées que j'avais du monde du fric. J'écoutais les aventures des gens riches et j'admirais leur manière de se débarrasser de ceux qui ne

408

possédaient rien. Je plaignais presque l'ex-manne-
quin.

— Qu'est-ce qu'elle a obtenu ? Combien ?

— Des bricoles. Cent mille dollars, une goutte
d'eau dans un océan, et encore, à condition qu'elle
quitte sans l'ombre d'une résistance la maison de
Long Island. D'après le maître d'hôtel — qui a eu
cinquante mille dollars —, Grant lui a laissé une
fort méchante lettre que le notaire devait lire devant
tous les gens qui étaient là-bas. Quelque chose de
cruel, dans le style : « Un oiseau de paradis qui ne
crée que des emmerdements est un oiseau à plu-
mer. » Qui aurait cru que M. Grant, si sérieux, si
solennel, puisse écrire un phrase pareille ? Elle
vociférait, la Doris, elle criait, elle répétait que les
cent mille dollars n'étaient que des miettes, qu'elle
avait satisfait tous les caprices de Grant, qu'elle
méritait beaucoup plus. Le plus pénible pour elle,
c'est que M. Grant a exigé qu'on vérifie avant son
départ si rien ne manquait dans la maison, si elle
n'avait pas décroché du bureau un petit dessin de
Gauguin ou de Degas... Les notaires, paraît-il, étaient
dans tous leurs états lors de la visite du sous-sol. Il
y a une immense chambre forte dont la porte
s'ouvre avec une combinaison que Grant changeait
d'une manière tout à fait irrégulière. Le dernier
code était collé sur son chausse-pied en corne de
buffle, une lamelle de papier. Cet objet était mentionné dans le testament. Une vraie curée pour le
trouver, il était par terre dans le dressing-room.
Ensuite, toute une délégation s'est rendue au sous-
sol, deux avocats, deux notaires, l'exécuteur testa-
mentaire et un huissier de justice qui brandissait le
chausse-pied... Ils ont découvert une vraie caverne
d'Ali Baba. Des tableaux impressionnistes, l'un des
Tournesols de Van Gogh, des esquisses, l'un des très
rares, sinon l'unique portrait au crayon de Mozart

réalisé par une artiste autrichienne, et mille autres merveilles. Un musée... Des objets inestimables.

— Qui hérite de cette fortune ?

— Sa fille.

Tout cela m'éloignait de Carol. Des années-lumière de distance entre elle et moi...

— Sa fille est sa légataire universelle. Selon le maître d'hôtel, pendant la dernière absence de Carol, M. Grant s'était fait du mauvais sang parce qu'il ne savait pas où elle se trouvait. Il criait des choses fort mal élevées, en traitant les femmes de « garces ». Quand il a appris que Carol était en Thaïlande — c'est Doris qui a vendu la mèche, Carol l'avait appelée de là-bas —, il était littéralement hors de lui. Le soir même, il a ramassé une fille dans une boîte et il a passé avec elle une drôle de nuit... La veille du changement de son pacemaker, ça l'a achevé. Pour se venger de l'absence de sa fille — il devait se sentir responsable de quelque chose, mais de quoi ? personne ne le sait —, il a usé son cœur. Pourtant jusque-là il ne semblait pas l'aimer à ce degré... Ni avec une telle violence.

Je saisis l'occasion.

— Mademoiselle Mallory, vous êtes une véritable amie, et si franche. Dites-moi la vérité, c'est M. Grant qui avait attiré votre attention sur moi, n'est-ce pas ?

— Oui, il est venu au bureau, c'était très rare, une visite de ce genre. Il voulait que je m'occupe de vous. Il m'a raconté qu'il était un ami de votre père et qu'il vous avait connu enfant. Il m'a dit de garder le secret, que vous refuseriez le moindre geste venant de sa part, mais qu'il fallait vous aider à vous installer. Et surtout, ne pas vous perdre de vue.

— L'homme qui m'a accosté lors du vol San Francisco-New York pour me recommander à vous...

— Norman ? C'était l'un de ses employés. Il

devait vous mettre en garde sur les difficultés d'une installation à Manhattan et vous donner mon adresse.

— Et tout cela, pourquoi ? L'amitié ne justifie pas tout...

Elle était gênée.

— A un homme aussi puissant que Grant, on ne pose pas de questions, on obéit.

— Et si j'avais perdu votre carte, si je ne vous avais pas appelée ?

— Je me serais adressée à vos parents à Princeton et je vous aurais téléphoné.

— Et le docteur Miller, il est dans le coup aussi ?

— Oh, je n'aime pas quand vous dites « dans le coup ». C'était un gentil complot pour faciliter votre installation. Miller est une heureuse coïncidence, il était vraiment ravi de vous prendre avec lui. Votre présence l'arrangeait.

— La clef de l'appartement de la 94e Rue, on l'a prise chez vous, n'est-ce pas ? Vous étiez malade de remords quand je vous ai raconté l'agression que j'ai subie.

Elle s'exclama, indignée :

— Non, non, non !

Puis en sourdine :

— La vérité, c'est que j'avais le double. Dans une enveloppe. J'ai toujours une clef de secours, au cas où l'un des locataires perdrait la sienne...

— Et où est-elle, cette clef, ce double ?...

— Je l'ai cherché après votre visite. On a dû le prendre.

— Qui l'a volé ? Et quand ?

Sa voix était presque inaudible :

— Je ne sais pas. Et selon M. Grant, à qui j'ai raconté l'incident...

— Vous avez dit à Grant qu'on a failli me noyer ?

Elle respirait difficilement :

— Oui. Il était choqué, il a dit que « tout cela »

allait trop loin, il suspectait un ancien secrétaire et garde du corps, un type qu'il avait congédié depuis longtemps. Grant le considérait comme dangereux. « Je n'ai pas voulu tout cela, répétait-il, mais j'ai libéré une force que je ne peux dominer, ni arrêter. »

Renseigné et dégoûté, je raccrochai. Le tueur était à peu près identifié, mais je n'avais aucune prise sur lui. J'étais livré à quelqu'un dont je ne connaissais que les côtés sadiques et sa volonté de me faire parler et me détruire ensuite. Je pris la décision de ne plus revoir Carol, de l'oublier. Son père nous avait condamnés, ma mère et moi, à une vie d'angoisse. Je ne devais pas avoir l'ombre d'un lien avec la fille d'un être aussi néfaste que l'était Grant.

Je m'absorbais dans les travaux du cabinet, à la fin du mois de septembre, mes dossiers étaient en ordre et je suivais l'évolution des affaires de ma mère en Autriche. Elle me racontait par téléphone les développements de la situation. L'enquête concernant la mort de Schaeffer n'avançait guère. On soupçonnait maintenant des réfugiés clandestins de passage.

Dreyer avait appelé, penaud, gêné de nous avoir laissés sans nouvelles si longtemps ; je lui dis que ma mère et moi avions déjà mentalement renoncé aux huit cent mille dollars et que, pratiquement, si cela dépendait de nous, on lui dirait de clore l'affaire. « Vous n'avez pas à vous désister, la direction de la compagnie est très attentive au fait que vous soyez, madame votre mère et vous, si patients, si conciliants. Nous n'avons pas le droit de classer un dossier sans une justification plausible. » Je l'écoutais, indifférent. Dès que ma mère serait officiellement la propriétaire de la maison de Hietzing, je donnerais à Dreyer la lettre de mon père.

Mlle Scott allait bientôt partir. Chaque jour, en arrivant au bureau, je lui lançais un hello et j'ajoutais : « J'espère que vous allez bien. » Elle levait alors sur moi son regard marron, humide de tendresse, secouait sa crinière rousse et prononçait :

— Bonjour docteur ! Moi, je vais très bien. Et vous-même ? Il faut beau, n'est-ce pas ? C'est l'été indien...

Elle avait des jambes sublimes. J'avais trente-trois ans, elle peut-être vingt-cinq, on aurait pu couper le téléphone et faire l'amour. Je constatais la présence tentatrice de Mlle Scott et je pensais à Carol. Comment l'effacer de mon cœur et de mon corps ?

Les nombreuses conversations avec ma mère m'éclairaient sur l'ambiance qui régnait chez Simon. « Rémy a été accueilli comme la coqueluche et les oreillons réunis. Il détonne, il n'a pas la nature triste des Slaves. Il ne considère pas que l'injustice est obligatoire et que le destin est forcément cruel. Il est vif, rationnel, fait semblant d'ignorer les intrigues familiales, il commence à répertorier, classer, convoquer, vendre. Il agace... si tu savais comme il agace... Et pour les marchands, il arrive comme un cheveu sur la soupe, ils auraient préféré avoir affaire à la veuve éplorée et à l'orphelin. »

J'imaginais sans peine la débâcle de l'Est et ses ténèbres, face à la France logique et dénuée de sensiblerie affaiblissante quand il s'agit, même avec le cœur gros, de réclamer des sous qu'on vous doit. « J'étais sidérée par la masse de documents que ton père avait laissés ! Rémy a rencontré déjà deux fois Hoffner — je prononce bien son nom ? —, l'offre du marchand est trop modeste. Nous avons fait de l'ordre à Salzbourg, l'appartement est beau, c'est vrai. Avec le prix de la vente, tu pourras t'installer dans ton désert, et même t'offrir l'air conditionné dans ta tente. »

C'était l'humour de ma mère. Puis elle ajouta et je l'écoutai, ébahi :

— J'ai fait la connaissance d'un homme très agréable, d'une distinction rare et d'un charme... Rémy n'a rien à craindre évidemment, mais ce type, quelle séduction ! Des dents... il n'a jamais dû fumer.

— De qui parles-tu, maman ?

— Mais du commissaire Aumeier.

— Aumeier ? Il te plaît ? A ce point ? Un commissaire de police ?

— Mais David, le fait qu'il soit commissaire n'enlève rien à son charme. D'ailleurs, il était heureux de constater que j'oubliais ses fonctions. Il m'a fait visiter la ville, de sa voiture. Auprès de lui, Vienne est d'un tel agrément... Rémy a fait un peu la tête, mais il n'est pas vraiment jaloux. Il n'a aucune raison de l'être. Il m'a juste dit que le commissaire « aurait voulu me tirer les vers du nez ». Quelle que soit l'opinion de Rémy, je suis sûre que je plais au commissaire. Il a divorcé il y a cinq ans. Je n'ai pas osé lui en demander la raison.

En l'évoquant, elle n'était que frémissements. Elle me raconta aussi que le coffre de Schaeffer avait été ouvert, après des heures de travail à la perceuse... Tant d'efforts pour découvrir une vieille montre de gousset, placée au milieu, comme un défi.

— David, depuis deux jours, j'entre dans la maison de Hietzing, donc je pourrai sortir avec des dossiers. En théorie, j'aurais déjà pu te faire parvenir la lettre de ton père adressée à l'assurance, mais j'attends un peu. Je voudrais liquider cette affaire personnellement. Depuis son fou rire, j'ai un compte à régler avec Dreyer. Ne lui dis rien pour le moment. Ah, j'allais oublier... Rémy m'a emmenée à l'Opéra... Une tentative de plus pour comprendre la passion des mélomanes. C'était beau et épuisant. J'ai pensé à ton père...

Soudain elle se tut. Elle raccrocha rapidement.

Le lendemain, elle me rappela pour m'annoncer qu'il y avait un acheteur pour l'appartement de Salzbourg, au prix de deux cent soixante mille dollars.

— Tu acceptes ?

— Évidemment.

Elle continua :

— Gruber était très honnête, il m'a dit : « Votre fils ne retrouvera jamais ça. Il faut qu'il soit sûr de vouloir s'en défaire. Le client est américain, un passionné de Salzbourg. »

— Vends, maman. Vends.

— David, dit-elle, en passant un peu de temps dans cet appartement, j'ai eu, une fois de plus, la certitude que je n'ai jamais vraiment aimé que ton père. Pour ne pas être injuste avec Rémy, je dois éviter toute comparaison avec Samuel. Rémy je l'aime bien, mais...

Sa voix s'éloignait. « Je l'aime bien... mais ton père... » La communication était coupée.

**

Un après-midi vers 17 heures, j'avais sorti de mon tiroir les cartes postales de Davis et j'ai demandé par l'interphone à Mlle Scott de me trouver le numéro de téléphone du Sea Tower, à Miami Beach. Elle me rappela quelques minutes plus tard et je composai aussitôt le numéro. C'est le gardien qui répondit.

— Sea Tower. Je vous écoute.

— J'appelle de New York. Qui est à l'appareil ?

— Le doorman.

— Je vous dérange pour un renseignement. Selon

une carte qu'il m'a envoyée il y a assez longtemps, un M. Davis devrait habiter dans votre immeuble. J'aimerais savoir s'il y est encore, je voudrais lui rendre visite...

— Répétez le nom.

— Davis.

— Quel est son prénom ?

— E. Davis.

— Je vais voir, monsieur.

Il parlait avec quelqu'un, le murmure me parvenait, puis en reprenant le combiné, il déclara :

— Nous n'avons pas le droit de donner de renseignement.

— J'appelle de New York, je ne voudrais pas me déplacer inutilement.

De nouveau un conciliabule.

— M. Davis a déménagé de Sea Tower...

— Vous ne savez pas où ?

Il marqua une pause, puis dit d'une voix morne avant de raccrocher :

— Dans un autre *apartment house*.

Si je n'avais pas voulu trouver un prétexte pour revoir Carol, je n'aurais sans doute pas appelé Miami. Et je n'aurais pas appris que Davis était vivant. S'il s'agissait vraiment du même Davis... J'appelai aussitôt les renseignements et demandai le numéro de téléphone d'un M. E. Davis. Une vingtaine de minutes plus tard, un employé m'annonça que sur leurs listes d'abonnés il y avait des Davis, mais aucun E. Davis.

— Je me trompe peut-être de prénom...

L'aimable personne m'indiqua trois Davis, ils habitaient tous Miami, et non pas Miami Beach. Je devais aller là-bas, je n'avais plus aucun doute. Le Davis qui avait enterré son ami allemand et qui avait voulu fuir la civilisation vivait peut-être sans téléphone. Simultanément, malgré la lutte que je menais contre moi-même, je cédai, je me rendis à Long Island.

Pendant le trajet, j'échafaudais des hypothèses, même celle de faire demi-tour devant la grille d'entrée. J'arrivai vers 18 heures devant les hérons. Je garai ma voiture près du parterre d'azalées. Les caméras balayaient l'espace comme à ma première visite. Je décrochai le combiné du téléphone incorporé dans le montant du portail.

— Je voudrais parler à Mlle Grant.

— Votre nom, s'il vous plaît, m'a répondu un homme presque aimable.

— Le docteur David Levinson.

— Levinson ? Je vais voir si elle est là.

— Merci.

Les deux dogues noirs s'approchaient de la grille, ils grognaient légèrement, ils reniflaient.

— Mlle Grant va vous recevoir. Vous pouvez entrer avec votre voiture.

Je ressentais une vive inquiétude. J'avais peur de m'humilier, d'être déçu d'une manière hautaine, je voulais sauver la face et surtout mon amour-propre. Les lourds battants de la grille s'ouvrirent doucement, les dogues, étonnés, s'éloignèrent et ma Ford cabossée roula sur les gravillons presque roses. Les tourniquets fonctionnaient, l'eau retombait en fine pluie sur un gazon vert émeraude, mais l'endroit semblait désert. Je stoppai le véhicule devant le perron, refermai violemment la portière, juste pour faire du bruit. Un maître d'hôtel m'accueillit en haut des marches.

— Mademoiselle vous attend au premier étage. Veuillez me suivre.

Dans le hall, le sol était en marbre foncé. Au premier étage, des tapis d'Orient couvraient les dalles du large couloir. Le maître d'hôtel frappa à l'une des portes.

— Entrez, monsieur. Mlle Grant vous attend.

Je pénétrai dans un univers d'aquarium. La pièce était prolongée par un jardin d'hiver, de grandes plantes vertes aux tiges tentaculaires et aux feuilles épaisses de sève occupaient un tiers de l'espace. Carol vint vers moi, peut-être de sa chambre, elle était pâle, plutôt distante, son ensemble tailleur en toile noire lui prêtait un aspect sévère.

— Bonsoir, David !

Je ne pouvais plus me mentir, il était clair que je l'aimais. Mais je ne devais pas me trahir.

— Bonsoir, Carol...

— Merci d'être venu. Mais pour les condoléances...

— Pas de condoléances.

Elle me regardait, presque intéressée.

— Parfait. Vous avez raison. Mais comment avez-vous appris l'endroit et l'heure de l'enterrement ?

— Par Mlle Mallory...

— Mlle Mallory est une garce. Papa était toujours entouré de garces. Sauf ma mère. D'où leur divorce...

Ces paroles dures écorchaient l'univers ouaté.

Elle continua d'un ton presque détaché :

— Depuis que j'ai accès aux dossiers de mon père, j'apprends des choses intéressantes. Mlle Mallory était à ses ordres. Vous aussi, vous avez été manipulé... Toujours avec l'espoir de récupérer l'objet que Samuel refusait de céder à mon père. Mallory dirige depuis longtemps cette agence immobilière, elle paie un loyer dérisoire, les murs appartenaient à mon père. En contrepartie, elle devait le renseigner sur tout ce qui se passait de ce côté de Long Island... Qui achetait quoi et combien, qui allait partir et qui venait. A un moment donné, vous vous êtes trouvé dans le lot. J'en suis navrée.

Je m'approchai d'elle.

418

— Vous n'y êtes pour rien. Je n'ai aucun reproche à vous faire. Je voulais vous revoir, c'est tout.

— Vous êtes aimable.

Elle ne m'avait même pas proposé de m'asseoir.

— J'ai appris que Doris est partie.

— Oui, dit-elle, c'est la grande surprise. Papa lui a laissé cent mille dollars à condition qu'elle déguerpisse. Elle menace vaguement d'intenter un procès, mais elle n'arrivera à rien. Mon père m'a légué ses conseillers et la protection du meilleur cabinet d'avocats de New York.

— David, dit-elle soudain plus chaleureuse, je suis heureuse de votre visite.

— Vous auriez pu m'appeler...

— J'essaie de m'en tirer seule.

Elle m'agaçait soudain.

— Pourquoi vous plaindre ? Vous pouvez faire le tour du monde, acheter une propriété à Hawaii, faire du surf près de la barrière de corail en Australie... Le monde est à vous... Vous imaginiez que votre père ne vous aimait pas, c'était une erreur. Donc vous pouvez vous apaiser sur le plan physique aussi.

Elle désigna un fauteuil.

— Prenez place. A l'intérieur de moi il y a un abcès, j'étais en conflit avec mon père depuis ma naissance et à sa mort, il m'a tout donné. Pendant vingt-trois ans, il m'a dit et redit que j'étais la déception de sa vie, et en mourant il m'a placée à la tête d'une immense fortune. Il y a de quoi être perturbée.

— Déshéritée, vous seriez plus heureuse ?

— Non, dit-elle. Non, mais...

Je voulais parler d'autre chose que d'argent.

— Mlle Mallory a évoqué l'histoire de la dernière nuit... Il aurait...

Elle m'interrompit :

— Ne me parlez pas de cette affaire.

— Si, Carol. Que s'est-il passé ?

Elle venait de se lever, elle ne pouvait plus rester assise en face de moi.

— Vous avez raison, il vaut mieux exprimer les choses qui vous crèvent. Doris m'a raconté que mon père avait amené ici une fille qui, paraît-il, me ressemblait. Tout cela dans une colère folle, parce que j'étais partie en Thaïlande. Il supposait que je cherchais le souvenir de Samuel. Il ne supportait pas que sa fille, même rejetée, aime d'amour un homme de sa génération, de surcroît un adversaire redoutable avec lequel il était en guerre. Il a trouvé une fille de mon âge et l'a payée pour l'avoir à sa merci. Cette nuit a sans doute provoqué sa crise cardiaque. La fille l'a quitté à 6 heures du matin et mon père a été transporté à l'hôpital à 7 heures. Il est mort dans la matinée.

L'atmosphère de serre, les émanations des plantes vertes m'asphyxiaient. Carol, polie comme une hôtesse dans un bureau d'accueil, me parlait d'un ton neutre. Affolé, j'ai constaté une fois de plus que c'était avec elle que je voulais vivre. Telle qu'elle était. Négative, néfaste et si sûre d'elle-même. Comment me sauver ?

Carol m'a invité à dîner.

— Si on n'est pas assis aux deux extrémités d'une très longue table...

— Non, a-t-elle dit. Non. Vous verrez.

**

Nous avons dîné sur la terrasse qui surplombait le parc. Autour de la lampe placée sur une nappe en dentelle, des insectes tenaient leur congrès nocturne.

420

Elle m'a interrogé avec douceur, toujours à la limite de l'indifférence :

— Et vos projets ? La Namibie... Vous voulez toujours partir là-bas ?

— Je n'ai pas changé d'avis, pas du tout, mais j'aurai au moins un an de retard dans mes projets. Ma mère a besoin de moi...

Le maître d'hôtel nous proposait des mangues découpées. Je contemplais un petit carré jaune sur ma fourchette en argent massif.

— Carol, vous vous souvenez de la carte postale qu'on a trouvée chez le concierge à Hua Hin ?

— Il y en avait deux.

— Celle de Miami...

— Je me souviens.

— J'ai appelé le Sea Tower.

Elle s'est penchée vers moi.

— Et alors ?

— Le gardien se souvient d'un Davis, qui a déménagé.

— Quand ?

— Je n'ai pas pu le savoir, ni si c'est bien notre Davis ou un autre. Je vais me rendre à Miami Beach. C'est ce que je voulais vous dire. D'où ma visite.

— C'est pour ça que vous êtes venu ? demanda-t-elle, sincèrement désolée. Seulement à cause de Davis ?

— Je voulais vous tenir au courant.

— Et cette rencontre vous mènerait à quoi ?

— A m'éclairer... Et surtout essayer de freiner Fischer. Je l'ai aperçu à l'enterrement de votre père.

— Je ne voyais que le cercueil, dit-elle. Et vous...

— Je l'ai interpellé, je l'ai suivi. Vous ne vous êtes pas aperçue d'un moment de confusion durant la cérémonie ?

— Non, David. Mais j'ai une arme contre lui.

— Quelle arme ?

— Mon père faisait constituer un dossier sur tous ceux qui l'entouraient, qui le servaient. Fischer a un lourd passé. Souvenez-vous de l'affaire que je vous ai racontée : cette amie de Samuel que Fischer a tuée à Vienne en l'interrogeant trop brutalement. Mon père aurait aussitôt voulu se débarrasser de lui, mais Fischer l'avait menacé : s'il alertait la police, il affirmerait avoir agi sur l'ordre de son patron. Fischer est le seul être humain qui ait osé résister à mon père ; et une fois congédié, il a continué l'enquête pour son compte.

— Si vous avez eu accès aux dossiers de votre père, vous avez peut-être pu deviner, ne fût-ce que par une note, une remarque, ce qu'on cherche...

— J'ai vu une phrase, annotée sur le dossier de Ian Fischer. « Regrets d'avoir mentionné l'antiquaire de Prague. » La note est barrée. C'est tout.

Elle caressait la tête d'un dogue assis près d'elle, il louchait vers son assiette. Puis elle dit, vive, légèrement excitée :

— D'un jour à l'autre, d'un dossier à l'autre, je découvre que mon père était le plus distingué, le plus secret, le plus riche, peut-être même le plus redoutable de tous les grands manipulateurs d'argent. Je crois qu'à son niveau, on appelle ce genre d'homme « détenteur de pouvoir occulte ».

Elle parlait d'argent, donc je l'écoutais moins. J'entendais résonner : « l'antiquaire de Prague ».

— J'éprouve une certaine admiration pour mon père, dit-elle. Il était le négatif de Samuel. Et il régnait sur un royaume d'ombres. Depuis qu'il est mort, j'écoute ses conseillers, ses administrateurs, ses avocats... Ils sont tous à mon service. Il me faut du temps pour apprendre, comprendre et peut-être un jour, dominer. Et effacer l'omniprésence de Samuel.

Elle s'est tue, puis :

— Et l'appartement de Salzbourg, que devient-il ?

— Presque vendu à un Américain mélomane.

Après une courte réflexion, elle a demandé :

— Je peux venir avec vous à Miami Beach ?

— Non, on ne recommence plus l'expérience autrichienne.

— Vous avez certainement raison. Même si vous rencontriez Davis, à quoi ça nous servirait ? Il ne devait pas connaître tous les détails de la rivalité entre votre père et le mien. Tous deux étant les collectionneurs obsédés, ils voulaient chaque fois se prouver que l'un était plus astucieux que l'autre. Mon père faisait une surenchère avec sa fortune, votre père avec sa chance et son instinct... Mais croyez-moi, je réfléchis sans cesse à la manière d'arrêter la folle course de Fischer... Je ne peux pas incriminer mon père... Si je sors le dossier...

Le temps passait, il faisait noir. Nous étions dans un encrier. Je m'apprêtais à partir.

Puis elle m'a demandé :

— Je vous revois quand ?

— Après mon voyage à Miami Beach et avant mon départ pour la Namibie, une dernière fois.

— Une dernière fois, a-t-elle répété. Une dernière fois.

Je croyais m'étouffer de chagrin en reprenant place dans la voiture.

CHAPITRE 13

J'arrivai à Miami par une pluie torrentielle. Je récupérai rapidement ma valise et trouvai un taxi. Le chauffeur me regardait dans le rétroviseur.

— Vous avez mouillé votre veste. Vous débarquez au milieu d'un de ces orages... Mais ça passe vite. Faut pas se décourager, le soleil revient.

Cet Haïtien accueillant parlait un français agréable, il connaissait l'hôtel Oasis, situé à Surfside. Des autoroutes chevauchaient des bras de mer que reliaient des canaux, nous roulions sur des tentacules de béton. La pluie martelait le toit de la voiture et les essuie-glace se rompaient presque sous le poids de l'eau. Un panneau dans le crépuscule : « Bienvenue à Miami Beach ». Le chauffeur m'expliqua que l'avenue Collins était par ici bordée de buildings luxueux et d'hôtels à trois cents dollars la nuit. En revanche, Surfside était habité par de nombreux retraités, habitant des immeubles vendus par appartements, ou loués. Nous nous sommes arrêtés devant l'hôtel Oasis. Le bagagiste devait guetter le perron du hall, dès qu'il m'aperçut, il courut avec un parapluie et retira ma valise du coffre. A la réception, un aimable Asiatique me tendit une fiche, j'y griffonnai mon nom. Ensuite, une carte magnétique en main — en guise de clef —, je suivis l'employé vers ma chambre au huitième étage. Il m'ouvrit la porte, mit la télévision en marche et empocha deux dollars de pourboire. L'odeur rassise de la pièce m'écœurait, l'air était épais et usé.

Je voulus ouvrir la fenêtre, elle était scellée. J'observais les vagues qui déferlaient et s'écrasaient sur le sable. J'attendais une accalmie pour sortir. Si jamais je retrouvais Davis — j'y croyais de moins en moins —, je l'aborderais avec ménagements. Je l'encouragerais à me parler et je lui demanderais délicatement s'il avait un vague souvenir d'un anti-quaire de Prague dont mon père lui aurait parlé. Je m'attaquai à ma valise, y pris un pyjama que je posai sur le lit. Je marchais sur la vieille moquette, l'impatience me gagnait. La chambre semblait se refermer sur moi, j'étouffais. Sortir. Dans le hall, j'empruntai un parapluie au portier et m'aventurai dehors. Il pleuvait un peu moins fort. En contour-nant l'hôtel par une rue parallèle, je découvris la plage. Dans la lumière opaque, elle semblait s'étendre à l'infini. Elle était marquée dans toute sa longueur par un large chemin balisé pour les promeneurs, ou était-ce une piste de jogging ? Sous la pluie qui transformait la chaleur intense en bain turc, j'avan-çais, dégoulinant de sueur, vers l'adresse présumée de Davis. Au bout d'une dizaine de minutes de marche sur le sable, j'aperçus à ma droite le nom à moitié effacé « ea Towe » d'un de ces buildings modestes. Le S et le R manquaient. C'était proba-blement celui que je cherchais, Sea Tower. Je traversai une bande de sable, puis contournai une piscine vide aux parois écaillées ; en me frayant un passage, je déplaçai des chaises longues oubliées dans des flaques d'eau. J'entrai dans un garage désert, à ma gauche derrière une porte étroite, un escalier conduisait vers le hall. Accoudé sur sa table un vieux doorman somnolent faisait semblant de lire son journal. Je l'interpellai et lui demandai s'il connaissait un certain M. Davis. Il réfléchissait en se grattant le menton, je lui glissai cinq dollars dans la main pour raviver sa mémoire.

— Davis ? Ça me dit quelque chose. Il y avait un M. Davis par ici, mais je ne l'ai jamais vu, j'en ai seulement entendu parler. A l'époque, je faisais des remplacements.

— Selon les renseignements que j'ai eus par téléphone, il a déménagé.

— Ah, mais oui. C'est vrai. Un matin on m'a dit qu'il n'habitait plus ici. J'ai porté au Miramar Tower un paquet qu'il avait oublié. Pas loin d'ici. Dix blocks peut-être. Sur le même front de mer.

— Vous l'avez rencontré ?

— Non. J'ai déposé ses journaux ficelés chez le doorman qui a dû les lui remettre.

Je ressortis côté plage, j'arrivai en comptant les blocks à un immeuble d'une douzaine d'étages, tout aussi décrépit. Le Miramar Tower. Il fallait traverser une petite terrasse pour accéder à l'entresol encombré d'outils et de chaises cassées, puis au bout d'un couloir et de quelques marches, je pénétrai dans un hall style 1900, carrelé de faïence bleue. Le doorman, un Mexicain ou Portoricain, m'écouta avec intérêt. Il m'indiqua avec une simplicité biblique que M. Davis habitait au septième étage l'appartement numéro douze. C'était trop beau pour être vrai. Je me dirigeai vers l'ascenseur et, pendant l'ascension essoufflée de la vieille ferraille, je préparai des mots d'excuse à l'intention de l'un des innombrables Davis qui peuplaient la terre et que j'allais importuner. Plus le temps passait, moins je croyais à l'utilité de la carte postale que le portier du Railway m'avait donnée. Son Davis aurait très bien pu envoyer une carte en souvenir d'un séjour rapide... Tout était possible.

Au septième étage, un couloir mal éclairé desservait une série de portes, aucune d'elles n'avait de numéro. Frapper au hasard ? Je tentai de m'orienter, mais le son des téléviseurs recouvrait les éventuelles manifestations humaines, toux, bavardages, cris, qu'importe... J'allais pourtant sonner au hasard et quémander un renseignement, quand l'ascenseur réapparut et s'immobilisa. Un homme âgé le quitta et vint dans ma direction. Je devinai, à ses pas rapides et à son visage inexpressif, qu'il allait passer à côté de moi sans manifester la moindre curiosité.

Je l'abordai :

— Pardon, veuillez m'excuser... N'êtes-vous pas par hasard M. Davis ?

Il s'arrêta, mal à l'aise. Avait-il peur de moi ? Derrière ses lunettes mouillées, son regard était méfiant.

— Quoi ? Que voulez-vous ?

— Je cherche un M. Davis, on m'a indiqué la porte douze. Comme il n'y a aucun chiffre... J'ai pensé que peut-être vous étiez M. Davis...

— Je ne suis pas Davis. Pas moi. Pourquoi vous le cherchez ? Il a un problème ?

Je ressentis une vague d'émotion, il y avait donc un Davis et peut-être même pas très loin...

— Je suis venu lui rendre visite.

Son visage s'éclaira.

— Et vous ne le connaissez pas ?

— J'ai entendu parler de lui. C'était un ami de mon père. Je devais me rendre à Miami pour mes affaires, alors j'ai pensé venir le saluer.

— Heureuse idée, dit-il. Personne ne s'occupe de lui. Il pourrait rester mort sur son lit pendant des mois avant qu'on le découvre. Si je n'étais pas là pour m'en inquiéter...

Il désigna une porte à deux pas de moi.

— C'est ici, vous avez déjà essayé ?

— Non. Comme il n'y a pas de numéro sur la porte...

— Allez-y.

Je sonnai longuement. Aucune réponse. L'homme commentait les événements.

— Il a dû partir au centre-ville avant la pluie.

— Vous avez une idée de l'heure à laquelle il pourrait être de retour ?

— Non. Ici on est tous trop vieux pour avoir des heures fixes.

Puis il continua :

— Un ami de votre père ? Et vous venez l'égayer un peu... C'est bien.

Je restais prudent :

— S'il s'agit du même Davis... L'initiale du prénom du « mien », si j'ose parler ainsi, est E. Et le sien, vous le connaissez ?

— E ou pas E, c'est un gentil gars. On se prête de l'épicerie. Nous sommes tous les deux de vieux solitaires, on s'entraide. On va l'un chez l'autre, ça distrait aussi. Moi, j'ai la chance d'avoir une nièce qui s'intéresse à moi, surtout à l'époque des fêtes.

J'espérais qu'il allait m'inviter pour attendre Davis.

— Vous n'avez donc aucune idée du moment auquel il peut revenir ?

— Aucune. Vous voulez lui laisser un message ?

— Je préférerais lui parler.

— Alors, revenez plus tard. Glissez un papier avec votre numéro de téléphone sous la porte... Vous avez le sien ?

— Non, je l'aurais appelé. J'avais seulement son adresse.

— Je ne connais pas non plus son numéro... Je

n'en ai pas besoin. Nous habitons à cinq portes l'un de l'autre. Il m'a dit qu'il paie pour ne pas être dans l'annuaire. C'est comme ça... des vieux comme nous ont des caprices, d'ailleurs, c'est tout ce qu'il nous reste.

Il fit un signe d'adieu avant d'entrer chez lui. La situation me semblait irréelle, mais Davis existait.

J'attendis encore, puis je redescendis à pied. Dans la cage d'escalier une jolie fille montait en traînant un chien en laisse, un vieux cabot aimable.

— Mademoiselle...

— Oui...

Nous étions arrêtés sur les marches.

— Vous connaissez M. Davis ?

— Non, dit-elle, je promène le chien d'une dame malade...

— Et pourquoi ne prenez-vous pas l'ascenseur ?

— C'est interdit avec le chien.

Je quittai l'immeuble du côté de l'avenue Collins. Il ne pleuvait plus, les gens se précipitaient pour faire leurs courses. Les hommes si pressés étaient tous vieux, ils portaient des cabas. Se dirigeaient-ils, vêtus d'imperméables légers qui balayaient leurs maigres jambes, vers un supermarché ? Les femmes que je croisais étaient également âgées, et parfois maquillées comme au théâtre, les paupières lourdes de fards bleus et les cils charbonneux. Certaines d'entre elles circulaient dans des manteaux de pluie en tissu imprimé peau de léopard et autres dessins exotiques. Parfois une immense gueule ouverte de lion ou de tigre leur couvrait le dos. C'était peut-être la mode cette année. Je cherchais un visage jeune, un regard vif. J'étais heureux de retrouver dans le hall de mon hôtel le bagagiste qui devait avoir, lui, dans les vingt à vingt-cinq ans. Il me rassurait. Nous n'étions donc pas tous morts.

De retour dans ma chambre, je pris un paquet de

biscuits au chocolat du mini-bar et m'installai sur le lit pour regarder à la télévision un vieux thriller en noir et blanc. Une publicité qui vantait l'efficacité d'un produit contre le mal de tête chassa l'histoire, mais bientôt le persécuté réapparut. Pas longtemps, il céda la place à une ravissante fille qui proposait un filtre pour machine à café. Plus tard, sombré dans un faux sommeil, j'appris les qualités de la nourriture *Happy Dog*. Un bouledogue à la peau en accordéon bouffait en gros plan le mets appétissant. J'ai dû m'endormir pour de bon avec la télécommande en main.

CHAPITRE 14

Un avion en provenance de New York venait d'atterrir à Miami. Parmi les voyageurs, un homme de taille moyenne s'est frayé un rapide passage pour sortir parmi les premiers de la carlingue. Il portait un sac de voyage en bandoulière. Il a pris un taxi et a jeté un ordre sec au chauffeur. La veille, il s'était introduit dans le cabinet d'un psychanalyste, à Madison. Il y avait trouvé le renseignement qu'il avait espéré, des indications précises inscrites d'une manière explicite dans l'agenda de la secrétaire, concernant le déplacement de M. Levinson à Miami Beach. Le jour et l'heure du départ, pas le retour. Hélas, elle n'avait pas marqué le nom de l'hôtel, juste griffonné Collins Avenue.

— Je cherche quelqu'un, dit-il au chauffeur. On va s'arrêter à tous les hôtels de Miami Beach.

— Vous en aurez pour une semaine, dit l'autre. Vous pourriez les appeler.

— Pas besoin de conseil, faites ce que je dis.

— Je commence par quoi ? Grand luxe, moyen ou modeste...

— Au début de Collins Avenue.

Pendant deux heures, il s'est déplacé, souple et

silencieux, il interrogeait avec une patience inlassable les employés de réception. Il demandait, toujours avec un sourire, si son ami David Levinson était déjà arrivé ou non. A l'hôtel Oasis, il a refait le même numéro de charme et la réponse qu'il a obtenue l'a illuminé.

— M. David Levinson est à la chambre 800, huitième étage. Voulez-vous que je l'appelle ?

— Non. Je reviendrai, dit l'homme en souriant.

Il s'est fait conduire dans un hôtel à deux blocks de l'Oasis. Il n'a pas donné sa carte de crédit, il a laissé une caution en espèces. Il s'est installé dans une chambre au cinquième étage, il s'est lavé longuement les mains. Il portait des lunettes foncées. Il les a ôtées et s'est dévisagé dans le miroir. Il se trouvait plutôt jeune d'allure, il a contemplé ses cheveux châtain clair et ses yeux couleur métal. Son regard — depuis le jour où il avait survécu par hasard au massacre de ses proches, décimés l'un après l'autre devant ses yeux — était inexpressif. Cette fois-ci, il tuera David Levinson. Mais d'abord, il lui arrachera sa chair, parcelle par parcelle, jusqu'au moment où il révélera son secret. Ce secret dont l'origine est peut-être cachée ici, quelque part à Miami Beach, dans ce bled pour retraités. Il est revenu une demi-heure plus tard devant l'hôtel Oasis et s'est installé dans l'attente. En suivant pas à pas Levinson, en devenant son ombre, il gagnera son pari. Et pour en finir avec le dernier Levinson, avec ce David, il lui réserve la plus lente et la plus raffinée des morts.

***

Je me réveillai en fin d'après-midi. Assommé et de méchante humeur, je dévalisai le mini-bar, vidai trois petites bouteilles d'eau minérale et repartis chez Davis. La chaleur même du crépuscule était énervante. Ici et là des silhouettes évoluaient sur la piste de jogging, l'océan était calme. Une vieille dame tâtait l'eau avec ses pieds, elle me sourit. La porte du Miramar Tower qui donnait sur la plage était ouverte. N'importe qui pouvait entrer et monter vers les étages. Je traversai le hall et pris l'ascenseur bruyant ; je parvins au septième étage sans avoir rencontré un locataire. Pourtant il y avait des gens ici, mais cloîtrés chez eux. Leurs téléviseurs déversaient des rires, des crépitements d'armes ou des publicités agressives. Mais peut-être étaient-ils tous morts, squelettes assis devant des écrans. Je sonnai à la porte de Davis. Pas de réponse. Je repartis et me restaurai dans une pizzeria, puis je regagnai mon hôtel. Je me couchai, avalai un somnifère et sombrai aussitôt dans un méchant néant.

Le lendemain matin — il était tôt —, vaseux et grognon, j'expérimentais la cafetière électrique vissée sur la commode. A côté de l'appareil, une tasse en plastique, du faux sucre dans des petites pochettes attachées à des cuillères emballées dans du cellophane, et du café en poudre. Tout pour être heureux ! Je jetai un coup d'œil par la fenêtre, il faisait beau. Beau à en crever. Le soleil frappait et même à l'intérieur, la réverbération était postale. Hier le jugement dernier, aujourd'hui la carte postale... En sirotant ma lavasse à peine noire, je regardais l'émission préférée de ma mère : « *Good morning America* », puis je cherchai dans l'annuaire, extirpé du tiroir du bas de ma table de chevet, le numéro de téléphone de Davis. Le voisin ne s'était pas trompé, les renseignements du central de New York non plus, il n'y figurait pas, il s'offrait donc vraiment le luxe de la liste rouge. De plus en plus persuadé que je perdais mon temps, j'appelai l'aéroport pour retenir une place dans l'un des derniers vols Miami-New York à 18 h 15. J'en avais marre de mes idées fixes, de ma ténacité et aussi du perfide beau temps de Miami Beach. Dès 9 heures, dans une chaleur déjà crevante, je me dirigeai sur le sable impeccable et presque sec vers le Miramar Tower. Un Haïtien lavait le hall, son seau dégageait une violente odeur de désinfectant. Il m'adressa un « hy » sonore et sourit. Je lui dis « bonjour ». Il se lança aussitôt dans un discours en français et m'accompagna jusqu'à l'ascenseur. Nous échangions nos histoires de famille. Oui, ma mère était française, lui était clandestin aux USA jusqu'à l'amnistie intervenue il y a quelques années. Maintenant, il avait la *green-card*. Je le félicitai.

— Vous connaissez un M. Davis ?

— Connaître ici quelqu'un ? Impossible. On ne les voit jamais, ces gens, on dirait des esprits qui errent.

Je repris l'ascenseur, la vieille bête devenue familière m'emmena au septième étage. Je sonnai à la porte douze. Silence épais. Davis n'était pas là. Une excitation inattendue me gagnait. Serait-il revenu et, averti de ma visite, reparti ? Je sonnai aussi chez le voisin, il entrebâilla sa porte et répondit, au-dessus de la chaîne de sécurité :

— C'est vous ? Non, vous ne me dérangez pas. Je regrette, je n'ai pas revu Davis.

— Je ne connais même pas votre nom. Je me présente...

Il m'interrompit :

— Pas la peine.

— Vous ne savez pas où il peut...

— Au revoir, dit-il.

J'entendis le bruit de la clef tournée dans la serrure.

436

Il fallait m'en aller. A quoi bon m'attarder dans le couloir de cet immeuble oublié par le temps ?

Dehors, j'hésitais. Que faire ? De ce côté, l'avenue Collins était baignée d'une odeur de peinture écœurante. A quelques mètres, on ravalait un immeuble. J'observais les ouvriers, ils parlaient une langue qui m'était inconnue. Bon Dieu, qu'est-ce que je foutais ici ? Et si je repartais immédiatement pour New York ? Pourquoi attendre la fin de l'après-midi ? Je me traitais de tous les noms et j'éprouvais un sentiment de profonde insatisfaction. J'allais, je revenais, je surveillais ces immeubles-souricières, chacun avait deux entrées. C'était le piège, le mirage, l'espoir que celui qu'on attendait était revenu. Je fis demi-tour, je cherchai le Haïtien, déjà parti ; le doorman de jour avait pris son service. Une nouvelle tête. Un espoir. Une explication de plus.

— Hy, je cherche M. Davis...

— Et alors ? Il n'est pas chez lui ?

— Non. Je suis venu plusieurs fois. J'étais là hier aussi.

— Ici les gens font ce qu'ils veulent. Ce n'est pas parce qu'on est vieux qu'il faut vivre sous contrôle...

— Ce n'est pas ça... Quel contrôle ? Je voudrais lui rendre visite. Tant d'indifférence m'épate... Et s'il était mort, hein ? Ou couché sur son lit, paralysé... crise d'hémiplégie... Vous n'avez pas un passe ? On pourrait jeter un coup d'œil... quitte à lui présenter ensuite nos excuses.

Il se méfiait.

— On n'ouvre que s'il y a plainte. Allez à la police.

— Non. Je n'ai aucun droit, même pas celui de m'inquiéter. Vous feriez quoi, à la place ? Essayer encore ou renoncer ?

— Ça dépend de vous... Si vous voulez vraiment lui parler, insistez.

Énervé, je repartis côté plage ; la mer, couleur azur, effleurait le sable. Sur le chemin balisé, des gens du troisième, quatrième et cinquième âge marchaient ou couraient. Vêtus de shorts, de collants, de slips de bain, parfois munis de walkmans, hommes et femmes affichaient sans complexe leurs corps ravagés par le temps. Aucun d'eux n'avait honte de ses années accumulées, ni de ses rides, ni de sa peau tannée par le soleil.

Je contemplai ces vieux sportifs, ils supportaient allégrement la chaleur, moi je transpirais. Je m'assis sur une vieille chaise en fer rouillé. Mes yeux étaient fatigués par la réverbération — mes lunettes n'étaient pas assez foncées. J'étais un paumé tourmenté. Les deux entrées me maintenaient dans un état obsessionnel d'espoir. Le cache-cache était hallucinant. Davis aurait pu entrer chez lui du côté Collins Avenue... Je décidai une ultime tentative. Au septième étage, je franchis rapidement les quelques mètres qui me séparaient de la porte de Davis et j'appuyai sur la sonnette.

* * *

J'attendais, je retenais ma respiration pour mieux distinguer des bruits. Je croyais entendre des pas, mais ce n'était peut-être qu'un mirage sonore. Je m'approchai de la porte, je ne me trompais pas, quelqu'un marchait. Davis ? Il n'y avait pas de judas, il serait obligé d'entrouvrir la porte, et moi, de m'expliquer au-dessus de la chaîne de sécurité. La clef, et d'autres chocs de verrous. La porte entrebâillée. Fasciné, hypnotisé presque, je me livrai à un regard. Le temps, la durée, la notion de l'absurde m'avaient fait basculer dans un monde irréel. Et si j'étais mort ? Je vacillais. Mes jambes tenaient à peine. L'homme a ouvert la porte. Son exclamation indignée. Le soleil brûlant parcourait avec ses rayons laser la distance entre la fenêtre du salon et l'enteée. L'homme était à contre-jour, ombre chinoise.

Alors sa voix, resurgie du passé, de l'enfance, de la tombe, me frappe comme la foudre.

— Hé, quelle idée... Je n'en reviens pas ! Pourquoi es-tu là ? Ça alors !

Le moment que je vis est irréel, pourtant j'ai une certitude : c'est lui. Mon père. Mes pensées se catapultent. Je cherche à comprendre. Ai-je eu un accident, suis-je dans le coma ou peut-être déjà dans l'au-delà ?

Je voudrais le toucher. Il me tend la main.

— Tu ne rêves pas. C'est moi. Mais c'est très embêtant que tu sois venu.

Il me tire par le bras.

— Tu es médecin. Pas très doué, mais médecin. Même un profane connaît la différence entre un mort et un vivant. Oui, c'est moi. Palpe-moi... Ça y est ? Viens t'asseoir à la cuisine.

Il avance en grommelant.

— N'empêche, je te comprends. J'ai une tombe en marbre gravée à mon nom... que tu as pieusement fleurie, pourtant je suis là. Il y a de quoi être éberlué. Mais n'attends pas de moi une scène lyrique, je ne suis pas d'humeur à m'épancher dans des retrouvailles larmoyantes.

Il me regarde.

— Mais pourquoi diable ne pas te contenter de mon enterrement, hein ? Qui t'a mis dans la tête l'idée que j'existe ?

Il est agacé. Je m'entends bégayer, je débite quelque chose sur l'amour filial. Et celui que j'aurais pris pour un fantôme m'engueule :

— Raconte pas d'histoires. De mon vivant, tu te fichais de moi. Gentiment, mais carrément. Alors...

— Tu es injuste. Et d'une violence... Autant te le dire, je cherchais Davis, pas toi.

— C'est déjà ça, dit-il. Mais pourquoi Davis ? Tu ne l'as jamais connu, qu'attendais-tu de lui ?

— Un renseignement, une aide...

— Quelle aide ?

— Tu es censé avoir un objet que tout le monde cherche.

— Qu'est-ce que Davis aurait pu en dire ? Rien. Il n'a jamais rien su, lui.

— Écoute-moi... On a failli me noyer, on m'a torturé, et je ne savais pas ce qu'on voulait de moi. Il est normal que je cherche. Plus ta succession se compliquait, plus le nom de Davis apparaissait.

— Et alors ?

— Je voulais lui poser des questions.

— Viens à la cuisine, dit-il, il faut t'asseoir.

Je le suis, il baisse le store, l'obscurité m'aide. Il continue :

— Tu n'avais rien à faire avec Davis. D'ailleurs, si tu veux quelques détails à son sujet, je te signale qu'il est mort en Thaïlande, c'est moi qui l'ai enterré. Et avec son accord, j'ai pris son identité. On a échangé nos vies. Le nom allemand sur le bois au-dessus de sa tombe était celui de mon faux passeport qui m'a permis de quitter Vienne après l'attentat. Heinrich Graf. Pourquoi fouiner ? Je suis devenu Davis, il ne faut pas me déranger. Je ne veux pas que tu me ressuscites.

Je veux effleurer sa main.

— Vas-y, c'est bien moi. Ah...

Il ajoute quelques mots en hébreu. Il jure peut-être. Il branche la bouilloire et met deux cuillerées de café soluble dans une tasse qu'il pose devant moi. Je l'observe, éperdu d'émotion. Épuisé.

— Ne me regarde pas comme ça, dit-il, ça me donne la chair de poule. Tu apportes ici l'atmosphère d'un monde que j'ai fui. Scènes, larmes, effusions et les grands creux dus à l'égoïsme de chacun. Je ne veux pas de sentiment.

Il a veilli, mais il est soigné, presque élégant. Il est aussi irrité que dans le passé quand j'entrais dans son bureau pour entendre le fatidique « ne me dérange pas ». J'ai le sentiment désagréable de redevenir enfant.

Il regarde la bouilloire ; lorsque celle-ci siffle, il la soulève et me verse l'eau. Il pose devant moi un carton de lait.

— Sers-toi... Ensuite tu dois jurer sur tes yeux, sur ta vie, sur tout ce qui peut t'être sacré, d'oublier cette rencontre. Il ne faut pas me gêner...

J'émerge :

— Tu me fous carrément dehors ou je peux encore dire quelque chose ?

— Ne sois pas grossier. Je ne te « fous » pas dehors, je t'ai même dit de t'asseoir. Je suis poli, moi, je t'écoute...

— Une question. Tu n'es pas mort dans l'attentat, alors pourquoi tout cela !

— Oh, Dieu ! Pourquoi ? Te résumer une vie d'échecs ? J'ai eu une occasion inespérée de m'évader de mon existence. Je reconnais que je suis sans doute un peu brusque, brutal même, mais c'est une défense. Il ne faut pas m'en vouloir, je lutte à ma manière contre l'émotion qui tue mieux que n'importe quel assassin. Je t'aime bien, mais ta présence est dangereuse, elle risque de me porter la poisse. Heureusement que ta mère ne t'a pas accompagné... Ç'aurait été la catastrophe. La grande scène des retrouvailles, l'évanouissement, sa panique des complications. Quel que soit le drame auquel elle assiste, au bout de cinq minutes tout le monde s'occupe d'elle... Rien que d'elle.

Je le dis peut-être trop rapidement :

— Elle s'est remariée.

L'effet de cette nouvelle est plutôt bénéfique. Mon père se détend, il esquisse même un sourire.

— Tant mieux. Un souci de moins. C'était la seule chose à faire. Je suppose que l'heureux élu est Rémy...

— Oui. Comment l'as-tu deviné ?

— Ils s'entendaient bien, et entre Français, ça va vite... Il était sous la main, Rémy, il attendait son heure. Mais tout cela ne m'intéresse plus. Je suis mort et je désire le rester.

Il ajoute en tournant la cuillère dans sa tasse :

— Ta mère était déçue quand l'assurance l'a prévenue de l'annulation du deuxième contrat ?

— Il n'a pas été annulé. Pas encore.

Il s'arrête :

— Pourquoi ? Qu'est-ce que tu me racontes... J'ai donné des ordres précis, j'ai laissé des lettres...

— C'est une longue histoire.

— Raconte l'essentiel.

— Au mois d'août, je devais partir pour Vienne. J'avais rendez-vous avec Schaeffer, qui apparemment était pressé de me parler. En arrivant à Hietzing, je l'ai trouvé mort dans sa chambre.

— Mort ? de quoi ?

Il semble ému.

— Je l'aimais, nous étions si liés. Qu'est-ce qu'il a eu ?

— Tu veux tout savoir ?

— Oui.

— Il s'est suicidé. On a voulu le faire parler, on lui a arraché deux ongles.

— Le faire parler ?

— Il était le troisième sur la liste. J'ai été presque noyé, la maison de Princeton saccagée, et enfin lui est décédé à la suite de ces brutalités. Pourquoi crois-tu que je me donnais autant de mal pour retrouver Davis ? C'était mon dernier espoir de trouver de l'aide...

— C'est Fischer, dit-il d'une voix morne. Je paie cher ma maladresse de Hua Hin. Une seule fois dans mon existence je n'ai pas fermé ma gueule. Et voilà ce que ça donne...

— Tu connaissais l'existence de Fischer ?

— Si je la connaissais ? Il avait eu mission de me suivre. Il avait l'ordre de ne pas me toucher, juste de coller à mes pas... Il n'arrivait à rien. Ensuite, impatient, il s'est attaqué à l'une de mes amies à Vienne, avec l'espoir d'obtenir un renseignement. Elle en est morte. J'ai déclenché un processus que personne ne peut arrêter. Personne. Je comprends Schaeffer. Il a été suspecté d'avoir participé à l'attentat contre Hitler, on l'a torturé. Il a survécu, mais il m'a dit qu'il gardait sur lui, quelles que soient les circonstances, une capsule de cyanure. Plus jamais il n'aurait voulu affronter un interrogatoire, une torture.

Je raconte alors mon arrivée à Hietzing, mon affolement, ma tentative d'essuyer mes empreintes, le fait que j'ai ouvert le tiroir du bureau de Schaeffer et que j'ai trouvé les lettres.

— Je nie ma visite à la police viennoise, donc officiellement je ne peux pas être en possession de ces lettres.

— Toi, tu n'es pas en cause, dit mon père, mais Schaeffer a mal agi. Je lui ai confié ces lettres avant de quitter l'Europe... Il les a gardées. Schaeffer était pourtant d'une correction sans faille, un homme de parole. Il a dû avoir un moment de faiblesse, c'est tout. Il n'a sans doute pas voulu priver Éliane d'autant d'argent.

— Quelle était la raison de cette annulation ?

— Évidemment, sans connaître la vérité, elle pouvait sembler incohérente, injustifiée à vos yeux.

Mais pas à moi. Je n'étais pas mort, et encore moins un escroc ! Je ne voulais pas que la compagnie paie pour quelqu'un qui est resté vivant. J'ai écrit ces lettres quand j'ai décidé que je vivrais ailleurs, mais vivrais.

Je sirote le mauvais café, je récupère et j'ose :

— Tu me permets... J'ai quelques questions.

— Ça me semble évident. Je répondrai si tu n'es pas trop insistant ni indiscret. Entre nous, je t'admire, tu m'épates, tu as vraiment du mérite de m'avoir retrouvé. Cela me semblait impossible. Simon, qui aurait tendance à bavarder, n'était pas dans le coup, j'étais donc en sécurité.

— Quel coup ?

— Si tu jures que je resterai bien mort, que tu fleuriras régulièrement ma tombe à Vienne, comme tout fils digne de ce nom devrait le faire, alors je te raconte. Qu'est-ce qui est sacré pour toi ?

Je réfléchis.

— Je ne sais pas. Je n'ai pas été élevé dans l'idée du sacré... Dis-moi sur quoi je dois jurer...

— Sur ta vie et tes rêves. Et tes projets.

Il sourit. Je suis submergé par une vague de tendresse. Il a vieilli, mon père, son visage est émacié, mais ses yeux n'ont pas perdu leur éclat. Ah si je pouvais l'embrasser... Je ne supporterais pas qu'il me repousse.

— N'oublie pas, David, dit-il plutôt moqueur, si je réapparaissais à la suite d'une trahison de ta part, ta mère serait bigame. Tu imagines son désarroi ? Elle a déjà assez difficilement supporté notre vie de bohème. Si elle se découvrait bigame... son Français crierait aussi au secours.

— Ne te moque pas de lui, ni de nous. Ta succession n'est pas un cadeau.

Il hausse les épaules.

— J'ai laissé les choses à peu près en ordre.

444

Je découvre que la seule possibilité de prolonger ma présence auprès de lui, c'est de l'intéresser.

— J'ai des choses à te raconter, mais en échange, tu m'éclaires aussi...

— Je ne promets rien...

— Où est ton manuscrit, papa ? Tout le monde le cherche.

— Tout le monde ? De mon vivant, ils ne se bousculaient pas au portillon. Les éditeurs se remuent enfin ?

— Surtout Bruchner, il t'a donné une avance confortable...

Il hoche la tête.

— Et alors ? Il n'a pas à se plaindre. J'ai reçu l'argent pour les deux premiers volumes d'une série d'œuvres de vulgarisation. Horrible mot, non ? Vulgarisation. Il a déjà tout regagné avec le succès japonais ; s'il réclame mon livre, le vrai, l'authentique, c'est qu'il a du flair. Il me sait mort, il espère, si vous lui donnez le manuscrit, le lancer dans le style : « Le message de l'au-delà du grand savant : *Terre en feu.* » Il connaissait le projet, il savait que j'y travaillais sans cesse et m'a fait parler du livre. Il m'a dit, finaud, qu'il ne croyait pas que c'était très « public » mais qu'il était quand même intéressé. Je lui ai dévoilé le fait que mon roman-fiction était enrichi des résultats de mes recherches. Mon texte prouve que l'effet de serre est infiniment plus intense qu'on ne le présente. Les intérêts commerciaux et la crainte du chômage obligent les gouvernements à sacrifier la planète. J'énumère les endroits où les premiers signes de la catastrophe se manifesteront. Les prévoyants pourront vendre leurs biens à temps, ne plus investir, se sauver, émigrer. La planète sera comme le *Titanic*. Mais il y aura des îlots de survie.

— Où ?

— Dans les pays nordiques. L'Alaska et le Groenland, légèrement réchauffés, seront les terres promises. Ailleurs, les forêts flamberont toutes seules, les métaux fondront, et à un moment donné, l'homme et la matière se mélangeront et deviendront un seul magma.

— Et tu penses que les gens liront ça ?

— Bien sûr, ils le liront avec des frissons délicieux. Ils s'expliqueront, fidèles à leur politique de l'autruche, que ce n'est qu'une théorie excitante et que la fin du monde est réservée aux générations futures. Les hommes politiques, dans leurs beaux discours, nieront mes évidences jusqu'au moment où, en parlant sur les estrades, ils se transformeront en torches humaines.

— C'est l'avenir que tu nous promets ?

— Oui.

Il me semble légèrement amadoué. Dès qu'il parle de son œuvre, il m'oublie presque, il cesse de m'en vouloir : je suis le public.

Je continue mon investigation :

— A ton avis, qui a tiré sur toi ?

Il discute de l'attentat comme s'il s'agissait de quelqu'un d'autre :

— Caché chez Schaeffer, après mon enterrement, je lisais les journaux. Ils ont évoqué l'hypothèse de la police, selon laquelle j'aurais succombé à l'acte gratuit d'un psychopathe. C'est vraisemblable. J'ai toujours eu beaucoup d'ennemis, mais ils n'avaient pas intérêt à me tuer. En me supprimant, ils auraient anéanti leurs espoirs et l'idée qu'on puisse aisément voler le résultat de mes recherches, sinon l'exploiter. C'est Grant-Rimski qui m'a détesté le plus. Mais lui non plus n'avait aucun avantage à me faire exécuter, j'aurais emporté le secret qui l'intéressait tant dans ma tombe. Le Tchèque obsédé par l'argent, cette machine à tuer qu'il avait lâchée sur moi ne devait pas me toucher. Vivant, je pouvais être une source de renseignements. Mort, je ne servais plus à rien. Non. Pas eux... J'ai dû être la victime d'un acte gratuit. Digne fin de ma vie absurde. Mourir par hasard.

Il garde le silence et ajoute :

— Oui, un psychopathe. Pourquoi pas ? Mais pour quelqu'un qui a tant d'ennemis, mourir comme ça, c'est presque une injure. J'ai pensé parfois à Luba, mais elle était trop lâche pour s'attaquer à moi...

— Elle raconte qu'elle a eu un enfant de toi.

— Sans blague... A toi aussi, elle a servi cette vieille rancune réchauffée ? Nous avons eu une liaison pendant quelques semaines, c'est tout. Après, elle a vécu avec Simon. Mon frère, hypocrite et faible, avait peur d'elle. Il l'a gardée auprès de lui, mais il n'a jamais cessé de courir les filles.

— Simon ? Coureur ?

— Mais oui. Il a un air puritain, il en joue d'ailleurs, mais il est tout autre chose.

Il s'interrompt.

— Il ne faut pas remuer le passé. Si on commence, nous serons encore là ce soir, épuisés. En revanche, ce qui m'intéresse le plus, c'est comment tu as pu découvrir l'adresse de Davis ?

— Je suis parti pour la Thaïlande, le concierge du Railway m'a montré son livre d'or signé par toi plusieurs fois. C'était une première piste...

— Il ne faut jamais rien signer, dit-il, maussade. J'ai eu tort. Et alors ?

— Il m'a donné deux cartes postales de Davis. L'une venait du nord de la Thaïlande, l'autre, sans date, de Miami.

— D'où ?

— Du Sea Tower.

— Et tu l'as cherché là-bas ?

— Oui. On m'a indiqué que Davis avait déménagé...

— Au Sea Tower, il avait un appartement de location qu'il gardait vide, à sa disposition. Mais au Miramar, il avait acheté les murs. A quoi tient un destin, poursuit-il, émoustillé. Oh que j'aime l'imprévu poussé à son paroxysme ! Je savoure mon état de spectateur... Et alors, en Thaïlande ?

— J'ai cherché d'abord Davis à Tha Thon, il n'y était plus ; j'ai continué ensuite avec un guide qui se souvenait d'un Européen passionné des éléphants. Il m'a conduit jusqu'au dernier campement. Là-bas, un vieux Thaï nous a annoncé la mort d'un Allemand et le départ de Davis. Il m'a montré la tombe d'Heinrich Graf.

— Mon faux passeport était à ce nom... Continue.

— Donc l'Allemand est mort, et Davis est parti...

— Ça semble simple, hein ? dit-il. Mais sur place, l'opération était plus difficile. Davis est mort pratiquement dans mes bras de bilharziose et il m'a donné son accord moral pour que je reprenne son existence en Amérique, sous son nom. Nous étions rodés à la mort, aux substitutions, nous pouvions tricher avec la vie. Ma peur innée de la mort a pratiquement cessé lors de cet échange d'identité. J'avais la certitude qu'elle allait m'oublier.

Je marque une pause, puis :

— L'histoire de Hua Hin est vraie ?

— Quelle histoire ?

Les méduses.

Une grimace de dégoût sur son visage.

— Je déteste en parler. Je voudrais l'oublier. J'ai fait des recherches là-bas, j'ai prévu la montée des eaux du côté de la mer de Chine.

Il sourit et crée une diversion :

— Miami ne sera pas épargné non plus. Un jour, tout au long de cette plage s'élèvera un mur d'eau de quinze à vingt mètres de haut, ce mur va déferler plus puissamment que lors d'un cyclone et emportera tout sur son passage.

— Tu as écrit ça aussi ?

— Oui. D'abord dans ce qu'on appelle les « vulgarisations ». Personne ne m'a cru, sauf les Japonais. Eux sont persuadés que les trois îles que j'ai désignées vont être englouties en quelques minutes.

— Pour quand tout cela, papa ?

— Les prophètes de la politique aveugle croient que rien ne les dérangera avant 2050. Ils se trompent.

— Revenons à Hua Hin... les méduses ?

— Tu y tiens ?

— Oui. Le concierge m'a raconté une histoire horrible.

Il remonte sa chemise. J'aperçois sur sa poitrine des taches foncées, des traînées mauves.

— Voilà, dit-il. Il y en a sur mon ventre aussi. Tu veux les voir ?

— Non.

— Je n'ai jamais aimé la mer. Je sais nager, c'est tout. La mer ne m'a jamais intéressé qu'en fonction de mes hypothèses scientifiques. Je liais chaque séjour en Thaïlande à mes recherches. A Hua Hin, nous avions des rendez-vous musicaux que Davis organisait. Un soir, nous avions joué un quintette sur la terrasse du pavillon annexe. Schaeffer, Davis, Simon, Rimski et moi. Après le dîner, Simon est parti courir les filles à Hua Hin et nous sommes restés tous les quatre au salon pour bavarder. Un orage a éclaté, une pluie tropicale comme je n'en ai jamais connu. Énervé par ce temps vibrant d'électricité et de mauvais fluide, j'ai perdu mon contrôle et j'ai eu le malheur de me vanter devant les autres d'avoir trouvé à Prague un objet unique.

— Enfin je saurai ce que c'est... J'en ai bavé,

papa, à cause de ton « objet unique ». Et ce n'est pas fini...

— Tu ne sauras rien avant ma deuxième mort. A eux, j'ai laissé des miettes, des suppositions.

— Mais qui le convoitait, de cette manière absurde, folle, déterminée ?

— Rimski. Il a lâché Fischer sur la piste et il n'a plus pu l'arrêter.

J'hésite, mais il faut qu'il le sache :

— Rimski est mort.

— Ah bon, dit-il, quelle chance ! Mais ça ne change pas le problème. Depuis longtemps, Fischer cherche pour son compte. De quoi est-elle morte, cette crapule de Rimski ?

— Un problème cardiaque. Il a fait la noce avant le changement de son pacemaker.

— Peu vraisemblable, répond mon père. Ce n'était pas son style, il ne s'entourait que de femmes-décors. Il n'était pas obsédé par les filles, il n'y avait que les objets qui le mettaient en transe. Il nous a même caché le fait qu'il avait eu une fille d'un premier mariage. Il en était furieux, il ne voulait qu'un fils.

— Et comment avez-vous appris l'existence de la fille ?

— Sa femme, qu'il a quittée pour une jolie grue, s'est vengée en nous racontant ce qui s'était passé. Rimski ne savait pas que nous étions au courant. Qu'est-ce qu'on a pu se marrer quand il nous vantait les mérites de son héritier...

Ce n'était pas forcément le moment de parler de Carol. Je continue :

— Pourquoi cette insistance à s'approprier ta trouvaille ?

— Il y a longtemps, lors de notre libération, nous avons conclu un accord d'honneur. Le quatuor que nous avions formé dans le camp nous avait sauvé la vie. On nous écoutait, donc on ne nous exécutait pas. Nous devions notre vie à la musique. La grande musique. Dans notre misère morale et physique, nous bâtissions l'avenir. Nos idées fixes, nos rêves, nos fantasmes nous aidaient à survivre. Nous faisions des promesses. Schaeffer avait juré de ne plus jamais manquer d'argent ; à force d'avoir peur d'en manquer, il est devenu avare. Mes poignets mal ressoudés m'avaient fait renoncer à une carrière de virtuose. Je me suis tourné alors vers les sciences, mais mon destin manqué m'obsédait. Je me consolais en collectionnant des objets et des documents qui concernaient le domaine de la musique classique. Rimski était fasciné par le pouvoir et l'argent. Lui, il voulait tout. Tout posséder, tout acheter. L'accord que nous avions conclu sur l'honneur stipulait que chacun de nous devait présenter lors d'une des réunions que nous avions instituées ses acquisitions de l'année. Chacun avait droit à une seule découverte et devait céder les autres, s'il y en avait, à celui dont c'était le tour. Le pacte a été respecté pendant des années. Nous cherchions l'équité et l'honneur. La musique devait faire de nous des alliés, des complices, non des ennemis ni des concurrents. Mais peu à peu, nos liens se relâchaient. Simon, presque indifférent, ne s'occupait que de la restauration d'icônes et de ses conquêtes. Ses échappées en Thaïlande l'émoustillaient, il se prenait pour un aventurier, un coureur, mais il le cachait, il en avait honte. Il jouait au père la pudeur. Davis ne s'intéressait qu'à l'écologie, et Schaeffer à ses économies. La nuit de Hua Hin a totalement bouleversé notre existence. J'ai eu la maladresse d'annoncer, selon les règles de jadis, la découverte de l'année ! J'ai dit que je détenais dorénavant quelque chose de fabuleux. Je me suis vanté, tant j'étais fier. Ils m'ont écouté avec intérêt.

Rimski, énervé, a réfléchi et il s'est attaqué à moi. Il a déclaré que c'était son tour de racheter l'objet convoité. Dans l'absolu, et selon l'accord de jadis, il avait raison. Surtout qu'il savait que cette même année, j'avais déjà trouvé le manuscrit d'un poème d'Overbeck, qui a servi de base à un lied de Mozart, *Sehnsucht nach dem Frühlinge*. Mais ce petit document n'avait aucune commune mesure avec l'objet que j'aurais dû céder.

— Quelle était la valeur juridique de votre accord ?

— Nulle. Mais la parole donnée devait être plus forte qu'une signature. J'ai rompu l'accord. Davis ne se mêlait pas à la discussion, Schaeffer en souffrait, Simon était absent. Rimski avait tous les « droits » et il fulminait de rage. Je lui résistais, il n'en revenait pas. J'ai continué à le provoquer, j'ai dit que ce que j'avais trouvé à Prague, annoncé à la presse, pourrait être un événement mondial. Que l'objet représentait une fortune et que je l'avais obtenu pour peu d'argent. Bref, j'ai tout fait pour m'expédier de mon vivant en enfer. Rimski me menaçait et évoquait la punition que devrait subir celui qui n'aurait pas respecté l'engagement moral.

— Mais pourquoi la mer ?

— Le duel s'est prolongé jusqu'à l'aube. Rimski m'humiliait, il me traitait de vieux bois desséché et prétendait que je ne connaissais pas les vrais plaisirs de la vie. Lui, il avait un bateau à Long Island, il savait vivre, lui ! Il m'a dit qu'en dehors du droit moral qu'il avait sur l'objet en question, il m'en offrait le prix que je voudrais. Il m'a entraîné au bord de la mer.

— Tu ne t'étais jamais baigné là-bas avant ?

— Ni là-bas ni ailleurs. Je déteste la mer, la profondeur inconnue me répugne. J'ai toujours eu en horreur l'idée de m'enfoncer dans une eau opaque. Nous marchions sur la plage déserte. Après la violente pluie tropicale, la mer était calme. Rimski m'a lancé : « Les baignades du matin sont divines ». Je lui ai dit : « Alors, qu'est-ce que tu attends ? Vas-y. — Je n'ai pas de maillot », a-t-il répondu. J'ai ajouté : « Moi non plus. Mais comme nous sommes seuls sur la plage, tu peux te baigner nu. » Il m'a dit : « Moi sans aucun doute, mais toi, tu n'aurais jamais le courage d'y entrer. Tu ne nages pas bien... — Si, je nage bien. — Pas assez bien pour t'aventurer dans la mer de Chine. Tu déniches peut-être des trucs présumés précieux chez des antiquaires à Prague ou ailleurs, mais tu n'es même pas capable de faire quelques mètres dans l'eau. Toi, spécialiste des mers, tu n'oses même pas y mettre le pied. Tu es ridicule... » J'ai enlevé mes chaussures et mes chaussettes, j'avançais sur le sable humide. Rimski me suivait, m'excitait, m'humiliait, piétinait ma dignité. « C'est ta chance qu'on t'ait cassé les poignets, tu as eu un superbe prétexte pour abandonner le violon, tu n'aurais jamais été un vrai virtuose. Et ta science, c'est de la science-fiction, j'ai demandé à des experts en la matière, ils m'ont dit que c'étaient des théories absconses. » Je ne me contrôlais plus très bien, lui il me guettait, il ravivait d'anciennes blessures. J'étais redevenu le gosse du ghetto. Alors, malgré ma répugnance de l'eau trouble, j'ai jeté mes vêtements et je me suis approché de l'eau en me tournant vers lui : « On fait la course ? — Vas-y, m'a-t-il dit, je te suis. » Je suis entré dans l'eau, j'ai avancé jusqu'à mi-poitrine, je mimais de grands mouvements de crawl. Je devais être grotesque. J'ai alors senti un frôlement, comme un lambeau de soie, une caresse sur ma poitrine, et aussitôt une violente sensation de brûlure. Je me suis trouvé parmi des demi-lunes transparentes, dans un banc de méduses. Je m'entendais hurler et j'ai tenté de toutes mes forces de revenir vers la plage. Des tentacules soudés sur ma poitrine me retenaient. J'essayais en vain de les arracher. Enfin le sable sous mes pieds ! En vomissant de dégoût, j'extirpais les fragments de tentacules qui me brûlaient. Je me suis effondré, je me frottais en hurlant contre le sable. Rimski me regardait et m'a dit : « La natation ne te réussit pas. » Les employés qui nettoyaient les allées ont couru vers nous, mais Rimski s'est bien gardé d'appeler au secours avant de les savoir tout près. On m'a transporté à l'hôpital et sauvé de justesse. A partir de ce jour, ma vie est devenue difficile. Je devais cacher les traces de brûlures à ta mère, vaincre mon dégoût perpétuel, dû aux souvenirs visqueux que gardait ma peau.

Je commente prudemment :

— Vous vous êtes comportés comme des vieux gosses. S'entre-tuer pour un objet, papier, document, qu'importe.

— Plus tard, il m'a aussi bombardé de lettres de menaces pour m'effrayer, pour créer un sentiment d'insécurité.

Je l'interromps :

— Quant à l'origine des lettres de menaces, tu seras étonné.

— Étonné ? De quoi ?

— Elles venaient de Luba. Elle voulait t'empoisonner l'existence en t'inculquant une angoisse. D'ailleurs, elle a continué, j'ai reçu au moins cinq messages de ce genre...

— Quelle garce, dit mon père. Elle t'a avoué ça quand ?

— Lors d'un trajet mémorable en voiture.

— Elle était folle des voitures. Avec les premiers salaires qu'elle a gagnés, elle a commencé à en acheter en payant par mensualités. Donc, c'est elle qui m'envoyait des lettres de menaces ? Et à toi ensuite ?

— Oui, j'étais dans le lot.

— Elle aurait pu tirer sur moi, dit mon père.

— Elle en a rêvé, mais elle n'a jamais osé.

— Je te dis qu'elle est lâche, déclara-t-il, presque satisfait.

Je repars à l'attaque :

— Tu me révèles à moi ce que tu caches ?

— Non. Un notaire garde le paquet sans en connaître le contenu. Il a l'ordre, après avoir reçu l'avis de décès de M.E. Davis, de prévenir M. David Levinson et de lui remettre le paquet en mains propres. Les instructions à suivre sont jointes. Je ne te dirai rien d'autres.

Il garde le silence.

— Si j'avais su que Luba me haïssait à ce degré... Elle avait eu un fils naturel, peut-être de Simon... Après la guerre, tout était difficile, les femmes ne pouvaient prendre aucune précaution et les hommes se fichaient d'avoir ou non de la progéniture. J'ai eu une courte liaison avec elle. J'ai eu des scrupules idiots, j'ai toujours payé pour ce gosse. Je ne voulais ni ennuis, ni procès, ni qu'elle vienne se plaindre chez ta mère. Mais il n'était pas de moi, j'en suis sûr. Presque sûr.

Il me verse de l'eau dans la tasse, il s'approche de la fenêtre, il regarde la plage. Je continue à lui raconter mes pérégrinations. Pas un mot sur Carol. Pas encore.

— A toi, papa. Dis-moi ce qui s'est passé dans la taverne à Vienne.

— Tu veux du gâteau ? Il m'en reste un morceau d'hier...

— Non.

— Du lait ?

— Non. Je t'écoute.

— C'était le soir de notre réunion annuelle. Nous n'étions que trois. Davis était en Thaïlande et Rimski

455

banni à jamais. Schaeffer était assis à côté de moi. Simon est parti vers les toilettes — il avait beaucoup bu ce soir-là... —, je me sentais bien. Soudain, un choc. Mon dernier souvenir est un coup reçu, comme si on m'avait bousculé. Je me suis réveillé dans une chambre toute blanche. Schaeffer s'est penché sur moi et m'a dit : « Je t'ai presque cru mort dans l'ambulance, tu as un sacré appétit de la vie... Je ne sais si je peux te tirer d'affaire. Les gens te croient déjà décédé. » J'ai fermé les yeux. Je sentais la mort proche, elle était amicale, elle me serrait dans ses bras. « Viens », me disait-elle. « Viens... » Je résistais à cause de mon livre, je voulais le terminer. Peu à peu, malgré mon état semi-comateux, j'ai compris qu'une occasion unique se présentait : depuis si longtemps je voulais changer d'existence... Ce n'était qu'un fantasme, mais après l'attentat, c'était peut-être le moment à saisir. « Pourrais-tu me faire passer pour mort ? — Pourquoi ? » a demandé Schaeffer. « Je veux m'évader. Je ne veux plus de Samuel Levinson. Ma vie n'est qu'une succession d'échecs, l'anonymat me tente. Aide-moi. » Schaeffer a essayé de me dissuader. J'ai réussi à le convaincre.

Ému, il s'accoude sur la table.

— Schaeffer connaissait mes problèmes moraux. Je souffrais du manque de compréhension des milieux scientifiques. Il savait aussi que j'étais poursuivi par Rimski. Schaeffer le détestait, il l'a expulsé de nos souvenirs, même de nos photos... Mais, en dehors de ces considérations, le troisième élément l'emportait. Je voulais me débarrasser de mes responsabilités. Je voulais prendre l'identité d'un homme moyen qui vit paisiblement, qui n'est pas responsable de l'avenir. Ni du sien, ni de celui de l'humanité. Être comme tout le monde.

— Comment Schaeffer a-t-il réussi à te faire

enterrer, c'est-à-dire... Qui est dans la tombe à Vienne ?

Mon père, presque attendri, raconte :

— Un clochard éthylique. Médecin légiste, Schaeffer pratiquait la mort, la côtoyait, parfois la dominait. Il travaillait depuis vingt ans dans cet hôpital, il connaissait le personnel et les « clients » habituels. Quand je l'ai supplié de me laisser échapper de mon existence, il a mis son imagination au service de ma fuite, comme si j'avais dû m'évader d'un camp. Cette fois-ci, je voulais me libérer de mon identité. Il m'a donc amené chez lui pour me soigner dans la maison de Hietzing. Quel exploit de quitter l'hôpital ! Les infirmières de garde somnolaient en attendant les signaux d'alerte du secteur des soins intensifs. Il m'a donc conduit à Hietzing, il m'a couché puis, de retour à l'hôpital tard dans la nuit, il a transporté dans mon lit un clochard dans le coma depuis cinq jours, l'une de ses vieilles connaissances. Ce clochard était connu au service des urgences, on l'y amenait lors de ses crises d'éthylisme ; mais dès qu'il reprenait conscience il se sauvait. Une fois, il s'est enfui en caleçon, de peur d'être soumis à une cure de désintoxication. Les infirmières n'étaient pas étonnées de trouver son lit vide. Selon Schaeffer, le clochard est mort de son coma éthylique. C'est tout à fait possible, mais la coïncidence est troublante. Il l'a peut-être aidé. Il avait besoin d'un corps pour remplacer le mien. Ensuite, il a pratiqué une autopsie, après avoir soustrait le corps à la procédure normale de l'hôpital, et il a fait constater le décès par l'officier d'état civil. Le lendemain, il a convoqué Simon à qui il a donné ma veste et mon vieux passeport. Simon pleurait à chaudes larmes. Après l'attentat, mon frère était dans l'ambulance, il m'avait accompagné à l'hôpital, puis Schaeffer l'avait renvoyé à la maison en lui disant que j'étais dans un coma irréversible, cérébralement mort. Mon billet d'avion et mon passeport valides étaient hélas restés dans une enveloppe glissée sous le matelas de mon lit, dans la pièce que je louais à Simon. La difficulté extrême était de quitter l'Autriche, mais parce que Vienne est le carrefour de toutes les vertus et tous les vices, on y trouve tout. Schaeffer a pu me faire établir un faux passeport au nom d'Heinrich Graf. Un faux document remarquable. J'ai pris l'avion pour Bangkok le 10 août. J'ai renoncé à tout, à mon appartement à Salzbourg, aux droits d'auteur, tout vous était destiné. Je n'avais pas l'impression de vous léser, surtout en étant sûr que vous recevriez les deux cent mille dollars de la première assurance-vie.

— Tu aurais pu l'annuler aussi...

— Non, j'ai payé des primes pendant trente ans, ç'aurait été suspect si je l'avais supprimée. Et injuste aussi...

— Pourquoi la Thaïlande ?

— Je cherchais refuge auprès de Davis. Il m'a accueilli fraternellement. Mais le sud de la Thaïlande n'était plus un îlot écologique, Bangkok devenu invivable à cause de la pollution, il a vendu sa boutique et il s'est retiré — en cherchant une solution de rechange — dans le Nord. D'abord à Tha Thon, ensuite plus loin. L'invasion des touristes le faisait reculer, chaque fois qu'une route arrivait jusqu'à lui il battait en retraite. Je l'ai retrouvé à son dernier campement, je lui ai raconté mon histoire. L'idée de l'échange est née d'une manière très naturelle : « Je suis malade, je vais mourir à brève échéance. Je ne pourrai traverser ce fleuve avec mes deux éléphants malades et infirmes, pour chercher refuge vers le Laos ou la Birmanie. C'est fini ici. Tu pourrais prendre mon appartement à

Miami et vivre de mes rentes, j'ai cotisé pendant toute mon existence. » L'accord étant conclu, nous devenions des rescapés. Nous avons vécu là-bas ensemble peu de temps. Je l'ai soigné comme je pouvais ; le vieux Thaï qui nous assistait ne s'occupait pas de notre identité. Deux Blancs un peu fous... Leur nom... Quelle importance ? J'ai enterré Davis, j'ai mis dans la tombe le passeport d'Heinrich Graf et je suis parti pour l'Amérique avec ses papiers. Nous avions le même âge, la même allure physique, j'ai pu m'installer dans sa vie. A Miami Beach, personne ne fait attention à personne. Qui remarquerait la différence entre deux vieillards desséchés, bronzés, taciturnes, juifs, grands, grisonnants... Issus de cette génération d'écorchés vifs, on se ressemble tous. Son appartement au Miramar était loué ; j'ai donc attendu au Sea Tower que le vieillard qui s'y trouvait s'en aille de son plein gré, je ne voulais pas créer de remous. Il est enfin parti à Fort Lauderdale, alors j'ai pu emménager ici. J'étais enfin chez moi. Je touche la rente de Davis, je vis à sa place. Le plus drôle dans cette affaire...

— Que trouves-tu drôle, papa ?

Ma voix est incertaine.

— C'est que Davis, avant qu'il tombe malade, espérait vivre longtemps. Il nous a raconté qu'une gitane lui avait promis cent ans d'âge. Il y croyait... D'où son achat ici. Si j'héritais de ses années manquées, ce serait une affaire. Ce côté de Miami Beach est un grand asile pour vieillards au budget modeste. Quelle solitude ! J'échange quelques mots avec mon voisin, avec le doorman, et au supermarché avec les caissières. Il y a un hôtel plus loin où quelques couples juifs rescapés des massacres habitent à l'année, ça m'aurait fait plaisir d'aller parfois déjeuner ou dîner là-bas, mais je n'ose pas, je crains que quelqu'un se souvienne du vrai Davis.

— Davis était juif ?

— Oui. Ayant survécu à l'Holocauste, il a décidé de changer de nom. Devenir Davis. Le E provenait de son autre prénom, Elie. Il ne l'a jamais plus prononcé. Il ne voulait plus entendre parler de camps de concentration, ni de travaux forcés, ni de persécutions, il voulait être un Américain moyen, sans histoire, sans passé. Il gommait même ses origines de l'Est.

Entendre mon père parler ainsi de lui-même, des autres, de la solitude me bouleverse... Nous ne servions donc à rien, ma mère et moi ?

— Je peux te proposer quelque chose ?

— Quoi ?

— De m'accepter enfin. J'aimerais revenir de temps en temps te rendre visite.

— Non. Je ne veux pas être dépendant d'une affection. On s'habitue à la tendresse. Les gens aimés et soudain abandonnés pour une raison quelconque peuvent avoir des crises de manque. Je ne veux pas m'exposer à une douleur que je me préparerais par ton intermédiaire.

— Maman et moi... nous étions quand même une famille, non ?

— Je vous ai mal aimés, vous m'avez mal aimé. Restons-en là.

— Pourquoi me laisser en marge de ta vie ? Je trouve ta décision cruelle.

— Cruelle pour qui ?

— Pour moi.

— Faut-il le répéter ? Je désire me préserver, je ne veux aucune attache, pour ne pas souffrir ensuite. Si tu t'en allais maintenant...

— Je m'en vais... sauf si tu veux entendre quelques potins au sujet de ton existence antérieure...

— Si tu as des choses drôles à ma raconter... Depuis que je suis mort, un rien me fait sourire.

— Peu de temps après ton enterrement, Schaeffer a demandé maman en mariage.

— Ah bon ? Oh, le salaud ! dit-il presque ému. Lui seul savait que j'étais vivant et il voulait épouser ma femme ! Mais je n'ai aucune raison de lui en vouloir. J'ai laissé ma place, pourquoi ne pas l'occuper ?

Il prend un ton confidentiel :

— Éliane lui a toujours plu. Combien de fois il m'a traité de tous les noms en disant que je devrais être l'homme le plus heureux au monde avec cette petite Française, et que je ne la gâtais pas assez. Mais il n'a pas réussi sa tentative... Quelle a été la réaction d'Éliane ?

— Elle considérait comme très flatteuses les intentions de Schaeffer, mais il ne l'intéressait pas du tout.

— Évidemment, Schaeffer n'était pas français et elle l'a souvent traité d'avare.

— Ce n'est pas tout... Schaeffer a fait d'elle sa légataire universelle.

Il s'exclame :

— Et alors, ne me dis pas qu'elle a accepté !

— Mais si. Pourquoi tout laisser à l'État ?

— C'est vrai. Que la vie est drôle quand on n'est plus concerné... Avec moi, Schaeffer était toujours généreux. Il m'a donné tout ce qu'il fallait pour une nouvelle existence. Je te le répète, nous étions de vieux complices.

— Papa...

— Oui.

— Tu vas éviter la réponse...

— Quelle réponse ?

— A ma question. Ne me mets pas à la porte.

— Pas encore. Vas-y.

— Toi, tu es « sorti » de la vie, mais tu nous as laissé un tueur comme héritage.

Il devenait fébrile, presque rose d'émotion.

— Encore des reproches... toujours des reproches...

— Oui. Tu es légalement mort, donc tranquille. Mais nous, hein ? La torture de la baignoiree, la mise à sac de la maison de Princeton, la mort de Schaeffer, tes photos d'éléphants saccagées à Salzbourg...

— Saccagées, dit-il douloureusement, les grandes photos ?

— Oui. Tout cela...

Il m'interrompt :

— Je suis puni, c'est-à-dire vous, hélas... Une seule fois dans mon existence j'ai eu une grande gueule. J'étais trop fier, trop heureux, et surtout, je voulais défier Rimski. Mais vous l'aurez, « la chose ».

— Sauf si on nous tue avant.

— Vous n'avez qu'à vous défendre. Je ne peux pas être responsable de tout.

— Si, tu es responsable.

— Mais non. Dis-moi plutôt, l'appartement de Salzbourg est beau, n'est-ce pas ?

— Superbe.

— Je te l'ai laissé.

— Merci.

Il prend dans un placard des pommes chips et pose le sachet sur la table.

— Tu en veux ?

— Non.

— Ta mère parle un peu de moi ?

— Souvent.

— Elle a eu du chagrin ?

— Énorme. Tu étais son unique amour. A l'époque où elle t'a rencontré, elle t'a considéré comme un dieu.

— C'est bien aimable de sa part, dit-il, faussement détaché.

Puis, en grignotant :

— Je n'en reviens pas... Schaeffer lui a laissé beaucoup d'argent ?

— Beaucoup.

Je prépare un piège :

— Il paraît que l'origine de sa fortune était des icônes. Deux pièces inestimables.

— Inestimables ? Tout a un prix. C'est exact, à l'époque j'ai vu ses icônes, il les a vendues à un riche Norvégien et il a fait des placements astucieux. Il est vrai qu'il vivait dans la peur perpétuelle de manquer d'argent. Il rechignait même à payer un café à quelqu'un, pourtant il m'a acheté mon billet Zurich-Bangkok, ainsi que mon faux passeport, très cher. Il m'a donné une réserve d'argent pour vivre. Avare avec les autres, certes. Mais avec moi, il était le plus dévoué des amis.

— Si tu as besoin d'argent... Tu vis ici très modestement.

— Je me contente de peu. J'ai tout ce qu'il faut.

Je pose ma main sur la sienne. Il veut la libérer. Timidement.

— A Davis, tu as dit ce que tu as trouvé à Prague ?

— Non. Cela ne l'intéressait même pas. Davis aurait donné tout ce qu'il possédait pour sauver la vie d'un seul animal. Alors, le reste...

Il me regarde soudain avec appréhension.

— Mais toi qui te plains d'être poursuivi, si tu avais amené Fischer sur tes traces ? Ce serait une catastrophe. Je n'ai pas de cyanure sur moi. Si ce tueur t'a suivi...

— Je suis parti de New York sans prévenir quiconque.

— Personne n'est au courant ?

— Personne.

Il hoche la tête, soudain il est très pâle.

— Il peut être invisible, se fondre dans la foule, s'accorder à son environnement comme un serpent ou un caméléon qui prend la couleur de l'écorce de l'arbre, puis frapper. Rimski m'a raconté à l'époque que Fischer avait une résistance physique redoutable. Sur la piste de quelqu'un, il peut rester facilement pendant des jours sans aucune nourriture pour ne pas lâcher sa proie.

— Où l'avait-il rencontré ?

— En Pologne. Il était en fuite, il venait de Prague.

— Pourquoi cette cruauté ?

— La guerre. Fischer était enfant quand toute sa famille a été torturée et tuée devant lui. Il n'est resté en vie que par hasard. Oublié dans un coin. Il a perdu la notion de la souffrance, la mort lui est naturelle, et la torture un moyen normal d'atteindre son but. Il veut être riche.

— Pourquoi Simon n'a-t-il pas été pris dans ce circuit d'enfer ?

— Je te l'ai dit, lors de cette fameuse nuit où j'ai provoqué Rimski, il courait après une fille de Hua Hin. Et Rimski savait que Simon était resté en dehors de mes affaires. Il était trop jaloux, pourtant il ne m'aurait pas fait de mal. Il était second violon, il n'avait que peu de talent. Alors, on s'en passait. C'était sa chance.

— Où est ton violon, papa ?

— Dans une chambre chez Schaeffer, au premier étage.

— Ma mère va le trouver...

— Et alors ?

— Pourquoi ne l'as-tu pas pris avec toi ?

— Avec moi ? Pour me trahir ? Tout le monde savait que ce fou de Levinson ne circulait jamais sans son violon. J'aurais signé mon arrêt de mort. Fischer m'aurait découvert...

Je reviens sur la pointe des pieds vers le sujet brûlant :

464

— Tu as rompu avec la musique...

— Mentalement, je me branche sur un disque et je m'écoute de mémoire, c'est tout. Il ne faut pas m'en parler.

Je sens qu'il veut me renvoyer. Je risque :

— Il y a quelque temps, une jeune femme s'est présentée à mon cabinet. J'ai failli ne pas la recevoir, c'était le dernier jour de mes consultations. Elle a tellement insisté...

— Et alors, dit-il.

— Elle s'appelle Carol Grant-Rimski...

— Oh non ! Elle a osé venir vers toi... Sans doute en te racontant des mensonges.

— Elle m'a demandé de l'aider. Elle prétendait avoir été amoureuse de toi.

— Quelle perfidie... Trouver mon fils et lui mentir. Je déteste cette fille...

Sa colère suscite en moi un effet inattendu. Je ressens une grande et inexplicable tendresse pour Carol.

Mon père tempête :

— Elle s'est infiltrée parmi mes étudiants. Je l'ai repérée rapidement. Elle était fine, enfantine presque, élégante ; elle détonnait par sa distinction.

— Tu l'as bien regardée, papa.

— Pas de sous-entendus. Je te l'interdis.

— Rien de tel...

— Tu n'en penses pas moins. Elle me contemplait comme si j'étais le Messie, je commençais à avoir des soupçons. Je connaissais le double nom de Rimski et le fait qu'il aimait passer pour un Grant tout court, ça faisait plus Américain de naissance. Cette Carol m'a accosté et raconté quelques banalités sur la musique classique, visiblement apprises dans un dictionnaire. Avec le concours d'un élève qui m'aidait dans mes recherches sur les effets secondaires des explosions solaires dans les pays nordiques, j'ai pu faire une enquête. J'ai appris qu'elle habitait à Long Island dans une demeure somptueuse. Il n'en fallait pas plus pour comprendre qu'elle était la fille de Rimski. Je tolérais sa présence par curiosité. Je voulais savoir jusqu'où son audace la pousserait. Ta mère et moi formions un couple honnête, on avait un engagement d'honneur de fidélité. On aurait pu jeter sur mon passage la plus belle fille du monde, je n'aurais pas trompé Éliane. A un moment donné, je lui aurais proposé de reprendre sa liberté en lui assurant une vie confortable en France, mais pas d'adultère, ça non. J'observais Carol, je m'amusais à l'idée qu'elle et son père essayaient de me faire marcher... Juste pour un renseignement qu'elle espérait me soutirer.

— Vous êtes allés danser à New York, dans une boîte à la mode, un vrai sacrifice pour mieux observer...

— Que veux-tu dire ?

— Que tu es un homme normal et qu'une superbe fille voulait se jeter dans tes bras.

— Par intérêt, répète-t-il, incertain.

— Tu te trompes, elle était vraiment amoureuse de toi. Elle m'a raconté que son père avait souhaité cette mission d'espionnage, mais dès qu'elle t'a connu, elle a eu un coup de foudre et a envoyé promener son père. Elle t'aime vraiment. Je l'ai vue pleurer sur ta tombe.

Mon père s'épanouit dans un immense sourire.

— Sur ma tombe ? Ah, je suis ravi. J'adore cette histoire. Quand je pense que sans toi, je ne l'aurais jamais sue... Elle a pleuré ? Cette petite garce a pleuré sur ma tombe ? Le clochard qui est enseveli sous la pierre tombale gravée avec mon nom doit être comblé. Elle a continué à jouer la comédie ? Simon a dû me traiter de veinard, moi qui lui donnais des leçons de bonne conduite... Oh là, quel régal pour lui !

— Simon était plutôt gêné, Luba jalouse, et Carol souffrait.

Mon père a posé sa main sur mon bras :

— Écoute-moi, David, entre hommes, toi enfin adulte...

— Merci, j'ai trente-trois ans.

— Bref, est-ce que tu imagines qu'une fille de vingt-trois ans puisse éprouver un amour vrai pour un type comme moi, un savant méconnu, un être sévère, un arbre desséché, un insecte se nourrissant de musique ?

— Oui, papa. D'ailleurs, cela me donne de grands espoirs pour mes soixante ans. Si on ne me tue pas avant, quelqu'un pourrait peut-être m'aimer de cette manière-là.

— Tu la défends, dit-il, soupçonneux. Ne me dis pas que tu ressens quelque chose pour elle... la moindre faiblesse te perdrait. Et si elle te veut, elle t'aura. Elle a quelque chose de fascinant.

— Ah, tu trouves ? Quand même... Tu dis : fascinant ?

— Fascinant, parce que d'une remarquable dureté. Elle pleure, elle supplie. Elle quémande puis se transforme et devient du granit. On a l'impression qu'on pourrait mourir à ses pieds et qu'elle ne lèverait pas le petit doigt pour nous sauver. Le côté féroce du père apparaît.

— Pas avoir toi, papa.

— Si. A Salzbourg, il y a eu une scène terrible entre nous. Nous étions de retour de l'opéra, on avait déjà manqué le premier acte de *Don Giovanni* à cause de Davis et d'une robe du soir...

Je l'interromps :

— ... canari.

— Oui, elle te l'a dit ? Ça l'a marquée. Elle était

467

dans tous ses états, elle pleurait, elle répétait que je ressemblais à Don Giovanni mais qu'elle n'hésiterait pas à me faire descendre de mon piédestal. J'allais sortir l'argument final, que je savais qu'elle était la fille de Rimski, mais sa transformation m'a cloué le bec. Elle m'a lancé : « Vous serez mort depuis longtemps quand je serai encore une femme jeune et heureuse, avec un homme qui ne sera pas un vieux maniaque comme vous. Je vous hais. » Puis elle s'est jetée contre moi et m'a martelé de ses poings.

— Donc, elle n'était pas si réservée et douce que ça...

— La nature de son père a pris le dessus, dit-il, maussade. Le père et la fille se ressemblent.

Il lève les bras dans un geste de colère et d'impuissance :

— Tous ces problèmes existent depuis Adam et Ève. Personne ne les résoudra.

— Mais pourquoi as-tu joué avec Carol ? Tu t'es amusé en l'« observant », comme tu dis.

— Je voulais être plus fort qu'eux deux.

Il se tait, puis :

— J'aimerais que tu t'en ailles, David.

— Tu ne veux pas déjeuner avec moi ?

— Non, pas envie de sortir...

— Tu n'étais pas là hier soir, ni ce matin...

— Le soir, c'est différent. Il y a un centre de loisirs près de la mer, à trente minutes de taxi, à Bayside. Là-bas, je regarde la faune locale. Il y a des jeunes, des vieux, de la musique, des magasins, des bars, des gens aimables et moins aimables, une immense fourmilière humaine qui s'agite dans la lumière des néons. Je m'assois et je les regarde. Je choisis de temps en temps un homme ou une femme, parfois un enfant, et je les imagine dans trente ans, quand l'eau les emportera. Je les vois se débattre dans l'immense vague... Ce matin ? J'ai fait des courses.

Il se lève, va chercher dans la cuisine une boîte de corn-flakes et me la tend.

— C'est sucré, il y a des raisins dedans. A midi, je ne consomme que ça, mélangé à un peu de lait.

En prendre pour lui faire plaisir ? L'émotion m'affaiblit, lui se porte comme un charme. Il est figé dans son âge et il ne changera pas d'aspect dans les années à venir. J'espère qu'après ces retrouvailles il aura, malgré ses protestations, besoin de moi. J'ai la certitude que le fait de pouvoir me téléphoner et me dire : « Davis t'attend » pourrait adoucir son existence. La Namibie s'éloigne.

Il dépose un morceau de biscuit, il me tend les bras.

— Regarde, dit-il.

Ses poignets déformés. Ma mère a dit un jour qu'il lui fallait un bracelet fait sur mesure pour sa montre.

— Tu vois ? C'est à cause de ça que la grande vague me réjouit. Je hais l'humanité parce qu'elle sécrète des tortionnaires. Et en même temps, j'ai pité de cette même humanité. Et secrètement, je l'aime. Mal...

Il pose sa main sur la mienne. Le geste inattendu.

— Le jour où tu recevras le manuscrit *Terre en feu*, tu diras l'avoir trouvé dans une caisse remplie de dossiers. En aucun cas le titre ne doit être changé. J'interdis d'y toucher. Tu le donneras à Bruchner, et s'il veut modifier un seul mot, tu l'étripes. Tu dois comparer le jeu d'épreuves avec le texte d'origine. Hein ? Juré ?

— Oui papa.

— Surveille les comptes. Retrouvé et édité des années après ma mort, je serai célèbre. Les gens vont lire avec passion l'histoire de leur fin. Et après ma deuxième mort — tu l'apprendras quand le paquet dont je t'ai parlé te parviendra d'un notaire — tout va devenir limpide, si simple et si étonnant. Ta mère s'est déjà installée en France ?

— Pas encore. Elle fait des allers-retours.

— Où qu'elle se trouve au moment où tu recevras mon dernier message, elle devra revenir et être présente à l'ouverture à New York. Nulle part ailleurs. Seulement à New York.

Il imite affectueusement la voix de maman :

— « Mais Samuel, si tu pouvais enfin comprendre que tu n'as pas besoin de voyager autant, parcourir le monde, rien de plus beau que la France ! Il y a des montagnes — tu les aimes —, des mers — tu n'en as pas besoin —, et il y a la campagne, il y a même des concerts, Samuel. Pourquoi diable partir si souvent, si loin ? Pourquoi ne pas nous installer enfin en France ? »

Je souris sans gaieté et je reste. On parle de tout et de rien... Il veut savoir comment il est considéré par les milieux scientifiques, quelles opinions on a de lui. Il s'intéresse, amusé, à la personnalité de Dreyer, à qui je dois évidemment communiquer la lettre d'annulation dès que ma mère aura pris possession de la maison de Schaeffer. Il faut que la compagnie renonce à l'enquête, c'est trop dangereux pour lui.

— Tu as fait des erreurs de dates. L'une des lettres est du 18 juillet et l'autre du 19, le lendemain de l'attentat.

— Quel intérêt ? Tu leur expliqueras que je confondais souvent les dates. Ils seront tellement heureux de ne pas vous payer ces huit cent mille dollars qu'ils ne s'attarderont pas sur ce détail. Ceci étant dit, j'ai une prière solennelle à te faire. Tu ne peux pas refuser ça à un mort...

— Quoi ?

— Rentre à New York et oublie-moi. La seule chose que je te demande, mon seul véritable problème, c'est d'avoir une adresse où je pourrai faire envoyer le paquet après le décès de Davis. Si tu ne m'avais pas retrouvé, le notaire aurait dû faire des recherches. Je préfère évidemment une démarche plus directe.

Lui parler de la Namibie, de ma mère bientôt définitivement installée en France ? Elle et moi, nous étions des déracinés. Mon père, lui, resterait jusqu'à la fin de son existence dans cet immeuble. Quelle adresse donner ? Alors, tout simplement, humblement — à ce moment-là, je renonçais peut-être pour des années à la biologie animale et à mon départ —, je dis :

— Au cabinet du docteur Miller où je travaille.

— Tu es sûr ? dit-il. Tu vas y rester ? Si je n'ai pas un point fixe, on se perdra.

— Je vais y rester.

Mon père me regarde, il ne devine pas que je lui offre comme un cadeau l'essentiel de mes projets. Pour qu'il puisse me joindre à n'importe quel moment et qu'il ait ainsi l'âme en paix.

Je lui annonce que je partirai demain matin pour New York, il accepte que je revienne en fin d'après-midi pour lui dire un ultime adieu. Nous ferons peut-être même un saut à Bayside, M.E. Davis, le retraité, et son visiteur d'un jour...

Il me dit, en me serrant contre lui :

— On fera une virée, hein ? La dernière était à l'Opéra de Vienne. *Lohengrin*... Tu t'en souviens ?

J'ai mal. J'aimerais exister, ne pas être lié à une réminiscence de musique.

— Reviens vers 7 heures.

Puis, le regard un peu trouble d'émotion, il prononce :

— C'est gênant à dire, mais je t'aime. On est vulnérable quand on aime.

.

Assis sur une chaise en fer rouillé oubliée au bord de la mer, je regardais l'horizon. Ces chaises se baladaient, les vieillards de Miami Beach les transportaient et les abandonnaient. Ils restaient parfois assis des heures à contempler la mer.

Je récupérais doucement, je montais palier par palier vers la réalité, comme dans un caisson de décompression. Mon père était vivant. J'avais envie d'interpeller les inconnus : « Mon père est vivant, qu'en dites-vous ? J'ai vu sa pierre tombale... Mais l'affaire était du toc... Lui, il est là, dans cet immeuble derrière nous. Hé, je vous épate, non ? »

Les sentiments les plus divers me tourmentaient tantôt je traitais mon père d'aventurier, tantôt d'escroc, puis je déclarais qu'il était schizophrène, sinon un vieux farceur. Je me défoulais avec les mots. Il me fallait garder mon équilibre mental et faire la paix avec moi-même. Les fantômes jouaient aux autos tamponneuses et j'étais le passager. Je me levai, je contournai les chaises en fer. Parfois il y en avait deux côte à côte. La vieille ferraille rouillée, symbole de l'Occident, ne proposait à ces vieux quidams que l'attente de la mort. Mon père, vivant, m'avait eu jusqu'à la moelle. Et si je ne le revoyais plus, ce filou génial, cet escamoteur d'amour, ce vieillard cruel... Si je me libérais de lui pour de bon... Pourrais-je échapper vraiment à son emprise ? Allait-il me hanter, me saccager l'existence jusqu'à sa fin ? L'indifférence me culpabilisait, il prétendait que ma mère et moi, nous ne l'avions pas assez aimé. Mais s'était-il prêté, lui, à l'amour familial ? Pas à ma connaissance. Ce « mort » encombrant m'avait fixé un rendez-vous, comme à un vulgaire représentant de commerce qu'on accepterait d'écouter, à 19 heures. Je serais en retard. Exprès. Pour le faire languir. Me faire désirer. Quelques minutes plus tard, je changeai d'optique : et si je lui proposais de m'accompagner en Namibie ? Un M. Davis, retraité, voyagerait avec un M. Levinson... Mauvais. Je devrais vivre dans l'intimité d'un vieux cynique qui, au lieu de me laisser à mes émerveillements espérés, m'annoncerait tous les jours la fin du monde. Pessimiste et aigri, il m'empoisonnerait. Ma mère ne pourrait pas me rendre visite, et Carol non plus. Carol ? Elle était de trop. J'étais pris dans la toile d'araignée d'une fille amoureuse d'un mort, d'une mère se croyant veuve, devenue bigame, et d'un tueur lunatique susceptible à tout instant de reprendre sa traque. Ce soir, je prendrais une décision. Je dirais la vérité à mon père. Mes vérités. Quel que soit le prix à payer. Qu'il me chasse ensuite de son semblant de vie, qu'importe. Il faudra nous apaiser. Je l'inviterais à dîner et nous nous entendrons peut-être, avec un peu de chance, comme de vieux amis.

Je déambulais sur la plage, je m'arrêtai devant l'immeuble où il végétait, puis je m'égarai sur l'avenue Collins. Je pris des pâtes dans un restaurant italien, elles restaient en boule dans mon estomac. Je devais ensuite passer l'après-midi comme un pèlerin qui espère la grâce du Seigneur ? Et si je la plaquais ? Tout de suite. Si je ne revenais plus... Qu'il reste enfin et pour toujours seul, à se délecter de ses satisfactions négatives. Il n'était pas un héros, non. Il avait choisi la fuite. Il avait délibérément quitté son existence. J'avais envie de le punir. Quelle sale lutte, depuis l'enfance...

Au crépuscule, j'allais en long et en large devant le building, côté plage. Je levai la tête, ses fenêtres n'étaient pas encore éclairées. J'entrai dans l'immeuble, m'attardai auprès de doorman de nuit, qui abandonna son journal pour m'écouter, je lui racontai que je venais à New York pour rendre visite à un ami... à M. Davis.

— Il est sympathique, dit le doorman, je suis content que quelqu'un s'intéresse à lui. Il est toujours seul. Il y a beaucoup de vieux ici qui ne se voient qu'entre eux...

Le pourboire que je lui glissai l'emplit d'aise.

— C'est aimable à vous, dit-il, rien ne vous y oblige... Ah, pendant que j'y pense, j'ai oublié de fermer la porte. L'autre... Vers la plage.

Il n'avait pas envie de bouger. La conversation était agréable et m'aidait à faire attendre mon père. Je pris l'ascenseur, je débarquai dans le couloir du septième étage tout en répétant les mots d'apaisement que j'allais prononcer. Je perçus alors un gémissement... Un autre gémissement, puis un cri. Je me précipitai. Des râles.

La porte de l'appartement de mon père est entrebâillée. Dans l'entrée, je reconnais la voix de mon tortionnaire de New York, celui qui m'avait serré la tête entre ses pieds. « Je vais l'écraser comme une coquille de noix ! » Fischer était dans l'appartement ! Par chance, il a mal refermé la porte derrière lui.

J'avance, j'aperçois Fischer de dos, il vient de poser un collier autour du cou de mon père.

— Vieux salopard... dit-il, vieille crapule... Tu m'épates... Tu es plus futé que je ne l'aurais supposé. Tu n'étais pas mort, à Vienne... Tu vois ce que c'est, l'instinct ? Je n'ai pas lâché ton fils. Pas une seconde. Quand j'ai appris qu'il venait ici, j'ai senti l'odeur du gibier. Mais je n'en attendais pas autant. Tomber sur toi... Hein ? C'est quelque chose... Si ton fils se pointe, je vais l'abattre. Pas la peine de remuer, j'ai l'arme dans ma poche. Tu vois ?

Il sort et remet un automatique dans sa poche.

— Je t'annonce le programme : je vais serrer le collier, je vais t'étouffer, en prenant mon temps. Si tu fais signe, je m'arrête. Avertissement : je suis à bout de forces et d'argent. Si je perds patience, je t'étrangle carrément. Où est donc le trésor de Prague que cherchait Rimski ?

Il se penche sur mon père, qui vient de m'apercevoir. Pas un cillement n'a trahi ma présence. Fischer serre le collier.

— Tu vas sentir, vieux, comme ça fait mal. L'angoisse, le manque d'air... Je t'observe.

— Hé... Hé... Ah...

— Tu veux parler ? Vas-y... Je n'attends que ça.

— *Liftöach ett ha-avabua.*

Le passé et le présent se confondent. Je revois les images, elles m'attaquent et m'aident. Des souvenirs ressurgissent. Cette phrase, je l'ai entendue à Vienne. Oui, on voulait me l'apprendre...

Fischer se fâche :

— Quoi ? Que dis-tu ? Parle une langue que je connais, ordure ? Tu divagues ?

— *Liftöach ett ha-avabua.*

Arrachée de nouveau de la gorge de mon père, la phrase surgit dans ma mémoire. Il vient de prononcer en hébreu « Dans le tiroir ».

— Qu'est-ce que tu racontes, espèce de charogne ?

Fischer s'impatiente.

— Dans quelle langue tu parles, sale bête !

Mon père prononce, en articulant :

— « *Liftöach ett ha-avabua.* »

Il y a une commode à ma droite. Il faut franchir le seuil de la pièce, arracher le premier tiroir et prendre un revolver. Je réussis à libérer le cran d'arrêt. Le bruit fait sursauter Fischer, il se retourne, me braque avec son arme et bondit, enragé. J'entends un bruit, je sens la secousse. Deux fois je tire. Il s'effondre. Sa tête dans une mare de sang. Immobile. C'est si facile que ça d'ôter une vie ? Il est par terre, est-il ?... Je me penche sur lui. Il est mort.

— Vite, libère-moi, dit mon père. Vite... Et monte le son de la télévision.

J'obéis, je délie mon père. Je contourne le corps de Fischer. Il me fixe. La silhouette de la Sixième Avenue, le guetteur de Salzbourg, l'apparition au cimetière de Vienne et lors de l'enterrement de Rimski est enfin là. Je l'enjambe. A la télévision, un western. Une fusillade entre les Indiens et les pionniers, ça nous arrange.

— Tu es venu à temps, David.

Mon père se redresse, il se frotte la gorge, et me dit :

— Il ne fallait pas le rater. Nous serions déjà morts.

Il se déplace et ferme les paupières de Fischer, puis l'examine de près.

— La première balle est dans la poitrine, la deuxième dans l'épaule gauche. Tu ne dois en aucun cas être mêlé à cette affaire. Il faut aménager une mise en scène. Ensuite, tu pars et moi j'appelle la police. Allons-y. Fais ce que je te dis.

Il dicte mes gestes. Il constitue et bâtit la logique de l'attaque de Fischer. Nous plaçons le cadavre selon le récit qui sera présenté à la police.

— Je suis un vieux retraité agressé, dit papa. J'ai un permis de port d'arme, j'ai toujours un revolver dans la poche de ma robe de chambre. Elle est dans la salle de bains. Apporte-la.

Je suis un automate. Je lui donne sa robe de chambre, il l'enfile.

— Essuie le revolver... Là, c'est bon. Maintenant

donne-le, c'est ça je le serre. Mes empreintes y sont. Seules. Attention, il faut respecter scrupuleusement les distances entre lui et moi. Et la position du cadavre. Je suis dans un fauteuil, il entre — j'ai oublié de fermer ma porte — il me braque, me menace, avance... Attention... je tire. Je servirai à la police l'histoire attendrissante d'un homme presque gâteux d'émotion : « J'étais distrait, le bonheur inattendu. Le fils d'un ami est venu. Je l'ai raccompagné dans l'entrée et je n'ai pas bien refermé la porte... »

— Le doorman va parler de moi à la police.

— J'y compte bien. Tu es le fils de l'ami. Tu vas partir dans quelques secondes et l'agresseur agira ensuite. Il est venu du côté de la plage, on oublie souvent de fermer cette porte... Il m'a menacé et j'ai tiré. Légitime défense.

J'entends ma respiration. Sur l'écran de télévision, un shérif galope.

Mon père déclare :

— Nous sommes débarrassés de lui. Tu peux recommencer ta vie et moi continuer ma mort. Tu n'es pas un meurtrier, tu as agi en état de légitime défense, tu as épargné à ton père d'atroces souffrances... Mais tu as été imprudent de venir à Miami, il t'a suivi.

Mon père a une science innée de la mort. Il la manipule, il la constitue presque. Il modèle la position du corps. Quand tous les détails sont réglés, il m'interroge :

— Mon cou... Il y a des traces ?

— Oui, mais avec un foulard tu peux les cacher et elles s'effaceront.

— Viens, David. Viens près de moi.

Il me serre contre lui.

— Je t'ai donné un jour la vie, tu me l'as rendue. Nous sommes quittes. Je ne veux plus te revoir. C'est notre dernière rencontre. Tiens, dit-il, mon numéro de téléphone, à tout hasard. Je ne suis pas dans l'annuaire. Tu peux avoir besoin de m'appeler. Moi, je n'ai besoin de rien.

Il m'embrasse sur les joues, sur le front, sur mes paupières fermées. Je deviens un enfant parce qu'il m'aime. A cause de lui je suis un meurtrier. J'ai ôté la vie de quelqu'un. Cette vie que je considère comme sacrée, intouchable. Lui, il parle de légitime défense... Il a raison. J'ai tué quelqu'un et mon père m'aime... La dérision m'ôte le sens de la réalité. Je dois partir d'ici avant que les morts et les candidats à la mort m'emportent dans leurs ténèbres.

*
* *

Je descends par l'ascenseur, je passe devant le doorman et lui annonce que ma visite est terminée. Selon nos plans, mon père va mimer l'agression au moment où je serai déjà à mon hôtel, à dix minutes à pied d'ici. Mon alibi doit être inattaquable.

— J'ai été retenu au téléphone, dit le doorman, je n'ai pas encore fermé la porte donnant sur la plage.

On dirait qu'il nous aide. En cas de besoin, son témoignage va être précieux. Je bavarde avec lui en marchant jusqu'à la porte principale. De retour à mon hôtel, j'engage la conversation avec l'employé de la réception, je lui demande — pourtant je le sais bien — s'il y a un vol vers New York, le soir. « Non, dit-il. Le dernier était à 18 h 15. » Je monte dans ma chambre, je m'allonge sur le lit, les mains plaquées sur les oreilles, je veux me protéger du bruit d'une détonation.

Le lendemain matin à l'aéroport, j'achète le *Miami Herald*. Quelques lignes relatent un fait divers :

« *Dernière minute — Un courageux retraité, dans un moment de panique justifiée, tire sur son agres-*

seur et le tue. » Ensuite, une analyse des failles du système de la sécurité de Miami Beach et des propositions concernant l'augmentation du nombre de patrouilles... Faudrait-il une milice spécialisée dans la visite des immeubles, pour mieux protéger les gens âgés qui y habitent toute l'année ? Ces pauvres vieux sans défense ?

CHAPITRE 15

Ma vie avait déraillé à Miami Beach. Pour sauver mon père, j'avais tué un homme. Mon existence en serait marquée pour toujours. En m'interrogeant sans cesse, je me justifiais en invoquant l'argument de la légitime défense. La victime était un meurtrier, il nous aurait massacrés. Sur le plan de la raison stricte, j'étais en accord avec les événements, mais au tréfonds de moi-même je saignais. Je me remémorais avec une certaine frayeur le comportement de mon père. Sa manière de réagir, d'attirer mon attention sur l'arme dans le tiroir et l'organisation parfaite de la mise en scène après l'agression me déboussolaient. Je le découvrais habitué à la mort, aux substitutions, aux masques, aux volte-face et aux compromis avec le destin. Je l'imaginais face à ses persécuteurs de jadis, ses bourreaux, ses rivaux, confronté à la fatalité. Vivant ou mort, clandestin ou fantomatique, Samuel Levinson était le plus fort. Le plaindre ? Une dérision. Le redouter ? Une prolongation des craintes et des incertitudes de l'enfance. « Nous sommes quittes », avait-il dit. J'essayais d'effacer de ma mémoire l'image de Fischer qui s'écroulait. Parfois, il entrait dans mes rêves, il portait des lunettes foncées et il souriait. Mes souvenirs olfactifs évoquaient jusqu'à l'odeur douceâtre de ses cigarettes blondes. Pour compenser ces épreuves nocturnes, je travaillais beaucoup et intensément. Montgomery avait plus de considération pour moi, ça m'arrangeait. Le temps passait, et mes soirées solitaires se prolongeaient dans les infinis des zones obscures qui se situent entre l'aube et le matin. Un après-midi, j'ai cédé et je suis parti pour Glen Cove. Carol m'a reçu comme si nous avions pris rendez-vous depuis longtemps. J'y suis retourné le lendemain, puis les jours suivants. Je quittais tard le cabinet, la route était longue et les embouteillages considérables. Je n'arrivais que vers 22 heures. « Pourquoi ne pas habiter ici et partir chaque jour pour votre cabinet ? » Je lui ai répondu que ce serait la même durée de trajet et le même temps de présence avec elle, mais en sens inverse. Elle n'a pas insisté. Un soir, je suis resté.

Le dimanche, nous faisions quelques pas sur une petite plage proche. Nous déjeunions dans le restaurant réputé pour ses homards. Nous regardions la mer. Parfois, on restait silencieux comme un vieux couple. Un jour, je lui ai dit comme ça, en passant, qu'à l'époque de mon excursion à Miami Beach, je n'avais pas trouvé Davis. Elle m'écoutait à peine. De temps en temps, elle évoquait Ian Fischer. « Il a disparu... Tant mieux. Parfois les gens malfaisants cessent d'exister. Ils terminent d'une manière imprévue leur parcours terrestre. » Carol était fascinée par les horizons qui s'ouvraient devant elle et me parlait souvent de la diversité étonnante de la succession de son père. Elle m'a invité à visiter le bunker sous la maison où étaient rangés les tableaux de maîtres. J'ai admiré une version des *Tournesols* de Van Gogh et quelques esquisses. J'ai vu un Modigliani — selon Carol, non répertorié — et une quantité effrayante de statues probablement volées à l'Égypte. Rimski, milliardaire, fou des objets, quelle que soit leur origine, achetait tout ce qu'on lui proposait. Il pouvait les acquérir avec les bénéfices immenses de ses affaires tentaculaires. « Pas de drogue, dit Carol, mais des îles entières rachetées et transformées en sites de vacances de luxe. Le pétrole aussi... » Et tout ce qu'elle allait découvrir encore. Elle se remémorait ses premiers pas dans le monde de la finance, celui des secrets bancaires et des sphères subtiles des sociétés écrans de son père. « Je me retrouve au commandement d'un grand pouvoir... » Nous dînions souvent dans le parc, servis par le maître d'hôtel distingué et fade que je refusais d'appeler par son prénom... Pas mon style. Je prononçais distinctement : « Bonsoir, monsieur Anderson. »

Un soir, Carol m'a déclaré, comme s'il s'était agi du constat de la cicatrisation d'une blessure tenace :

— Peu à peu l'image de votre père s'efface, je m'efforce d'entendre sa voix... De la reconstituer mentalement.

C'en était fini avec les débordements, elle évoquait mon père d'une manière assez neutre ; ce phénomène m'affolait. Si c'était le signe d'un affaiblissement ou d'une maladie de l'homme qu'on croyait mort et qui pourtant, vivant dans l'anonymat, me brûlait l'existence ? Après ce genre de déclaration de Carol, je me précipitais pour composer le numéro à Miami et, quand j'entendais un « Allô ? », je raccrochais, soulagé. Il était encore de ce monde. Mais je n'osais pas lui adresser la parole, j'avais peur qu'il me refuse, qu'il me rabroue. Il me restait un peu d'orgueil et d'amour-propre, pourtant j'espérais qu'il me rappelle. « David... Alors, parle. » Non. Il me tenait à distance. Je n'étais qu'une adresse pour un envoi posthume. Pourquoi ?

Un jour, j'ai reçu la collection complète des coupures de presse du *Miami Herald*. Du premier reportage de l'agression du vieux retraité jusqu'à la conclusion de l'enquête. L'homme abattu était un criminel recherché depuis longtemps par le FBI, un homme de main, un spécialiste des « contrats ». On ne saurait jamais pourquoi ce truand de grande envergure s'était attaqué à un petit retraité, visiblement peu argenté.

Miller, surchargé, me larguait de plus en plus ses malades. Il m'avait dit vouloir retourner à Boston et il me proposait le rachat de sa clientèle. Il ne se plaisait plus à Madison.

*
* *

Ma mère me tenait au courant des faits normaux et insolites de sa vie recommencée. Elle m'avait annoncé la signature de la vente de l'appartement de Salzbourg ; les droits de succession payés, l'argent avait été déposé à mon nom dans une banque autrichienne, je devais le faire transférer sur mon compte américain. Elle demandait de temps en temps si l'assurance se manifestait. Je la persuadais qu'elle devait avertir elle-même Dreyer de sa décision de renoncer à l'argent. Plus elle attendait, plus la lettre « retrouvée » de mon père serait difficile à présenter. A la fin, j'avais refusé de m'occuper de cette affaire.

Le mois d'octobre était très doux. Un après-midi doré d'un soleil pâle, Dreyer m'appela. Je le prévins poliment mais fermement que dorénavant il devrait s'adresser à ma mère, bientôt de retour à New York.

— Pourquoi êtes-vous si hostile ? répliqua-t-il. Vous avez eu un malheur, mais un peu de chance aussi. Cette chance est votre commissaire Aumeier qui a décidé de démêler l'affaire. Un homme remarquable. Il a mené son enquête d'une manière très efficace. Et depuis la visite de votre mère à Vienne, il s'est littéralement improvisé défenseur de la veuve. Le charme français de Mme Levinson est pour quelque chose dans l'ardeur de ce fonctionnaire autrichien. Mais oui... L'être humain réserve des surprises. Je suis persuadé qu'il a voulu trouver le criminel davantage pour lui faire obtenir l'assurance que pour satisfaire la justice. Il n'admettait pas qu'elle pût être lésée à la suite d'une négligence ou d'une affaire mollement traitée et trop rapidement classée. Il m'a appris que le meurtrier, un homme originaire de Francfort, a été arrêté après une longue traque. Un récidiviste. Il a déjà tiré sur des gens qui goûtaient dans une pâtisserie, et le fameux soir tragique, sur ceux qu'il appelait les « fêtards » de la taverne. Selon sa déclaration, il a voulu bousculer la conscience de ces bourgeois qui ne cessent de bouffer pendant que le monde meurt de faim. Votre père a été victime d'un sociopathe, triste produit d'un siècle hystérique. Notre compagnie va payer. Je vous présenterai le chèque, ou à Mme Levinson, avec l'espoir que vous nous pardonnerez ce retard. Aumeier m'a prévenu qu'il transmettrait personnellement le résultat de l'enquête à votre mère. C'est la première fois dans mon existence que je rencontre un commissaire qui livrera un meurtrier accompagné d'un bouquet de fleurs...

J'essayai de m'esquiver.

— Monsieur Dreyer, je vous le répète, je ne m'occupe plus de cette affaire d'assurance. La justice ? C'est une autre paire de manches. Mais, criminel retrouvé ou non, personne ne nous rendra mon père. Alors... Surtout ne vous pressez pas, attendez patiemment le retour de ma mère qui, je crois, a aussi une communication à vous faire. C'est ce que j'ai cru comprendre. Mais elle est tellement occupée par la succession de mon père qu'elle prend elle aussi du retard... Il semble qu'elle ait trouvé chez M. Schaeffer certains documents concernant les dernières volontés de mon père.

— Cela ne nous intéresse pas, déclara Dreyer, péremptoire. Nous voulons payer.

En fin d'après-midi, ma mère m'a appelé de Paris, je lui ai annoncé le résultat de l'enquête d'Aumeier et l'insistance de Dreyer. Elle était heureuse, « il y a quand même une justice... » Le comportement du commissaire l'enchantait, mais ne l'étonnait guère, « il était a-do-ra-ble ».

— Je reviens bientôt, dit-elle, je m'occuperai de Dreyer. Il nous a ennuyés, même humiliés. Si je pense à sa crise de rire... Je n'oublierai jamais. Je voudrais ma revanche. Je te l'ai dit...

*
* *

Ce soir-là, je dînais avec Carol.

— David, dit-elle, je fais psychiquement des progrès. Je commence vraiment une convalescence efficace. Ce matin par exemple, en me réveillant, le visage de Samuel était flou. Complètement flou. Je ne voyais que ses yeux. Bientôt je serai libérée de lui. Merci pour votre aide fraternelle.

Mon cœur était glacé.

— Je n'ai rien fait. J'étais juste là... Je ne vous ai même pas écoutée, je participais à vos silences.

— Votre présence était précieuse.

Je l'avais quittée tourmenté. Je me méfiais, certaines femmes avaient des instincts redoutables, elles étaient de vrais sismographes et transmettaient des nouvelles. Et si mon père avait eu un malaise ? S'il était dans un hôpital, seul...

Je l'appelai et j'entendis avec un soulagement infini sa voix :

— David ? C'est toi ! Je le sais. Tu peux me parler...

— Je ne demande que ça. Si tu acceptais enfin que je vienne.

— On n'a plus le temps, David. Et nous avons tout réglé ensemble. Je me défends contre toutes manifestations d'amour. Il faut que j'arrive jusqu'au bout de mon existence sans faiblir.

— Papa !

L'invocation presque enfantine le désorienta.

— Oui.

— Pourquoi cette résistance à mon égard ?

— Ce n'est pas toi, c'est le système même que je refuse.

— Quel système ?

— Le manque d'amour de l'humanité.

— Mais justement je suis là. Je veux te prouver que tu es aimé.

— Davis n'avait pas de fils, dit-il. Lui il serait mort seul. Je vis son destin.

Cette rupture avec la réalité, cette logique à l'envers me bouleversait, l'inconscient luttait avec le masque que mon père s'était imposé. Je n'osais pas l'aborder sur un plan presque médical, je tentais la tendresse. Il changeait son attitude intérieure, il exigeait de lui-même une identification complète avec Davis. Pour se défendre. Fallait-il aller plus loin, le déranger dans ce jeu troublant ? Dominait-il encore ses dires ou était-il déjà absorbé par l'autre... Davis ?

Je voulais le ramener vers un passé proche.

— Maman t'adorait...

— Adorer ? Le mot me gêne. Adorer... Non. A partir d'un certain moment, elle a voulu devenir mon univers. Elle voulait vider la coquille que j'étais et m'habiter, je devais me défendre.

— Et moi dans tout cela ? Quelle était ma place ?

— Je t'ai aimé, dit-il. Je t'observais.

— Et, au fur et à mesure des années, tu as découvert un petit garçon nul en musique et émerveillé par les animaux. Pas un génie, juste un être humain.

— Oui, dit-il. J'imagine que je t'ai empoisonné l'existence avec mes ambitions.

Alors je m'épanchai, j'avouai mes hostilités, mes frustrations, et le détestable et honteux sentiment de libération que j'avais ressenti après sa mort. Je n'avais jamais été aussi loin dans l'auto-analyse qu'en lui parlant, je n'avais jamais été aussi franc, aussi désireux de m'humilier pour être absous. Je lui parlais en me livrant, en m'offrant. Soudain, après quelques « Allô ! », je compris, fou de chagrin et de rage, que la ligne avait été coupée et qu'au bout du fil il n'y avait que le néant. J'étais sûr qu'il n'avait pas raccroché, mais la ligne s'était évanouie, s'était rompue comme un cœur qui s'arrête, comme quelqu'un qui meurt dans son sommeil. En silence.

Je m'acharnai alors sur mon appareil, je composais sans cesse son numéro. Parfois il était occupé, parfois des voix intervenaient des standards. Les employés, invisibles pour moi, essayaient de m'aider. J'assiégeais le central, je faisais vérifier le numéro de Miami, on me répondit que le numéro était normalement occupé et que je devais renouveler l'appel. Puis j'abandonnai cette course absurde, je considérais que lui aussi devait faire un pas vers moi. Qu'attendait-il, réfugié et calfeutré dans ses fantasmes ?

*
* *

Une semaine plus tard, après le départ d'un des malades de Miller que j'avais pris, Montgomery me signala par l'interphone un appel personnel. Une voix neutre m'informa qu'une étude de notaires, Brown & Brown, Smith & Smith, avait ordre, selon les instructions d'un M. E. Davis, de me transmettre un paquet qui se trouvait actuellement dans leur coffre. Leur client avait souhaité qu'à partir du moment où l'état civil de Miami Beach constaterait son décès et les préviendrait officiellement, ce paquet soit transmit à M. David Levinson et à sa mère, Mme Éliane Lebrun.

* *
*

J'étais sur une corde raide, sans filet. Un faux pas et je tomberais. Je devais reconnaître le fait que mon père était mort. Je ne pouvais ni pleurer, ni crier de chagrin, ni me plaindre, ni porter son deuil, ni assister à son enterrement... Cet enterrement que j'aurai manqué pour la deuxième fois. Une partie de moi-même l'accompagnait vers un silence éternel. Je ressentais un irrémédiable malaise, la ligne était coupée pour toujours.

J'appelai ma mère, et je lui demandai de prendre le premier avion pour New York. Elle acquiesça sans hésiter, le ton de ma voix avait exclu toute discussion inutile. Elle allait aussi régler ses comptes avec Dreyer. « Je vais déchirer son chèque et lui jeter à la figure. »

Je pris rendez-vous avec l'émissaire du notaire. Selon les souhaits de M. E. Davis, le paquet devait être ouvert en la présence exclusive de M. David Levinson et de sa mère, Éliane Lebrun.

Ma mère arriva avec Rémy à New York la veille de ce rendez-vous, à propos duquel je ne lui dis presque rien. Elle redoutait le contenu du message que je présentais comme la volonté posthume de Davis. « Qu'est-ce qu'il veut de nous ? On ne le connaît même pas personnellement... » Puis elle ajouta que Davis possédait peut-être l'objet qui nous a fait souffrir, mon père a pu le lui confier. Sinon, quelle serait la raison de cette mise en scène absurde... Et pourquoi Rémy ne pouvait-il être présent ? Je lui demandai de se conformer à la dernière volonté de ce M. Davis, qui avait dû se donner beaucoup de mal pour remplir une mission. Selon le rendez-vous pris, deux personnes de l'étude de notaires nous ont fait signer un reçu. Nous avons dû déclarer par écrit que les scellés étaient intacts.

Un grand paquet en papier kraft. L'écriture de mon père — il avait signé E. Davis à côté des sceaux — était légèrement déformée. Le notaire et le stagiaire aimable nous saluèrent et partirent, pas même curieux. Nous sommes restés seuls avec le paquet. Ma mère était rose d'émotion. Elle chaussa ses lunettes. Pour se réconforter, elle commentait :

— L'écriture de Davis ressemble à celle de ton père. La même génération, la même manière d'écrire. Je n'aime pas du tout cela. Je me sens mal, David. Cette écriture... Regarde de près... Tu vois ces « m » et la manière de laisser couler la fin d'une syllabe ? C'est l'écriture de ton père ! Il signe : Davis. Une surprise posthume ? Une de plus ? Samuel nous a déjà fait tant de farces sinistres. J'ai toujours redouté ses mises en scène théâtrales des drames familiaux. Les effets des chocs qui vous balaient. Si l'on n'ouvrait pas ce paquet, hein ? Imagine qu'on descende dans la rue et qu'on le jette dans la première poubelle... Dans ce paquet il y a peut-être un document, sinon le symbole de quelque chose, qui nous chargera d'un poids moral dont on ne se relèvera jamais... Tu ne veux pas qu'on l'élimine sans ouvrir ? Geste sacrilège mais prudent...

Je pris un couteau à la cuisine et détachai délicatement les sceaux. J'ôtai l'emballage pour découvrir une boîte en carton. Je coupai les bandes de scotch pour apercevoir un étui cylindrique noir en cuir précieux d'environ soixante-dix centimètres. Et trois enveloppes numérotées 1, 2, 3. Je pris l'étui et, en le manipulant avec précaution, je l'ouvris et en extrayai lentement — ma propre patience et douceur me surprenaient — un document roulé. Je le posai sur la table. Il fallait un certain temps pour que les pages se détendent. Sur les feuilles je disposai d'un côté un lourd cendrier et de l'autre une lampe en bronze. Il y avait devant nous une partition d'époque, un manuscrit original.

Ma mère, blême, bégayait presque :

— Je te l'ai dit ! Je te l'ai dit ! Une partition. Une de plus ! Mais ce n'est pas vrai, tout ce cirque pour la musique ! Et encore la musique ! Il a dû confier ça à Davis, qui nous l'envoie. Mais pourquoi maintenant ? Je ne veux pas le laisser me bouleverser.

— Calme-toi. Regarde.

La partition, une pièce magnifique, respirait presque, enfin dégagée de l'étui. Sur la couverture, le titre : *Die Sonne*, était calligraphié, les lettres travaillées, peaufinées, écrites sans doute par le maître lui-même : *Symphonie en ut majeur de Wolfgang Amadeus Mozart. 1791*.

Ma mère commentait, fébrile :

— C'est beau, d'accord. Mais pourquoi nous le faire parvenir, et de cette manière mystérieuse ? J'ai horreur des messages de « l'au-delà ». C'est tout lui. C'est pour ça qu'on nous a persécutés, qu'on a tué tellement de gens ? Insensé ! J'ai adoré ton père, mais la preuve de son obsession, ce paquet, me rend folle de rage. L'inconscience à l'état pur !

— Il faudrait peut-être lire les lettres. Je prends le numéro un ?

— Vas-y, David. Il faut en passer par là...

— Je l'ouvre. Tu veux que je te la lise ?

— Mais oui, dit-elle.

Assise sur un fauteuil, elle pleurait à la fois d'émotion, de frustration, d'énervement.

Mon cher David,

Examine bien l'étui. Il comporte un double fond. L'objet qui s'y trouve appartient à Éliane. La partition qui est devant vous a été commandée à Wolfgang Amadeus Mozart en novembre 1787. Un émissaire est venu le trouver de la part d'un prince polonais. Frédéric Wolsky. Celui-ci voulait acheter le génie de Mozart et présenter comme sienne une symphonie que celui-ci aurait composée — pour lui — secrètement. Mozart avait refusé le marché : « Donner une œuvre sous un autre nom, c'est vendre son âme ». Le prince insistait, il lui avait proposé en échange de l'œuvre un objet d'une valeur considérable. Malgré ses difficultés matérielles, Mozart avait rejeté la demande. Mais l'idée de protéger Constance, de la mettre matériellement à l'abri, le hantait. Il avait fini par accepter l'offre du prince, en lui promettant la symphonie. De retour à Prague en septembre 1791, il portait avec lui « Die Sonne ». Un valet du prince devait venir le trouver, lui donner des pièces d'or et un étui apparemment vide. Amadeus, malade, n'avait pas compris, lors de l'échange de correspondance, le sous-entendu concernant le double fond. Le valet ignorait qu'il transportait un trésor, mais il voulait profiter de la faiblesse du compositeur. Il s'était présenté chez Mozart sans les pièces d'or, il prétendait qu'on les lui avait volées. Il voulait laisser l'étui et prendre la symphonie. Mozart l'avait pratiquement jeté à la porte et avait glissé la partition de la symphonie dans l'étui vide qu'il avait enfermé dans une armoire. A son retour à Vienne, cet étui se trouvait avec d'autres objets dans une malle.

Après la mort de Mozart, Constance a vendu la partition avec l'étui en prime, à un antiquaire de Prague — fervent admirateur de Mozart — qui était venu à l'enterrement de son idole. Il a gardé pendant des années le manuscrit de la symphonie inédite. A cette époque, on était encore loin de l'engouement mozartien. Le Praguois est mort, l'étui est resté dans sa boutique et voyageait d'un héritier à l'autre, d'un siècle à l'autre. Il traînait parmi les divers objets rachetés par un brocanteur, il a échoué chez un marchand de vieux livres et de tableaux. C'est chez lui que je l'avais découvert, un jour, en me promenant à Prague. A l'époque, le pays était sous le joug communiste, le vieux liquidait ses affaires dans un appartement au premier étage d'un immeuble qui s'écroulait. J'ai acheté, pour une somme dérisoire et presque à la sauvette, ce document. De retour à mon hôtel, je contemplais l'acquisition. J'étais en possession d'une symphonie inédite de Mozart. Pour moi, un trésor incomparable. Puis, fasciné par l'étui en cuir, un extraordinaire travail de sellerie, gravé aux initiales en or « W.A.M. », je l'ai examiné religieusement. Je le palpais, je l'auscultais puis, tremblant d'émotion, j'ai découvert le double fond et ce que celui-ci contenait. Ouvre, David, et ensuite lis la deuxième lettre.

Ma mère était pâle. Je saisis l'étui, il était presque soyeux, d'une extrême douceur de contact, mes doigts étaient engourdis de nervosité, je ne sentais même plus le cuir. Je cherchais, puis une légère rainure à peine perceptible me coupa le souffle, j'avais trouvé le point crucial. Je réussis à ôter la fine plaque de cuir qui cloisonnait le double fond. Un travail admirable, exécuté sans doute par un artisan de grande classe. J'aperçus une petite masse étange, je voulais presque ne pas y toucher, j'ai retourné l'étui et l'objet est tombé sur la table. Un diamant comme je n'en avais jamais vu, pas même dans un musée ! Superbe, dominateur, avec des reflets jaunes. Je l'effleurai à peine, son contact me bouleversa. Deux siècles de mystères, de pouvoir, de richesse... Un trésor qui avait échappé à Constance.

— Oh ! dit ma mère. David, David...

— Ne t'évanouis pas, maman. Je lis la deuxième lettre.

>   *David,*
>
>   *Glissée à côté de l'objet, sur un petit papier fin, tu déchiffreras l'estimation de l'expert du Prince et la description d'époque de la pierre.*
>
>   *Dans cette même enveloppe, il y a un certificat d'origine délivré à l'intention du Prince. Je l'ai retrouvé dans les archives de la famille Wolsky, sous prétexte d'une visite rendue aux descendants et de me faire une idée de leurs immenses réserves de parchemins et autres documents. De nos jours, l'objet vaut une fortune. Son histoire légendaire augmente sa valeur marchande. Le Prince, qui a toujours regretté « sa » sympathie, avait raconté à ses amis, après la mort de Mozart, l'histoire de l'échange raté et la disparition de la plus belle pierre qu'on ait jamais extraite de ses mines en Afrique du Sud. C'est ainsi que l'existence supposée, mais jamais prouvée, du diamant CONSTANCE est entrée par ouï-dire dans le monde secret des diamantaires. Certains d'entre eux n'ont jamais cessé de cher-*

cher Constance ; d'autres, pour se consoler, ont nié son existence.

Je t'embrasse. Maintenant, ouvre la troisième lettre.

Ma chère Éliane,

Tu t'es toujours plainte que je ne t'aie pas offert de bijoux et que je me sois beaucoup trop passionné pour les objets anciens et les partitions.

Voici mon cadeau : CONSTANCE. Il est à toi.

Je souhaite que tu offres le manuscrit « Die Sonne » au Metropolitan Museum et que tu vendes aux enchères, chez Christie et Sotheby, le diamant. Je suis profondément satisfait de pouvoir t'offrir cette pièce unique. Tu étais unique. Nous sommes passés l'un à côté de l'autre, mais il y a eu des moments, de beaux moments, des moments superbes comme ce diamant.

Samuel.

Ci-joint une analyse du diamant, réalisée par un expert japonais que j'ai fait venir en Autriche pour examiner la pierre.

Selon le certificat d'authenticité et l'estimation, « Constance », posé sur la table basse au milieu du living-room, était de 227 carats, avait 67 facettes, et pouvait être considéré comme le quatrième plus beau diamant du monde !

Nous étions pétrifiés. Ma mère, fascinée, fixait la pierre précieuse, elle n'osait pas la toucher.

— David ?

— Oui.

J'avais peur qu'elle me dise quelque chose de pratique, de réaliste, de terre à terre. Je ne voulais pas la prendre en grippe, elle était la dernière personne qui me restait à aimer. Je ne voulais pas me fâcher avec ma mère.

— David ?

— Que veux-tu dire ?

Elle était timide, et ses traits creusés. Pour la première fois dans mon existence j'ai pu imaginer qu'elle puisse un jour vieillir.

— Je peux toucher ce diamant ?

— Il est à toi.

Elle s'en saisit avec une infinie délicatesse.

— C'est la preuve qu'il m'a aimée, vraiment aimée. David, j'ai perdu un homme unique...

Je ne comprenais plus très bien ce qui nous arrivait et j'ai dit, pour me défendre contre les émotions, contre le choc, contre l'objet qui m'attirait et m'effrayait à la fois :

— Je crois que maintenant il faut appeler Rémy et lui demander conseil.

Deux jours plus tard, je reçus un autre paquet devant être remis en mains propres, le manuscrit achevé du dernier livre de mon père : *Terre en feu*. Je l'ai lu en deux nuits... Un chef-d'œuvre hallucinant, une mise en garde et une mise en bière du monde. Un réquisitoire contre l'être humain qui mange, qui dévore d'abord ses proches et ensuite la planète. Avec des points de repère géographiques, la mer et sa vengeance, le mur d'eau qui déferlera. L'éditeur à qui je portai le manuscrit en était bouleversé. « Samuel Levinson a toujours tenu sa parole. Je n'étais pas vraiment inquiet, je savais qu'un jour le manuscrit me parviendrait. »

*
* *

« Constance » a été vendu pour dix-huit millions de dollars à un Japonais qui a gardé l'anonymat.

Ma mère m'en a donné quatre, je ne les ai pas refusés.

Le diamant l'avait transformée, elle devenait silencieuse, beaucoup moins spontanée qu'avant, presque snob, et elle parlait très souvent de son mari, le professeur Levinson. A Tours, elle avait fait rénover la maison, devenue un vrai petit manoir, et créé une fondation pour les enfants doués pour le violon. Dès sa parution, *Terre en feu* était devenu un succès énorme et traduit dans le monde entier. Ma mère accordait des interviews, elle analysait les théories de mon père. Les journalistes l'aimaient, et pour les médias elle était le prototype de la veuve efficace, fidèle au souvenir d'un grand homme.

Elle revenait souvent à New York, je supposais que l'Amérique lui manquait. L'Amérique ou mon père... Avec l'argent de l'assurance que la compagnie lui avait octroyé presque de force, elle avait constitué un fonds de base pour un mouvement écologique dont le but était la propagation des prévisions et des mises en garde de mon père. « Rarement une compagnie d'assurances a dépensé son argent d'une manière aussi utile, dit-elle. Et Samuel ne m'en voudrait pas pour ce manque d'obéissance à son égard. On lutte pour l'avenir de l'humanité, comme il l'aurait voulu. » Des subventions arrivaient de partout.

— Tout ce que tu sais de ton père, de Davis, de la manière dont tu as « retrouvé » le manuscrit, tu me le diras un jour, David ?

— Oui. Un jour.

La grandeur comprise trop tard de Samuel Levinson l'avait changée. Elle était la femme légitime de Rémy, mais devenait de plus en plus la veuve de Samuel Levinson. Elle participait avec ferveur à des réunions dont le sujet était la sauvegarde de la planète. Le programme Levinson devenait popu-

497

laire. Rémy supportait son étrange bonheur. « Elle est heureuse maintenant », avait-il dit.

Son regard se perdait quand il avait ajouté : « C'est le plus important. »

* * *

Je partageais mon temps libre entre deux femmes, ma mère et Carol. Elles occupaient mon cerveau, mes sentiments, et me plongeaient dans des crises d'angoisse. Elles allaient doucement mais sûrement me consommer, me digérer, m'absorber. Il y eut des jours où je décidais de rompre, de les effacer de ma vie et de penser enfin à la mienne. Ma mère avait perdu sa nature primesautière, elle avait des obligations et vivait soumise à une discipline sévère. Elle devait rester mince et belle pour plaire au public. D'une conférence à l'autre, elle sublimait Samuel Levinson, « si peu reconnu de son vivant. » Elle participait à des réunions de travail avec ses hommes d'affaires qui, sous le commandement de Rémy, lui présentaient l'état de ses finances. Les garages viennois de Schaeffer lui rapportaient des fortunes et elle n'avait même pas eu le temps de se rendre à Ibiza pour passer quelques jours dans l'appartement dont elle avait hérité. J'observais ce remue-ménage utile et efficace avec un froid persistant au cœur.

J'ai vécu deux fois la mort de mon père, et j'ai manqué deux fois son enterrement. Il me restait peu de ressources émotionnelles. Je m'apprêtais à m'installer en Namibie, sur le désert côtier où les animateurs scientifiques d'un centre de recherches étudiaient le comportement des phoques et des otaries. L'air chauffé par le soleil implacable rendait le sable brûlant et se heurtait au vent glacé venant du grand large, d'où des moments d'intense brouillard. Ce milieu qu'on me décrivait comme inhospitalier et d'une aridité extrême m'attirait. Je voulais ma paix ; Carol me retenait. C'est-à-dire, je n'avais pas le courage de la quitter.

Sans cesse je revenais vers elle. J'avais besoin de la regarder, de l'écouter, de vivre auprès d'elle des heures précieuses. Il m'était impossible de lui demander de me suivre. Elle connaissait maintenant le goût du pouvoir et de l'argent. Aurais-je dû m'accommoder à elle ? Devenir le psychanalyste recherché, la vedette d'un succès mondain ? En aucun cas. Je devais me sauver d'ici. L'indifférence de ces deux femmes à mon égard me désolait. Elles ne s'occupaient ni de moi ni de mes projets, et ne s'inquiétaient pas du temps qui passe.

Puis, un jour de printemps, je m'en souviendrai toujours — l'air était aigre-doux et le soleil à peine chaud —, je décidai d'en terminer. Je m'apprêtais à régler mes comptes, des comptes d'amour filial, des comptes d'amour romantique, des comptes d'amour absurdes. Enfin je me révoltais d'une manière efficace contre ces femmes dures et égoïstes. *Terre en feu* était depuis trente-six semaines en tête de la liste des best-sellers, ma mère multipliait les déclarations et les talk-shows, et Carol savourait son pouvoir. Je pouvais quitter ce monde où les vivants se nourrissaient avec autant d'allégresse de l'esprit d'un mort.

Ce lundi-là, j'ai invité Carol dans le restaurant qui dominait la plage de Glen Cove. Je voulais me retrouver sur un terrain neutre, ne pas être troublé par le décor de sa maison où je n'aimais qu'un seul coin, meublé de deux vieux fauteuils peu confortables. Sur le mur, presque en exil, un portrait de femme, certainement le plus mauvais que Renoir a pu peindre. Seule cette femme-là, le modèle de ce petit portrait à l'huile, m'envoyait quelques effluves de tendresse. Les autres contacts étaient coupants, une tape dans le dos, une remarque, à peine un compliment et encore moins un remerciement. Mon dévouement m'avait transformé en un être au rabais. En me regardant avec ses yeux d'algue et articulant avec ses lèvres parfaites, Carol me racontait : « Au début, quand je n'avais que des souhaits on me regardait, étonné, maintenant je donne des ordres, on me respecte. Depuis le jour où j'ai licencié deux personnes, on me craint. » Elle, j'allais la licencier de ma vie. Me libérer...

Le maître d'hôtel du restaurant nous observait, pensif. Nous n'étions pas un couple assorti. Pour accompagner Carol, il aurait fallu un type qui, même en blouson, aurait eu l'air riche. Une vieille Rolls Royce de collection aurait dû m'attendre devant la porte de l'établissement. Je cherchais l'ancienne Carol. J'aurais voulu la revoir telle que je l'avais connue. Il était inutile d'espérer ce genre de petits miracles. Après le déjeuner, nous marchions lentement sur la plage. Ce côté de Long Island ressemblait à une île anglaise, à un paradis restreint et dérisoire. Obéissant à un geste ancestral, j'ai pris la main de Carol. Elle m'a regardé, presque étonnée qu'on la touche. Puis j'ai glissé mon bras autour de sa taille.

— Promenade d'adieu...

— Je le sentais, dit-elle. Que voulez-vous que je vous dise ?

— Rien de particulier... Il est dommage de nous séparer.

— Je crois, continua-t-elle, que la mort de mon père est le véritable obstacle. Il m'a légué un pouvoir énorme. Je me trouve à la tête d'entreprises internationales qui vont des mines d'or à l'hôtellerie de luxe, je découvre des influences politiques, j'ai eu le dossier de quelques personnes très connues qu'il entretenait pour obtenir des passe-droits. Récemment, on m'a offert d'acquérir une île où je pourrais faire construire cinq ou six hôtels chacun d'une catégorie différente. Me faire concurrence à moi-même, créer la rivalité entre mes propres hôtels m'intéresse...

Elle se tourna vers moi :

— Je m'amuserais sans doute moins en regardant vos phoques...

Je ressentis une violente poussée d'adrénaline. C'était la phrase de trop. Elle piétinait mes rêves, elle dénigrait ma raison d'être, elle m'humiliait.

Je lui lançai :

— L'être humain m'ennuie prodigieusement, y compris vous. J'ai choisi les phoques, les otaries. Tellement plus intéressants...

— Je ne voulais pas vous froisser, dit-elle, j'ai été maladroite. Disons, je crois être plus apte à me battre qu'à m'installer dans une existence contemplative. Mon père serait heureux, il n'aurait jamais espéré que j'arriverais à ce niveau de compétence. Et même son ultime pari, je l'ai gagné. Il n'est plus là pour le savoir.

— Quel pari ? Faire parler mon père ? Vous n'y avez jamais réussi...

— Parce que j'y avais renoncé, dit-elle, j'étais tombée amoureuse de lui. Mais...

— Mais ?

Elle hocha la tête et enfonça ses mains dans les poches de sa veste en cuir.

— Rien.

— Si. Expliquez-vous...

Elle eut peur, elle regrettait déjà ses paroles, elle précipitait le pas. Je la rattrapai, la serrai — pas contre moi, juste pour qu'elle ne s'échappe pas, et je l'obligeai à sortir sa main droite de sa poche. Elle résistait, elle serrait son poing.

Elle cria :

— Brute ! Vous allez me casser un doigt.

— Deux, si vous voulez.

J'ouvris sa main. Dans sa paume, le diamant... Le diamant de 227 carats vendu pour dix-huit millions à des Japonais. C'est elle qui l'avait acheté !

Une puissante haine m'envahit. Je la pris par les épaules et la secouai.

— Vous êtes infâme ! Vous n'aviez pas le droit d'avoir même ça, vous aviez déjà tout ! Vous avez cassé la volonté de Samuel Levinson, vous l'avez piétiné...

Ses yeux brillaient, son regard était glacé. Elle serrait le diamant comme une gosse un caillou. Elle redevenait l'enfant rejetée de jadis, celle que l'on n'aimait pas.

— Mon père a désiré cette pierre au-delà de tout. C'était l'enjeu : « Si tu obtiens le renseignement, si je peux grâce à toi avoir son diamant, je te considérerai comme un fils. Vas-y, cherche, il faut que tu l'obtiennes. » C'est fait...

— Mon père lui a dit la nature de l'objet ?

— Il l'a suggéré, ça a suffi. Lors de la nuit à Hua Hin, il a laissé supposer qu'il s'agissait, en dehors d'un document inestimable, d'une pierre unique. « Je te paie la somme que tu veux. — On ne peut pas tout acheter, lui a dit Samuel. L'argent n'est pas tout. — L'argent est tout ! » a répliqué mon père. Quand la presse a annoncé la vente de « Constance », j'ai compris que c'était ça, l'objet de leur convoitise. Leur duel. J'ai voulu plaire à mon père. J'ai voulu qu'il soit, grâce à moi, le gagnant ! J'ai fait acheter le diamant par un intermédiaire japonais. Qu'avez-vous à me reprocher ? Je l'ai payé... il est à moi. Vous avez de l'argent, vous et votre mère. D'où vient l'argent... quelle importance ? J'avais le droit de l'acquérir comme n'importe qui. La pierre a été payée à sa valeur, sinon plus.

Puis elle a dit, elle me faisait presque peur tant son visage était dur :

— On peut tout acheter, tout !

— Non, pas ça ! N'importe quoi, mais pas ça ! Mon père n'a jamais accepté l'idée que cette pierre tombe entre les mains de Rimski. Vous n'auriez pas dû commettre ce sacrilège. Vous avez blessé mon père mort, vous avez blessé ma mère vivante. Et vous m'avez massacré. Jamais je ne vous reverrai. Retirez maintenant vos sales paroles qu'« on peut tout acheter »...

— Je ne retire rien du tout, dit-elle. Avec cette pierre, j'ai pu acheter même l'amour de mon père. Là où il est, il doit enfin m'aimer...

Aveuglé par la sueur qui me coulait dans les yeux, je me jetai sur elle, je la frappai de toute ma force. Elle recevait les coups et me regardait. Il fallait qu'elle cède, qu'elle pleure, Dieu, qu'elle fasse semblant de pleurer. Avec une gifle qui fit brûler la paume de ma main, je l'envoyai au sol. Elle serrait toujours le diamant, son visage était tourné contre le sable ; enfin quelques larmes, mais plus de rage que de chagrin. Elle me semblait surgir de la terre, d'un magna ; dans sa victoire, elle n'avait plus rien d'humain.

— On peut tout acheter, répétait-elle.

Il fallait partir d'ici avant de commettre un geste irrémédiable. Je me sauvai, et j'étais déjà en route vers une autre vie. Enfin la mienne. Des badauds regardaient la scène, ils nous montraient du doigt, quelqu'un riait, un homme indigné s'approchait. J'ai pris ma voiture et je suis parti.

*
**

Asphyxié par elle, je liquidai brutalement mon existence. Je devais arriver début novembre en Namibie, l'époque où les otaries se reproduisent. Installé dans le petit centre sur la côte, parrainé par le docteur Hoffmann, le biologiste allemand qui y venait avec quelques collaborateurs, je traversais une période d'acclimation plutôt pénible. Malgré les difficultés de notre existence, en compagnie de trois Allemands qui travaillaient à un ouvrage scientifique, peu à peu je ressentais un sentiment de satisfaction, presque de bonheur. J'étais en paix avec moi-même. Je perdais la notion du temps, qu'importe les semaines, les mois ou les années. De rares lettres de ma mère me parvenaient, elle racontait son existence puis ajoutait en post-scriptum : « Et toi, ça va ? »

Mes compagnons m'initiaient à ma nouvelle existence. Parfois nous partions pour la ville la plus proche chercher les approvisionnements. Il m'arrivait de m'éloigner d'eux et, le visage protégé comme les bédouins, avec une seule fente dans le tissu pour les yeux, je contemplais le désert. Presque aussi mouvant que la mer. Partout les animaux luttaient pour leur survie, même les insectes avaient l'habitude d'un combat de chaque instant. Je m'interrogeais : étais-je perdu ou sauvé ? J'admirais l'écureuil terrestre qui creusait des labyrinthes sous terre pour se protéger des prédateurs et du soleil. Du soleil tueur. Carol... Elle était le soleil tueur. Il fallait vaincre jusqu'à son souvenir. Le temps impalpable et le rythme biologique des animaux étaient les seules mesures de mon existence.

Attente. Attente perpétuelle. Attente de quelque chose.

Un jour, le docteur Hoffmann était venu dans la pièce qui me servait de bureau.

— Vous avez une visite. Dans la petite salle...

Je ne voulais pas entendre la phrase qui m'aurait ôté l'envie de faire un pas : « Votre mère »... Pas à cause d'elle. Je l'aimais, mais ici elle m'aurait désorienté, ramené vers une ancienne existence.

Je me rends dans la partie centrale de notre maison de travail, je me retrouve face à Carol. Je ne ressens rien. Ma bouche est sèche. Je domine une envie irrésistible de me frotter le nez. Symptôme de troubles psychosomatiques.

Elle lève le bras, presque une attitude de défense.

— Bonjour. S'il vous plaît, ne me jetez pas dehors. J'ai fait un long voyage. Au moins, écoutez-moi...

Mon visage est insensible. Plus de joues. Anesthésiées, comme chez le dentiste. La peur. Il faut affronter cette fille et la renvoyer.

— Je suis venue, dit-elle, pour reconnaître officiellement devant vous que l'argent n'est pas l'arme absolue. Je me suis acheté un mari, il a duré sept mois. Je me suis offert le tour du monde et un palace à Hawaii. Rien. J'ai payé à l'heure, à prix d'or, un gourou à la mode pour me libérer de vous. Expérience inutile. Alors j'ai donné « Constance » au Metropolitan, il est exposé à côté de la partition de *Die Sonne*. Petit soulagement. Pas plus.

Je l'écoute, fasciné. Elle est mon échec, ma victoire, mon purgatoire. L'épreuve. Mais est-elle pour la première fois incertaine de son pouvoir ?

— J'aimerais rester ici pendant quelques jours. Sur un lit de camp. Dites à vos compagnons de travail que je suis une parente lointaine. Je ne gênerai personne.

Elle s'avance vers moi :

— Le trajet était très long. La Land Rover est dehors avec un guide-accompagnateur, je n'arriverais pas à reprendre la route. Lui non plus. Juste une nuit ici... s'il vous plaît.

505

Je m'exprime lentement, j'hésite :

— Nous avons ici une pièce modeste où nous hébergeons quelques rares visiteurs, mais je me souviens d'une autre vie... Vous n'aimez pas le mot « héberger », n'est-ce pas ?

— Oh si, dit-elle, c'est le plus beau mot au monde. Si vous acceptez de m'héberger, je serai là demain, et ce serait déjà un autre jour. Un jour de plus pas loin de vous. Et si jamais vous acceptez, d'autres jours suivront. David... dit-elle, accordez-moi une période d'essai.

Plus jeune que jamais, presque adolescente, mi-enfant, mi-démon, déjà elle me défie. Pourquoi le temps ne la touche-t-il pas ? Pourquoi cette certitude qu'elle ne vieillira jamais ? D'où arrive en moi, de quelle profondeur génétique de l'Est, cette conviction qu'elle est d'une argile différente de la nôtre ? A-t-elle toujours existé, est-elle sans cesse réincarnée dans un corps fragile d'apparence ? Son regard est doux. Le soir, quand elle lève la tête vers le ciel, voit-elle les mêmes astres que mon père ?

— Alors ? dit-elle.

Deux pas vers moi, elle s'arrête, puis deux pas de plus, elle gagne du terrain. Elle est proche. Très proche de moi. Avec un geste d'abandon et de négation de moi-même, je la serre dans mes bras. Quand elle sera de retour dans un siècle, elle ne se souviendra même pas de Samuel et de son fils David. Bonheur et panique m'envahissent. Je suis sûr qu'elle n'est pas mortelle. Pourtant c'est grâce à elle qu'en ce moment je devine ce que peut être l'amour qui donne le goût de vivre et la certitude d'en mourir.

— Reste pour une nuit.

Elle sourit et répète :

— Pour une nuit...

L'avenir est un immense point d'interrogation. J'essaie d'analyser le moment. J'ose à peine définir le sentiment qui m'envahit. Il n'est pas exclu que je sois heureux... Peut-être juste pour quelques heures... Qu'importe... Heureux.

DU MÊME AUTEUR

Autobiographies

J'AI QUINZE ANS ET JE NE VEUX PAS MOURIR
(Grand Prix Vérité, 1954), *suivi de :*
IL N'EST PAS SI FACILE DE VIVRE, *Fayard.*
JEUX DE MÉMOIRE, *Fayard.*

Romans

LE CARDINAL PRISONNIER, *Julliard.*
LA SAISON DES AMÉRICAINS, *Julliard.*
LE JARDIN NOIR (Prix des Quatre-Jurys), *Julliard.*
JOUER A L'ÉTÉ, *Julliard.*
AVIVA, *Flammarion.*
CHICHE !, *Flammarion.*
UN TYPE MERVEILLEUX, *Flammarion.*
J'AIME LA VIE, *Grasset.*
LE BONHEUR D'UNE MANIÈRE OU D'UNE AUTRE, *Grasset.*
TOUTES LES CHANCES PLUS UNE
(Prix Interallié), *Grasset.*
UN PARADIS SUR MESURE, *Grasset.*
L'AMI DE LA FAMILLE, *Grasset.*
LES TROUBLE-FÊTE, *Grasset.*
VENT AFRICAIN
(Prix des Maisons de la Presse), *Grasset.*
DÉSERT BRÛLANT, *Grasset.*

Recueil de nouvelles

LE CAVALIER MONGOL
(Grand Prix de la Nouvelle de l'Académie française),
Flammarion.

Lettre ouverte

LETTRE OUVERTE AUX ROIS NUS, *Albin Michel.*

IMPRIMÉ EN FRANCE PAR BRODARD ET TAUPIN
Usine de La Flèche (Sarthe).
LIBRAIRIE GÉNÉRALE FRANÇAISE - 6, rue Pierre-Sarrazin - 75006 Paris.
ISBN : 2 - 253 - 06330 - 4